KB117425

등대지기들

에마 스토넥스 장편소설 | 오숙은 옮김

등대지기들

THE LAMPLIGHTERS

다산책방

일러두기

1900년 12월, 스코틀랜드 북서 해상의 아우터헤브리디스 제도에 있는 엘런모어 섬에서 세 명의 등대원이 사라졌다. 그들의 이름은 토머스 마셜, 제임스 더컷, 도널드 맥아더였다. 이 책은 그 사건에서 영감을 얻고 그들을 추모하며 쓴 것이지만, 어디까지나 픽션이다. 따라서 사라진 등대원들 개인이나 그들의 삶과는 아무런 관계가 없다.

IFTS와 KMS를 위해

Lantern 랜턴실

램프가 있는 등대의 꼭대기 층.

Gallery 갤러리

랜턴실 주변의 좁은 통로, 사람이 떨어지는 것을 막기 위해 난간이 설치되어 있다.

Entrance 출입구

등대의 입구.

Dog steps 도그 스텝

셋오프에서 출입문으로 이어지는 쇠사다리가 있는 좁은 계단.

Set-off 셋오프

해수면 위로 타워를 올리기 위해 쌓은 콘크리트 기단. 수면에서 6~9미터 높이에 있다.

우리는 한동안 말을 잃고 서서,
저마다 불길한 예감으로 바라보았다.
이제 우리가 활짝 열어젖혀
그 어둠에 햇빛을 비춰줘야 할 그 문을.

월프리드 윌슨 깁슨, 「플래넌 섬」

두 명의 다른 남자,
나는 지금까지 두 남자로 살았다.

토니 파커의 『등대』 중에서

차례

1

1972년

1

구호선

조리는 커튼을 열어젖힌다. 날은 회색빛으로 밝았고, 라디오에서는 대충 아는 노래가 흘러나온다. 그는 뉴스에 귀를 기울인다. 북쪽의 어느 버스정류장에서 한 소녀가 실종되었다고 한다. 그는 머그잔으로 갈색 차를 마신다. '가엾은 엄마'는 제정신이 아니라 한다. 그래, 그렇겠지. 짧은 머리, 짧은 치마, 큰 눈. 그는 추위에 떨었을 소녀의 모습을 그려본다. 누군가 손을 흔들면서, 또는 흠뻑 젖은 채 서있어야 할 버스정류장엔 아무도 없다. 버스는 아무것도 알지 못한 채 왔다가 떠나고, 포장도로는 검은 빗속에서 번들거린다.

바다는 고요하고, 궂은 날씨가 지나간 후면 그렇듯 유리처럼 잔잔하다. 창문 걸쇠를 풀자 상쾌한 공기가 들어온다. 흡사 고체인 듯, 먹을 수 있을 것 같은 공기는 술잔 속의 얼음 조각인 양 어부들의 오두막들 사이에서 짤그랑거린다. 바다 냄새 같은 건 전혀 느껴지지 않는다. 냉장고 속 식초처럼 맑고 찝찔한 냄새는 없다. 오늘 바다는 소리도 없다. 조리는 요란한 바다와 조용한 바다를 알고 있다. 들썩거리는 바다와 거울 같은 바다를 알고 있다. 너무도 결연하고 성난 급이침 위에서 덩신이 탄 배가 인류의 마지막 깜박임처럼 느껴진 나머지 믿지도 않는 것을 믿게 만드는 바다, 천국과 지옥 아니, 저 위에 있는 게 뭐고 저 아래 도사리는 게 뭐든 그 중간쯤인 것 같은 바다를 알고 있다. 옛날에 한 어부가 두 얼굴을 가진 바다 이야기를 들려준 적이 있었다. 둘 다 받아들여야 해, 좋은 것과 나쁜 것 둘 다. 그리고 어느 하나도 절대 무시하면 안 된다네.

오늘, 참으로 오랜만에 바다는 그들의 편이다. 그들은 오늘 그 일을 할 것이다.

∧∧

조리는 구호선을 띄울지 말지 결정하는 책임을 맡고 있다. 9시에 바람이 좋다고 해서 10시에도 좋을 거란 뜻은 아니다. 그리고 항구 내의 파고가 어떻든 그는 타워 주변의 파고를 계산해낸다. 이를테면 항구 안의 파고가 1.2미터라면 타워 등대* 주변의 파고는 12미터일 것이다. 해변에서 얼마가 되었든, 등대 주변에서는 그 열 배쯤

* 육지나 섬이 아닌 바다의 암초 위에 지은 등대.

될 것이다.

오늘 그가 타워에 데려가야 할 신참 등대원은 스무 살쯤 됐을까, 노랑머리에 두꺼운 안경을 끼고 있다. 안경 때문에 작아 보이는 녀석의 눈이 자꾸 실룩거리는 느낌이다. 녀석을 보니 철창 우리의 톱밥 속에 사는 무언가가 생각난다. 녀석은 코듀로이 나팔바지를 입고 방파제 위에 서 있다. 닳아빠진 바짓단 끝이 철썩거리는 파도에 젖어 색이 짙어졌다. 이른 아침이라 부두는 조용하다. 개를 데리고 산책하는 사람이 지나가고 우유통 상자 하나가 내려진다. 크리스마스가 지나고 새해가 되기 전의 이 무렵엔 추위가 잠시 누그러진다.

조리와 승선원들은 그 앳된 청년이 가져온 보급품을 끌어 올린다. 트라이던트 사의 빨간 상자 안에는 두 달 치의 옷가지와 음식, 신선한 고기, 과일, 분유가 아닌 생우유, 신문 한 부, 차 한 상자, 골든 버지니아 담배 등이 들어 있다. 그들은 방수포로 그 상자들을 덮고 밧줄로 묶는다. 등대원들이 좋아할 것이다. 지난 4주 내내 등대원들은 통조림 스튜로 끼니를 때우고, 마지막 구호선이 나갔던 그 날짜의 《데일리 메일》 1면에 실린 기사만 구경하며 지냈을 테니까.

물이 얕은 항구 안에서는 바다가 트림하며 해초를 게워 내고, 배 양쪽을 후루룩거리며 빨아들인다. 물에 젖은 캔버스 운동화를 신고, 청년은 눈 먼 사람처럼 양옆을 더듬어가며 배에 오른다. 한쪽 옆구리에는 끈으로 묶은 소지품 꾸러미를 들고 있다. 책, 카세트리코더, 테이프, 시간을 때울 때 쓸 것들이다. 녀석은 아마 학생일 것이다. 요즘 트라이던트 사는 학생들을 많이 고용한다. 녀석은 작곡을 할 것이고 그것을 소일거리로 삼을 것이다. 등대 위쪽 랜턴실에 앉아 이게 인생이야 생각하면서. 모든 등대원에게는 취미 활동이 필요하다. 타워 등대원이라면 특히나 그렇다. 계단을 오르락내리락 달리면서 그 많은 시간을 보낼 수는 없다. 오래전에 조리는 유리병 안에 배 모형을 만들던 손재주 좋은 등대원을 알고 있었다. 그 등대원은 등대에 머무는 내내 모형을 만들며 시간을 보냈고, 그렇게 완성된 것들은 아름다웠다. 그러다가 등대에도 TV가 생기자 그 등대원은 그 소일거리를 모두 버렸다. 말 그대로 도구 전체를 창밖 바다로 던져버리고는 그때부터 시간이 날 때마다 앉아서 TV만 보고 지냈다.

"이 일은 오래 하셨어요?" 청년이 묻는다. 조리는 그렇다고, 자네가 살아온 세월보다 오래 했다고 대답한다. "배가 나가지 못할 줄 알았어요. 지난주 화요일부터 기다리고 있었거든요. 회사에서 마을 하숙집에 묵게 해줬는데, 거기도 그럭저럭 지낼 만했지만, 더 오래 머물고 싶을 만큼 좋지는 않았어요. 날마다 바다를 바라보며 우리가 출발할 수나 있을지 걱정했어요. 지긋지긋한 폭풍우 같으니. 솔직히 거기 나가 있을 때 또 폭풍이 오면 어떨지 모르겠어요. 바다에서 폭풍을 보기 전에는 폭풍을 본 게 아니라고들 하던데요. 마치 타워가 발밑에서 그대로 무너져 물에 휩쓸려 갈 것 같다면서요."

이 신참내기는 계속 떠들고 싶어 한다. 조리는 생각한다. 바다를 건너가는 게 긴장되기는 하지. 바람이 바뀌기라도 하면 상륙은 어떻게 하나, 등대에 있는 남자들은 어떤 사람들일까, 그 사람들과 잘 어울릴 수 있을까, 책임자는 어떤 사람일까 불안한 것이다. 그 등대는 아직 이 청년의 등대가 아니다. 어쩌면 영원히 그의 등대가 아닐 수도 있다. 수많은 임시 등대원이 왔다가 가고, 이번엔 육지 등대로, 다음엔 바위 등대로 옮기면서 핀볼처럼 전국을 떠돈다. 조리는 그들의 실상을 익히 보아왔다. 그들은 등대 일을 시작하고 싶어 애태우며, 그 일의 낭만성에 혹하지만, 그게 생각만큼 낭만적이지는 않다. 바다 한가운데의 등대에 남자 셋뿐이다. 거기에 특별한 거라곤 없다. 아무것도 없다. 그냥 세 명의 남자와 바다가 전부다. 갇혀 지내는 생활을 견디기 위해서는 특정한 것들이 필요하다. 외로움. 고립감. 단조로움. 사방 수 킬로미터 내에는 바다, 바다, 그저 바다밖에 없다. 친구도 없다. 여자도 없다. 그저 다른 두 명의 남자와 하루하루를 보내는데, 거기서 도망칠 방법도 없어 자칫하다가는 완전히 미쳐버릴 수도 있다.

근무 교대 날짜가 되어도 다시 며칠, 심지어 몇 주를 기다리는 게 다반사다. 한번은 구호선이 출항을 못 하는 바람에 넉 달을 줄곧 그곳에 갇혀 있던 등대원도 있었다.

"날씨에 익숙해지게 될 거야." 그가 청년에게 말한다.

"그래야 할 텐데요."

"그리고 혼날 일은 해안에서 일하는 불쌍한 친구의 반만큼도 없을 거야."

배의 뒷부분에 있던 선원들이 담배를 피우며 두런두런 대화를 나누며 풀 죽은 표정으로 바다를 바라본다. 그들의 축축한 손가락이 담배를 적신다. 두꺼운 유화물감으로 거칠게 칠한 음침한 풍경화 속의 사람들처럼 보인다. "뭘 기다리느라 꾸물대는 거야?" 그들 중 한 명이 외친다. "파도가 바뀌어야 출발할 생각이야?" 그들 중에는 무전기를 고치러 나선 정비공도 있다. 보통 구호선이 가는 날에는 등대 측과 다섯 번 정도는 미리 연락을 취하곤 하지만, 폭풍 때문에 무전기가 나가버렸다.

조리는 마지막으로 실은 상자들을 덮은 뒤 시동을 건다. 항구를 빠져나온 배는 잔물결 위의 목욕 장난감처럼 흔들흔들 까딱거린다. 새조개가 다닥다닥 박힌 바위에서 한 무리의 갈매기 떼가 서로 다툰다. 파란색 트롤 어선 한 대가 통통거리며 한가롭게 상륙한다. 해안선이 멀어질수록 바다의 기세는 더욱 강해지고, 녹색 파도가 솟구치더니 물마루에서 포말을 일으키고는 무너져 내린다. 먼바다의 색깔이 어둡게 번지는가 싶더니, 이윽고 암녹색으로 변하고 하늘은 불길한 짙은 진회색이 된다. 바닷물이 뱃머리를 들이받고 부서져 내린다. 바다 거품이 띠를 그리며 솟구쳤다가 흩어진다. 조리는 주머니를 뒤져 납작해졌어도 아직은 피울 만한 담배를 꺼내 씹는다. 입에 담배를 문 채 수평선에서 눈을 떼지 않는다. 추위에 귀가 아려온다. 머리 위 광활하고 칙칙한 하늘에서는 하얀 새 한 마리가 원을 그리며 떠 있다.

엷은 안개 속에서 메이든 등대가 어렴풋이 보이기 시작한다. 외딴곳에 위엄 있게 서 있는 고독한 대못 같은 등대. 메이든 등대는 해안에서 15해리 떨어져 있다. 그가 알기로 등대원들은 메이든 등대를 선호한다. 등대의 셋오프*에서 육지가 보이지만 그렇다고 아주 가깝지는 않아서 집 생각이 날 정도는 되기 때문이다.

청년은 그 등대를 등지고 앉아 있다. 목적지를 등지고 있다니, 시작이 우습군, 조리는 생각한다. 청년은 엄지손가락을 긁혔다고 걱정한다. 선이 부드러운 그 얼굴은 어딘가 병색이 돌고, 풋내기처럼 보인다. 그러나 바닷사람이라면 누구나 바다에 적응해야 한다.

"젊은이, 타워 등대에 가본 적은 있나?"

"트레보스 등대에 있었어요. 그다음엔 세인트 캐서린 섬의 등대에 있었고요."

"하지만 타워에서 일한 적은 없고."

"네, 타워에서는 안 해봤어요."

"마음 단단히 먹는 게 좋을 거야." 조리가 충고한다. "거기 사람들하고도 잘 지내야 하고, 그들이 어떤 사람이든 상관없이."

"아, 그건 문제없을 겁니다."

• 건축에서 위쪽의 좁은 구조물에 비해 돌출된 부분을 말한다. 타워 등대에서 셋오프는 해수면 위로 타워를 올리기 위한 바닥 기단을 이룬다.

"물론 그럴 거야. 주임이 좋은 사람이거든. 그게 차이가 크지."

"다른 사람들은 어때요?"

"거기 임시 등대원을 조심하라는 말이 있더군. 하지만 대충 자네 또래 젊은이니까, 틀림없이 잘 지낼 수 있을 거야."

"어떤 사람인데요?"

조리는 청년의 표정을 보고 웃음을 지었다. "그런 얼굴을 할 필요는 없네. 목사님이 하는 예배도 온갖 이야기로 가득하지만, 전부가 진실은 아니니까."

바다는 그들 밑에서 솟구쳤다 휘돌더니 시커멓게 구르며, 뱃전을 때리고 몸을 내던졌다. 뒤쪽에서 불어온 산들바람은 물 위를 내달리며, 수면 위에 뾰족뾰족한 작은 산을 일으키고는 이내 흩어버린다. 물보라는 뱃머리를 때리며 폭발하고 파도는 점점 묵직해지면서 알게 모르게 조금씩 깊어진다. 조리가 어렸을 때 사람들은 리밍턴에서 야머스까지 배를 타고 다녔는데, 어린 조리는 갑판 난간 위로 바다를 굽어보곤 했다. 바다가 조용히, 전혀 눈치채지 못하게 파도를 부풀리는 조화를 부리고, 대륙붕이 갑자기 밑으로 꺼져 땅이 사라져버리는 현상에 그는 감탄하곤 했었다. 그런 곳에서 물에 빠지면 30미터는 족히 내려갈 것이다. 그 아래에는 동갈치와 별상어가 있을 것이다. 부드럽게 더듬는 촉수와 흐린 대리석 같은 눈을 한, 통통 부풀어 오르고 어른어른 반짝이는 괴상한 모습의 물고기들.

등대가 가까워지면서 아까 선으로 보였던 것이 기둥이 되고, 그 기둥은 다시 손가락처럼 보인다.

"저기 있군. 메이든 록이야."

이때쯤 그들의 눈에는 그 등대의 아랫부분을 에두른 바다 얼룩과 수십 년의 자연법칙이 축적해온 거친 날씨의 상흔이 보인다. 조리는 비록 이 일을 수없이 해왔지만, 그 등대의 여왕에 다가갈 때마다 항상 이런 기분이 든다. 꾸지람을 듣는 듯하달까, 자신이 하찮게 느껴지는, 어쩌면 약간 두려운 기분. 빅토리아시대의 위대한 공학이 건설한 50미터 높이의 원기둥, 뱃사람들의 안전을 지키는 금욕의 요새인 메이든 등대가 수평선을 배경으로 엷게 그 웅대한 모습을 드러낸다.

"메이든은 처음 세워진 타워 등대 중 하나였네." 조리가 말한다. "1893년이었지. 두 번이나 부서졌다가 다시 세워져 마침내 그 심지를 밝혔어. 날씨가 험악해지면 저 등대가 소리를 낸다는 말이 있어. 바람이 지나는 바위들 사이에서 여자 우는 소리가 난다고 하지."

회색 하늘 위로 메이든이 조금씩 그 모습을 드러낸다. 등대 창문들, 셋오프의 둥근 콘크리트 기단, 출입문으로 이어진 쇠사다리가 있는 좁은 계단, 이른바 도그 스텝이라는 것이다.

"저 사람들한테 우리가 보일까요?"

"지금쯤은 보일 거야."

그러나 조리는 그 말을 하면서도, 셋오프에서 그들을 기다리고 있을 형체들을 찾고 있었다. 남색 제복에 하얀 챙 모자를 쓴 주임이

나 부등대원이 손을 흔들며 나와 있을 것이다. 그들은 일출 이후로 내내 바다를 지켜보고 있었을 것이다.

그는 등대 기단을 휘감아 부서지는 파도를 주의 깊게 바라보며 가장 적절한 접안 지점이 어디가 될지, 배를 앞으로 대는 게 좋을지 뒤로 대는 게 좋을지, 닻을 내리는 게 좋을지 아니면 여유를 두는 게 좋을지 궁리한다. 몸을 얼려버릴 것처럼 차가운 물이 바위 사이 우묵한 틈새에 철썩 엎어진다. 만조가 되면 그 바위들은 자취를 감춘다. 물이 빠지면, 번쩍이는 검은 어금니처럼 바위들이 모습을 드러낸다. 전체 타워 등대들 가운데 가장 상륙하기 힘든 것이 비숍과 울프, 메이든인데, 굳이 하나를 꼽으라면 그는 메이든 등대라고 대답할 것이다. 뱃사람들 사이에 떠도는 말에 따르면 메이든 등대는 화석이 된 바다 괴물의 아가리 위에 지어졌다고 한다. 그 타워를 짓는 동안 수십 명이 목숨을 잃었고 그 암초는 항로를 벗어난 선원들을 많이도 죽였다. 그 등대는 외부인을 좋아하지 않는다. 그 등대는 사람을 반기지 않는다.

그러나 조리는 여전히 등대원 한두 명이 나타나기를 기다리고 있다. 랜딩기어 저쪽 끝에 누군가가 있지 않으면 이 청년을 내려주지 못한다. 파도가 급강하했다가 급상승하는 그 지점에서 배는 순식간에 3미터는 내려갔다가 곧바로 그만큼 다시 올라올 것이며, 만약 그가 랜딩기어를 시야에서 놓치기라도 한다면 밧줄이 끊어지고 그 청년은 차가운 바닷물에 빠질 것이다. 상륙은 신경이 바짝 곤두서는 일이긴 해도 타워들이 원래 그렇다. 육지 사람에게 바다는 변함없는 것이겠지만, 조리가 알기로 바다는 변함이 없지 않다. 바다는 변덕스럽고 예측할 수 없으며, 정신을 바짝 차리지 않으면 사람의 목숨을 앗아 가버린다.

"사람들은 어디 있어?"

거센 물보라 소리 때문에 동료의 고함 소리가 제대로 들리지도 않는다.

조리는 다른 쪽으로 돌아가겠다고 신호한다. 청년이 파랗게 질려 있다. 정비공도 마찬가지다. 조리는 그들을 안심시켜야 하지만, 자신도 별로 확신이 들지 않는다. 수년 동안 메이든 등대에 와보았지만, 배를 돌려 타워 뒤쪽으로 간 적은 한 번도 없었다.

그 어마어마한 크기의 등대가 그들 앞에 우뚝 일어선다. 수직의 화강암 등대. 조리는 목을 빼고, 수면 위 18미터 높이에 있는 출입구를 바라본다. 포금으로 된 단단한 철문은 굳게 닫혀 있다.

같이 온 동료들이 소리를 지른다. 그들은 목청 높여 등대원들을 부르고 날카로운 휘파람을 분다. 저 위 아득히 높은 타워는 하늘로 올라갈수록 가늘어지고, 하늘은 그들의 작은 배, 혼란에 빠져 이리저리 내동댕이쳐지는 배를 내려다본다. 그들을 따라왔는지, 아까 봤던 새가 다시 보인다. 새는 빙빙 선회하면서 알아듣지 못할 메시지를 보낸다. 청년은 뱃전 너머로 몸을 숙이더니 아침에 먹은 것을 바다로 게워 낸다.

그들은 솟구쳤다가 쑥 꺼진다. 그들은 기다리고 또 기다린다.

조리는 그 자체의 그림자를 뚫고 솟아오른 거대한 타워를 바라본다. 들리는 소리라고는 파도 소리, 물보라 소리, 물거품 소리, 파도가 쏴아 하며 바위를 씻어내는 소리밖에 없고, 그의 머릿속에는 아침에 라디오에서 들었던 실종된 소녀 생각밖에 떠오르지 않는다. 버스정류장, 사람 없는 버스정류장, 그리고 사정없이 퍼붓는 비.

2

어느 등대에서 일어난 이상한 사건

《타임스》 1972년 12월 31일 일요일

트라이던트 하우스는 랜즈엔드에서 남서쪽 해상으로 24킬로미터 떨어진 메이든 록 등대에서 등대원 세 명이 사라졌다는 사실을 보고받았다. 사라진 이들은 주임 등대원 아서 블랙, 부등대원 윌리엄 '빌' 워커, 그리고 임시 등대원 빈센트 본이다. 이들의 실종 사실은 어제 아침 교대할 등대원을 데려가고 워커를 데려오기로 했던 지역 선장에 의해 발견되었다.

현재 사라진 등대원들의 행방을 알 만한 단서는 없으며 발표된 공식 성명은 없다. 이와 관련해 수사가 시작되었다.

3

아홉 개의 층

상륙은 몇 시간이 걸린다. 장정 십여 명이 혀에 느껴지는 소금기와 두려움을 맛보며 도그 스텝을 올라간다. 그들의 귀는 빨갛게 얼었고 손가락은 곱아서 피가 맺혀 있다.

등대 출입구에 도착하고 보니, 문이 안쪽에서 잠겨 있다. 거센 힘으로 충돌하는 파도와 허리케인의 폭풍에 견디기 위해 만들어진 강철판은 이제 완력과 장대로 부숴야 한다.

얼마 후, 한 장정이 몸을 떤다. 파랗게 질려서 심하게 떨고 있다. 힘이 다 빠지기도 했거니와 조리 마틴의 구호선이 임무를 마치지 못하고 돌아간 뒤 트라이던트 하우스로부터 "거기 가봐" 하고 지시를 받은 이후 내내 불안감에 시달려왔기 때문이다.

세 명이 타워 안으로 들어간다. 안은 컴컴하고, 사람이 살았던 흔적을 말해주는 퀴퀴한 냄새가 난다. 창문에 널빤지 덧문을 댄 바다 등대에서 나는 특유의 냄새다. 창고에는 별로 특이한 게 없다. 어둠을 덮어쓴 큼지막한 형체들, 둥글게 말아놓은 밧줄과 구명 튜브, 뒤집어서 걸어놓은 구명 보트. 어지럽혀진 것은 없다.

등대원들의 방수복이 낚시에 걸린 물고기처럼 어둠 속에 걸려 있다. 사내들이 외치는 그들의 이름이 천장의 공간을 통해 나선을 그리며 계단을 타고 올라간다.

아서. 빌. 빈센트. 빈스, 자네들 거기 있나? 빌?

산 사람의 목소리가 적막을 뚫으니 으스스하다. 적막은 거칠고 상스러울 만큼 떠들썩하다. 남자들은 대답을 기대하지 않는다. 트라이던트 사는 이것이 수색 겸 구조 작업이라고 했지만, 사실 시신을 찾기 위한 임무다. 등대원들이 달아났을 수도 있다는 생각은 모두 사라진다. 문은 잠겨 있었다. 그렇다면 그들은 여기에, 이 안 어딘가에 있다는 뜻이다.

그들을 조용히 데려와, 트라이던트 사는 그렇게 지시했다. 용의주도하게 해야 해. 말이 새어 나가지 않게 입이 무거운 배 선장을 찾아봐. 소란 피우지 말고. 야단법석을 떨지 말라고. 아무한테도 알려선 안 돼. 그리고 등대가 제대로 작동되도록 하고. 제발 누가 그것 좀 확실하게 책임져줘.

사내 세 명이 차례로 계단을 올라간다. 다음 층의 벽에는 안개포에 쓸 기폭장치와 화약들이 줄지어 놓여 있다. 싸움이 벌어졌던 흔적은 어디에도 없다. 사내들은 저마다 자기 집과 아내를 생각하고,

아이가 있는 사람은 아이들을 생각하고, 화로의 따스함과 등을 어루만지는 손길을 생각한다. "오늘 힘들었죠, 여보?" 타워 등대는 가족이라는 걸 알지 못한다. 타워 등대가 아는 건 세 명의 등대원뿐이다. 여기 어딘가에 죽어서 감춰져 있을 세 명의 등대원. 그들의 시체를 어디서 찾게 될까? 그 시체들은 어떤 상태일까?

그들은 등유 탱크가 있는 3층으로, 이어서 버너용 기름이 보관된 4층으로 올라간다. 한 명이 다시 소리쳐 부른다. 다른 이유도 있겠지만 그들을 비웃는 듯한 정적을 물리치기 위해서다. 아직까지 누가 빠져나간 징후도, 도주한 흔적도 없고, 등대원들이 어디론가 떠났음을 암시할 만한 단서도 보이지 않는다.

그들은 기름 저장고에서 나와 계단을 올라간다. 랜턴이 있는 꼭대기까지 인쪽 벽을 따라 올라가는 주철로 된 원형 계단이다. 계단 난간이 희미하게 빛난다. 등대원들이란 비정상적인 족속이다. 자질구레하고 소소한 것에 집착하면서 뭐든 광을 내고 정리하고 반들반들하게 닦는다. 등대는 당신이 평생 가보게 될 장소 중 가장 깨끗한 곳이다. 사내들은 무슨 자국이 있을까 놋쇠 난간을 살펴보지만, 아무 흔적이 없다. 등대원들은 이런 바지런함 때문에 절대 계단 난간을 만지지 않는다. 그렇더라도 누군가 서두르고 있었다거나, 누군가 넘어졌다거나 난간을 붙잡았다면, 누군가 끔찍한 것을 보고 혼비백산했다면……. 하지만 이상한 점은 전혀 없다.

사내들의 발소리가 죽음의 북소리를 울린다. 끈질기고 깊은 소리다. 벌써부터 그들은 예인선이 주는 든든함과 육지에 대한 약속이 그리워진다.

그들은 주방에 도착한다. 직경 3.5미터의 엄청난 웨이트 튜브●가 한가운데를 관통하고 있다. 벽에는 선반 세 개가 붙어 있고, 그 안에는 통조림이 차곡차곡 흐트러짐 없이 쌓여 있다. 베이크드 빈, 잠두콩, 죽, 수프, 옥소 육수 큐브, 런천 미트, 콘 비프, 피클. 조리대 위에는 무슨 과학 실험실의 조직처럼 프랑크푸르트 소시지가 빼곡히 담긴 소시지 통이 아직 따지 않은 채 놓여 있다. 창가에는 싱크대—빗물이 나오는 빨간 수도꼭지, 담수가 나오는 은색 수도꼭지—가 있고, 그 한쪽으로 설거지를 끝내고 말리려고 놓아둔 그릇이 하나 있다. 안쪽 벽과 바깥쪽 벽 사이의 빈 공간에는 시들시들한 양파 하나가, 등대원들이 식품 저장고로 사용하는 선반 위에 놓여 있다. 싱크대 위로는 화장실 수납장을 겸한 거울 달린 수납장이 걸려 있다. 사내들은 거기서 칫솔, 머리빗, 올드 스파이스 스킨 한 통, 타박 향수 한 통을 발견한다. 그 옆으로 나이프와 포크, 접시, 컵 등이 들어 있는 찬장이 있고, 모든 것이 기대했던 대로 깔끔하게 정리되어 있다. 벽에 걸린 시계는 8시 45분에 멈춰 있다.

● 등대 한가운데를 관통해 내려간 커다란 원통 구조물. 그 안에는 일종의 시계 장치가 있어, 이 동력으로 꼭대기의 렌즈를 회전시켜 빛과 어둠의 신호 패턴을 만들었다. 시간이 지나 추가 밑으로 내려가면 등대원이 시계 장치를 다시 감아야 했지만, 나중에는 전기 장치로 대체되었다.

"이건?" 콧수염의 사내가 말한다.

식사를 앞두었던 듯 식탁이 차려져 있다. 세 명이 아닌 두 명을 위한 자리다. 저마다 나이프 하나 포크 하나, 음식을 기다리는 접시 하나. 두 개의 빈 컵. 소금 통과 후추 통. 겨자 소스 한 통과 깨끗한 재떨이 하나. 조리대는 반달 모양의 단단한 포마이카로, 웨이트 튜브를 편안하게 에워싸고 있다. 조리대 밑으로 벤치 하나와 의자 두 개가 놓여 있는데, 의자 하나는 발포 고무가 비어져 나왔고 또 하나는 사람이 앉았다가 급하게 일어선 듯 비스듬히 놓여 있다.

머리를 올려 빗은 또 다른 사내가 혹시나 등대원들이 무엇을 데우고 있지는 않았는지 보려고 레이번 스토브 안을 살피지만, 온도는 내려가 있고 어쨌거나 그 안은 비어 있다. 창문 너머로, 바다가 저 아래쪽 바위에 부딪히며 한숨짓는 소리가 들린다.

"도저히 이해가 안 가네." 그가 말하지만, 무슨 대답이라기보다는 아무것도 모르겠다는 두려운 무지를 인정하는 것 같다.

사내들은 천장을 힐긋 올려다본다.

등대에는 숨을 곳이 없다. 그게 요지다. 바닥부터 꼭대기까지 어느 방에서든 크게 두 걸음을 내디디면 웨이트 튜브에 닿고 다시 두 걸음이면 반대편에 닿는다.

그들은 위쪽 침실로 올라간다. 벽 모양을 따라 곡선으로 된 침대 세 개가 놓여 있고, 침대 커튼은 모두 열려 있다. 침대들은 완벽하게 정돈되어 있다. 시트는 주름 하나 없이 팽팽하고, 베개와 황갈색 담요는 만지면 바스락 소리가 난다. 그 위층은 방문객을 위한 약간 짧은 침상 두 개와 사다리 하나가 놓여 있다. 계단 밑은 우묵한 창고인데, 커튼이 쳐져 있다. 머리를 올려 빗은 사내가 숨을 멈추고 커튼을 열어보지만, 소가죽 재킷 한 벌과 걸려 있는 셔츠 두 벌밖에 보이지 않는다.

일곱 개 층을 올라온 지금 그들은 해발 30미터 높이에 있다. 거실에는 TV 한 대와 닳아 해진 에콜 팔걸이 의자 세 개가 있다. 아마도 주임 등대원의 것일 가장 큰 의자 옆 바닥에는 차갑게 식은 차가 담긴 컵 하나가 놓여 있다. 튜브 뒤쪽은 아래층에서 올라온 연통이다. 어쩌면 주임 등대원이 지금쯤 내려올지 모른다. 그는 랜턴실에서 맨틀(불꽃 덮개)을 청소하고 있었을 테니까. 나머지 두 명도 거기, 바깥 복도에 있을 것이다. 유감스럽게도 그들은 소리를 듣지 못했던 것이다.

멈춰버린 벽시계는 아까와 같은 시각을 가리키고 있다. 8시 45분.

양쪽으로 여닫는 문을 지나면 8층의 다목적실이다. 어쩌면 죽은 남자들이 여기에 있을 가능성도 있다. 그 공간이라면 냄새가 빠져나가지 못했을 것이다. 그러나 결국 그들이 예상했던 대로 그곳은 비어 있었다. 이제 타워 내부를 거의 다 뒤졌다. 남은 건 등대 라이트뿐이다. 아홉 개 층을 수색했지만 아홉 개 층 모두 비어 있다. 저 위 꼭대기에는, 새의 날개처럼 부서지기 쉬운 렌즈들로 에워싸인 거대한 가스 맨틀인 메이든 랜턴이 있다.

"그거야. 다 떠나버린 거야."

수평선 위로 깃털 구름이 지나간다. 산들바람이 더 쌀쌀하게 부는가 싶더니 방향을 바꾸며, 펄쩍 뛰어오르는 파도 위로 하얀 물마루를 가볍게 날린다. 마치 그 등대원들이 처음부터 여기 존재하지 않았던 것 같다. 그러니까, 그들이 등대 꼭대기까지 올라가서는 그냥 날아가버린 것처럼.

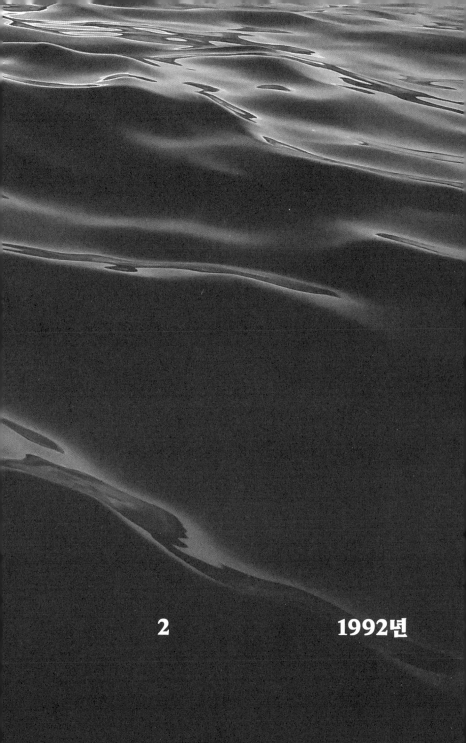

2   1992년

4

수수께끼

《인디펜던트》 1992년 5월 4일 월요일

메이든 록의 미스터리 풀릴까

모험소설가 댄 샤프가 이 시대의 가장 큰 해양 미스터리에 감춰진 진실을 밝히러 나선다. 베스트셀러 해양 모험소설 『폭풍의 눈』, 『고요한 바다』, 『노급전함의 침몰』을 쓴 작가 샤프는 바닷가에서 자라면서, 미스터리로 남은 메이든 록 실종 사건에 오래전부터 흥미를 느꼈다. 처음으로 사실에 근거한 글쓰기에 착수하는 그는 이렇게 설명한다. "메이든 록 이야기는 어릴 때부터 저를 사로잡았죠. 그 중심에 있던 사람들을 만나 이야기를 듣고 진실을 밝히고 싶습니다."

20년 전인 1972년 겨울, 콘월 지방의 랜즈엔드에서 몇 킬로미터 떨어진 바다의 한 등대에서 등대원 세 명이 자취를 감췄다. 그들이 떠난 자리에는 일련의 단서들이 남아 있었다. 출입문은 안쪽에서 잠겨 있었고, 두 개의 벽시계는 같은 시각에 멈추어 있었으며, 식탁에는 식사를 앞둔 식기들이 준비되어 있었다. 주임 등대원의 기상 일지에는 폭풍이 그 타워를 맴돌고 있었다고 기록되어 있지만, 공교롭게도 그날 하늘은 맑았다.

어떤 기이한 운명이 이 불운한 세 남자에게 닥쳤던 걸까? 샤프는 그것을 알아보려 한다. 그는 이렇게 덧붙인다. "이 수수께끼에는 픽션 작가가 추구하는 모든 것이 들어 있습니다. 드라마, 미스터리, 해상에서의 위험까지. 다만 그것이 현실이라는 게 다릅니다. 저는 모든 퍼즐은 결국 풀린다는 걸 믿습니다. 올바른 장소에서 바라보는 것이 중요하죠. 제 생각에는 우리가 아는 것보다 더 많이 알고 있는 사람이 분명 있을 겁니다."

5

헬렌

올 것이 왔구나, 그녀는 길 아래 저쪽에 차를 세우는 그의 모습을 지켜보며 생각했다. 구부러진 담배 파이프를 닮은 배기관이 뒤쪽에 매달린 암녹색의 모리스 마이너 차량이었다. 헬렌은 그 작가가 왜 그런 차를 모는지 궁금했다. 그가 쓴 책에 쏟아진 온갖 찬사며 최고 의 베스트셀러 작가니 뭐니 하는 말들이 사실이라면, 그는 분명 부 자일 텐데 말이다.

그가 전화로 자기 용모를 설명한 적은 없지만, 헬렌은 단박에 그 를 알아보았다. 어쩌면 그에게 어떻게 생겼는지 물어봤어야 하는 게 아니었을까. 낯선 사람을 집에 들이는 일인데 그걸 물어본다고 지나치게 까탈스럽다고 할 수는 없을 것이다. 어쨌거나 그 남자가 틀림없었다. 그는 감청색 피코트를 입고 있었고, 절대 곁을 주지 않 는 원고를 붙들고 씨름하는 사람답게, 학구적인 찌푸림이 그대로 새겨진 얼굴이었다. 상상했던 것보다는 젊어서, 나이는 아직 마흔이 안 될 것 같았다.

"저리 가." 헬렌은 그녀의 손바닥에 수염을 비비는 개한테 말했다. "나중에 산책시켜 줄게." 그녀는 숲으로 올라가 축축하게 젖은 낙엽들 속에서 개를 산책시키리라. 그 생각을 하니 차분해졌다. 나중이란 게 있을 것이다.

작가는 캔버스 가방을 들고 있었다. 그녀는 그 가방 안에 가득 굴러다니는 영수증과 라이터를 상상했다. 침대는 헝클어지고, 조리대 위에는 잠든 고양이들이 있는 집에서 그가 사는 모습이 선히 그려졌다. 아침으로는 위터빅스 시리얼 쿠키를 먹었겠지, 그것도 찢어진 상자 틈새로 비어져 나온 것을. 하지만 우유가 떨어져서 수도꼭지에서 물을 받았겠지. 담배 한 대를 피우며 메이든 록에 관해 생각하고 묻고 싶은 질문들을 휘갈겨 썼으리라.

그 일이 있고 지금까지 긴 세월 동안 그녀는 여전히 그러고 있었다. 새로운 사람을 만날 때마다, 무엇보다 먼저 첫눈에 상대를 평가하며 잣대를 들이댔다. 그들도 그녀처럼, 누군가를 잃은 경험이 있을까? 그것이 어떤 느낌인지 이해할까? 그들은 그 창문에서 그녀가 있는 쪽에 있을까, 아니면 다른 편에, 닿을 수 없을 만큼 먼 곳에 있을까? 그러나 그 작가에게 그런 경험이 있고 없고는 중요하지 않을 것 같았다. 그는 작가니까. 충분히 그것을 상상할 수 있을 것이다.

그렇지만 헬렌은 바로 그 점이 회의적이었다. 상상할 수 없는 것을 상상하는 그 작가의 능력이. 그녀는 그것이 추락이었다고 생각했다. 무게 없는 추락. 불신의 추락. 붙잡아주기를 기다렸지만 붙잡아주는 사람이 없었던 추락. 그 많은 세월이 흐르고 또 흐르는 동안 그녀는 아래로 아래로 계속 내려갔지만 여태 아무런 해답도 없었고, 어떤 확신이나 종결도 없었다. 종결, 요즘 그 단어는 관계에 실패한 사람들이나 직장에서 해고당한 사람들이 쓰는 유행어가 되었지만, 그녀는 종결이야말로 실패를 딛고 새롭게 앞으로 나아가기 위한 비교적 확실한 길이라고 생각했다. 그들이 사람을 낭떠러지 끝으로 밀어 떨어뜨린 게 아니었다. 결국 그 일은 한 사람을 바람에 잃어버린 것에 불과했다. 아무 흔적 없이, 아무 이유 없이, 아무 단서도 없이. 댄 샤프, 전함과 무기와 조선소에서 술에 곯아떨어진 남자들 이야기나 쓰던 사람이 그 일에 대해 무엇을 상상할 수 있을까?

그녀는 자신과 같은 부류의 사람들과 교감하고 싶었다. 그런 사람들을 알아보고 싶었고 거꾸로 그들이 그녀를 알아주기를 바랐다. 그녀는 그들의 얼굴에서 상실감을 읽을 수 있을 것이다. 무언가 분명한 것은 아니지만, 어떤 쓰라림이나 체념, 그녀가 그렇게 오랫동안 떨쳐버리려고 애썼던 그 악귀들을. 그녀는 이렇게 말하리라. "당신은 알고 있군요? 당신은 알고 있어요." 그랬을 때 그들이 답례로 무엇을 내줄지는 아무도 모를 일이다. 하지만 거기서 나오는 게 없다면, 친절함과 이해심이 깃든 좋은 것이 나오지 않는다면, 그게 다 무슨 소용일까?

그러는 동안 그 악귀들은 자꾸만 그녀의 옷장 속 옷들 사이로 몰
래 비집고 들어왔고, 아침에 그녀가 옷을 입을 때마다 오한으로 떨
게 만들었다. 그게 아니면 방구석에 웅크리고 앉아 엄지손가락 살
갗을 뜯어내고 있는 모습을 그녀에게 들키곤 했다. 치료사들은 그
녀에게 말했다. 당신은 아무것도 확신하지 않는군요(그녀가 치료사
를 찾아간 것도 오래전의 일이었다). 확신이란 적어도 자기 손톱 주변
에서 떼어 낼 수 있는 1밀리미터의 굳은살이었다.

그런데 여기 그가 와서 대문을 열고 있다. 대문 안으로 들어와서
는 걸쇠가 녹슨 문을 닫느라 더듬거린다. 부엌 라디오에서는 「스카
버러 페어」가 흘러나온다. 그 노래가 전하는 애수, 파도 거품과 아
마포 셔츠와, 달콤함보다 시큼함이 더한 진정한 사랑에 관한 그 모
든 것에 헬렌은 속이 울렁거린다. 이따금 아서와 나머지 남자들에
관해 험한 생각이 머릿속을 스치곤 했지만, 대체로 그녀는 생각을
걷잡는 방법을 배웠다. 등대가 어떤 비밀을 말해줄 수 있을까. 그 남
자들의 비밀은 그녀의 비밀과 마찬가지로, 수면 아래 묻혀 있었다.

남편에 대한 헬렌의 기억은 여러 개로 조각나 있었다. 부엌 창문
으로 들어오는 나뭇잎처럼 이리저리 날리는 바싹 마른 기억의 비늘
들. 가끔은 그 하나를 붙잡고 가만히 바라보는 일도 있겠지만, 대체
로 그녀는 발목 주변에 날리는 그 나뭇잎들을 보면서 그것들을 쓸
어버릴 힘을 대체 어떻게 끌어낼까 생각하곤 했다.

그 상실의 여파로 변한 건 아무것도 없었다. 노랫말은 계속해서

쓰였다. 사람들은 계속해서 책을 읽었다. 전쟁은 멈추지 않았다. 테스코 슈퍼마켓에서는 카트 옆에서 말다툼을 벌이다가 차에 올라타서 문을 쾅 닫는 부부가 있었다. 삶은 끊임없이, 연민도 없이 스스로를 새롭게 바꿔나갔다. 시간은 평소의 리듬대로 밀려왔다. 시간은 오고 가며 시작과 끝을 매듭짓고, 도시 외곽 숲속에서 들리는 휘파람 소리에는 아랑곳없이, 모든 것을 제자리에 놓으며 현명하게 나아가고 있었다. 그것은 메마른 입술에서 나오는 휘파람으로 시작되었다. 세월이 흐르는 사이 그 소리는 날카로워져 또렷하게 계속되는 하나의 음이 되었다.

이제 그 음이 현관 벨소리와 함께 울렸다. 헬렌은 카디건 주머니에 양손을 찌르고 손가락 사이에서 보풀을 만지작거렸다. 그 느낌, 손톱 바로 밑에서 그것을 굴리는 느낌이 좋았다. 딱히 아픈 것 같지는 않으면서 아픈 느낌이.

6

헬렌

들어오세요. 어서 들어와요. 집이 엉망이라 죄송해요. 그렇지 않다고 말해주시니 친절하시군요. 하지만 사실 엉망인걸요. 커피나 차 드시겠어요? 차요, 잘됐네요. 우유랑 설탕 넣으세요? 물론이죠, 요즘엔 다들 우유랑 설탕을 넣거든요. 우리 할머니는 레몬 한 조각 넣어서 블랙으로 드셨어요. 요즘엔 그렇게 안 하더라고요. 케이크 드실래요? 집에서 만든 케이크는 아니에요.

그래, 작가라고요. 정말 근사하네요. 지금까지 작가를 만나본 적이 없거든요. 그 일은 누구나 자기도 할 수 있다고 말하는 것 중 하나죠 그렇지 않나요. 책을 쓰는 거 말이에요. 나도 책을 쓸까 생각은 했었지만, 나는 작가가 아닌걸요. 내가 쓰고 싶은 이야기를 생각할 수는 있어도 그걸 다른 사람들한테 전달하는 건 전혀 다른 문제죠. 바로 그게 차이점인 것 같아요. 아서가 죽은 후 다들 나에게 책을 쓰는 게 좋을 거라고 하더군요. 내 감정을 종이에 적어서 마음속을 싹 비워버리라고 말이죠. 작가님은 창의적인 분이니까, 창의적인 일을 하면 자신이 더 세련된 사람처럼 여겨진다는 걸 믿으시겠죠? 어쨌든 난 어떤 글도 쓰지 않았어요. 모르는 사람들에게 내가 무슨 말을 하고 싶어서 글을 썼을까, 지금 생각해봐도 잘 모르겠어요.

20년이 흘렀다니, 세상에나, 믿기지가 않네요. 왜 우리의 이야기를 택하셨는지 물어봐도 될까요? 혹시라도 내 남편이 작가님 책에 등장하는 마초 같은 남자이길 바라신 건 아닌가요. 그래서 내가 무슨 임무나 난파선 또는 어떤 얘기든 들려주기를 기대하신 건 아닌가요. 그렇다면 생각을 바꾸셔야 할 거예요.

맞아요, 그 사건이 흥미롭긴 하죠. 작가님이 소문을 믿는다면요. 하지만 사건의 내부자였던 나로서는 실상은 그것과 다르다고 봐요. 그렇다고 작가님이 유감으로 생각하시면 안 돼요, 그럼요, 그러지는 않으시겠죠. 남편 아서 얘기를 하셔도 괜찮아요. 그런 게 그 사람을 내 곁에 있게 해주거든요. 만약 그런 일이 없었던 척하려고 애썼다면 난 이미 오래전에 문제가 생겼을 거예요. 살면서 일어나는 일은 인정해야 하는 법이죠.

그동안 별별 이야기를 다 들었지요. 아서가 외계인에게 납치되었다. 해적에게 살해되었다. 밀수업자들에게 공갈 협박을 당했다. 그이가 다른 등대원들을 죽였다, 아니면 그들이 그이를 죽였다, 그러더니 서로를 죽였다고 하고, 나중에는 다들 자살했다고도 하더군요.

한 여자 때문에, 아니면 빚 때문에, 아니면 파도에 쓸려 온 보물상자 때문에 다투다가 그렇게 됐대요. 그 남자들에게 유령이 씌었다고도 했고 정부에 납치당했었다고도 했어요. 스파이들한테 위협을 받았다거나 바다뱀에게 잡아먹혔다는 말도 있었죠. 그들 중 한 사람이, 또는 모두가 미쳤다는 말도 있었고요. 아니면 지도 위에 십자가를 놓아야만 찾을 수 있는 남아메리카의 대농장에 재물을 묻어두고 아무도 모르는 비밀스러운 삶을 살았다고도 했죠. 또 그들이 배를 타고 팀북투까지 갔는데 그곳이 너무 마음에 든 나머지 돌아오지 않았다고도 했고요······. 그로부터 2년 후에 루컨 경*이 사라졌을 때는, 루컨 경이 어느 외딴 섬에 사는 아서와 나머지 등대원들을 만나러 갔다고 말하던 사람들도 있었어요. 아마도 버뮤다 삼각지를 통해 날아온 불쌍한 걸인들도 같이 살고 있었을 기라면서요. 아니, 정말이라니까요! 물론 작가님은 그 이야기가 더 마음에 들겠지만, 그건 얼토당토않은 소리예요. 우리는 지금 작가님의 세계에 있는 게 아니에요. 우리가 있는 곳은 내가 사는 세계예요. 그리고 이건 스릴러가 아니라 내 삶이고요.

5분 정도 내드리면 되겠죠? 시계를 케이크라고 생각하면 5분의 크기만큼만 자르면 되잖아요. 그렇게 잘라서 접시 주세요, 한 다음

---

* 본명은 존 빙엄 루컨 백작 7세(1934~). 영국 귀족으로 살인 혐의를 받던 중 1974년에 실종되었다.

여기 있어요, 하고 내주는 거죠. 솔직히 빵 굽는 데는 소질이 없다고 고백해야겠네요. 이유는 잘 모르겠지만, 왠지 그건 여자라면 당연히 해야 하는 일 같잖아요. 아서는 그런 것들을 나보다 더 잘했어요. 등대원들이 훈련의 일환으로 빵 굽는 법을 배운다는 거 아셨어요? 등대원이 되려면 온갖 일을 다 배우거든요.

모든 타워 등대 중에서 비숍 등대 이름이 제일 좋은 것 같아요. 그 이름이 아주 위풍당당하게 들리거든요. 비숍 하면 체스에서 조용하고 위엄 있는 말이 떠올라요. 아서는 체스 실력이 보통이 아니었어요. 그래서 나는 절대 그이와는 체스를 두지 않았죠. 왜냐면 우리 둘 다 지는 걸 싫어했거든요. 나는 그이에게 양보하지 않았고, 그이도 나한테 양보하지 않았죠. 그이는 등대원이라 카드나 게임을 좋아할 수밖에 없었어요. 등대에선 남는 시간이 너무 많으니까요. 크리비지 게임 한 판, 진 러미 한 판은 서로 돈독해지기에도 좋죠. 그리고 차! 등대원이 노련한 게 하나 있다면, 그건 차 마시는 거예요. 등대원들은 하루에 서른 잔은 마실걸요. 수많은 등대에서 유일한 규칙이 있다면, 주방에 있는 사람이 차를 준비한다는 거랍니다.

등대원들은 평범한 사람들이에요. 작가님도 곧 알게 되겠지만 그렇다고 실망하지 않으셨으면 좋겠네요. 외부 사람들은 등대원을 뭔가 비밀스러운 직업으로 생각하면서, 우리가 사는 방식이 꽤 폐쇄적일 것이라고 짐작하죠. 등대원과 결혼하면 근사할 거라는 생각도 하고요. 등대 일의 신비로움 때문이죠. 하지만 그렇지 않아요. 요약

해서 말하자면, 떨어져서 지내는 시간이 길고, 같이 지내는 시간은 짧고 치열하다는 것을 각오해야 해요. 치열한 시간이란, 멀리 떨어져 있던 두 친구가 재회하는 경우와 비슷한데, 그게 설레기도 하지만 쉽지 않을 수도 있거든요. 8주 동안 내 마음대로 지내다가 한 남자가 내 집에 들어왔는데, 갑자기 그 남자가 이 집의 주인이 돼버리니 나는 두 번째 바이올린을 연주해야 하는 거죠. 그런 생활은 매우 불안정할 수 있어요. 그건 일반적인 결혼 생활이 아니랍니다. 우리의 결혼 생활은 분명 그러지 않았어요.

바다가 그립냐고요? 아뇨, 전혀요. 그 일이 있었던 후로 바다와는 멀리 떨어진 곳으로 이사하고 싶어 견딜 수가 없었어요. 그래서 여기로 온 거예요, 도시로. 우리가 살았던 등대원들의 사택은 사방이 바다로 에워싸여 있었어요. 창문 너머에 보이는 풍경이 바다였고, 몸을 돌릴 때마다 바다가 보였죠. 가끔은 이러다가는 어항 속에서도 살 수 있을 것 같다는 느낌이 들죠. 폭풍이 일고 번개가 칠 때의 바다는 아주 장관이었고, 석양도 예뻤지만, 대체로 바다는 회색이었어요. 커다란 회색 바다, 그 위에서 별다른 일이 일어나지 않는. 물론 회색보다는 녹색에 가깝지만요. 그러니까 세이지 색이나 오드닐 색이라고 할까. '오드닐'이 '나일 강의 물'이라는 뜻인 거 아셨어요? 왠지 모르지만 난 항상 그 단어가 '무無의 물'이라는 뜻이라고 생각했어요. 그래서 나에게는 바다가 그렇게 느껴지나 봐요. 지금도 여전히 그렇게 생각되고요. 무의 물.

오늘 아침이라고 해서 아서가 사라졌던 그날보다 조금이라도 더 납득이 가는 건 아니에요. 하지만 그때보다 마음이 더 편해지기는 했죠. 시간이 지나면 과거에 벌어졌던 일에 대해 좀 더 거리를 두고 보게 되고, 옛날에 느꼈던 모든 감정이 고스란히 그대로 다가오지는 않거든요. 그 감정들은 가라앉아서 처음과는 달리 마음의 앞자리를 차지하지 않게 되죠. 어떤 날은 그것, 그러니까 사람들이 그 타워에서 발견했던 것들이 이상하게 여겨지지 않으니 야릇한 일이지요. 그리고 나는 사실, 거센 바다가 그들을 휩쓸어 삼켜버린 거라고 생각해요. 그러다가도 어떤 날에는 그 일이 너무 기이하게 느껴져서 숨이 막혀오기도 하죠. 내가 떨쳐버릴 수 없는 세세한 것들이 너무 많아요. 안에서 잠긴 문이라든가 멈춘 시계 같은 거요. 그런 것들이 자꾸 나를 괴롭히고, 어쩌다가 밤에 그 일이 생각나기 시작하면 나는 나 자신한테 엄격하게 굴면서 애써 그 생각을 몰아내야 하죠. 그러지 않으면 도저히 잠을 잘 수 없을 거예요. 그리고 우리 사택의 창밖으로 보이던 바다 풍경이 계속 떠오를 거예요. 그 바다는 너무 크고 공허하고 무심해 보여서 벗 삼을 라디오를 켜두어야 한답니다.

　무슨 일이 있었는지는 방금 말씀드린 것 같네요. 바다가 갑자기 다가와 그들도 모르는 사이에 덮쳐버린 거예요. 오컴의 면도날이라고 하죠. 가장 단순한 해답이 대개는 옳다는 법칙 말이에요. 작가님에게 수수께끼가 주어졌다면, 그걸 부분의 합 이상으로 복잡하게 보지 마세요.

아서는 익사했다는 게 유일하게 합리적인 설명이에요. 작가님이 동의하지 않는다면 유령이니 음모론이니, 아까 말한 것처럼 사람들이 믿는 온갖 헛소리 같은 별의별 허황된 길을 따라가는 거예요. 사람들은 아무거나 믿으려 들고, 선택권이 주어지면 진실보다는 거짓말을 택하죠. 보통은 거짓말이 더 흥미로우니까요. 하지만 말했다시피, 바다는 흥미롭지 않아요. 날마다 보면 흥미로울 수가 없죠. 하지만 그들을 데려간 건 바로 그 바다예요. 내 마음엔 한 점 의심도 없어요.

타워 등대에 관해―혹시 그런 타워에 가본 적이 있나요?―작가님이 알아야 할 건 그게 바다에서 곧장 솟아올라 있다는 거예요. 우리가 섬에서 보는 바위 위의 등대가 아니에요. 섬에는 등대 주변에 산책을 하거나 딧밭을 가꾸거나 양을 키우거나, 뭐든 하고 싶은 일을 할 만한 작은 땅이 있죠. 그리고 육지 등대랑도 달라요. 육지 등대는 본토에 있어서 가족들과 가까운 곳에서 지내고, 당직이 돌아왔을 때 자기 할 일을 다 하는 한, 비번일 때는 차를 몰고 마을로 가서 돌아다니고 평상시처럼 지낼 수 있잖아요. 하지만 타워 등대는 바다에 비죽 솟아 있어서 등대원들이 갈 데가 없어요. 등대 안에 있거나 셋오프에 나가 있는 게 전부죠. 운동하고 싶으면 셋오프를 돌며 뛸 수는 있지만 금방 머리가 어지러워질걸요.

아, 맞다. 미안해요. 셋오프는 출입문 아래에 있는 기단을 말해요. 커다란 도넛처럼 타워를 에워싸고 있죠. 셋오프는 수면으로부터 6미터에서 9미터 정도 높이에 있는데, 듣기엔 꽤 높은 것 같지만, 거기 나가 있을 때 파도가 덮치면 그냥 가는 거예요. 거기서 낚시를 하거나 새를 관찰하거나, 책을 읽으며 낮 시간을 보내는 등대원들도 있대요. 아서도 분명 그랬을 거예요. 그이는 늘 독서를 좋아했거든요. 그이는 등대 근무가 배움의 시간이라고 하면서 소설이며 전기, 우주에 관한 책들까지 온갖 책들을 가져갔어요. 그이는 지질학에도 흥미를 갖게 됐어요. 돌이니 암석이니 연구하는 거요. 그래서 돌들을 모으고 분류하곤 했어요. 그런 식으로 서로 다른 시기에 관한 온갖 것들을 배울 수 있다고 했죠.

셋오프에 나가서 무얼 하든, 타워에서 신선한 공기를 마실 수 있는 곳은 거기뿐이에요. 타워의 벽이 너무 두꺼워서 창문 밖으로 고개를 내밀 수가 없거든요. 게다가 안쪽 창과 바깥쪽 창 사이가 90센티미터에서 120센티미터쯤 떨어져 있는 이중창이라, 공기를 마시려면 그 사이의 작은 공간에 들어앉아야 하는데, 그게 편안할 리는 없겠죠. 갤러리에 나갈 수도 있긴 해요. 갤러리는 꼭대기 랜턴실 주변의 통로인데, 거기도 공간이 별로 없고, 게다가 거기서라면 아주 아주 긴 낚싯대가 필요하지 않을까요.

그들 중 한 사람, 그게 누군지 짐작하고 싶지는 않지만, 그게 아서가 됐을 수도 있었을 거예요. 그이는 남들과 떨어져서 혼자만의 시간을 보내는 걸 좋아했으니까요. 그이가 셋오프에 앉아서 책을 읽고 있었을지도 모르죠. 바람이 고요하다가도, 한두 번 돌풍이 부는가 싶으면 난데없이 커다란 너울이 솟구쳐서 셋오프에 있던 사람을 쓸어 가버릴 수도 있지요. 바다는 그럴 수 있어요. 작가님도 알게 될 거예요. 아서도 초창기에 한 번, 에디스톤 등대에서 휩쓸린 적이 있었죠. 막 부등대원이 됐을 때 거기 나가서 빨래를 말리고 있었는데 갑자기 거대한 파도가 덮쳐 그이를 넘어뜨린 거예요. 다행히 동료가 같이 있어서 그이를 붙잡았으니 망정이지, 그러지 않았다면 난 훨씬 더 전에 남편을 잃었을 거예요. 크게 놀라긴 했지만, 그이는 무사했죠. 하지만 빨래까지 무사했다고 할 수는 없겠네요. 아마 그이는 다시는 그 빨래를 보지 못했을걸요. 그이는 구호선이 오는 날까지 다른 사람들의 옷을 빌려 입어야 했죠.

하지만 그런 일도 아서를 흔들지는 못했어요. 등대원들은 낭만적인 사람들이 아니에요. 불안해하거나 너무 깊이 생각하지도 않죠. 그 일에서 중요한 건 냉철함을 유지하고 해야 할 일을 하는 거예요. 그러지 않았다면 트라이던트 사가 그들을 고용하지 않았겠죠. 아서는 절대 바다를 두려워하지 않았어요. 아무리 바다가 험할 때도요. 타워에 폭풍이 칠 때는 물보라가 주방 창문까지 올라온다고 그이가 말하더군요. 그 창문 높이가 25미터나 된다는 걸 잊지 마세요. 그리고 바위와 커다란 돌들이 굴러 기단에 부딪히면 타워가 떨리면서 흔들린대요. 나라면 겁에 질렸을 거예요. 하지만 아서는 그러지 않았죠. 그이는 바다가 자기편이라고 느꼈어요.

그이가 뭍에 왔을 때 가끔은 기운이 없어 보였어요. 물 밖으로 나온 물고기 같았달까, 그 말이 정확하네요. 여기서는 뭘 어쩔 줄 몰라 쩔쩔맸던 반면 바다에서는 어떻게 해야 하는지 잘 알고 있었거든요. 그이가 타워로 돌아가는 날 작별 인사를 할 때면 그 타워를 다시 볼 생각에 정말 기뻐한다는 걸 느낄 수 있었어요.

작가님이 바다를 다룬 책을 얼마나 많이 내셨는지 모르지만, 바다에 관한 이야기를 쓰는 것과 실제 바다를 있는 그대로 쓰는 것은 달라요. 주의하지 않으면 바다가 작가님한테 덤벼들 거예요. 바다는 순식간에 마음을 바꾸고, 작가님이 어떤 사람인지는 신경 쓰지 않아요. 아서는 그걸 예측하는 법을 알고 있었어요. 구름 모양이 어떤지 창문에 부딪히는 바람 소리가 어떤지 그런 걸로요. 소리만 듣고도 바람의 세기를 알아맞힐 수 있었죠. 그래서 만약에, 정말 누구보다 경험이 많은 그이 같은 사람이 파도에 휩쓸렸다면, 그건 바다가 갑자기 변할 수 있다는 걸 증명해주는 거죠. 어쩌면 그이가 도와달라고 소리칠 시간적 여유가 있어서 다른 등대원들이 달려 나왔을 수도 있을 거예요. 셋오프는 미끄럽지, 거기에 공포가 덮친 상황이라면, 여차하면 세 사람 모두 휩쓸리는 건 일도 아니죠, 그렇지 않나요?

잠긴 문이 이상하기는 해요. 그건 인정할게요. 계속 마음에 걸리는 게 그 출입문이 두꺼운 포금 덩어리라는 거예요. 타워의 문은 충격에 견딜 수 있어야 하거든요. 그 문은 작가님을 거뜬히 쳐서 넘어뜨릴걸요. 그런데 그게 안에서 빗장이 걸려 있다니, 그게 나를 괴롭히는 문제 중 하나예요. 하지만 등대에서, 문을 고정하도록 가로질러 끼우는 무거운 쇠막대가 있다면, 이런 생각도 해볼 만하죠. 문이 닫혀 있을 때 그 쇠막대가 떨어질 가능성이 있지 않을까, 아주 거센 힘으로 문이 닫혔다면……?

모르겠어요. 그게 미친 소리로 들린다면 다른 이유를 댈 수 있는지 자문해보시고, 한밤중에 그것들을 곰곰 생각해보시면서 어느 게 더 그럴듯한지 보세요. 멈춘 시계들과 잠긴 문, 차려진 식탁, 벌써 상상력이 샘솟죠? 하지만 나는 그것들을 현실적으로 바라보죠. 나는 미신을 믿지 않아요. 아마도 그날 식사 당번이 다음 식사를 위해 미리 준비해놓았던 거겠죠. 등대에서는 음식을 매우 강조하고 등대원들은 하루 일과를 따박따박 지키며 생활해요. 그리고 2인분의 식사만 차려져 있었다는 것에 대해선, 글쎄요. 아마 세 번째 것까지는 미처 못 차렸을지 모르죠.

그리고 두 개의 시계가 똑같은 시간에 멈춰 있다? 묘하긴 해도 불가능한 일은 아니죠. 입에서 입을 거치면서 점점 더 왜곡되는 그런 소문 중 하나예요. 어느 기발한 사람이 그 이야기를 지어내고 그러고 나면 그게 사실이 아닌데도 어느 날 사실이 되어버리죠. 해로운 얘기나 해대는 쓸모없는 사람이 지어낸 말일 뿐이에요.

나는 트라이던트 사가 그 등대원들이 익사했다는 결론을 내서 남은 가족들을 위해 이런 불확실성을 없애주기를 바랐지만 그렇지 않았어요. 내 생각에 그건 익사예요. 내 머릿속에 무슨 생각이 있는지 스스로 잘 알고 있어서 다행이라고 생각해요. 설사 그게 공식 견해는 아닐지라도 내게는 그게 필요하니까요.

빌의 아내인 제니 워커는 똑같이 말하진 않을 거예요. 그녀는 답이 없다는 걸 좋아하죠. 만약 답이 있다면 빌이 돌아올 거라 기대할 수 있는 마지막 희망마저 사라질 테니까요. 그들은 돌아오지 않을 거예요. 하지만 사람들은 자기가 원하는 대로 사물을 바라보죠. 다른 사람에게 이런저런 방식으로 슬퍼해야 한다고 강요할 수는 없어요. 그건 아주 개인적이고 사적인 일이잖아요.

그래도 안타까워요. 우리에게 일어난 일이 우리를 하나로 묶어줬으면 좋았을 텐데 말이죠. 우리 여자들. 우리 아내들요. 그런데 정반대였어요. 10주년 추도일 이후로 나는 제니를 보지 못했고, 심지어 그날도 우리는 말을 나누지 않았어요. 서로의 근처에 가지도 않았죠. 안 그랬으면 좋았겠지만, 그렇게 됐네요. 사실이 그렇더라도 그걸 바꿔보려는 나를 막지는 못해요. 나는 사람들이 이런 것들을 공유해야 한다고 믿어요. 최악의 일이 일어나면 혼자서 감당해내지 못하거든요.

그래서 지금 내가 작가님한테 말씀드리는 거예요. 작가님은 진실을 알리는 데 관심이 있다고 말하고 있으니까요. 그리고 나도 마찬가지고요. 정말이지 우리 여자들은 서로에게 중요한 사람들이에요. 사라져버린 그 남자들보다 더 중요하죠. 하지만 그게 작가님이 듣고 싶은 이야기는 아닐 거예요. 작가님이 낸 다른 책들처럼 이 책은 남자들에 관한 이야기잖아요? 남자들은 남자들한테 관심이 있죠.

하지만 아뇨, 나한테는 그렇지 않아요. 그 세 남자는 우리 셋을 두고 떠났고, 나는 그 뒤에 남은 것에 관심이 있어요. 우리가 지금이라도 할 수 있다면, 남은 것으로 우리가 무엇을 할 수 있을까 하는 것에요.

소설을 쓰는 작가님이니까, 미신 같은 것을 중요시하겠죠. 하지만 나는 그런 걸 믿지 않는다는 사실을 기억해주세요.

그런 게 어떤 거냐고요? 모르는 척하지 마세요, 작가시잖아요. 잘 아시면서. 지금껏 살아오면서 난 두 부류의 사람이 있다는 걸 깨달았죠. 깜깜한 집에 혼자 있을 때 끼익거리는 소리를 듣고 바람 때문이라고 생각해서 창문을 닫는 사람, 촛불을 밝히고 살펴보러 가는 사람.

7

배스 주 웨스트 힐 머틀 라이즈 16번지

콘월 주 모트헤이븐 케슬 주택

제니퍼 워커

1992년 6월 2일

제니에게

마지막으로 편지를 쓴 지도 한참 지났네요. 더 이상 답장을 기대하지는 않지만, 그래도 내 편지를 읽어주리라는 기대의 끈을 놓지 않고 있어요. 실례가 아니라면 그 침묵을 우리 사이의 평화로 해석하고 싶네요.

　내가 샤프 씨한테 이야기를 들려주고 있다는 사실을 알리고 싶었어요. 가볍게 내린 결정은 아니란 걸 알아줘요. 제니도 그렇지만, 나도 지금까지 그 일에 관해 외부인에게 정보를 공개한 적이 없어요. 트라이던트 하우스가 지시를 내렸고 우리는 그대로 따랐으니까.

하지만 제니, 난 이제 비밀이 지긋지긋해요. 20년은 긴 시간이죠. 난 늙어가고 있어요. 이제 놓아줘야 할 것이 많고, 오랜 세월 동안 많은 이유로 말없이 짊어져왔던 짐들이 많은데, 이제는 그걸 공유해야겠어요. 부디 이해해주세요.

언제나처럼 제니와 가족들의 행운을 빌어요.

헬렌 드림

8

제니

점심을 먹고 나자 비가 내리기 시작했다. 제니는 비를 싫어했다. 아이들이 비를 맞고 들어왔을 때 빗물을 뚝뚝 흘려 난장판을 만드는 게 싫었고, 특히 해나가 쌍둥이 유모차를 끌고 왔을 때, 더욱이 그녀가 유모차를 닦고 난 후라면, 솔직히 닦지 않았을 때보다 더 성가셔졌다.

그런데 그는 어디 있는 걸까? 5분이 지났다. 정말 무례하기도 하지, 그녀는 생각했다. 먼저 만나달라고 부탁한 건 제니가 아니라 그쪽인데도 약속 시간에 늦다니. 제니가 그를 만나기로 결심한 건 단지 헬렌 때문이었다. 자신에 관해 사실이 아닌 것―또는 사실인 것―을 헬렌 블랙이 대신 말하는 것도 싫었고 그 모든 것을 책에 쓰게 해서 세상에 보여주는 것도 싫었기 때문이다. 물론 그 작가는 유명한 사람 같았다. 그렇다고 제니가 감명받은 건 아니었다. 제니는 책을 읽지 않았다. 한 달에 두 번 오는 잡지 《포천 앤드 데스티니》면 족했다.

이 남자는 그녀가 레드카펫이라도 깔아주기를 기대하는 게 분명했다. 늦든 말든 중요하지 않은 모양이었다, 잘나가는 멋쟁이 작가 선생님이라 내키는 대로 행동할 수 있을 테니까. 이제 그는 질척거리는 구둣발로 집 안에 들어올 것이다. 제니는 손님에게 구두를 벗어달라고 부탁하기는 곤란하다는 걸 깨달았다. 손님이라면 부탁하지 않아도 눈치껏 알아서 해야지.

비를 싫어하는 건 그녀에게 굳어져버린 심리였다. 빌이 타고 올 구호선을 생각하던 그 모든 세월은 시들해지고 있었고 그녀가 그를 다시 볼 날까지는 더 많은 시간이 남아 있을 터였다. 집으로 오는 빌에게 달려가던 그 시절의 그녀는 날씨에 집착했고, 날씨가 바뀌면 그를 데려다줄 배가 출항하지 못할까 걱정했었는데, 그녀가 날씨를 지켜볼수록 날씨는 그녀를 괴롭힐 생각으로 더 변덕을 부렸던 것 같다. 그들 부부는 빌이 은퇴하면 스페인으로 이주해 그동안 저축한 약간의 돈으로 남부에 집 하나를 살 계획이었다. 수영장, 토분을 놓은 중정, 문 주변을 장식한 분홍색 꽃들, 그리고 휴일이면 아이들이 찾아올 터였다. 제니는 햇살이 더 좋았다. 비가 오면 기분이 가라앉았다. 잉글랜드의 비는 몇 달이고 쉬지 않고 내려 사람을 너무 우울하게 만들었다. 계획대로 그들이 스페인에 갔다면, 뼛속까지 따뜻한 곳에서 석양을 보며 브랜디 알렉산더를 마실 수 있었다면, 제니는 괜찮았을 것이다. 요즘은 비가 올 때마다 그런 일은 결코 없으리라는 사실을 다시금 돌이키게 되었다.

헬렌이 보낸 편지는 쓰레기통에 처박혀 있었다. 그 편지를 열어보지 말고 봉투째 찢어버렸어야 했다. 편지함에 편지가 떨어질 때마다, 그녀는 혼잣말을 했다. 성냥불을 붙일 거야, 갈가리 찢어버릴 거야, 하수구에 처박아버릴 거야.

그러나 그런 적은 없었다. 제니의 언니는 그 편지가 그녀를 빌에게 더 가까이 데려다줄 거라고, 헬렌의 편지들을 읽으라고 했다. 제니가 그 편지들을 경멸하든 아니든 그것은 실종된 그녀 남편과의 연결 고리라는 것이었다. 헬렌의 편지들은 그 일이 현실이었다는 증거였다. 제니는 빌과 결혼했었고, 그들은 사랑했었다. 그것은 행복한 과거였다. 꿈이 아니었다.

거실에 놓인 TV는 「제시카의 추리극장」이 나오던 중 맛이 가버렸다. 제니는 긴 안락의자에서 몸을 일으켜 TV를 한 대 쳤다. 화면이 다시 나왔다. 주인공이 총잡이를 피해 옷장 안에 숨어 있었다. 그녀는 생각했다, 나도 저럴 수 있는데. 수납장 안에 들어가서 집에 없는 척할 수 있는데. 그러나 이 댄 샤프라는 남자는 당장이라도 들어올 것이다. 만약 제니가 이 남자를 만나지 않으면, 그 여편네가 무슨 거짓말을 했는지 알 도리가 없었다. 비록 그동안 메이든 록에 관한 온갖 쓰레기 같은 글들을 읽어왔고, 그런 이야기들은 많이 에누리해서 받아들여야 한다는 걸 알고 있었지만, 여전히 제니는 그런 이야기에 관심을 갖는 것이 자기 의무라고 여겼다. 신문에서 어떤 기사를 볼 때마다 전화를 걸어서 담당자와 통화했고, 그래서 할 말을 하고 내용을 바로잡아야 직성이 풀렸다. 그것은 그녀가 편들어줘야 하는 그녀의 식구 같았다.

하늘이 점점 어두워졌다. 멀리 집들의 지붕 위로 제니가 구명대처럼 집착하는 바다가 띠처럼 펼쳐져 있었다. 그녀에겐 바다가 필요했다. 빌과 가장 가까웠던 바다가 거기 있음을 확인해야 했다. 날씨가 궂을 때면 그 바다 풍경은 사라졌고, 그러면 그녀는 공황에 빠졌다. 바다가 사라졌다고, 바다가 가까이 있지 않다고, 또는 바다가 완전히 말라버려 남편의 뼈가 모래 위에 내동댕이쳐졌다고 상상하면 견딜 수 없었다.

등대원은 절대 지기 빛을 버리지 않는다.

빌이 사라졌을 때 그녀가 수없이 들은 말이었다.

그렇다면 빌은 무엇을 *했단* 말인가? 지난 세월 동안 그녀는 모르고 지내는 것에 익숙해졌다. 모르는 게 편했고, 심지어 바닥에 구멍이 나 아무 도움이 되지 않는 너덜너덜한 슬리퍼도 편해서 벗지 않았다.

그래, 아내는 절대 남편을 버리지 않는 법이다. 제니는 절대 이사가지 않을 생각이었다. 진실을 알 때까지는. 그러다 만에 하나 진실을 알게 되면, 어쩌면 그런 다음에는 잠들 수 있을 것이다.

손님이 문간에 도착하는 소리가 들렸다. 발을 끄는 소리와 흡연자의 기침 소리. 손가락 마디로 문을 두드려 그녀를 놀라게 하는 소리. 그녀는 떨리는 손을 꽉 그러쥐었다. 그래 맞아, 초인종이 부서졌었지, 그녀는 기억해냈다.

9

제니

작가님을 더 빨리 만날 수도 있었을 텐데 차 타이어가 펑크 났지 뭐예요. 형부가 와서 고쳐주기를 기다리는 중이에요. 내가 자동차를 잘 몰라서요. 옛날엔 빌이 그런 것들을 나 해줬는데. 이제 그이는 없지만, 언니네 부부인 캐럴과 론이 근처에 살아서 다행이에요. 그들 없이는 무얼 어떻게 해야 할지 몰라요. 아마도 난 감당할 수 없을 거예요.

들어오세요. 불을 켤게요. 전기세 때문에 집 안에 불을 많이 켜두지 않거든요. 트라이던트 사가 수입을 보전해주지만, 그걸론 얼마 가지 못하고 내 돈을 써야 하죠. 그동안 일을 하지 못해서 따로 버는 건 한 푼도 없어요. 어쨌거나 일한 적도 없고요. 빌이 등대 일을 하는 동안 나는 아이들을 키웠으니 할 줄 아는 게 뭐 있겠어요. 일하려 해도 어디서부터 시작해야 할지 모를 거예요. 내가 뭘 잘하는

지도 모를 텐데요.

그럼 시작하죠. 뭐가 궁금한지 말씀해보세요. 시간을 많이 내지는 못해요. TV를 고치러 사람이 오기로 되어 있어서요. TV가 없으면 난 어쩔 줄을 모를 거예요. 종일 틀어놓거든요. TV가 벗이 되어주죠. TV가 꺼지면 외로워요. 퀴즈 쇼를 좋아한답니다. 번쩍이는 세트가 있는 쇼요. 「패밀리 포천스」는 번쩍이는 조명이랑 상금 때문에 좋아해요. 무대 색깔이 화려한데 그게 좋거든요. 보통은 잠자리에 들 때도 TV를 켜놓아요. 아침에 일어났을 때 거기서 누군가 아침 인사를 해주잖아요. 그게 딴생각을 하지 않는 데 도움이 돼요. 밤엔 딴생각만 나니 최악이죠.

그건 작가님이 쓰기엔 우울한 주제예요. 작가님이 굳이 그걸 책으로 쓸 필요도 없이 애초에 아주 안 좋은 일이었죠. 어쨌거나 작가님이 왜 삶의 어두운 면을 보고 싶어 하는지 이해가 안 가네요. 현실 세계에도 그런 일은 충분하잖아요. 좋은 것에 관한 이야기가 더 많으면 왜 안 되나요? 출판사에 그걸 물어보세요.

뭐 좀 마시고 싶으시죠. 커피는 있지만 차는 다 떨어졌네요. 자동차를 쓸 수 없어 그동안 가게에 가지 못했거든요. 걷는 건 싫어해서. 어쨌든, 나는 차를 안 마셔요. 물도 안 드시려고? 마음대로 하세요.

저건 던지네스에서 찍은 가족사진이에요. 큰 손자는 다섯 살이고 쌍둥이는 두 살이죠. 해나의 애들이에요. 해나는 아이를 일찍 가질 생각이 없었지만 일이 그렇게 돼버렸네요. 해나는 내 큰딸이에요.

그다음이 줄리아, 지금 스물두 살이고, 마크는 스무 살이에요. 두 딸의 터울이 많이 졌는데 임신하기까지 시간이 좀 걸렸죠. 빌이 계속 집을 비웠는데 어떡해요. 아유, 할머니가 되고 나니 젊다는 느낌이 없어요. 늙어버린 것 같아요. 실제 나이보다 더. 손주들이 찾아와서 슬픔에 젖어 지내는 할머니를 보면 걱정할까 봐 애써 태연한 척하지만, 내 딴엔 정말 기를 쓰는 거예요. 빌의 생일이나 우리 결혼기념일이 되면 침대에서 꼼짝하기 싫고, 누가 현관문을 두드려도 일어나고 싶은 생각도 없어요. 내가 움직이고 있는 건지 아닌지도 신경 쓰지 않아요. 그게 다 무슨 소용인지 모르겠거든요. 난 그 일을 영영 극복하지 못할 거예요, 영원히.

결혼하셨어요? 아니, 나라면 그렇게 말하지 않았을 텐데. 작가들은 그렇다고 들었거든요. 자기 머리 바깥에 있는 것보다 머릿속에 있는 것에 더 많이 집착한다고.

내가 작가님 책은 읽은 적이 없어서 작가님이 어떤 이야기를 쓰시는지 몰라요. TV에 나온 것도 있다고요, 정말요? 「해왕성의 활」. 사실, 저도 봤어요. BBC에서 크리스마스 전에 방송했잖아요. 괜찮았었는데. 그게 작가님이군요, 맞죠? 그렇군요.

작가님이 왜 우리 일에 관심이 있는지 모르겠네요. 작가님은 등대든 그 안에서 일하는 사람들이든 뭐든 간에 하나도 모르잖아요. 그때 벌어진 일에 흥분하는 사람들이 많기는 해도, 그걸로 오락거리를 만들려고 여기저기 다닐 필요까지는 없을 텐데. 작가님이 자신을 얼마나 대단하게 생각하는지 몰라도 그 수수께끼를 풀지는 못할 거예요.

빌과 나는 어릴 때부터 연인이었어요. 열여섯 살 때부터 사귀었죠. 나는 그 전에 다른 남자를 사귄 적도 없었고 그 후로도 없었어요. 내가 알기론 우린 아직도 부부예요. 지금도 나는 어떤 문제에 마음을 정하지 못할 때면, 예컨대 손자들이 차 마시러 집에 온다고 해서 세이프웨이 슈퍼마켓에서 피시 스틱을 살 때는 얼마나 사야 할지 정하지 못한 채 빌이라면 뭐라고 했을까 생각해보죠. 그럼 결정이 쉬워지거든요.

난 자기 남편과 다투는 여자들이 도무지 이해가 안 가요. 틈만 나면 불평을 늘어놓고 사람들 앞에서 남편을 깎아내리는 여자들 있잖아요. 더러운 빨랫감을 바닥에 내버려 둔다는 등 설거지를 깨끗이 못한다는 등 하면서요. 맨날 똑같은 타령이나 해대면서, 밤마다 남편과 함께 있을 수 있고 남편을 그리워하지 않아도 된다는 게 얼마나 행운인지 알려고도 하지 않아요. 어쨌든 설거지나 뭐 그런 일들이 아주 중요하다는 것처럼 말하잖아요. 인생은 그런 게 아니에요. 그런 것들을 눈감아줄 수 없다면 인생을 잘못 살고 있다는 얘기죠. 작가님은 아예 결혼하지 마세요.

빌에 대해서 무슨 말을 할 수 있을까요? 무엇보다도 그이는 외부인들이 기웃거리는 걸 대수롭지 않게 생각했을 거예요. 하지만 그 말이 작가님한테 큰 도움이 되지는 않겠네요, 그렇죠?

빌은 처음부터 등대원이 될 운명이었어요. 어릴 때 어머니가 돌아가셨는데, 참 안됐죠. 그이를 낳으면서 어머니가 돌아가셨기 때문에 식구는 아버지와 형제들밖에 없었어요. 그이의 아버지는 등대원이었고 할아버지도 증조할아버지도 등대원이었죠. 빌은 막내였는데, 두 형도 등대원이 됐고요. 그냥 다른 대안이 없었던 거예요. 맞아요, 그이는 그걸 원망스럽게 여겼죠. 마음 깊은 곳에선 다른 일을 하고 싶어 했을 거예요. 하지만 아무도 물어보는 사람이 없어서 그이는 기회조차 없었어요. 그 집안에서 빌은 아무 힘이 없었으니까요, 전혀요.

빌은 항상 다른 사람들을 기쁘게 해주려고 애썼어요. 나한테는 "제니, 난 그냥 편하게 살고 싶어"라고 말했는데, 그러면 나는 그래서 내가 있는 거라고, 그의 삶을 편하게 해주기 위해서 내가 있다고 대답하곤 했죠. 우리 둘 다 화목한 집안에서 자라지 못했기 때문에 처음부터 잘 통했어요. 나는 빌을 이해했고 빌은 나를 이해했죠. 서로에게 애써 자기 자신을 설명할 필요가 없었어요. 보통 사람들이 당연하게 여기는 안락함, 아늑한 집과 식탁 위의 따뜻한 식사 같은 것들. 우리는 아이들을 위해서 더 잘 살고 싶었어요. 제대로 살아보고 싶었어요.

시작할 때는 운이 좋았죠. 가족 모두가 함께 살 수 있는 육지 등대나 집이 제공되는 바위 등대에 발령을 받았거든요. 빌을 처음 만났을 때부터 난 이렇게 말했어요. 난 혼자 있는 걸 싫어한다, 항상 누군가와 같이 있는 걸 좋아한다, 만약 네가 내 남편이 될 생각이라면 그렇게 해줘야 한다고 말이죠. 등대 일은 괜찮았지만, 언젠가 빌이 타워 등대로 발령 날 거라고는 알고 있었어요. 난 그게 무서웠죠. 그렇게 되면 신세 딱한 과부처럼 아이들을 키우며 혼자서 많은 시간을 보내야 했으니까요. 타워에 가고 싶어 하는 사람들은 보통 가족이 없는 남자들이죠. 임시 등대원인 빈스처럼요. 그는 돌봐야 할 사람이 없었고, 그래서 어디로 발령 나든 상관없었어요. 우린 아니었어요. 우린 내키지 않았어요. 정말 화가 나는 건, 우리는 그 끔찍한 타워를 원하지도 않았는데, 어쨌든 타워에 발령이 났다는 거예요. 그래서 어떻게 됐는지 보세요.

메이든 등대는 그중에서도 최악이죠. 너무 멀리 떨어져 있고 생김새도 흉하고 위협적이거든요. 빌은 그 등대 안이 어둡고 답답해서 기분 나쁜 느낌을 받는다고 입버릇처럼 말했어요. "기분 나쁘고 무거운 느낌" 빌은 그렇게 표현했어요. 확실히 요즘 와서 그 생각을 많이 하게 돼요. 그이한테 좀 더 자세히 물어봤으면 좋았겠지만, 보통은 내가 화제를 돌려버렸거든요. 빌을 심란하게 하고 싶지 않았던 거죠. 또 빌이 뭍에 와서 타워 생각을 지나치게 많이 하는 것도 싫더라고요. 타워는 그 자체로 충분히 그를 차지하고 있었으니까요. 우리가 다시 만나기까지 너무 오랜 시간을 기다려야 했기 때문에 빌이 뭍에 왔을 때는 몸도 마음도 온전히 여기 있어야 했어요.

빌이 다시 떠나기 전 며칠 밤은 최악의 시간이었어요. 나는 빌이 뭍에 오자마자 금방 떠난다는 게 토할 것 같았죠. 빌이 집에 있어도 내가 원하는 만큼 실컷 같이 있지 못한 것 같아 시간만 허비했다는 생각이 들었고요. 나는 빌이 다시 떠날 거란 생각에 지나치게 사로잡혀 있었어요. 우린 항상 마지막 밤을 똑같이 보냈어요. 긴 소파에 파묻혀서 「콜 마이 블러프」나 너무 열심히 생각하지 않아도 되는 그런 쇼들을 보았죠. 빌은 떠나기 전에 '통로'가 열린다고 말했어요. 그건 그이가 느끼는 감정, 우울감과 슬픔을 표현하는 방식이었어요. 빌은 등대원들이 잠시 집에서 지내다가 배를 타고 돌아가는 데 익숙해질 무렵부터 그런 감정이 생긴다고 했죠. 그러다가도 며칠이 지나면 떨어져 지내는 것에 익숙해져서 기분이 나아지는데, 그렇게 되기 전까지는 그들의 진짜 삶을 잃어버린 채 그냥 적응해야 한다는 생각이 든대요. 빌은 심지어 집을 떠나기 전부터 그런 감정을 느꼈어요. 그 감정을 예상하기만 해도 거의 그 감정만큼이나 나빴던 거죠. 빌은 창밖을 내다보고 저 멀리서 자기를 기다리는 메이든 등대를 보곤 했어요. 날이 어두워지면 그 등대는 불을 밝히고 이렇게 말하는 듯했죠. 흥! 당신은 내가 당신을 잊었다고 생각했겠지만, 난 잊지 않았어요. 우리로서는 그 타워가 보인다는 게 더 안 좋았어요. 차라리 그게 안 보이는 곳에서 살았다면 더 나았을 거예요.

우리는 구호선의 출발이 미뤄지지는 않나 해서 날씨를 확인하곤 했죠. 늦어지기를 바라는 마음과 그러지 않기를 바라는 마음이 반반이었어요. 늦어지면 늦어진 만큼 기다림이 더 길어지잖아요. 난 빌이 좋아하는 요리들을 만들곤 했죠. 스테이크 파이에 롤 케이크 디저트까지, 무릎에 놓고 먹으라고 쟁반에 받쳐 가져다줬지만, 빌은 많이 먹지 않았어요. 그 '통로' 때문에요.

나는 빌이 돌아올 때까지 날짜를 세며 하루씩 숫자를 지워나갔죠. 아이들 때문에 한숨 돌릴 새가 없었어요. 해나가 아기였을 때는 육지 등대에서 우리 가족이 함께 살았지만, 나머지 아이들은 그럴 기회가 없었네요. 줄리아가 겨우 몇 개월밖에 안 됐을 때 빌이 타워로 발령 났고, 나는 다섯 살 된 아이와 영아산통을 앓는 갓난아기를 데리고 혼자 지냈죠. 정말 힘들었어요. 어쩌다 메이든 등대가 눈에 보일 때마다 울컥 화가 치밀었어요. 저 혼자 만족스럽게 거기 서 있는 꼴이라니. 그것이 그이를 차지하고 나만 혼자라는 마음에 억울했어요. 게다가 그이를 더 필요로 하는 건 나인데.

해나는 아빠가 등대원이어서 자기가 돋보이니 좋아했어요. 친구들 아빠는 우편배달부나 가게 점원이었으니까요. 그런 직업이 잘못된 건 아니지만, 그런 건 흔하고 널렸잖아요, 안 그래요? 해나는 아빠가 기억난다고 말하지만, 내가 보기엔 아니에요. 기억이란 처음 시작될 때는 아주 또렷한 법이고 평생 동안 사람을 꼭 쥐고 놓아주지 않죠. 하지만 기억을 항상 믿을 수 있는 건 아니에요.

빌이 뭍에 오는 날이면, 난 외출해서 그이가 좋아하는 음식을 사오고 특별한 초콜릿을 만들곤 했어요. 나만의 작은 의식 같은 거였죠. 뭐 하나라도 달라지는 건 싫었어요. 빌이 집에 도착하면 뭐가 기다리고 있을지 알기를 바랐거든요. 그러려면 그를 위한 것들이 그대로 준비되어 있어야 했죠. 내가 그를 위해 준비된 여자였던 것처럼요. 그런 사소한 것들이 결혼을 지속하게 해주죠. 비용이 많이 들지는 않지만, 상대한테 사랑한다고 말하고 아무런 대가를 요구하지 않는 것들 말이에요.

남편한테 무슨 일이 일어났는지는 전혀 몰라요. 만약 그들이 문을 열어두고 갔거나, 그 구명 보트를 탔거나, 아니면 방수복과 고무장화가 사라졌다면, 빌이 바다에서 실종됐다고 믿을 수 있었을 거예요. 하지만 구명 보트는 거기 있었고 방수모도 그대로 있었고 출입문은 안에서 잠겨 있었죠. 생각해보세요. 두꺼운 포금으로 된 문이 저절로 잠길 리가 없잖아요. 그리고 시계와 차려진 식탁은 어쩔 건데요. 그건 이치에 맞지 않는 거예요. 바로 그게 이상한 거고요.

빌은 그 전날, 29일에 무전을 했어요. 그때 폭풍이 물러가고 있다고 했어요. 토요일에 구호선을 맞을 준비가 되어 있다고 했죠.

트라이던트 하우스에 그 무전 기록이 있긴 하지만, 그들이 작가님의 접근을 허락하지 않는다는 데 내 돈을 걸게요. 그 사람들은 자기들끼리 쉬쉬하면서 그 일에 관해 떠드는 걸 좋아하지 않아요. 왜냐하면 그들도 사실 당황스럽거든요. 하지만 빌은 내일 구호품을 받고 교대하자고, 아침에 조리의 배를 보내라고 했어요. 그리고 회사 측에선 좋다면서, 빌, 그게 우리가 할 일입니다, 라고 했죠. 사실 난 헬렌이 무슨 생각을 하는지 알아요. 그 여자는 그사이에 커다란 파도가 그들을 덮쳤다고 생각하죠. 헬렌이 그렇게 생각하는 것도 놀랄 일은 아니에요, 그 여자는 원래 상상력이 부족하거든요. 하지만 그 생각은 틀렸어요.

무전을 보내던 빌의 목소리를 절대 잊지 못할 거예요. 그이가 말한 모든 것과 그 말투. 그 목소리는 평소의 남편 목소리 같았어요. 딱 하나 이상했던 건 맨 끝에 좀 오래 기다리다가 무전을 껐다는 거예요. 왜, TV를 보다 보면 수신이 잠시 중단됐다가 화면이 그냥 건너뛸 때 있죠? 그런 식으로요.

난 만약을 가정하는 사람이에요. 그러니까 이런 생각을 곧잘 하죠. 그들이 사라지던 날 만약 그 바다가 변덕스럽지 않았다면? 만약 빌이 납치된 거라면? 무엇이 그들을 납치했는지는 모르겠네요. 그게 무엇인지는 말하고 싶지도 않고요. 가능성이 있는 모든 것들, 무슨 일이 있었는지, 그때의 기분이 어땠는지, 거기에 누가 있었는지, 혹시 그 일을 한 사람이 그들 중 한 명이었는지 하는 것들, 하루도 그런 것을 생각하지 않은 날이 없지만, 늘 똑같은 지점으로 돌아오곤 하죠. 그런 생각을 말로 하면 미친 소리처럼 들리겠죠. 하지만 그건 내가 믿는 것일 뿐이에요. 타워 등대, 먼바다에 홀로 서 있는 등대, 그건 무리에서 떨어진 한 마리 양 같아요. 손쉬운 먹잇감이죠.

작가님은 남들 시선을 신경 쓰는 분 같지는 않네요. 상관없어요. 내가 말하고 싶은 건, 작가님한테 세상 전부와 같았던 한 사람을 잃어보라는 것뿐이에요. 그러고 난 다음 선 하나를 긋고 그래, 다 끝났다, 그들은 떠났다, 이렇게 말하기가 과연 얼마나 쉬운지 보라는 거죠. 난 아직도 남편 목소리가 들려요. 아시겠어요? 지금도 들려요, 너무도 생생하게. 어둠 속에 죽은 듯 있다 보면, 집 안에서 빌이 내 이름을 부르는 소리가 들릴 것 같아요. 마치 뒤뜰에서 부지런히 자전거 체인을 고치다가 들어와서 나더러 커피 한잔하겠냐고 물을 때처럼 그렇게 태연하게.

물론 말도 안 된다는 거 알아요. 이 집은 예전에 우리가 살던 집이 아니에요. 새집으로 이사했거든요. 빌은 내가 어디 있는지 모를 거예요. 어쨌든 우리가 그 사택에서 계속 지낼 수는 없었죠. 거기는 등대원 가족을 위한 사택이지, 실종된 등대원 가족을 위한 집이 아니니까요. 그렇지만, 이사한다는 건 빌이 영영 돌아오지 않는다는 걸 결국 인정하는 일이었어요. 빌이 우리 집 현관에 나타났는데, 거기 내가 없다고 상상하면 슬퍼져요. 하지만 지금 그 메이든 사택의 관리인들 중 한 사람이 나한테 알려주겠죠. 이런 식의 공상들이 내 머리에 떠올라요.

헬렌은 공상을 즐기는 사람이 아니에요. 그 여자는 너무 차갑고 사무적이에요. 바로 그런 이유로 난, 작가님이 그 여자와 이야기하더라도 그녀한테서 진실을 듣지는 못할 거라고 장담할 수 있어요. 그 여자는 진실이란 단어의 의미를 모를걸요. 그 여자를 꽤 오래 알고 지냈지만, 그 여편네가 잘하는 한 가지가 거짓말이에요. 헬렌은 나한테 편지도 쓰고 크리스마스카드도 보내지만, 제발 성가시게 하지만 말아줬으면 좋겠어요. 난 그것들을 읽지도 않았어요. 두 번 다시 그 여자 소식을 듣지 않으면 행복할 것 같네요.

그 여자가 살아온 이야기를 들으셨을 테니, 작가님은 헬렌이 친구 한두 명은 사귀고 싶었을 거라고 추측하겠죠. 하지만 헬렌은 전혀 그런 얘기를 한 적이 없어요. 우리는 서로 이웃에 살았으니 얼마든지 친해질 수 있었을 거예요. 전국 어디서나 주임 등대원의 아내들이 하던 일이 바로 그런 거였거든요. 남자들이 집을 떠나 있는 동안 남은 사택의 가족들을 보살피고 이끌었죠. 우리가 사택에서 사이좋게 지내면, 남자들도 타워에서 사이좋게 지낼 것이다. 그게 우리가 등대 관리 회사 직원 가족으로 지내면서 지키던 규칙이었죠.

그런데 헬렌은 아니었어요. 그 여자는 자기가 특별하다고 생각했어요. 내가 보기엔 주임 등대원 아내 역할을 하기엔 너무 잘났던 것 같아요. 그 비싼 스카프들하며 멋진 보석들이라니. 만약에 이 세상의 모든 돈이 나한테 있어서 그 돈을 내 외모에 쓴다고 해도, 난 여전히 평범할 거예요. 그건 자기 자신한테서 나오는 거니까요, 안 그래요, 예쁨이라는 건? 난 나를 예쁘다고 생각한 적이 없어요.

평상시에 우리는 서로 어깨를 스칠 일이 없었어요. 미안해요. 말이 옆으로 샜네요.

아무것도 믿지 않는다는 건 헬렌한테는 불행이죠. 난 믿음이 없었다면 오래전에 스스로 목숨을 끊어버렸을 거예요. 지금도 가끔은 그걸 생각하지만, 그러다가도 아이들을 생각하면 그럴 수가 없어요.

혹시라도 빌이 저승에 있다는 걸 알게 된다면, 그렇다면 할 수 있을지도 모르죠. 어쩌면요. 하지만 지금은 아니에요. 난 우리의 등대를 계속 밝혀야 해요.

한번은 트라이던트 하우스에서 빌이 고의로 사라졌다고 날 설득하려고 했었어요. 무슨 프랑스 선박 위로 뛰어내려서 새 삶을 시작하러 떠났다고 하더군요. 기가 막혀서, 난 폭력적인 사람이 아닌데, 그 말을 들었을 때 소란을 피우지 않는 게 내가 할 수 있는 최선이었어요. 빌은 절대 나한테 그럴 사람이 아니에요. 빌은 절대 나를 혼자 두고 떠날 사람이 아니에요.

아, 그렇지, 누가 왔네요. TV를 고치러 온 사람이에요.

이제 다 됐나요? 미흡하다면 다시 오시든가요. 작가님더러 계시라고 할 수 없는 게 한 번에 두 가지 일이 벌어지고 있으면 신경이 곤두서서 말이에요. 그리고 지금은 TV 수리 기사한테 가봐야 하고요. 기사님이 잘 고치셔야 할 텐데. 오늘 밤 「컴 댄싱」이 방송되거든요. TV 프로그램을 제대로 보지 못하는 건 정말 싫거든요.

10

헬렌

매년 여름이면 아서의 생일이나 그즈음에 그녀는 순례를 떠났다. 키우는 개를 친구에게 맡기고 열차를 타고 바다에서 가장 가까운 역까지 간 다음 나머지 30분 정도는 택시를 탔다. 크게 변한 건 없었고, 크게 달라진 것도 없었다. 인생사는 지표면 위에서 진행되고 있었으나 그 밑의 땅은 느릿느릿 움직였다. 파도는 언제나처럼 끊임없이, 지치지도 않고 해변으로 밀려왔다. 너도밤나무 이파리들은 중국 부채처럼 펄럭였다.

헬렌은 대로에서 골목길로 접어들었다. 각다귀들이 떨리는 구름을 이루어 떠돌고 있었고 빽빽한 산울타리에서는 만개한 사양채의 농익은 향기와 열기가 피어올랐다. 따뜻한 그림자들이 길 위로 드리워져 있었다. 검게 보이는 나무 기둥들 사이로 오렌지색 태양이 쪼개져 보였다. 그녀는 모트헤이븐 묘지 표지판을 지나갔다. 허물어지는 묘비들은 절벽 가장자리 쪽으로 비틀거리듯 삐딱하게 줄을 벗어나 있었고, 그 너머 바다는 눈부신 푸르름을 자랑하며 넓고 아득하게 펼쳐져 있었다.

그 자리에는 무덤이 있었던 적이 없었다. 대신 바다를 향해 튀어나온 그 곳의 벤치에 이런 글이 새겨져 있었다.

아서 블랙, 윌리엄 워커, 빈센트 본
남편이자 아버지, 형제이자 아들이었던 사랑하는 이들에게
'우리 아버지의 자비가 그분의 등대로부터 영원히 밝게 비치니'

헬렌은 아서가 부르는 그 뱃노래를 수없이 들었었다. 아서는 욕조 위에 걸터앉아, 수증기 속에서 그 곡조를 흥얼거렸다. 대야를 앞에 놓고 얼굴에 비누칠을 하면서, 부엌에서 얇게 저민 베이컨을 구우면서, 문이 세게 닫히는 걸 막는 고정판으로 써도 될 만큼 두껍게 빵을 썰면서도 그 노래를 흥얼거렸다. "낮은 *데서 불빛이 타오르게 하여라, 파도 위로 빛줄기를 보내어라.*" 아서는 해초 냄새를 풍기며 집에 돌아오면 자기 의자에 앉아 기름 번진 종이봉투에서 감자튀김을 꺼내 사슨스 식초에 찍어 먹곤 했다. 큼직한 손은 테라코타 토분처럼 갈라져 있었고, 손톱 주변은 하얗게 빛났다. 아서는 그 손가락으로 물고기를 통째로 잡았다. 아니, 정말 그랬던가? 그에게는 마법이 있었다. 반은 사람이고, 반은 물고기인 바다의 마법. 처음에 헬렌

76

은 그와 결혼하게 될 줄 몰랐다. 그가 태워준 배를 타고 바다에 나갔을 때 그의 모습을 보고 그걸 직감할 때까지 결혼은 생각도 하지 못했다. 그녀는 그냥 알았다. 바다에서의 그는 다르다는 것을. 그건 설명하기 힘들었다. 그의 모든 것이 이해가 되었다.

손가락 표지판이 '등대 구역'을 가리키고 있었다. 그 뒤쪽으로 좁고 구불구불한 오솔길이 있었고, 앵초와 쐐기풀이 덮인 길가 덤불에서 폭발한 듯 퍼진 푸른 신록이 오솔길을 장악하고 있었다. 그 너머로 조금 더 가니 메이든 록의 모습이 보였다.

펜으로 그린 듯 깨끗한 선, 코발트색 바다 위로 그 타워가 뽀얗게 빛났다. 몇 안 되는 등대 애호가들이 여름 동안 이 길을 올 수도 있다고, 헬렌은 생각했다. 그들은 이 지점까지 올 것이다. 다리에 스치는 벚나무와 야생제비꽃을 헤치고 걸어와서 은색 거울 위의 은줄 같은 등대를 멀리서 찬양할 것이다. 그러다 피로를 느끼며 차가운 음료를 찾아 걸음을 돌릴 것이다. 그리고 그들은 두 번 다시 그 등대를 생각할 필요도 없을 것이다.

길을 따라 얼룩덜룩한 빈터로 들어가자 간판이 걸린 금속 대문이 나왔다. '메이든 록 등대: 이곳은 사유지입니다.'

그곳은 이제 휴가철 임대 시설로, 세입자들만 들어갈 수 있다. 길은 쓰레기 수거차가 들어가기에도 너무 비좁고 구불구불하다. 대신 대문 옆에는 흰색 페인트로 지저분하게 숫자가 쓰인 플라스틱 쓰레기통들이 모여 있다.

헬렌이 자신을 향해 걸어오는 아서를 볼 수 있을까 기대하며 매년 찾아오는 곳이 바로 여기였다. 어쩌면 그 옆에는 다른 두 형체가 손짓으로 인사할 것이다. 그러면 그녀도 손짓으로 인사할 것이다. 그녀는 그런 일이 일어나기를 소망해야 했다. 서로 깊은 인연이 있는 그 사람들이 결국엔 다시 돌아오기를.

3   1972년

11

아서
배와 별

네 생각이 가장 많이 나는 시간은 해가 떠오를 때다. 그 직전 1, 2분의 순간에 밤은 아침을 기다리며 하품을 하고 바다는 하늘과 분리되기 시작한다. 날마다 해는 어김없이 다시 떠오른다. 왜 그러는지 이유를 모르겠다. 내가 여기서 나의 빛을 안전하게 지키며, 어둠을 뚫고 빛이 나도록 해왔고 앞으로도 계속 빛나게 할 텐데. 해가 오늘 하루를 신경 쓰지 않도록 말이다. 하지만 해는 어김없이 떠오르고 그럴 때마다 네 생각도 어김없이 하게 된다. 너는 어디에 있을까, 무얼 하고 있을까. 나는 그런 사고방식을 가진 사람이 아닌데도 이 시간이면 자꾸 네 생각이 나는구나. 외로운 시간을 혼자 보내는 남자. 나에게는 거의 그런 믿음이 생겼다. 날마다 계속해서 해가 떠오르다 보면, 그리고 불빛이 더는 필요 없어지는 새벽마다 내가 이렇게 등댓불을 끄다 보면, 아래층에 네가 거기 와 있을 거라고. 어쩌면 마지막으로 보았을 때보다 조금은 더 큰 모습으로, 또는 똑같은 모습으로, 다른 등대원 중 한 명과 함께 식탁에 앉아 있을 거라고.

타워 생활 18일

몇 시간이 몇 밤이 되고 몇 번의 새벽이 되고 다시 몇 주가 되고, 드넓은 바다는 계속해서 파도를 일으키고, 따가운 비가 퍼붓다가 태양이 비추다가 저녁이 되고 아침이 되고, 침침하니 결코 환하지 않은 실내에서 나누는 대화, 나누지 않는 대화, 또는 지금 나누고 있는 대화들.

"「매스터마인드」˚가 다시 방영되던데요." 부엌에서 담배를 문 채 조개껍데기를 앞에 두고 잔뜩 웅크리고 앉아 있는 빌이 말한다. 등대원은 누구나 취미가 필요하지, 나는 그가 일을 시작할 때 그렇게 말해줬다. 그게 유용한 기술이 요구되는 취미여서 날마다 그 기술을 갈고닦아 완벽하게 할 수 있는 것이라면 더 좋다고 말이다. 옛날 내 상관이던 늙은 주임 등대원은 범선 모형을 만들어 병 안에 집어넣는 법을 나에게 가르쳐줬다. 돛을 정확하게 붙여야 하기 때문에,

---

• BBC TV의 퀴즈게임 쇼. 참가자가 선택한 전문 주제와 일반 지식을 가지고 겨룬다.

속으로 나는 그것이 좀스럽게 느껴졌다. 몇 주 동안 사전 작업을 해야 비로소 병 안에 집어넣어 삭구를 당길 수 있었는데, 가느다란 실한 가닥이라도 제자리에 정확히 붙이지 않으면 전체가 망가져버렸다. 외로움은 스스로에게 엄격해지도록 만든다. 메이든 등대에서 일한 경력이 나는 거의 20년이고 빌은 2년이기 때문에 나는 그것을 알고 있다.

"재미있는 거 있었어?"

"십자군." 그가 말한다. "「선더버드」에 나왔던 십자군요."

"자네도 한번 나가봐."

"내가 뭐라고요."

"뭐든 자네가 아는 걸 가지고 나가면 되지."

빌은 조개껍데기 세공품을 입으로 불어 먼지를 털고 옆으로 치워놓더니 머리 뒤로 깍지를 끼고 의자에 기댄다. 나의 부등대원인 빌은 학구적이고 소심한 얼굴에, 머리카락을 귀 주변까지 늘어뜨렸고, 이목구비는 작고 오목조목하다. 만약 뭍에서 봤다면 그를 회계사로 생각했을 것이다. 담배 연기는 그의 콧구멍을 타고 올라갔다가 입 양쪽 가장자리에서 제트 기류로 뿜어 나오고, 그 자리에서 마지막으로 담배 연기를 뿜어대던 누군가의 희미한 연기와 합쳐진다.

"내가 아는 게 좀 많기는 하죠. 하지만 그 퀴즈에 나온 사람들과 비교할 정도는 아니에요."

"바다라면 잘 알잖아."

"선택한 주제가 구체적이어야 하지 않겠어요. 그 음흉한 진행자 매그너슨이 바다에 관한 문제를 낼 거라고 어떻게 장담해요. 게다가 너무 큰 주제라서 그쪽에서 허락하지 않을걸요."

"그렇다면 등대로 하든가."

"무슨 소리예요. 자기 직업을 전문 주제로 삼는 사람이 어디 있다고. 이름: 빌 워커. 직업: 등대원. 주제: 등대 관리라니."

빌은 엠버시 담배를 비벼 끄고는 새 담배에 불을 붙인다. 연중 이맘때가 얼마나 추운지 생각하면 창문을 단단히 봉해야 하는데, 우리가 요리하고 담배를 피우고, 또 요리하고 담배를 피우는 곳이 여기라는 걸 감안하면, 이곳은 너구리 굴이 되기 일보 직전이다.

"빈스가 돌아오기를 기대하는 거야?" 내가 묻는다.

빌이 콧구멍으로 공기를 내뿜는다. "이느 쪽이든 상관없어요."

나는 그의 머그잔을 들고 주전자 스위치를 켠다. 여기서 우리가 보내는 나날들은 우리가 마신 차의 잔 수로 구분된다. 특히 연중 이맘때, 날이 매우 늦게 밝아오고 매우 일찍 어두워지고, 늘 얼얼하도록 추운 12월 한겨울에는 더욱 그렇다. 오전 당직을 서기 위해 새벽 4시에 일어나고, 점심을 먹은 후 다시 잠자리에 들고, 나중에 깨어 커튼을 걷어보면 오후가 이미 지나버렸다. 지금이 오늘인가, 내일인가, 다음 주인가, 나는 얼마나 오래 잤을까?

빨강과 검정으로 칠해진 이 머그잔은 프랭크 것인데, 한가운데 독일어로 *Brandenburger Tor*(브란덴부르크 문)라고 쓰여 있다. 프랭크는 유난스럽게 까탈스러운 친구여서, 우리 중 한 명이 그 잔에 흠이라도 낼까 봐 내일 뭍에 나갈 때 분명 그 잔을 가져갈 것이다. 우리가 마시는 차는 각자 다르기 때문에 차를 준비하는 사람은 그걸 다 기억해야 한다. 설사 몇 주 동안 등대를 떠나 있었던 빈스가 내일 돌아온다고 해도, 우리는 차를 제대로 준비하도록 만전을 기할 것이다. 그것은 우리가 주의를 기울이고 있음을 보여준다. 집에 있을 때 헬렌은 나에게 설탕을 주는 법이 없지만, 나는 불평하지 않는다. 말다툼할 바에야 그냥 설탕을 넣지 않고 마셔버린다. 여기서 그런다면 놀림감이 될 것이다. *이 얼빠진 녀석, 뭘 오래 붙들기로는 어망이 네 머리보다는 훨씬 낫겠다.*

빌이 묻는다. "프랭크가 우유 먼저 넣던가? 티백, 우유, 그다음에 물."

"우라질. 우유는 두 번째야."

"내 말이 그거잖아요."

"그러지 않으면 우유에 차가 우러나지 않아."

"'우러나다' 같은 단어를 쓰다가는 뒈질 수도 있어요."

"만약 내가 롱십스 등대 주임이었다면 자네는 말조심하는 게 좋을 거야." 그러나 욕은 차와 같다. 온갖 저속한 단어와 분별없는 말들은 대화를 이어나가는 데 도움이 된다. 당신이 누군가에게 욕을 하고 있다면, 당신은 그와 친하며 서로를 잘 이해하고 있다고 말하는 거나 다름없다. 욕의 상대가 누구인지 또는 내가 책임자인지 아넌지는 중요하지 않다. 우리는 여기 들어오자마자 욕에 빠져들고 뭍에 도착하자마자 욕을 치워둔다. 만약 우리의 아내들이 우리가 하는 말을 5분 동안 듣게 된다면 경악하다 못해 넋이 나가버릴 것이다. 집에 가면 우리는 아내한테 씨팔 그동안 어떻게 지냈느냐고 묻고 씨팔 다시 보니 존나 좋고, 그런데 씨팔 무슨 차를 마실 거냐고 묻지 않으려고 혀를 깨물어야 한다.

"어젯밤 이 여자가 나왔더라고요." 빌이 말한다. "이 여자는 태양계를 주제로 선택했어요."

"그거 보라고, 태양계는 바다보다 엄청나게 크잖아."

"맞아요, 하지만 그들이 무슨 문제를 낼지는 졸라 빤해요, 행성이나 뭐 그런 거지. 늘 해왕성이나 토성에 관해 묻고 천왕성에 관한 문제는 빠지는 법이 없고."

"지겨운 줄을 모르니까, 빌, 자네는 바보야."

"하지만 주제가 바다라면 그게 그렇게 빤하지 않아요. 바다에 관해선 모든 게 빤하지 않아."

"난 그게 좋아."

"난 아니에요. 내가 이해할 수 없는 건 싫다고요."

빌이 처음에 메이든 등대에 왔을 때, 나는 이 친구가 어떻게 견딜까, 하고 생각했다. 어떤 사람은 마음을 열고 다가오고, 어떤 사람은 그러지 않는다. 빌은 조용하고 차분했다. 그는 언젠가 런던 동물원에서 보았던 실버백 고릴라를 떠올리게 했다. 그 고릴라는 관람

객들이 들어가서 구경하는 플라스틱 상자 너머를 응시하고 있었다. 그 이후로 나는 그 동물의 표정에서 본 게 정확히 무엇이었을까 생각하곤 했다. 분노와 지루함, 이미 오래전에 바닥난 기력, 그 자신에 대한 체념. 나를 향한 동정.

여기서는 이야기를 나눌 시간이 많다. 특히나 중간 당직, 자정에서 새벽 4시까지, 이 시간의 대화는 아침이 밝으면 두 번 다시 입에 올리지 않을 온갖 어두운 뒷골목으로 빠지곤 한다. 당신 앞의 당직이 누가 되었든, 그는 당신을 깨우고 차 한 잔과 치즈와 다이제스티브 비스킷을 접시에 담아 랜턴실로 올라간다. 그리고 거기서 당신과 함께 한 시간 동안 앉아 있다가 자러 들어간다. 당신이 혼자 남더라도 다시 잠들지 않도록 하기 위해서다. 그게 빌과 나일 때, 빌은 다음날 낮이 되면 그러지 말걸 하고 후회할 만한 말들을 하곤 한다. 다른 사람이 되어 다른 삶을 살았어야 했다고, 예라고 순응했던 지점들에서 아니라고 거절해야 했다고. 그가 만든 조개껍데기 세공품을 갖고 싶다고 제니가 조르지만, 그는 그것들을 그녀에게 주기 싫다는 식의 말들을 한다. 그는 다른 많은 것들처럼, 그것들을 혼자 간직하고 싶어 한다.

∧∧

위층에서 잠을 청한다. 처음 여기 왔을 때 굽은 바나나 침대에 익숙해지기까지는 시간이 걸렸다. 육지 등대의 남자들은 그 침대 얘기를 듣고 놀랐지만—"농담인 줄 알았어, 정말 그 망할 굽은 침대에서 잠이 들었단 말이야?"—세월이 지나면서 척추가 거기 적응하다 굽어버린 것 같다. 타워에서 두 달을 지내다 보니 허리 아픈 것에 익숙해졌는데 뭍에 돌아갔을 때 오히려 내 나이의 두 배쯤 되는 사람이 겪는 것처럼 아프고 쑤셨기 때문이다. 요즘은 그런 걸 느끼는 일이 거의 없다. 정상적인 침대에 누우면 왠지 몸이 굳는 것 같고 편안하지가 않다. 등을 똑바로 펴고 잠을 청하려고 애쓰곤 하지만, 아침에 깨어 보면 무릎이 가슴에 닿아 있다.

머리가 베개에 닿자마자 잠들어야 한다. 밤이 깊어가든 새벽이 다가오든, 중간 당직자가 자신의 빛을 밝히기 전의 그림자 같은 짧은 어둠을 틈타든, 우리는 기회가 생기는 대로 쪽잠을 자야 한다.

한번은 실제로 빛이 지나가는 틈을 타서 잠든 적도 있었다. 요즘에는 잠이 오는 줄도 모르게 왔다가 스치듯 지나가 버린다. 머릿속에는 깊은 바다의 장면이나 헬렌의 모습이 떠오른다. 뭍에 있을 때 멀리서 가물가물하게 보이는 타워의 모습도 떠오르고, 거기와 여기에 동시에 있는 듯하거나, 또는 어느 곳에도 없는 듯한 불안정하고 의심스러운 감정이 든다. 나는 내 침대와 방 사이에 놓인 커튼에서 등을 돌린다. 어둠 속에서 벽을 바라보며 바다의 소리에 귀를 기울인다. 나의 느린 심장 박동과, 머리가 돌아가는 소리에 귀를 기울인다. 나는 생각한다. 그리고 기억한다.

⌢

19일

찬란한 햇살은 프랭크를 데리러 올 구호선이 뜨기에 딱 좋은 조건을 뜻한다. 구호선은 시동이 걸리지 않았던 까닭에 점심 직전에야 뒤늦게 나타난다. 전반적으로 프랭크가 떠나기에 좋고 빈스가 상륙하기에도 괜찮다. 빈스는 바다가 거칠어도 아무런 문제 없이 도약대에서 발을 떼고 셋오프에 오르는 것처럼 보인다. 빈스는 검은 머리에 록밴드 슈퍼트램프처럼 텁수룩하게 수염을 기른 젊은이다. 그 친구는 얼마 지나지 않아 금방 적응한다. 모든 것이 제자리를 찾았고 우리는 각자의 소지품을 신속히 풀고 정리하는 훈련이 되어 있어서 아주 능률적으로 우리 임무로 돌아갈 수 있다. 집에서 오는 편지는 밀봉된 방수 주머니에 담겨 도착한다. 수신인이 주임 등대원인, 내 앞으로 온 공식 서류도 한 통 있다.

"그래서 그게 끝이었어요. 브레주네프를 위한 달은 없는 거죠." 빈스가 말한다.

빈스가 지난달 발사되었다가 하늘에서 폭발한 소비에트 로켓 이야기를 떠드는 동안 우리는 먹을 것을 기다리고 있다. 현실 세계, 저쪽 세계 이야기를 듣다 보면 헷갈린다. 그 세계는 존재를 멈춘 줄 알았는데, 한동안 우리는 뭐가 뭔지 도무지 이해할 수가 없게 된다. 나에게 그 세계가 필요한지 잘 모르겠다. 어떤 도시든, 어떤 마을이든, 두 명이 누울 만한 공간보다 큰 어떤 방이든 간에, 빛과 소음이 넘치니 경박하게 느껴지고 불필요하게 복잡한 것 같다.

"망할 공산주의자들." 빌이 툴툴거린다. "기분 잡치게 하는 데 일가견이 있다니까. 뭐가 더 나쁜 거야, 전쟁의 위협이야 아니면 그냥 잘 지내는 거야?"

"무슨 말씀이세요," 빈스가 반박한다. "난 평화주의자예요."

"씨팔 물론 그렇겠지."

"그게 뭐가 나빠요?"

"평화론은 온갖 망할 것에 대한 핑계거든. 얼굴에 털이나 기르고 껄떡거리며 런던을 싸돌아다니는 건 예외겠지만."

빈스가 도로 의자에 앉아 담배를 피운다. 그가 우리와 근무한 지는 겨우 아홉 달밖에 안 되었는데도 주방 서랍장만큼이나 친숙하게 느껴진다. 그동안 수십 명의 등대원이 왔다 갔지만, 다른 이들보다 유독 마음이 가는 사람이 몇몇 있다. 빌이 빈스를 좋아하는지는 모르겠다.

"지금 질투하시는 거죠." 그가 빌에게 말한다.

"닥쳐."

"빌 선배가 스물두 살이던 때가 언제였어요?"

"네 녀석이 생각하는 만큼 오래되지 않았어. 버릇없는 놈 같으니."

이것이 둘이 지내는 모습이다. 빌은 아직 30대인데도 빈스는 그가 늙었다고 놀리고, 빌은 안달복달하며 응수한다. 그 말은 웃으라고 한 농담이지만 빌을 거슬리게 한다는 걸 나는 알아본다. 빌은 절대 그런 걸 좋아하지 않았다. 그는 스무 살 무렵에 결혼했고, 그때 제니는 벌써 아기를 갖자는 말을 했다. 등대는 자꾸만 그를 불러들인다.

빈스가 본토에서 가져온 훈제 햄에 달걀 하나를 깨서 같이 스토브 위에 올리니 치직거리고 펑펑 튀어 오르는데 그 냄새가 기가 막히게 좋다. 빌과 내가 깡통에 담기지 않은 진짜 고기를 먹어본 지도 2주가 지났다. 통조림 고기도 없는 것보다야 낫지만 진짜 고기와는 비교가 되지 않는다. 머지않아 깡통에서 꺼낸 모든 것은, 그게 프루트칵테일이든 스팸 조각이든 똑같은 맛이 나기 시작한다. 사실 스팸도 조리하면 먹을 만하지만, 빈스나 프랭크가 조리 당번일 때처럼 접시 위에 부어놓은 차가운 덩어리에 지나지 않는다면 누구든 채식주의자가 되기 충분하다.

빌이 오늘의 조리 당번이다. 그는 우리 중에서 요리 실력이 가장 좋다. 빈스는 요리엔 젬병이고, 내 실력은 봐줄 만하지만 난 요리를 그다지 즐기지 않는다. 뭍에 있을 때 요리를 많이 하기 때문이다. 반면에 빌은 뭍에서는 요리를 하지 않는다. 그의 아내가 빌을 위해 모든 것을 해준다. 빌은 그게 감옥에 있는 것과 똑같은 기분일 거라고 말한다. '똥꼬 닦는 것을 뺀' 모든 걸 대신해주기 때문이란다. 그러면 빈스가 그건 감옥에 있는 것과는 다르다고, 감옥에는 오렌지 머랭이나 럼 바바 케이크나 발 마사지를 해주는 여자는 없을 거라고 대꾸한다. 빌은 네가 그걸 안다면 넌 사기꾼이라고 한다. 그러다가 사태가 심각해지기 전에 분위기를 가라앉히는 건 내 몫이다.

빈스가 말한다. "어떻게 생각하세요, 주임님?"

"뭘?"

"그걸 비밀로 하는 게 나아요, 불어버리는 게 나아요?"

나는 냉전에 관한 이 모든 말, 닉슨과 소련과 모스크바에서 추락하는 일본 비행기들에 관한 이 모든 말이 무의미하게 느껴진다고 말하고 싶다. 만약 우리 모두에게, 지낼 만한 타워가 있고 함께할 두 사람이 있고, 아무런 기대나 간섭 없이 그냥 같이 있으면서, 밤이면 불을 켜고 닐이 밝으면 불을 끄고, 잠을 자고 잠을 깨고, 떠들고 침묵하고, 그렇게 살다가 죽는 것, 그 모든 걸 우리 각자의 섬에서 한다면, 나머지 것들은 피할 수 있지 않을까?

대신에 나는 이렇게 말한다. "가능하다면 평화를 지켜야겠지." 그리고 난 이번 근무 기간에는 평화를 지킬 수 있기를 바란다.

그러나 빈스가 하는 우주선 이야기를 들으니 오래전 일이 떠오른다. 비치 헤드 등대에서의 새벽, 랜턴실 안에 혼자 있을 때였는데, 해가 막 나오기 직전에 어떤 물체가 바다에 떨어지는 것을 보았다. 포근하고 안개 낀 아침, 꾸물거리는 별들이 아직 남아 있는 이른 시간이었다. 잠시만 여유를 가지고 고개 들어 바라보기만 하면 벌써 천국에 왔나 싶을 정도로 아름다운 아침이었는데, 어른어른 빛나는 금속 물체가 난데없이 나타나더니 아무런 흔적도 남기지 않고 물에 잠겨버렸다. 바다는 저 위 하늘에서부터 무한히 펼쳐진 것처럼 보였기 때문에 그것이 얼마나 컸는지, 얼마나 멀리 있었는지는 가늠할 수 없었다.

나는 그것을 보았지만 설명할 수는 없었다. 어떤 인공물, 날개판이나 스포일러, 그렇게밖에 설명할 수 없다. 그러나 정말이지 나는 알고 있다, 그것이 움직이던 모습에는 무언가 있었다고. 말로 표현할 수 없는 우아함과 목적성, 그것의 추락에는 어떤 역학이 있었다고. 그 일에 관해선 아무에게도 말하지 않았다. 같이 지내는 동료들에게나 헬렌에게도 하지 않았다. 하지만 나는 그게 너라고 생각했다.

그건 네가 나에게 준 너무도 소중한 선물이었고, 그 선물이 나는 고맙다.

〰

보통은 낮이든 밤이든 어느 시간이나 누군가는 잠을 자고 있거나 잠을 청하기 때문에, 침실은 계속 어둡게 하고 지낸다. 겨울에는 이렇게 계속되는 어둠이 사람을 혼란스럽게 하는데, 하나뿐인 창문으로 들어오는 빛이 저녁 어스름이나 새벽이나 비슷해서 구분이 되지 않기 때문이다. 문을 닫을 때면 둥근 내 손이 맥없이 문에 놓여 있는 게, 마치 그 손이 내 것이 아니라 더 젊은 남자의 손, 문을 닫는 중이 아니라 여는 중인 또 다른 우주에 있을 남자의 손인 것 같다.

지금 읽고 있는 것은 시간의 역사에 관한 『오벨리스크와 모래시계』라는 책이다. 모트헤이븐 중심가에 있는 옥스팜 중고가게에서 그 책을 발견했다. 내가 책에서 읽은 것들을 나중에 직접 보게 될 날이 오지 않을까. 이집트의 피라미드, 남아메리카의 사원, 바빌론의 공중정원. 언제 그것을 보게 되느냐는 중요하지 않다. 그 가능성을 염두에 둔다는 것, 그게 중요하다.

헬렌과 나는 결혼 후 베네치아로 여행을 갔다. 일주일 동안 우리는 기름기 있는 빵과 티슈만큼이나 얇은 분홍색 햄을 먹으며 지냈다. 우리는 눅눅한 골목들과, 달걀과 소금 냄새가 나는 다리 아래를 놀아다녔다. 그림자와 물, 댕그랑거리는 종소리와 황금 지붕들의 세계, 지금의 나에겐 그것들이 비현실적으로 다가온다.

『오벨리스크와 모래시계』는 앞표지에 해시계가 그려진 문고본이다. 타워에서 우리는 우리의 시간을 하루 단위로 측정한다. 저마다 8주의 근무 기간 중 어디쯤 와 있는가를 세는 것이다. 헬렌은 그걸 죄수가 벽에 분필로 출소일을 표시하는 것과 같다고 하는데, 어쩌면 약간 비슷한 점이 있는 것 같다. 고대 중국에서는 양초로 시간을 아는 방법이 있었다. 밀랍 초에 줄을 그어 표시를 하고 얼마나 녹았는지 보는 것인데, 그러면 절대 시간을 놓치는 법이 없었다. 원한다면 밀랍을 모아서 다시 양초 모양으로 빚어 새로 불을 붙일 수도 있었다. 그러면 그 시간을 다시 갖게 되는 것이다.

헬렌은 아직 모르지만, 나는 그녀에게 말하지 않을 생각이다. 너에 관해서는 절대 말하지 않을 것이다. 세상에는 출입 금지 구역 같은 것들이 있는데 네가 그렇다. 하지만 나는 양초가 궁금하고 타버린 시간이 궁금하다. 그리고 시간이 지나갈 때, 만약 그 시간이 영원히 가버리는 것이라면 어떻게 될까, 혹은 시간을 도로 가져올 방법이 있다면 어떻게 될까. 만약 내가 너를 되찾을 수 있다면?

나는 여기 너무 오래 있었다. 외로운 밤과 어둠의 얼레들이 수없이 감겼다가 도로 풀려 검은 바다로 들어가고, 하늘은 그보다 더 검다. 해가 떠오르고 핏빛 하늘이 오렌지색으로 물들 때, 등대원 중에 가장 냉소적인 남자를 아침 당직에 세우고, 그더러 나에게 이것이 세상에 존재하는 전부라고 말하게 해보라지. 그러나 이것이 전부는 아니다.

감은 눈꺼풀 안쪽에 펼쳐진 스크린에서, 회중전등 빛이 깜박이는 오컬팅* 신호가 보인다. 그것이 어둠 속에서 반짝, 반짝거리며 나더러 돌아서서 보라고 고집스레 부른다.

* 해상 등대의 조명 신호 중 하나로, 일정 간격으로 교차하는 빛과 어둠의 주기에서 빛의 지속 시간이 항상 긴 신호.

12

빌

도항

타워 생활 35일

내가 이 빛을 얼마나 여러 번 밝혔을까? 일 년에 여덟 달, 그것도 매년. 기한을 넘기거나 연장한 날을 합치면 매년 240일은 된다. 거기에 근무한 햇수를 곱하면, 15년을 줄곧 일했으니 내가 이 빛이나 이 비슷한 불빛을 밝힌 횟수는 3600번이 된다. 그 모든 기간에 내가 등대에서 보낸 시간이 얼마나 되는가는 차라리 모르는 게 낫다.

알코올을 끓여 증기를 데우고, 꼭지를 돌려 맨틀에 성냥불을 붙인다. 그 일은 눈을 가리고도 할 수 있지만, 트라이던트 사가 그걸 허락할지는 모르겠다. 불꽃이 유리 케이지 안에서 펄럭인다. 메이든 등대는 조명 자체가 움직이지는 않는다. 대신에 조명을 에워싼 렌즈들이 회전하면서 바다 멀리까지 광선을 증폭한다.

지금은 8시. 오늘 자정은 비번이다. '야간 실내조'가 되면 해안 사람들이 평범한 밤을 준비하는 시간에 잘 수 있다. 나는 버너가 막히는지 압력이 떨어지는지 이따금 지켜본다. 날씨, 기온, 가시거리, 기압, 풍속을 기록한다. 그것 말고는 내가 따로 신경을 쓰지 않아도 되는 일들이므로, 앉아서 생각할 것이다, 자기 운명이 불만인 사람은 어떻게 해야 삶을 바로잡을 수 있는지를. 그럴 시간은 아주 많다. 내가 등불을 밝히고 있을 때와 등불을 끌 때 온 세상이 나에게 의존한다. 새벽과 황혼은 오롯이 나의 것이고, 그 시간은 내가 하고 싶은 대로 한다. 그것은 강력한 감정이다.

⌒⌒

빈스가 제니에게서 꾸러미를 받아 왔다. 만약 지금 그녀의 편지를 읽지 않는다면, 마치 그녀가 여기 있는 것처럼 그 편지가 머릿속을 맴돌며 나를 지켜볼 것이다. 등대 꼭대기에서 불빛을 지킬 때 가끔은, 노력만 한다면 다른 사람의 존재를 느낄 수 있다. 그런 생각이 좋든 싫든 그들이 여기 함께 있다는 걸 느낄 수 있다. 그들은 당신 바로 옆에 앉아 있을 수도 있다. 당신은 팔에 난 솜털로 그것을 느끼기 시작한다. 또는 그들은 당신의 뒤에서 당신 뒤통수를 보면서, 당신으로선 하지 말았으면 하는 당신에 관한 온갖 생각을 하고 있을지도 모른다. 당신은 뒤를 돌아보지만, 거기엔 아무도 없고, 랜턴실에는 당신 혼자 있을 뿐이다. 하지만 당신은 확인했다.

제니는 평소처럼 수제 초콜릿 상자를 짐 꾸러미에 넣었다. 라디오 드라마 「아처가 사람들」을 틀어놓고, 그녀가 종이 케이스에 한 스푼씩 초콜릿을 떠 넣는 모습이 눈에 선하다. 제니 히턴. 처음 보았을 때 그녀는 땋은 머리에 무릎 아래까지 내려오는 스커트 차림으로 학교에서 나오고 있었다. 제니는 자기 무릎을 좋아하지 않았다. 자기 무릎이 울퉁불퉁하다고 한다. 그녀의 언니가 그 무릎이 코니시 패스티 빵을 닮았다고 했는데, 제니는 그때 받은 상처를 극복하지 못했다. 옛날에 나는 옆집에 살던 소녀 수전 프라이스와 사귀다가 몇 달 후 헤어졌는데, 그때 그녀로부터 "넌 너무 키가 작아, 빌 워커. 난 더 큰 사람이 필요해"라는 말을 듣고 상처받은 경험이 있다. 그것과 약간 비슷하다.

치음에는 제니와 관계가 나쁘지 않았다. 우리는 제니 엄마의 집에서, 침대에 누워 있었고, 그 엄마는 고주망태가 되어 아래층 소파에 뻗어 있었다. 제니는 차가운 손으로 내 손을 꽉 쥐었다. 이불 속에서 그녀의 무릎이 느껴졌다. 나는 그 무릎이 좋다고, 그 무릎엔 아무 문제가 없다고 했고, 그녀에게 왜 다시 키스를 허락하지 않느냐고 물었다. 우리는 별로 말을 하지 않았다. 나는 결코 말이 많은 편이 아니었고 그녀도 그걸 개의치 않았다. 나는 그게 다른 여자애들과는 다른 그녀의 장점이라고 생각했다. 그러던 중 한번은 그녀가 어둠 속에서 속삭였다. "넌 나랑 너무 비슷해, 빌." 그리고 나는 아침까지 걱정하면서 거기 누워 있었다. 중요한 건 내가 여자애와 함께 잠을 잤다는 거였고, 그래서 형들에게 그랬노라고 말할 수 있었다. 그런데 지금은 이 궁금함이 스멀스멀 올라오는 것이 느껴졌다. 자물쇠 속의 열쇠 신세.

제니는 우리가 신혼여행 때 묵었던 브라이튼의 근사한 호텔에서 슬쩍해 온 종이에 편지를 썼다.

사랑하는 빌, 보고 싶어. 벌써 한 달이 지났네. 당신이 없으니 집이 텅 빈 것 같아. 빨리 당신이 돌아와서 함께 있었으면 좋겠어. 아이들은 아빠가 언제 오냐고 날마다 물어(그게 나를 더 화나게 해!). 난 항상 울면서 지내. 아기도 밤새도록 울어. 강해지려고 애쓰는데 쉽지 않네. 앞으로도 한참 동안 당신을 보지 못한다는 사실과 이렇게 떨어져 있는 시간이 겨우 반밖에 지나지 않았다는 사실을 생각하면 절망스러워. 당신이 돌아올 때까지 난 아무것도 하지 않을 거야. 어디 가고 싶지도 않고 누구를 만나고 싶지도 않아. 그랬다가는 울어버릴 테니까. 울지 않으려면 엄청 노력해야 해.

그 침대에서 내 손을 붙잡고 있던 그녀의 손이 느껴진다.

다른 사람들은 그걸 이해하지 못해. 그렇지 않겠어, 빌? 내가 얼마나 당신을 필요로 하고 그리워하는지. 나한테 그건 고통이야, 실제로 가슴에 느껴지는 통증. 이번에는 당신이 가고 난 후 토했어. 해나가

그 소리를 들었나 봐. 나는 거짓말을 하고 우리가 차 마실 때 먹은 미트볼 때문에 체했다고 둘러댔지만, 그건 사실이 아니었지. 당신이 떠나 있을 때면 모든 사람한테 거짓말을 해야 해. 난 내가 아니야, 빌. 당신은 어때?

∿

아래층 주방에서 나는 빈스가 가져온 가공된 흰 빵으로 토스트를 만든다. '엄마의 자부심은 가족, 빵의 가족'이라는 상표가 붙어 있다. 우리가 굽는 빵으로는 토스트를 만들 수가 없다. 대개는 빵이 머핀 비슷한 크럼피트가 되어서 나오고 그렇지 않으면 스콘이 되어 나오기 때문이다. 여기 그릴로 구우면 빵 가장자리가 타지만, 나는 그게 더 좋다. 그리고 누가 한 말인지 몰라도 숯이 몸에 좋다고 하지 않던가, 탄소 때문에 아주 조금은 몸에 좋다고. 빵이 탄 부분에 마마이트*를 발라 감추면 알 수 없다. 토스트를 깨물 때 나는 소리는 모닥불 속 나뭇가지가 딱딱 타는 소리를 떠올리게 한다.

사람이 지어낼 수 있는 핑계는 너무도 많다. 나는 겁쟁이다. 분명 그럴 것이다. 내가 열 살 때, 내 방에 들어온 아버지가 회중전등 불빛 아래에서 책을 읽고 있는 나를 보았다. 아버지는 내 귀싸대기를

• 이스트 추출물을 원료로 만들어 빵에 발라 먹게 만든 스프레드.

때리고 이렇게 말했다. "그러다 눈 먼 사팔뜨기가 되려는 거냐. 등대 관리소에서는 안경 쓴 너를 거들떠보지도 않을 거야." 나는 아버지가 했던 안경에 관한 말과, 등대에 처박히는 게 네가 유일하게 잘하는 일이니, 너는 등대를 관리하는 게 낫지 그거 말고 네가 무슨 일을 하겠느냐는 말을 믿었다. 그 노친네는 나중에 병이 들어 침대 신세를 졌고, 몸이 점점 야위더니 어느 날인가 사라져버렸는데, 다만 입이 있던 자리에 남은 시큼한 구멍으로 거칠게 쌕쌕거리며 이런 말을 했다. "그건 네 잘못이야." 사실이 그랬다. 나는 물에 빠진 자루 속의 새끼 고양이처럼, 거꾸로 몸을 비튼 채 세상에 나왔다.

바다는 우리 모두에게 영향을 미쳤다. 우리는 바다로부터 벗어날 수 없었고, 심지어 죽어서도 그랬다. 아버지한테는 웨스트만이 내다보이는 도싯의 아파트에 사는 사촌 누이가 있었다. 그 아파트 안에서 그녀는 바다를 그렸다. 하늘이 들끓고 거품을 문 파도가 몰아치는 구약성서의 장면과, 팔매질하는 바다에서 앞뒤로 내동댕이쳐지는 배들. 나는 그 아파트에 가는 것이 싫었다. 회오리치는 물살과 전투 장면, 대포의 발사, 모진 바람에 뺨을 맞는 돛대 위의 붉은 깃발들. 그 집에서는 단맛이 없는 셰리주 냄새와 그녀가 구워서 비닐봉지에 저장해둔 파삭한 쇼트브레드 비스킷 냄새가 났다. 나의 사촌 고모인 그녀가 죽었을 때, 우리는 라임에서 배를 타고 나가 바다에 유골을 뿌렸다. 바람에 날린 유골가루 한 무더기가 내 얼굴에 훅 들이쳤고, 그때 나는 절대 이 망할 바다에서 도망치지 못할 거라는 생각이 들었다.

수영을 배우지 못했다는 건 중요하지 않았다. 수영할 줄 몰라도 등대에 앉아 있을 수 있다고 아버지는 말했다. 수영 시간에 선생님은 풀장에 벽돌을 던져 넣고는 그걸 꺼내 오게 했다. 나는 눈을 질끈 감고 코만 내놓은 채 허우적거렸고, 꽉 막힌 귓속에서 아이들의 놀림 소리가 메아리쳤다.

등대 꼭대기에서는 시간이 살금살금 지나간다. 시간은 보이지 않게 흘러간다. 몇 시간이 어디론가 사라져버린다. 정신 차리고 깨어 있으라고 돈을 받고 있고, 모든 면에서 나는 깨어 있음에도, 어쨌거나 내가 반수면 상태에 빠진다는 건 의심의 여지가 없다. 랜턴실에 혼자 올라와 있을 때면 온갖 이상한 생각이 머릿속을 스치는데, 나는 그게 내 꿈의 일부라고 말할 수밖에 없기 때문이다. 우는 아기와 서로 싸우는 딸들과 함께 뭍에서 지내고 있는 제니. 카펫에는 장난감이 어질러져 있고, 옷이 벗겨진 신디 인형은 머리가 돌아가서 가슴이 뒤쪽에 있다. 인형 회사에서 조만간 온갖 것들을 만들어낼 거라는 이유로 제니가 남자 인형을 사주지 않으려 했기 때문이다. 차를 마실 때, 생선 완자 때문에 오가는 고성. 내가 다시 돌아가지 않으면 어떻게 될까?

아내는 구호선이 출항하는 날을 손꼽아 기다리다가 배가 뜨는 날 날씨가 좋으면 몹시 흥분해서 늘 똑같은 것들을 준비해놓는다. 내가 옛날에는 좋아했지만, 지금은 좋아하지 않는 음식이며 술 종류를. 돌아가지 않을 수만 있다면. 어디로 가야 할지 어떻게 하면 안 돌아갈 수 있을지 모르지만, 모른다는 것, 그게 차라리 좋다. 일은 그냥 벌어진다.

〜〜〜

자정이 되기 전, 침실에서 자는 빈스를 깨우러 간다. 손으로 그를 툭툭 치고 늘 하는 인사를 건넨다. "자아, 이 게으른 녀석아, 일어날 시간이다." 그런 다음 주방으로 내려가 음식 쟁반을 준비한다. 빈스 녀석은 처음에 한 번 그렇게 쳐서 깨우고 마실 것을 준비한 다음 한 번 더 깨워야 마침내 엉덩이를 떼고 올라간다.

집에서 나는 절대 비스킷을 도자기 접시에 곱게 내는 일이 없는 데 여기서는 왜 그러는지 도무지 모를 일이다. 두툼한 쐐기 모양의 데이비드스토 치즈 두 쪽까지. 가장자리로 갈수록 치즈가 매끄러워지고 하얀 반점이 있다는 건 빨리 먹어 치워야 좋다는 뜻이다.

놀랍게도 빈스는 벌써 일어나 있다. 파자마 위로 가죽 재킷을 걸친 차림이다. 빈스와 아서는 극과 극이다. 근무할 때 아서는 언제든 트라이던트 감독관들이 들이닥칠 것을 예상하는 사람처럼 짧게 면도하고 머리를 빗고, 광을 낸 구두를 신어 깔끔하게 차려입는 반면에, 빈스는 BHS 체인점에서 산 잠옷과 개털 비슷한 털 슬리퍼를 신고 빈둥거린다.

같이 일하는 등대원들과 함께 있다 보면 그들의 패턴에 곧 익숙해진다. 빈스는 여기서 일한 지 아직 1년이 안 되었고, 누가 누구와 같은 근무조가 되는지는 계속 바뀌기 때문에, 내가 그 친구와 같이 보낸 시간은 얼마 되지 않는다. 하지만 누군가를 얼마나 잘 알게 되는가와 관련해서 보면, 타워에서의 한 달은 뭍에서의 10년과 같다. 빈스는 우선 차를 들이켜고 나서 말을 많이 할 것이다. 그리고 그가 그렇게 하는 날에는 날씨나 빛의 상태 또는 그날 일어난 다른 어떤 일도 유쾌하지는 않을 것이다. 날짜가 바뀌는 이 시간이면 규칙은 창문 너머로 사라져버린다. 무얼 할 수 있고 할 수 없는가에 관한 규칙. 무얼 말할 수 있고 말할 수 없는가에 관한 규칙 따위는. 빈스가 자신이 갇혔던 이유를 말했던 때도 바로 이런 시간이다. 그저 그런 사소한 이유가 아니었다. 그러니까 그가 감옥에 있었다는 얘기다.

"선배는 자신의 문제가 뭔지 한 번도 말하지 않았어요." 그가 말한다.

"뭐에 대해서?"

"이거요." 그가 이를 쑤신다. "바다."

"그냥 좋아하지 않아, 정말로."

"왜요?"

"왜 그런지 알 게 뭐야? 조종사가 비행기 모는 걸 좋아한다고 해서 조종사한테 하늘을 사랑하시나 봐요, 하는 말은 하지 않잖아. 그리고 조종사한테 조종실을 박차고 곧장 하늘로 뛰어들라고 하지도 않지."

"하지만 항상 이유는 있는 법이죠, 그렇잖아요."

"몰라."

"나한테는 개가 문제예요." 빈스가 말했다. "양부모들 중 한 명이 야생적이고 못된 로트와일러를 키웠었죠. 하루는 녀석이 내게 다가왔어요, 이렇게요. 난 아무것도 안 했는데. 그러더니 내 팔을 물고 무슨 고기 토막이라도 되는 듯 흔드는 거예요. 그 개한테는 내 팔이 고기 토막이었죠. 그 녀석 이름이 뭐였게요? 페탈이에요. 그런 개한테 꽃잎을 뜻하는 페탈이란 이름을 붙이다니. 그 후로 난 개한테는 꼼짝을 못 해요. 개랑 내가 눈이 마주치면 개가 나한테 달려들걸요."

"난 바다에 대해 내 감정이 있고 바다는 나에 대해 자기 감정이 있어."

"바다가 사람에 관해 뭘 느낄 것 같지는 않은데요."

하지만 바로 그거다. 그 무관심. 노친네와 함께 도싯에 사는 그의 사촌 누이를 방문했을 때, 노친네는 그 아파트에서 나를 가만히 바라보곤 했다. 그는 눈도 깜박이지 않았다. 그는 모두가 잘 때 내 방에 들어와서 벨트를 풀고 내 침대 끝에 앉아서, 달빛에 창백한 손목을 드러낸 채, 그다음엔 무얼 할지, 또는 나를 어떻게 할지 망설이곤 했다. 벽에 걸린 바다가 나를 노려보고 있었다. 그때 바다는 나를 도와주지 않았고 지금도 나를 돕지 않을 것이다.

"바다라면 지긋지긋해. 생각만 해도 토할 것 같아." 내가 말했다.

"뱃멀미를 말하는 거죠."

"아니."

물론 난 뱃멀미도 한다. 여기까지 건너오는 그 뱃길이 욕 나올 만큼 싫다. 설사 그게 당연한 일이라고 해도 용수철 장난감 상자처럼 이리저리 튕기는 건 내 성미에 맞지 않는다. 두 번 다시 그걸 겪지 않아도 된다면 정말 좋겠다. 뭍에 도착하면 다시 돌아올 길이 두렵고 뭍에 있을 때는 떠나는 게 두렵다. 내 말은 집에 있을 때나 아니면 타워에 있을 때 삶이 가장 행복해야 한다는 뜻인데, 그렇지가 않다. 나한테 삶은 어디에서든 좋지 않다. 그녀와 있을 때를 제외하면.

"다른 일을 하면 되잖아요?" 빈스가 묻는다. 나는 녀석이 질척한 치즈를 씹는 소리를 듣는다. 후루룩 차 마시는 소리도.

"제기랄, 지금 나를 심문하냐, 게슈타포 같은 녀석아?"

"왜 나한테 화내고 그래요. 선배는 지금 꼭 그 개 같아요, 안 그래요?"

"우리한텐 집이 나오잖아. 그게 나쁜 조건은 아니야. 이 일 아니면 내가 뭘 했을지 모르겠어."

"새로 직업교육 받으면 돼요."

"너한텐 쉽겠지. 아이들도, 아내도 없고, 식탁에 먹을 게 있으니까 말이야. 그 모든 썩을 일들, 주급 23파운드를 받으며 계속 같은 일만 하다가 결국 뭐가 될까?"

"주임이 되잖아요."

"난 아서가 아니야."

"될 수 있어요."

비스킷을 먹는데 카펫을 씹는 기분이다. "난 아서와는 다르다고."

종종 그걸 말하고 싶은 유혹을 느낀다. 내가 아서한테 무슨 짓을 했는지를. 지금도 계속 무슨 짓을 하는지를. 그저 그 말이 어떻게 들릴지 듣고 싶어서. 빈스한테는 말할 수 있었다. 그러나 말할 순간이 지나가 버렸다.

"빌, 나는 여기 돌아와서 너무 좋아요. 이 등대들 말이에요. 등대에는 내가 살면서 본 것보다 더 많은 아름다움이 있어요. 바로 그게 내가 등대에 빠진 이유예요. 승진 기회도 있고. 조만간 선배처럼 나한테도 조수가 생기겠죠. 그러다 보면 내 집이라고 말할 집도 생기고. 언젠간 주임 등대원이 되겠죠. 등대에서 내 인생을 살면서."

"그건 오래 걸리지 않아."

"내 생각엔 등대 지키는 것도 기술이에요."

"무슨 기술? 우리가 하는 일이라고 해야 고작 불을 피워서 잘 타는지 지켜보다가 다시 끄는 게 전부인데. 청소할 게 많긴 하지만 원숭이도 훈련만 많이 받으면 다 할 수 있어. 무전 송신 확인하고. 요리 좀 하고. 다른 거 뭐 있냐고?"

"에이, 그 이상이죠." 빈스가 대꾸한다. "전에 내가 말한 적 있죠, 나는 창살 안에 갇혀 지내는 데 익숙하다고. 그리고 그걸 잘 버티는 사람이 있고 그렇지 못하는 사람이 있어요. 창살에 갇힌 생활에 적응하는 건 나쁘게 비춰지죠. 그런데 말이에요. 그건 마치 모든 것의 요점이 겉에 드러나 있어야 한다는 얘기 같잖아요. 하지만 윈스워스 교도소에 있든 바다 위 외딴 등대에 있든 갇혀 있을 때 만족감을 느낀다면, 나머지 모든 면에서 여전히 갇혀 있다고 해도 그건 철창 안에 있는 게 아니에요. 사람을 파악하려면 그것으로 충분해요. 내가 있던 감방에는 사자 같은 사내들이 있었어요. 그들은 툭하면 싸우고 물건을 부수고 자살도 했어요. 그런 게 그들이 생각하는 자유였기 때문이에요. 있잖아요, 빌. 난 거기 있으면서 내내 자유롭다고 느꼈어요. 자유롭지 않다고 느낀 적이 단 한 번도 없었어요. 그게 겉보기와 다르다니까요, 안 그래요? 내 말이 바로 그거예요. 선배가 타워에서 지내는 걸 좋아하지 않는다면, 그건 타워가 문제여서가 아니에요."

∧∧

내가 처음 메이든에 상륙하던 날은 최악이었다. 메이든 록에 관한 이야기들은 여러 번 들었었다. 그것이 너를 괴롭힐 것이다, 정신 바짝 차리지 않으면 물고기 밥 신세가 된다. 내가 교대해주기로 되어 있었던 예비 직원은 이미 근무 기간이 2주일이나 더 길어진 데다 그의 아내가 앓고 있었다. 상황이 달랐다면, 파도가 휘청거리고 비가 퍼붓는 그런 날씨에 굳이 구호선을 보내지 않았겠지만, 트라이던트 사가 결정을 내렸기 때문에 우리는 배를 띄웠다.

바다를 건너는 대부분의 시간 동안 나는 뱃전 위로 몸을 굽히고 있었다. 선장이 피우는 시가 냄새는 짠 물보라와 따끔한 담즙과 뒤섞였다. 나는 수영장 바닥의 벽돌과, 내가 허우적거리며 물에 가라앉는 동안 귀가 안 들리고 눈이 안 보이던 순간이 떠올랐다.

바다는 거칠게 뱃전을 때리며 우리를 위로 밀어 올렸다가 밑으로 떨어뜨리고 쿵쿵거리고 씩씩거렸고, 뱃머리로 불어오는 맞바람 때문에 우리 배는 좀처럼 나아가지를 못했다. 광활한 바다 위로 보이는 타워의 모습은 병적이고 탐욕스러운 방식으로 나를 매료시켰다. 거대한 철탑이나 냉각탑, 해변에 끌어 올려진 강철 컨테이너 선박의 엄청난 선체 같은 거대한 인공 구조물이 풍기는 분위기와 다르지 않았다.

준비할 건 많지 않았다. 일단 타워에 도착하면 배에 있는 승조원들과 셋오프에 있는 등대원들에게 나머지를 맡겨두면 되었다. 나는 상륙의 역학을 이해하고 있었고, 내가 보급품 상자라고 생각하고 가만히 있으면, 그 상자들처럼 나를 들어 올려 데려갈 것이므로 그들을 꾹 믿고 있으면 된다고 알고 있었다. 밧줄 양쪽 끝에 있는 사람들을 믿어야 한다. 그러나 그날의 문제는 사람들이나 윈치*가 아

---

* 밧줄이나 쇠사슬로 무거운 물건을 들어 올리거나 내리는 기계.

니었다. 문제는 바다였다. 바다는 자기가 무얼 하고 있는지 갈피를 잡지 못하고 있었다. 나는 견인용 하네스를 엉망으로 착용했다. 가느다란 고리는 내 겨드랑이 밑으로 들어갔고, 두 손으로 붙잡은 비트에 손바닥이 쓸렸다.

계속 토하느라 축 늘어진 내 몸이 공중으로 들어 올려졌고, 조금씩 줄을 타고 올라가 마침내 타워에 가까워졌다. 나는 발아래에서 거품을 물고 날름거리는 바다를 너무 오래 보거나 그 거리가 얼마나 될지 가늠하지 않으려고 애썼다.

갑자기 몸이 훅 떨어지는가 싶더니, 바다가 9미터쯤 꺼지면서 타워에서 너무 먼 거리까지 배를 쓸어 가버렸다. 외침 소리와 함께 터질 듯한 긴박감이 주변을 채웠다. 나는 눈을 질끈 감았다. 그 순간에는 내가 어떻게 되든 상관없었다. 한동안 나는 하네스를 찬 몸을 자연의 자비에 맡긴 채 그네를 탔고, 파도는 내 신발을 스쳤다가 도로 꺼지곤 했다. 배에서 고함이 들려왔다.

"끌어당겨, 끌어당겨!"

"도로 내려. 사람을 죽일 셈이야?"

빗줄기가 얼굴을 때렸고, 바람은 내 옷을 강타해 잡아 찢으려 하고 있었다. 눈을 뜨자 셋오프 위로 몸을 기울이고 있는 한 남자가 보였다. 아서 블랙, 나의 주임 등대원, 그의 손이 닿을 것 같았다. 나는 몸을 날렸지만, 나보다 바다가 먼저 셋오프로 돌진하면서 엄청난 힘으로 나를 콘크리트에 처박았다. 그 충격이 얼마나 컸던지 제대로 숨이 돌아올 때까지 몇 분은 걸렸을 것이다. "잘했어, 친구. 이제 괜찮아." 나의 주임 등대원이 말했다. 나는 손을 얼려버릴 듯 차갑고 미끄러운 도그 스텝을 붙잡고 타워 입구의 뜨겁고 어둑한 입을 향해 올라가기 시작했다.

아서는 내 몸이 더워질 때까지 차를 만들어주고 담배를 건넸다.

딱한 빌. 한심한 빌. 그의 머릿속 생각이 보이는 듯했다. 들어올 때마다 엎드려 토하고 영혼까지 공포를 느끼며 쉽게 오는 법이 없는 빌. 더 약한 사람에게 손을 뻗어주는 일 없이 항상 받기만 하는 빌. 어떻게 해도 주임 등대원이 될 자질이 아예 없는 빌. 수영장에 빠져 허우적거리는 그는 절대 벽돌에 도달하지 못했다.

조개껍데기 세공 작업을 마치고 나면, 나는 그 결과물이 마음에 들어도 가끔 침실 창문을 통해 그것을 바다로 떨어뜨린다. 바람은 그것을 데려가는데, 나는 그 조개껍데기가 바다로 돌아간다고 생각하면 기분이 좋다. 수백만 년에 걸친 그 기나긴 여행, 그 모든 활동, 마모 작용을 해대는 선사시대 바닷물 속을 굴러다니다 어느 머나먼 해안으로 내뱉어진 후 나 같은 사람을 만난 조개껍데기. 그리고 그 남자는 자기 상상대로 조개껍데기를 긁고 할퀴며 자기만족을 위해 그 형태를 더럽혔고, 그렇게 작업을 마치고는 그 조개껍데기가 시작된 원래 장소로 되돌려놓았다.

13

빈스
외로운 타입

타워 생활 2일

화요일 아침. 크리스마스까지 3주 남았다. 등대는 쉬는 날도 없고 자기를 위해 일하는 등대원에게 휴가를 주지도 않는다. 그냥 내내 등대원을 원한다. 조만간 다른 등대원들은 가족들이 뭐 하고 있을까 생각하기 시작할 것이다. 집에 있는 식구들이 전나무 트리를 세우고 민스파이를 먹는 동안 자기들은 여기 처박혀 있다는 사실에 열이 받을 것이다. 그건 용납할 만한 일이다, 내가 듣기로는 그렇다. 지금까지 나는 크리스마스를 제대로 보낸 적이 없는 것 같다. 감방 안에서 우리는 엉성한 만찬을 먹고 종이 모자를 쓰기는 했지만, 사람들이 말하는 크리스마스의 마법이 무얼 뜻하는지 나는 모른다.

연중 이맘때에는 아침 8시가 될 때까지 불을 끄면 안 된다. 그러나 마침내 해가 떠오르면 버너들을 분해하고, 다가올 밤을 대비해 깨끗한 버너들로 교체하기 시작한다. 그런 다음 렌즈 주변에 커튼을 친다. 일단 12월이 되면 램프가 햇볕에 달아올라 불이 붙을 일은 없지만, 그건 부차적인 문제이고, 어쨌거나 커튼을 쳐놓으면 렌즈가 깨끗하게 유지된다. 마치 낮에는 옷을 입혔다가 밤에 다시 옷을 벗기는 그런 기분이다. 다른 등대원들에게는 절대 이런 말은 하지 말아야지.

내가 오전 당직이기 때문에, 아침 식사 준비는 내 몫이다. 내가 들어오면서 가져온 베이컨 한 통이 있으므로, 기름에 베이컨을 굽고, 다른 사람들이 일어날 때까지 식지 않게 레이번 스토브 안에 넣어둔다. 보통은 냄새가 풍기면 다들 일어난다. 누가 뭐래도 세상에 구운 베이컨 냄새보다 좋은 냄새는 없다. 메이든 등대에서 요리사 역할을 하는 게 나쁘지는 않다. 주임의 요리 솜씨가 거의 나만큼 형편없기 때문에 내가 한 요리를 그들이 어떻게 생각할까 별로 의식하지 않아도 된다. 처음에 섬 등대에서 근무할 때는 거기 등대원들이 음식에 관해 얼마나 재수 없게 굴던지, 내가 접시를 갖다 바칠 때마다 그들은 빈정대곤 했다. 내가 물어봐도 요리에 관해서는 눈곱만치도 가르쳐주지 않았으므로, 그건 무례하게 느껴졌다. 어쨌거나 나한테 요리란 내가 습득하는 한 가지 요령에 지나지 않는다. 심지어 나는 재료의 절반은 알지도 못한 채 요리를 시작한다.

"혹시 새 소리 들었어요?" 다들 둘러앉아 식사를 시작하자 내가 묻는다.

"무슨 새?" 주임인 아서가 되묻는다.

"어젯밤에요. 엄청난 새 떼가 나한테 날아왔거든요."

그러자 주임이 일어나서 위층을 확인하러 올라간다. 설사 불침번을 서는 사람이 우리라고 해도, 이 등대를 지키고 보살피는 건 그의 일이다. 그는 랜턴이 자기 아이라도 되는 듯 꼼꼼히 확인한다.

빌은 접시에 머리를 처박고 있다. 그는 먹을 때면 항상 그러는데, 무얼 먹든 그것에 얼굴을 바싹 붙이고, 옆의 재떨이에는 연기가 오르는 담배를 두고서 한 모금 빨았다가 음식을 씹고, 한 모금 빨았다가 음식을 씹곤 한다. 그가 아서의 빈 의자를 바라본다.

"아서한테 그런 취급을 받으면서 왜 가만히 있는 거야?" 그가 묻는다.

"네?"

"널 바보 멍청이 취급하던데."

나는 입을 닦는다. "나를 그렇게 취급하는 사람은 선배예요."

"아서가 어떻게 했는지 봤어?"

"뭘 했는데요?"

"뭐가 잘못됐는지 보러 달려갔잖아. *네가 무슨 바보짓을 했는지* 를. 네가 당직을 제대로 섰다고 믿지 못하는 거야. 아서는 나도 미덥지 못하다고 생각할걸."

두 명의 등대원에게 방 안에 없는 나머지 한 명은 씹기 좋은 호구다. 병뚜껑을 살짝 돌려서 내용물의 김을 미리 빼듯이, 그냥 아무 말이나 하는 거다. "그가 이걸 하면서 얼마나 짜증 나게 구는지 봤어요? 가끔은 그가 정말 쩨쩨하고 야비하지 않아요?" 그 사람에게 못되게 구는 게 아니라 거품이 일어 넘치지 않게 김을 빼는 식으로 그저 상황을 건사하는 거다.

그러나 빌은 평소보다 날이 서 있다. 피곤한 모양이다. 나는 그가 마지막 남은 엠버시 한 대를 피우고, 이로 담배를 갈아대다 접시를 치우는 모습을 지켜본다. 주임이 돌아온다.

"그것들을 치울 생각은 못 했어?" 약간 날카롭게 주임이 묻는다.

"내가 그걸 치웠다면 주임님은 점심시간이 다 될 때까지 아무것도 못 먹었을 거예요. 빌 선배가 치워주겠죠. 안 그래요, 선배?"

"닥쳐."

아서가 식탁을 치우며 한마디 한다. "고마워, 잘 먹었어."

아침 식사를 끝내고, 양동이와 삽을 들고 위층 갤러리로 올라간다. 솔직히 말해서, 새들이 얼마나 많이 왔었는지 미처 몰랐다. 새들은 이른 시간에, 때로는 새벽 5시쯤에 나방 떼처럼 날아들었기 때문이다. 그 시간에 당신이 본 게 무엇인지, 당신이 그걸 제대로 보기는 했는지 누가 말할 수 있겠는가. 그 많은 깃털과 퍼덕임으로 보아 열 마리 아니 백 마리쯤 되었을 것 같았다. 살을 에는 추위 속에서 담배 한 대를 피운다. 생기 없는 회색 바다와 생기 없는 회색 하늘 아래서 그것들을 긁어모으다 보니 내 손도 생기 없는 회색으로 보인다. 슴새. 빌은 그 새가 큰 해를 끼치진 않지만 어쨌거나 성가신 녀석들이라고 말한다. 하지만 몸이 납작해진 채 목이 돌아간 그것들을 보다 보면 그런 생각에 동의할 수가 없다. 언젠가 비숍 록의 등대원들이 갤러리를 빼곡히 메운 채 꽥꽥거리고 있는 슴새 떼를 발견했다는 얘기를 들은 적 있다. 발 디딜 틈도, 손가락 마디 하나 들어갈 틈도 없이 빽빽한 게, 무슨 노아의 방주 같았다고 했다. 어둠이 내리고서야 그 새들은 눈부신 불빛을 가득 받고서 수십 마리씩 무리 지어 날아갔다고 했다. 등대의 빛줄기는 그 새들을 끌어들여 눈부시게 만들기도 했고, 또는 겁을 주어 쫓아내기도 했다.

<hr />

3일

이번에는 타워로 돌아오기가 쉽지 않을 거라고 생각했다. 미셸과 나 사이의 감정이 더욱 강렬해졌기 때문이다. 하지만 실제로는, 이틀 밤이 지나고 보니 오히려 더 좋다. 여기서는 그녀를 생각할 시간이 넘치고 또 넘치니까. 야간 당직 중에 내가 빌에게 했던 말은 정말이었다. 나는 부등대원이 되고 싶다. 그게 내가 원하는 전부다. 그리고 트라이던트 사가 등대원의 삶을 평생 돌봐주기 때문에 그 보장을 얻고 싶다. 그렇게 되면 그녀한테 말할 수 있을 것이다. 그래, 괜찮지 않은가? 이번만큼은 나도 장래가 있는 남자일 테니까.

점심 당번은 나다. 점심을 먹고 나자 주임은 설거지를 한 다음 늘 하던 대로 차 한 잔을 준비하고 자기 의자에 앉아 십자말풀이 책을 펼친다. 그가 담배 한 대를 건넨다. 아서는 잘 나눠주는 사람이다. 내가 올더니 등대에 있을 때, 거기 주임은 뭐 하나라도 나눠주는 법이 없었고, 나눈다는 의미를 모르는 사람이었다. 그는 자기가 가져온 통과 상자에 '손대지 마시오'라고 쓰인 스티커를 붙여놓았다. 그 말인즉 자기는 버터며 담배며 HP 소스를 먹고 피워도 되지만, 누구와도 그걸 나누고 싶지는 않다는 뜻이었다. 아서는 소지품이든 먹을거리든 뭐든 간에 그런 것에 많이 신경 쓰지 않는다. 그런 것은 모두 지나가는 거야, 그는 그렇게 말한다. 그건 물건이야, 지속되지 않아. 좋은 시간을 보내며 앉아 있을 때 느끼는 감정, 그런 것이 지속된다.

"비참할 만큼 기대에 미치지 못하는 것." 그가 말한다.

"그만해요, 감자는 그렇게 맛없지 않았다고요."

"두 단어야. 여섯 글자, 다섯 글자."

"멍청이 비슷한 단어 중 하나겠죠. 난 십자말풀이에 소질 없어요."

"두 가지 방법으로 생각해야 해." 주임이 말한다. "우선은 문자 그대로의 단서, 표면적인 단서가 있고, 그다음엔 거기 내포된 단서가 있어. 그러려면 특별한 사고가 필요하지."

"내 머릿속엔 특별한 사고 같은 건 없나 봐요."

"네가 그걸 어떻게 바라보느냐의 문제지."

"다른 문제 내봐요."

"마법의 물을 끓여라."

"방금 한 잔 타셨잖아요." 내가 말한다.

"그게 단서라고, 이 친구야. 다섯 글자."

"개 풀 뜯어 먹는 소리."

"그건 여덟 글자." 그가 미소를 짓는다. "1분 전에 네가 말할 뻔
했던 거야. 여기, 이거 봐."

아서가 나에게 보여준다. 솔직히 나한테는 너무 어렵다.

"모르겠어요."

"거의 다 됐어, 자 봐."

"오." 그가 글자를 쓰는 동안 내가 말한다.

빌은 주임에 관해 오해하고 있었다. 아서는 상대가 지금보다 더
나아지도록 돕고 싶어 하는 그런 사람이다. 상대가 자기보다 어리
다고 땍땍거리거나 꼰대처럼 굴지도 않고 빌이 나에 대해 생각하는
것 같은 그런 태도를 보이지도 않는다. 주임은 참을성이 있다. 그는
일이 어떻게 돌아가는지 나에게 보여줄 것이다. 나는 그를 존경하
고, 바다를 대하는 그의 감정을 존중한다. 등대지기라면 으레 주임
처럼 해야 한다. 모든 사람이 그렇지 않다는 게 아쉽다.

내가 아는 걸 빌이 알고 있는지 모르겠다. 언젠가 아서는 오래전 자정부터 아침까지 당직을 설 때 겪었던 일을 나한테 말해줬다. 빌이 등대원이 되기 전, 심지어 내가 걸음마를 떼기도 전, 그가 메이든 등대 근무를 시작할 때 있었던 일이라고 한다. 그 말을 듣고 나는 말문이 막혔다. 어떻게 반응해야 할지 알 수 없었다. 그런 건 예상도 못 했었다. 내가 어떻게 그걸 예상한단 말인가? 누구도 예상하지 못한 일이다.

그때 나는 아서를 멍하니 바라보며 생각했다. 바로 이런 사람이 되고 싶다고. 그러니 남들은 그가 어떤 삶을 살았는지 짐작도 못 할 것이다. 사람들은 주임이 답을 찾을 거라 생각하면서, 주임 얼굴만 쳐다보며 시간을 보낸다. 사실 그는 사람들이 생각하는 그런 사람이 전혀 아닌데도.

〰

소니 카세트에서는 닐 영의 노래가 나오고 내 침대 커튼은 쳐져 있다. 빌은 아래층에서 윙윙거리며 드릴 작업을 하고 있다. 지금은 밤에서 낮 사이의 어느 때쯤, 나는 나를 다른 곳으로 데려다주는 음악이 있어 기쁘다. 음악은 닐 영이나 존 덴버나 킹 크림슨의 노래가 울리던 스탠퍼드 가의 살림 빼곡한 미셸의 원룸으로 나를 데려다준다. 양초를 꽂아 옆으로 촛농이 흘러내린 와인 병들, 다이아몬드

꼴 작은 거울들이 바느질된 쿠션들. 문간에서 제 발을 핥고 있는 고양이 한 마리. *블루 리지 마운틴스, 셰난도 리버*. 셰난도. 이제 그것이 단어라는 건 아무 의미가 없다. 마법의 주문이나 어느 머나먼 달의 이름이어야 한다. 모든 것이 통조림 복숭아의 오렌지색으로 물든다. 미셸에 관한 많은 생각들은 저마다의 빛을 띠고 있다. 침실에서의 보라색 담배 연기. 그녀가 맨발로 정원에 나가 고양이에게 차 마실 시간이라고 소리칠 때의 밝은 초록색. 그 고양이 이름이 뭐더라? 사이크스? 아닌데. 스테인스? 한심한 녀석. 스텝토? 그럴 리 없다.

미셸은 나한테 너무 과분하다. 적어도 내 머리는 그걸 알 만큼은 된다.

만약 트라이던트 하우스에서 나를 채용하지 않았다면, 그녀를 쫓아다닐 배짱은 결코 없었을 것이다. 내가 취직한 건 순전히 우연이었다. 요즘 내 나이 또래의 등대원은 많지 않다. 북해 유전에 일자리를 얻으면 임금을 더 많이 받지만, 그것도 하고 싶은 일에 따라 그동안 쌓아온 경력에 따라 액수가 다르다. 1970년 4월에 2주 정도 바깥세상에 나갔다가 펍에서 한 사내를 우연히 만났는데, 그가 맥주 한 잔을 사주며 자기는 예전에 플라다 섬과 스케리보에서 등대를 밝혔었다고 했다. 그때 나는 여느 때처럼 다시 체포되기를 기다리고 있었다. 나에겐 그게 익숙한 일이었다. 그래서 일단 바깥에서 볼일을 끝내고 나면 일부러 깽판을 칠 거라는 걸 알고 있었다. 그런데 그 사내가 등대 이야기를 계속할수록, 나는 등대 일이 나와 맞을 거란 생각이 들었다. 그가 한 말은, 사람이 원래 외로운 타입일 수는 없다는 거였다. 혼자 있는 게 좋다고 생각해야 한다는 거였다.

트라이던트 사가 일단 내 전력을 알게 되자, 나는 그 회사가 날 받아줄 거라고 기대하지 않았는데, 몇 주 후 우편으로 서류를 받았다. 그들은 내가 멍청해도 마음은 간절하니 이 일에 어울릴 거라 생각했던 게 분명하다. 사실, 등대에서는 하는 일이 많지 않다. 일과의 단순함이 등대 일의 특성이다. 밤이면 불을 밝히고, 그런 다음 청소하고, 요리하고, 같은 그룹의 다른 등대들과 연락한다. 어떤 일이 생길지 예측할 수 없기 때문에, 같이 일하는 등대원들과는 나쁜 감정이 생기지 않도록 주의해야 한다. 우호적인 분위기를 유지하는 것, 나한테는 이게 가장 중요하게 여겨진다. 다른 등대원들과는 어떻게든 잘 지내야 하는데, 만약 나쁜 감정이 비집고 들어오게 내버려 두면 그것이 바이러스처럼 퍼지고 증식하다가, 나중에 그것을 깨달을 때쯤에는 완전히 감염되고 부패가 시작되어 갈 데가 없어진다.

펍에서 그 늙은 등대원을 만났던 일을 돌이켜보니 그때 나는 어떤 메시지를 받고 있었던 것 같다. 나는 실패자가 아니었다. 세상은 아직 나를 포기하지 않았다.

조만간 미셸에게 말해야 할 것이다. 이제 충분히 시간이 지났다. 나 자신에게 솔직해야 한다. 우리 사이에 버티고 있는 나의 엄청난 거짓 때문에 우리가 할 수 있는 게 없는데, 우리를 위해 이 삶을 이어가고 결혼해달라고 하는 게 다 무슨 소용이 있겠는가? 예전에 내가 했던 그것을 말하는 게 아니다. 그녀도 그건 알고 있다. 나는 마지막에 있었던 사건을 말하는 것이다.

문제는, 그 이야기가 첫 번째 데이트에서, 아니 세 번째 데이트에서도 슬쩍 흘릴 만한 그런 게 아니고, 더구나 시간이 지나면 말을 꺼내기가 너무 힘들다는 것이다. 우리가 이렇게 오랫동안 떨어져 있다는 것은, 다시 말해 다음에 돌아가면 우리는 처음부터 다시 시작하는 것과 같다는 뜻이다. 처음으로 돌아가 손을 잡고, 감탄하고, 원하는 것. 그것을 망칠 생각은 없다.

그녀가 더 많이 좋아질수록 그게 더 어려워진다. 그녀에게 지나치게 마음을 주고 싶지는 않지만, 사람 마음이란 어쩔 수가 없다.

거짓을 말하기는 쉽다. 아무 말도 하지 않으면 된다. 아무것도 하지 마라. 무엇이 진실인지 남들이 판단하게 내버려 두라. 내가 그녀라면 알고 싶어 하지 않을 것이다. 날마다 나는 잊으려 애쓴다.

눈을 감으면 마치 어젯밤의 일처럼 그 일이 선명히 떠오른다. 피와 개털, 어린아이의 찢어지는 비명. 그리고 내 품에서 차갑게 식어가는 내 친구.

나는 평생 내 뒤를 흘깃거리며 누가 접근하는지 살펴보며 지냈다. 지금도 나는 뒤를 바라본다. 우리 말고는 아무도 없는 바다 한가운데 나와 있으면서도.

나는 나에게 적이 있다는 걸 의식하고 산다. 나쁜 짓을 하는 나쁜 사람들, 그들은 나에게 나쁜 짓을 하고 싶어 한다. 때로는 나의 악몽이 두려워 잠들기가 겁이 난다. 그들이 여기, 이 바위 위에 있는 나를 찾아낼 거라는 악몽. *넌 네가 빠져나갈 수 있다고 생각했겠지만 틀렸어. 넌 결코 네 한계를 뛰어넘지 못해.*

나는 절대 돌아가지 않을 것이다. 감옥으로는. 나의 과거로는.

내가 그걸 가져온 것도 바로 그 때문이다. 다른 사람이 발견하지 못할 싱크대 밑 구멍 틈새에 그것을 감춰두었다. 거기는 안전하다. 아는 사람만 볼 수 있는 장소다.

어느 순간엔가 나는 잠이 든다. 왜냐하면 다음 순간, 빌이 휘청거리는 짙은 어둠 속에서 나를 쿡쿡 찔러 깨우며 위층으로 올라가라고 말하고 있기 때문이다. 불빛이 스스로를 지켜보지는 않을 것이므로, 그리고 만약 그가 조금이라도 눈을 붙이지 않으면 곧 후회할 만한 짓을 할 수도 있을 것이므로.

4   1992년

14

헬렌

1.6킬로미터를 더 걸어간 뒤, 맹꽁이자물쇠가 채워진 두 개의 문 너머로 헬렌은 마침내 그것들을 보았다. 반도에 자리 잡은 등대원들의 단층짜리 사택 네 채, 녹색과 흰색으로 페인트칠 되어 있고, 공장 같은 검정 굴뚝과 슬레이트 지붕을 얹은 집들이다. 메이든 록 사택들은 최대한 그 등대와 가까이 있었지만, 그래도 그 거리는 아주 멀었고, 그것 때문에 헬렌은 늘 슬프고 짝사랑하는 듯한 기분이었다. 무관심한 상대에게 기대를 품은 마음이었다.

그것이 어제의 일일 수도 있었다. '애드머럴'은 여전히 그들의 집일 수도 있었다. 그것들 가운데 가장 크고, 용도에 맞게 실용적으로 지어진 집, 학교 기숙사와 P&O 연락선의 중간쯤 되어 보이는 집. 그 안에는 병원 같은 복도와 작은 골방들이 있었고, 그 골방 모서리들은 단단하고 방부 처리가 되어 있어 개인 물품을 아무리 집어넣어도 딱딱한 느낌을 지울 수 없었다. 겨울에는 창틈으로 한기가 들어왔는데, 창문을 잠그는 철제 걸쇠는 그녀의 손바닥에 동전 냄새를 남겼다. 오븐과 샤워기 위에는 그 재산이 그들의 것이 아님을 돌이키게 해주는 트라이던트 하우스의 안내판이 붙어 있었다. '환풍기를 사용하시오.' 그리고 '뜨거운 물 주의.' 복도에는 이런 안내판이 붙어 있었다. '비상시 전화 연락은 999.' 집 앞쪽, 황량한 바람이 들이치는 베란다에는 콘크리트로 만든 피크닉 탁자가 있었고, 그 너머 차고 문에도 경고문이 씌어 있었다. '위험—강풍 시 사용 금지.' 그리고 항상, 언제나 그 단조로움이 있었다. 그것이 그녀의 진을 빼놓았다. 날이면 날마다, 매주, 매달, 매년, 언제나 벗 삼을 것은 바다뿐이었다.

제니와 빌은 '매스터스'에 살았다. 오늘 그 집의 진입로에는 '아기가 타고 있어요'라는 스티커가 뒤에 붙은 빨간색 해치백이 세워져 있었다. 헬렌은 그것이 사람들에게는 독특한 휴가인가 보다 생각했다. 잃어버린 세계 엿보기. 그리고 메이든 록의 악명은 일회성 볼거리를 보장했다. 바로 그 이유로 인해 등대 자동화 이후 그 사택들은 그렇게 신속히 개조되었고, 트라이던트 하우스의 돈벌이 수단이 된 거였다. 이제 그 광고가 그녀의 눈에 들어왔다.

메이든 록 실종 사건 당시의 삶이 어땠는지 경험하십시오!

세 번째 사택인 '퍼서스'는 베티와 프랭크의 집이었다. 프랭크는 등대원 경력이 더 많아서, 그 타워의 수석 부등대원이었다. 아서가 뭍에 와 있을 때는 프랭크가 등대의 책임을 맡았었다. 프랭크는 그 실종 사건 당시 근무가 없었다. 프랭크에게는 그 일이 마치 5분 늦게 와서 비행기를 놓치는 바람에 산에 추락하는 신세를 면한 느낌일 거라고 헬렌은 늘 생각했다.

마지막 사택인 '거너스'는 빈스의 차지가 되었을 것이다. 그는 간절히 승진을 원했다. 그가 그 집을 얻지 못하게 된 이유는 오직 그 등대만이 아는 비밀이었다.

메이든 등대가 수평선 위에서 태연하게 깜박이는 동안, 헬렌은 그 타워가 더 많은 것을 알고 있다는 의혹을 떨쳐버릴 수가 없었다. 그것은 그녀에 관해서도 알고 있었다.

이제 그 등대가 말없이 비난하듯 그녀를 노려보며 이렇게 말하는 것 같았다. 헬렌, 너는 진실을 부정할 수 없어. 너는 결백하지 않아.

⌒

헬렌이 주소를 건네자 그는 담배를 비벼 끄고는 차 트렁크를 향해 고갯짓을 했다.

"가방은 없어요?"

"네. 당일치기로 왔어요. 나중에 역까지 데려다주셨으면 해요."

"알겠습니다."

해가 지고 있었다. 수평선으로 지는 해는 녹아내리는 복숭아 같았다. 헬렌은 그가 그녀의 얼굴을 제대로 못 본 걸 다행으로 여겼다.

그녀는 택시 뒷좌석, 여름 그늘 속에 몸을 파묻었다. 모트헤이븐 택시 기사들은 모트헤이븐에서 태어나고 자란 사람들이다. 그 이야기는 언제나 그들의 마음에서 중요한 앞자리를 차지하고 있었다. 관광객들이 그 실종 이야기를 들려달라거나 그 사건에 대해 어떤 입장인지 밝혀달라고 조르기 때문이다. 그 소식을 들었을 때 어디에 있었는지, A에서 B까지 트라이던트 하우스 임원을 한 번쯤 태운 적은 있는지, 혹시 그 택시 기사의 딸의 친구가 워커네 집 아이들 중 한 명과 아는 사이는 아닌지 등등. 헬렌은 어쨌거나 그 기사가 자신을 알아볼 거라고 생각해선 안 되었다. 최근 몇 년 들어서는 그럴 사람이 없을 테니까. 그러나 낯선 사람들이 그녀에게 인사해주기를 기대하는 마음도 똑같이 있었다. 그녀가 주임 사모님이던 과거처럼, 아서는 어떻게 지내는지, 그가 언제 뭍에 올 예정인지, 그가 없을 때 그녀는 어떻게 지내는지 물어봐주기를 바라는 마음이. 그러면 그들은 답례로 저마다의 개인적 일이나 고민을 들려줄 것이다. 주임 등대원의 아내라는 위치는 알지도 못하는 사람들의 생활에 기본적으로 관심을 가진 목사나 펍 주인과도 같은 공적인 업무를 그녀에게 부여했다.

"친구를 태우러 가시는 거예요?" 기사가 앞좌석에서 물었다.

"차를 세우지는 않을 거예요. 아니, 세우기는 하는데 잠시만 세울게요. 내리지는 않을 거예요."

기사가 라디오를 켰다. 택시는 가느다란 저녁 첨탑이 있는 교회를 지났고, 어쩌다 드물게 아서와 빌이 둘 다 뭍에 있을 때 그녀와 제니를 동반해 저녁을 먹으러 가던 스머글러스 인 펍을 지나갔다. 제니는 와인 한 병을 마시면 울었고, 헬렌한테는 아이가 없어서 운이 좋다고, 여기 오도 가도 못하고 혼자 갇혀서 아이들을 돌보는 건 좋을 게 없다고 하소연했다. 빌은 난처해서 쩔쩔맸고, 그러다가 제니가 여자 화장실에서 토하고 나면 둘은 자리를 떴다. 호텔과 공원을 지나 계단식으로 늘어선 집들 사이로 구불구불 올라가는 길. 헬렌이 지난 19년 동안 찾아왔던 똑같은 주소, 이곳에 다시 찾아올 때마다, 비록 한 번도 집 안으로 들어가지는 않았음에도 반드시 거치는 통과의례. 조만간 그녀는 용기를 짜내어 택시에서 내려 저 문으로 걸어가리라.

"여기요." 그녀가 말했다. "아무 데나 세워주세요."

집집의 창문 안을 엿볼 수 있다는 건 이렇게 늦은 시간이 주는 선물이었다. 금빛으로 비치는 사각형, 그 안에서 빛나는 삶. "뭘 하시려고요?" 그가 물었다. "시동 끌까요?"

"괜찮아요. 계속 켜두세요."

그 집만 유일하게 어둠이 깃들어 있었다. 제니가 멀리 나갔거나 더 이상 여기 살지 않을지도 몰랐다. 그 생각이 헬렌을 공포로 몰아넣었다. 그녀와 연락할 수 없다는 생각. 그녀가 오직 이 여자한테만 말할 수 있는 것들, 그들이 사랑하던 사람들, 잃어버린 사람들, 20년 후 석회화되어 굳어져버린 그들 사이의 틈새에 관한 것들을 두 번 다시 종이에 쓸 일이 없어진다니.

그 시절 제니는 주임 등대원의 아내를 신뢰해도 되겠다고 생각했었다. 왜 아니겠는가? 신뢰는 헬렌의 일에서 중요한 토대였다. 지지해주고, 마실 것을 따라주고 손을 잡아주고, 삶이 너무 버거울 때 눈물을 닦아주는 것이 그녀의 역할이었다. 그녀는 진심으로 이해했고, 걱정했기 때문이다. 그녀는 팔을 어루만지며 이렇게 말해줄 때가 언제일지 알고 있었다. "제니, 그건 영원하지 않아요. 빌은 돌아올 거예요, 그가 온다는 걸 제니가 알기도 전에." 그리고 상황을 더 낫게 해줄 방법을 생각할 줄도 알았다. 왜냐하면 외로움은 그녀의 친구였고 그녀는 그것의 속임수와 술책을 알고 있었으니까.

그러나 헬렌은 제니를 속였다.

"됐어요." 그녀가 운전기사에게 말했다. "이제 가요."

"다 끝났어요?"

"네. 집에 가야겠어요."

기차는 늦게 왔다. 칙칙거리는 기차 바퀴 소리가 최면을 걸기라도 한 듯 그녀의 눈은 트루로에 닿기 전에 감겨버렸다. 그녀는 다시 꿈을 꾸었다. 군중 속에서 그를 따라가고 있었다. 그의 뒤통수, 그가 뒤를 돌아보았을 때 그 뒷통수의 주인은 그가 아니었다. 그의 눈길은 잠결에 그녀에게 다가와, 수면 아래서 올려다보거나 또는 환한 대낮에 부엌 식탁의 맞은편에 앉아서 또는 그녀의 침대 끝에서, 그녀가 하는 모든 일을 계속 지켜보고 있었다.

15

헬렌

내가 왜 제니 워커랑 말하지 않는지 알고 싶겠지요. 아니, 제니가 왜 나한테 말을 붙이지 않는지 이유를 알고 싶겠지요. 진실에 관심이 있으세요? 대답은 그렇다고 하시지만, 작가님은 이야기를 지어내는 재주 또한 아주 뛰어나잖아요. 작가님 소설이 내 취향이 아니라는 건 인정할게요. 사실 작가님 소설은 한 권도 읽어보지 않았어요. 그래도 바라크 선의 형제들에 관한 소설은 알고 있어요. 『유령 함대』, 맞다, 그거였죠. 그 책이 나왔을 때 내 친구 하나가 그 책에 푹 빠졌거든요.

무례하게 굴고 싶진 않지만, 내가 하고 싶은 말이 바로 그거예요. 거친 남자들, 싸움, 그 모든 테스토스테론이 난무하는 모험 이야기를 쓸 작정이라면, 솔직히 작가님이 제니와 나 사이의 일을 그 사건과 관련지어 생각하진 않을 것 같네요.

그게 관계가 있었는지는 누가 알겠어요? 지난 세월 동안 나는 그게 관계가 있었는지 곱씹어보다가 반쯤 미쳐버렸죠. 제니와 나 사이의 일 때문에 정말 아서와 그 남자들이 사라져버렸을까 하고요.

우선은 내가 등대원이랑 결혼할 줄은 꿈에도 몰랐다는 걸 말해두고 싶어요. 등대를 지키는 사람들이 있을 거라고 생각은 했지만, 나는 그것이 늘 보잘것없는 일이라고, 사회에 잘 어울리지 못하는 사람들이나 택할 직업이라 여겼죠. 그리고 내 생각이 맞기도 했어요. 등대를 지키는 일은 특별한 기질이 필요하죠. 내가 알던 등대원들은 하나같이 그런 기질을 공통으로 가지고 있었고, 그들끼리 있을 때는 그게 전혀 문제되지 않아요. 아서는 자신에게 만족하는 사람이었어요. 나는 어떤 사람에게는 그런 점이 큰 매력이 된다고 생각했고, 그 생각은 지금도 변함이 없어요. 그 사람에게는 그만이 아는 무언가가 있기 때문에, 그 사람한테 끌릴 수밖에 없죠. 우리 할머니가 그런 말씀을 하셨어요. 그건 절대 패를 보여주지 않는 거라고요. 그러니까, 같이 있는 사람이 누구든 마찬가지죠. 절대 패를 다 보여주지 않고, 무언가는 항상 남겨두어야 해요. 난 아서가 누구한테든, 심지어 나한테도 자기 패를 보여줬다고는 생각하지 않아요. 그이는 그런 사람이었죠.

내가 그이를 외로운 사람으로 묘사한 건 아닌지 모르겠네요. 말했다시피, 그이는 자신을 잘 내보이지는 않았지만, 그건 외로움과는 달라요. 혼자 있다는 게 외롭다는 뜻은 아닐뿐더러 그 반대도 마찬가지예요. 작가님이 많은 사람과 어울리며 온갖 잡담을 하고 수다를 떨고, 사람들이 같이 있고 싶어 하는 그런 사람이라고 해도, 작가님은 거기서 가장 외로운 사람일 수 있어요. 그런데 확실히 등대에서는, 아서는 결코 외롭지 않았어요. 그건 자신 있게 말할 수 있어요. 사람들이 묻던 질문 중 하나가 그거였어요. 아서는 거기서 외로움을 느끼지 않나요? 하지만 그이는 절대 외롭지 않았죠. 만약 그이가 외로움을 느꼈다면 그건 여기, 뭍에서였을 거예요.

그렇게 생각하면 내가 실수했던 게 조금도 이상하지 않아요. 내가 그걸 정당화하는 건 아니에요. 그건 제니도 마찬가지일 거예요. 하지만 어떤 것도 흑백으로 깨끗하게 가를 수 없는 법이죠.

아서가 집에 와서 나와 함께하고 싶은 마음이 있기는 했는지 잘 모르겠네요. 그이가 구호선을 타고 뭍에 올 때면, 배에서 내리자마자 벌써 등대를 그리워한다는 걸 난 알 수 있었어요. 등대 생활이 아니라 등대 그 자체를 그리워했어요. 육지 생활은 그에게 잘 맞지 않았어요.

우리가 겪은 일, 아서와 나의 일은 물론 육지 생활의 일부였죠. 그 일에 관해 나는 복잡한 감정을 가지고 있어요. 받아들이기 어려운 복잡한 감정이죠. 나는 아서를 탓했어요. 그이는 나를 탓했고요. 우리는 서로를 탓했지만, 그런 일이 일어날 때 서로를 탓하는 건 아무 소용 없는 일이죠, 그렇잖아요? 그건 그냥 아무 소용이 없어요.

그이가 그렇게 사라지고 나니 처음엔 무척 화가 나더군요. 그이가 자기 좋으라고 그런 방법을 찾아냈다는 것에 화가 치밀었죠. 한마디 말도 없이 어느 날 갑자기 떠나다니, 그이한테 그럴 권리는 없었어요. 그이는 항상 나더러 강인하다고 말했고, 그 말이 맞긴 하지만, 가끔은 그런 내 성격을 그이가 모르게 했어야 하지 않았나 하는 생각이 들어요.

아서가 처음에 메이든 등대에 발령받았을 때, 나는 우리가 행복할 거라고 생각했어요. 그 타워가 그를 행복하게 했으니, 나는 우리 역시 행복할 줄 알았던 거죠. 아서가 기뻐했던 이유는 그에게는 그 등대가 최고였기 때문이에요. 그이는 울프 등대, 비숍 등대, 에디스톤 등대, 롱십스 등대 등 중요한 해상 등대에 매혹되어 있었지만, 메이든 등대야말로 그가 간절히 원하던 등대였어요. 거대하고, 옛날 방식으로 작동되고, 어릴 때부터 꿈꿔왔던 바로 그런 등대였죠. 아서는 해상 타워가 '명실상부한 등대'라고 했어요. 제대로 경험할 만한 등대라는 얘기였죠. 남자들이 육지에 박힌 등대를 꿈꾸지는 않잖아요? 남자들은 거친 파도에 고꾸라지는 배, 산적, 해적질, 동지애, 별빛, 그런 걸 원하잖아요.

아서가 죽고 나서 한동안은, 적어도 그게 그이가 원하던 죽음의 방식이었을 거라 생각하며 위안 삼았어요. 그이는 바다에서 맞이하는 죽음이 아닌 다른 방식의 죽음은 원하지 않았을 거예요. 어찌 보면 그게 잘 어울려요. 그렇게 생각하면 실제로 마음이 한결 편안해지죠.

메이든 등대는 항상 그이에게서 눈을 거두지 않았어요. 바보 같은 소리처럼 들리죠? 설마 이 말을 책에 쓰지는 않으시겠죠. 등대는 인격체가 아니니까요. 생각이나 감정도 없고, 위험한 생각을 하지도 않고, 사람들에게 나쁜 마음을 품지도 않지요. 그런 것들은 다 공상이에요. 그리고 그런 공상은 작가님의 전문 분야지, 내 분야가 아니에요. 나는 그냥 사실을 말하고 있는 거예요.

하지만 난 그 등대의 모습이 전혀 마음에 들지 않았어요. 어떤 등대들은 아주 친근해 보이는데, 그 등대를 볼 때면 왠지 마음이 편안하지 않았어요. 나는 그 등대에 가본 적도 없었고, 내가 가보지도 않은 곳에서 아서가 지낸다는 사실도 기분이 좋지 않았죠. 하지만 타워 등대는 마음 내키는 아무 날이나 가서 상륙할 수 있는 곳이 아니에요. 그냥 잠깐 들러서 안부 인사를 물을 수는 없다는 얘기죠. 아서가 혼자 있기를 좋아했다는 걸 고려하면, 그 등대야말로 그이한테 어울리는 곳이었죠. 그이는 나에게서 떨어져 지낼 수 있는 장소가 있다는 걸 좋아했던 것 같아요. 아마 모든 남편이 그럴 거예요. 남편들은 아내가 알지 못하는 무언가가 있어야 하죠.

오, 조용히 해! 개를 내보내야겠어요. 잠시만 실례할게요.

자아, 이제 됐네요. 죄송해요. 난 저 개가 여기서 잘 지내기를 기다리면서 세월을 보내고 있어요. 아서가 죽고 나서 집 안에 또 다른 생명이 필요할 것 같아 처음 개를 들였는데, 난 조용한 친구를 두는 데 익숙해 있었던가 봐요. 아니 적어도 이 집에서 많은 시간을 보내지 않는 그런 친구요. 불행히도 이번 개는 여기저기 땅을 파헤치고 다녀요. 그게 그 녀석의 낙이지만요. 물론 개도 나만큼이나 정원에 나갈 자격이 있겠죠. 옛날에는 식물을 키울 생각이 아예 없었는데, 식물을 키우는 것도 도움이 됐어요. 내가 땅에 심은 식물이 무럭무럭 자라고 풍성해지는 걸 지켜보는 거죠. 작가님이 만약 우리처럼 시련을 겪고 있다면, 생명이 끊임없이 계속되는 걸 지켜보시는 것도 좋을 거예요. 식물들이 온갖 역경을 딛고, 찬 서리와 개의 짓밟음을 견디고 다시 살아나는 방식을요. 거기에는 내가 감탄해 마지않는 어떤 고집스러움이 있어요.

아서는 항상 자연을 좋아했어요. 어릴 때부터 감수성이 예민하고 상상력이 풍부했어요. 그 점에선 작가님과 비슷해요. 상상력 말이에요. 작가님이 무감각하다는 말이 아니에요. 솔직히 작가님과 내가 미주알고주알 이야기를 나눌 만큼 오랜 시간을 같이 보낸 사이도 아닌데, 어쨌거나 그런 말을 해서 나한테 무슨 이득이 있겠어요? 글을 쓰는 작가님이니까 감수성이 풍부할 거라고 짐작하는 거예요. 등장인물들의 머릿속을 들락날락하면서 무엇이 그들을 움직이는지 제시하잖아요.

아서의 아버지는 새를 키우셨는데, 거기서 그게 시작된 거죠. 안타깝게도 아버님은 몸이 안 좋으셨는데, 전쟁으로 전쟁신경증을 얻으셨어요. 극단적으로 안 좋은 사례였는데, 새들이 아버님을 위로해 줬죠.

아서는 아버님에 관해 말하는 걸 좋아하지 않았어요. 말할 생각이 없었거나 말할 수 없었거나 했겠죠. 내가 물어볼 때마다 그이는 화제를 바꾸거나 그 얘기는 하고 싶지 않다고 했었죠. 그이가 말을 꺼내기 싫어했던 게 많았지만, 나는 같이 지내는 사람이 말하고 싶어 할 때까지는 그냥 두는 것도 괜찮다는 걸 알게 됐죠. 작가님 아내분이 말하고 싶어 할 때는 대화를 할 만하다고 생각해서 그런 게 아니겠어요? 다른 방법으론 해결이 힘들다고 생각하니까요.

나는 가끔, 우리가 어떻게 했다면 과거에 일어났던 일들을 피할 수 있었을까 생각해봐요. 단 한 번의 결정으로 인한 인생의 꼬임과 비틀림 말이에요. 만약 아서가 신문에서 트라이던트 사 구인 광고를 보지 않았다면, 만약 우리가 그날 그 신문을 사지 않았다면…….
만약 처음부터 내가 그를 만나지 않았다면, 그 만남 역시 우연이었거든요. 나는 패딩턴 역에서 열차표를 사려고 줄을 서 있었는데, 잔돈이 부족했어요. 부모님 댁에 가려고 배스 스파로 가는 편도 표를 끊으려 했었죠. 심지어 그런 일이 신사다운 예절로 여겨지던 시절에도 어떤 남자가 나 대신 돈을 내줄 거라곤 생각하지 않았죠. 나는 열차 타고 가는 내내 아서를 생각했어요.

그이한테 돈을 돌려주려고 일주일 후에 다시 만났죠. 조금씩 마음이 이끌리더군요. 홍역을 앓고 벼락처럼 내리치는 그런 사랑은 아니었어요. 마음 한구석으로는 우리 아버지가 반대하실 모습을 상상하니 은근히 기분이 좋았죠. 아버지는 남자 기숙학교 교장 선생님이셨는데, 딸이 의사나 변호사 같은 '명망 있는' 직업을 가진 사람과 결혼하기를 바라셨거든요. 아버지가 직접 그렇게 말씀하신 적은 없지만, 등대를 지키는 일은 계집애 같은 남자나 할 일이라고 생각하셨다는 데 돈을 걸겠어요. 아버지는 평생 시를 한 줄도 읽지 않으셨을걸요. 그렇게 말하면 더 잘 설명이 되려나?

트라이던트 사는 괜찮은 급여와 함께 일을 시작하도록 기본적인 것들을 준비해줬죠. 집을 주고 공공요금도 다 내준댔어요. 모든 조건이 아주 괜찮아 보였죠. 아서는 그 일이 잘 맞을 거라고 생각했고, 나는 그런 생활 방식이 파티에서 먼저 대화를 끌어가기 좋을 거라고 생각했어요. 내 남편이 등대에서 일한다는 거요. 그때 난 런던에서 그렇게 먼 지역에는 파티가 없다는 것, 파티 문화가 세번 강 어귀를 흘러 내려가, 우리가 가장 행복한 시간을 보냈던 브리스틀 해협 근방에서 떠오르는 일은 없다는 걸 미처 깨닫지 못했어요.

처음 시작할 때는 우리 둘 다 쉽게 적응하지 못했어요. 회사에서는 임시 등대원을 전국 각지에 파견하는데, 임시 등대원은 다음 발령지가 어디가 될지 알 수가 없죠. 몇 주마다 새로운 등대로 가는 일이 허다해요. 그건 트라이던트 사가 등대원들에게 되도록 많은 경험을 시켜서 일을 빨리 배우길 원하기 때문이에요. 하지만 그러면서 동시에 등대원을 시험하는 거죠. 그들은 신입 등대원이 다른 등대원들과 잘 지낼 수 있는지, 성격이 원만한지, 의욕이 있고 믿을 만한지 알고 싶어 하죠. 우리는 아서가 여기서부터 저승까지 소포로 보내졌다고 농담하곤 했죠. 물론 저승으로 발령은 나지 않았지만 메이든 등대, 그게 저승이었어요. 그래, 맞아요, 지내기는 피곤했어요. 나는 어디에서도 정을 붙이고 살 만큼 오래 머물지 못했고, 아서는 한번 나가면 오랜 기간 집을 비웠죠. 그 생활은 내가 각오했던 것보다 더 힘들었고요. 심지어 그때에도 아서가 자꾸만 내 품에서 빠져나가는 기분이었죠.

모두가 우리처럼 견습 과정을 힘들게 여기지는 않았어요. 예를 들어 빈스는 한곳에 가만히 있지 않고 돌아다니며 사는 데 익숙했죠. 빈스는 양부모들을 전전하며 자랐는데, 아마 안정된 가정에서 산 적이 없을 거예요. 빈스는 한 곳에서 일을 마치면 가방을 꾸려 자신을 필요로 하는 곳으로 떠나는 그 일의 즉흥성을 고맙게 여겼죠. 북부 지방이나 남부 지방, 아니면 어딘가의 섬으로 발령이 나니까. 메이든 등대는 빈스에겐 첫 번째 타워 등대였어요. 어쨌거나 그 등대는 초심자에게는 극한의 근무처죠. 하지만 그 근무가 어떻게 끝났는지를 생각하면…… 정말 참담하네요. 앞으로 살날이 많이 남은 젊은이였는데.

미셸 데이비스가 작가님이랑 얘기하려 하지 않는다고 해도 난 놀라지 않아요. 남자 친구가 그렇게 사라지고 난 후 미셸은 정말 힘든 시간을 보냈어요. 다들 그 사건이 빈스 때문이라고 했거든요. 빈스가 몇 주 전부터 모종의 계획을 꾸미고 있다가 아서와 빌을 죽이고 영리하게 달아났다고 했어요. 트라이던트 사도 넌지시 그런 눈치를 쳤죠. 그들은 그렇게 말하는 걸 금지하고 있었지만, 확실히 그렇게 믿도록 사람들을 부추겼어요.

미셸은 지금 결혼했어요. 딸이 둘 있죠. 그녀는 그 시기를 다시 떠올리고 싶어 하지는 않을 것 같네요. 미셸과 빈스는 서로 무척 사랑했어요. 빈스는 근무를 나가기 전에 미셸이 있는 런던에 다녀오곤 했어요. 항구에서 굉장히 비싼 카세트 플레이어를 들고, 미국 TV 쇼에 나오는 사람처럼 풍성한 콧수염을 한 그를 본 적도 많았어요. 빈스가 나중에 부등대원이 됐다면 등대원 사택을 얻었을 거예요.

아서는 빈스에 대해 아주 좋게 말했는데, 예의 바르고 물정 밝은 괜찮은 청년이라고 하더군요. 인생의 시작이 어려웠다고 해도, 남들이 항상 그를 안 좋게 바라본다는 이유로 밑바닥을 벗어나지 못한다면, 부끄러운 일이죠.

트라이던트 사는 범죄 전과가 있는 사람을 고용했다는 것 때문에 비난을 받았지만, 그들은 사회로 돌아갈 방법이 필요한 사람들을 늘 받아들이고 있었고, 그건 결코 눈살을 찌푸리거나 걱정할 일이 아니었어요. 등대를 지키는 일은 고립된 채 한정된 공간에서 사는 데 익숙한 사람에게는 최고의 직업이죠. 그런 사람들은 엄격한 생활 방식에 익숙해서 대체로 규율이 아주 잘 잡혀 있어요. 등대에서 소년원 출신이나 교도소 신세를 졌던 사람과 같이 지내는 경우가 드물지는 않아요. 문제는 무슨 사고가 터졌을 때, 실제로도 그렇지만, 손가락질 받기가 쉽다는 거죠. 미셸은 반박할 수가 없었어요.

그녀가 빈스를 변호할 수 없었던 건, 협회에서 듣고 싶어 했던 이야기는 그런 게 아니었기 때문이에요. 그건 그들의 기본 방침에 어긋나는 일이었죠. 미셸이 작가님을 만나고 싶어 하지 않는 것도 그 때문일 거예요. 미셸은 사람들이 꾸며낸 온갖 헛소리와 빈스에 관해 떠드는 그 모든 끔찍한 이야기들을 다시 꺼내기 싫어해요. 당시 사람들은 빈스가 교도소 출신이라는 걸 알고는 분통을 터뜨렸죠. 작가님이 상상할 수 있는 온갖 소문이 떠돌았어요. 빈스는 살인자였다, 열 명을 살해했다, 알고 보니 연쇄살인마더라, 강간범이더라, 소아성애자더라 등등. 하지만 그중 어느 것도 사실이 아니라고 내가 장담해요.

사람이 꼭 교도소에 가야만 자기 잘못을 깨닫는 건 아니잖아요. 우리 모두 어느 정도는 책임이 있지 않을까요? 내가 했던 일도. 아서가 했던 일도. 빌이 했던 일도. 누군가 우리 주변에 철창을 치지 않았다고 해서 그 철창이 없어 마땅하다는 뜻은 아니죠.

언젠가 미셸한테 들었는데, 과거에 빈스는 인생에서 잊어버리고 싶은 일을 많이 저질렀다고 하더군요. 이제 작가님이 아서와 나에 대해 알 만큼 아셨으니, 작가님 앞에서 인정할 수 있겠네요, 나 역시 그랬다고.

16

두 개의 신문 기사

《데일리 텔레그래프》 1973년 4월
메이든 록 수사 중 밝혀진 교도소의 흔적

지난 12월 메이든 록 등대에서 자취를 감춘 세 남성이 살아 있을 거라는 희망이 시들어가는 가운데, 그중 가장 젊은 등대원이던 빈센트 본이 그 사건의 원인 제공자일 수 있음을 암시하는 새로운 사실들이 밝혀지고 있다. 22세의 임시 부등대원이던 본은 크리스마스에서 새해 사이에 사우스웨스트의 외딴 등대에서 동료인 아서 블랙, 윌리엄 워커와 함께 종적을 감췄다. 본은 트라이던트 하우스에 취업하기 전 방화와 폭행, 상해, 무단침입, 절도, 선동, 탈옥 미수 등의 죄목으로 수감된 경력이 있다.

《선데이 미러》 1973년 4월
전과자 등대원의 가증스러운 비밀 생활

혼자 있기 좋아하던 등대원 빈센트 본이 상습범이었다는 사실이 예전 교도소 동기가 털어놓은 일련의 제보로 드러났다. 본지의 정보원은 이렇게 말한다. "아무 범죄든 말해봐요. 그 친구가 안 한 게 없으니까. 그는 무슨 짓이든 할 수 있어요." 미혼인 빈스는 4개월 전 두 명의 등대원과 함께 메이든 록 등대에서 사라졌다. 세 명 모두 행방이 묘연하다. 정보원은 이렇게 말한다. "무슨 일이 있었든지 그 친구 짓이에요."

17

미셸

나는 그 사람의 오랜 여자 친구는 아니었어, 미셸은 허리를 숙여 그날만 56번째 신발끈을 묶으면서 생각했다. "가만히 있어." 그녀는 딸에게 말했다. 딸은 머리 타래를 움켜쥐는 것으로 대답을 대신했다. 미셸은 한동안 그 머리 타래가 누구 것인지도 몰랐다. 그저 그 머리 타래가 성난 주먹에 붙들렸다는 것밖에는. 머리가 아파올 때에야 제 것인가 보다 했다.

"제발 이제는 끈 풀지 마." 그녀가 애원했다.

두 딸은 뱀 사다리 놀이를 할 셈으로, 아니면 카펫에 그 놀이판을 늘어놓고는 개한테 주사위를 먹일 셈으로 자리를 떴다. 미셸은 전화기를 바라보며 현관홀에 남아 있었다.

벌써 오전에 한 번 그로부터 전화가 왔었다. 어제도 오고, 지난주에도 왔었다. "전 이제 빈스의 여자 친구가 아니에요." 그녀는 그렇게 대답했지만, 그게 분명한 사실임을 선언하는 격이었다. 빈스는 살아 있는 동안은 두 번 다시 여자 친구를 사귀지 않을 테니까. 그리고 그는 산 사람이 아니지 않은가? 아니, 살아 있을까? 불확실성을 오랜 기간 견디는 것, 그것이 마음에 들어와 둥지를 틀게 내버려 두는 것, 그거야말로 이도 저도 아닌 최악의 연옥이었다.

댄 샤프는 자신이 그 연옥의 밑바닥에 갈 수 있다고 생각하는지 몰라도, 미셸은 그 바닥이란 게 있기는 한 건지 알 수 없었다. 그것은 바다처럼, 그냥 밑으로, 밑으로 내려가기만 했다. 빈스는 왜, 어떻게 사라졌을까. 그것은 그녀가 영영 답을 찾지 못할 질문이었다. 그리고 그 작가가 그녀에게 듣고 싶은 말이 빈스가 아니었던 모든 것, 사람들이 그를 미워하며 낙인찍었던 그 모든 것이라고 해도, 그녀는 말할 수 없었다. 이제 그녀에게는 그녀의 가족이 있었다. 남편이 퇴근했을 때, 아내가 낯선 사람과 이야기하면서, 열아홉 살 때 사랑했던 남자, 평생 진정으로 사랑했던 단 한 사람의 기억을 되살리는 걸 보면 달가워하지 않을 터였다.

그 작가는 그녀가 아닌 다른 사람의 집을 쿵쿵거리며 다녀야 옳았다. 그 남자는 자신이 무엇을 파헤치고 있는지도 까맣게 모르는 채, 거기서 벗어나고 싶은 사람들에게서 기억을 일깨우고 있었다. 그는 스릴러 소설이나 계속 써야 했다. 미셸은 작년에 남편 로저와 함께 『아북거, 아북거』를 찾으러 도서관에 갔다가 그 작가의 책을 빌려온 적이 있다. 로저는 그 책이 쓰레기라고 했고, 어쨌거나 그녀가 책을 읽는 걸 좋아하지 않았다. 그녀의 머릿속에 공상만 집어넣는다고 말이다.

"엄마!"

2분. 두 딸 중 한 명이 소리쳐 불만을 말하기까지 한숨 돌릴 평균 시간. 이번에는 또 뭘까? 언니가 빼앗아 갔어, 날 속였어, 고자질하는 피오나가 속바지를 벗고 엉덩이를 깐 채 보드게임판 위에 앉아 있었다. 미셸은 안으로 들어가 우는 막내를 달랬고 빈센트 본 생각을 머리에서 떨쳐내려 애썼다. 그건 또 다른 세계, 더는 그녀가 살지 않는 세계였다. 설사 거기서 살고 싶다고 해도 그녀는 돌아갈 방법을 찾을 수 없었다.

이제는 사람들이 그녀에게 그 일에 대해 말하는 경우는 거의 없었다. 결혼이 도움이 되었다. 더는 같은 성을 쓰지 않았으므로 사람들이 그녀를 알아보지 못했던 것이다. 사람들은 더는 이렇게 말할 수 없었다. "아, *그게* 당신이로군요. 그렇다면 당신은 그 일에 관해 다 알겠네요." 그녀의 대답은 늘 똑같았다. "아뇨, 난 아무것도 몰라요. 당신들이 아는 것보다도요." 그래도 사람들은 그녀가 실은 그 남자들이 사라진 이유를 알면서도 당연히 말 못 할 거라고 생각하는 것처럼, 그런 표정을 하고, 슬쩍 눈빛을 주고받고 찡긋 윙크를 하곤 했다. 어쨌거나 그 사람은 그녀의 남자였다. 그의 비밀도 그녀의 것이었다.

"엄마, 비스킷 먹고 싶어요."

"뭐라고 했니?"

"부탁이에요."

아이들은 하나의 벽이 되어줬고, 그것이 차라리 좋았다. 벽은 그녀의 감정을 멈추게 해줬다. 아픔을 멈추게 해줬다. 다만 그녀가 벽을 더 높일 때는 예외였다. 보통 그녀가 아침에 눈을 뜨자마자 하는일이 벽을 높이 세우는 것일 때, 그날은 텅 빈 백지가 되었다. 그런날 그녀의 머릿속엔 빈스의 모습이 떠올랐고, 사진이라고 해도 될것처럼 너무도 생생하게 그려지곤 했다. 그들이 서로를 보듬어본게 20년 전의 일이라니 믿기지 않았다. 어떻게 그의 모습이, 그렇게세세한 것 하나까지 기억에 남아 있었을까? 그녀는 로저한테는 그일에 관해 절대 말하지 않았다. 어쨌거나 로저는 질투가 심한 편이었지만, 과거의 관계, 특히나 그 관계에는 관심이 없었다.

부엌에서 나오는데 전화벨이 울렸다. 미셸은 물감 얼룩이 묻은윗도리 차림에 몰트 밀크를 손에 든 채 멈춰 섰다. 또 그 남자일 것이다.

그에게 말할 수 있는 것들이 있었다. 때로는 그냥 그것들에서 벗어나기 위해 거의 말하고 싶어지기도 했다. 그러나 그런 때는 한밤중이었고, 자명종이 날카롭게 울리고 딸들을 깨우고 아침 식사를준비하고 로저의 샌드위치를 가방에 넣고 아이들을 학교에 태워다주는 것이 끝날 때쯤엔 제정신이 돌아왔다.

미셸은 수화기를 들었다.

그 작가가 말을 시작했지만, 그녀가 잘라버렸다.

"저를 가만히 두시라고 말씀드렸잖아요." 그녀는 수화기를 꽉 잡았다. "빈스에 관해서는 말씀드릴 게 없어요. 한 번만 더 연락하시면 경찰에 신고할 거예요."

18

제니

　모래는 어디에나 들어갔다. 제니는 발가락 사이에 모래가 들어간 느낌이 싫었다. 모래가 피부에 닿아 서걱거리는 느낌이 싫었고, 피크닉 바구니와 치즈에, 그녀가 그날 아침에 만들어 손자가 좋아하는 크기로 조심스레 4등분한 피클 롤에 모래가 들어가는 게 싫었다. 나중에는 치아에 모래가 낀 채로 집에 돌아갈 것이고 일주일 동안 그녀가 먹는 음식에도 모래가 섞여 있을 것이다.

　해변에 있으니 영화 「조스」의 장면이 떠올랐다. 어린아이들은 챙 넓은 모자를 쓰고 양동이를 두드리거나, 얕은 물에서 소리를 지르고, 타월을 뒤집어쓰고 오들오들 떨고 있었다. 제니는 빌이 떠난 뒤 세 번째 맞는 여름에 오르페우스 극장에서 「조스」를 보았다. 그녀가 왜 그 영화를 끝까지 보았는지는 신만이 아실 것이다. 바다에서 올라오는 나쁜 것들, 피의 냄새를 풍기는 이빨을 가진 것들.

제니는 겁을 먹기는 싫었다. 그것은 다시 어린아이로 돌아가는 것 같았다. 어둠과 계단이 삐걱이는 소리, 콘페리 가에 있던 엄마의 정원에 날마다 점점 다가오던 그림자를 두려워한다는 것은. 어릴 적 캐럴 언니는 뱀파이어 이야기와 베어울프 이야기, 그리고 자신이 지어낸 이야기들을 그녀에게 들려주곤 했다. 침대 밑에 사는 쪼글쪼글한 괴물 이야기도 해주었다. 제니는 두려움이라면 그 집에서 실컷 느꼈다고 생각했다.

캐럴이 집을 떠날 나이가 되자마자 떠나버린 것도 이상한 일이 아니었다. 캐럴은 연락을 끊어버렸다. 동생인 제니는 더 오래 붙들려 있었다.

해나가 아이스크림을 들고 돌아왔다. "미안. 녹아버렸네."

아이스크림콘이 눅눅하니 녹색이 되어 있었다. 손자들은 최선을 다해 조심조심 들고 오다가 결국 아이스크림을 모래사장에 떨어뜨렸다. 제니는 어깨가 타는 것 같았다.

"아직도 그 생각 하는 건 아니지?" 해나가 물었다.

"아니야."

"엄만 편집증이야."

"그래서 뭐 어쩌라고?"

제니는 그 등대를 바라보았다. 등대는 날씨가 잠잠해진 후로 바다 위에 드리운 안개에 덮여 있었다. 뿌연 안개 속을 가만히 들여다보면 타워 등대가 서서히 형체를 드러냈다. 이 두 장면이 어떻게 똑같은 세계의 일부일 수 있을까. 그건 그녀의 영원한 관심사일 것이다. 해맑게 아이스크림을 핥는 해변의 아이들. 그리고 저 장소.

"그 남자가 엄마를 염탐하고 있다고 생각하는 거지."

"아니, 그게 아니야."

제니는 파라솔 밑에서 그늘로 자리를 옮겼다. 남녀 한 쌍이 옆을 지나갔다. 남자의 손이 여자의 허리를 감싸고 있었다. 빌은 그녀의 허리를 감싸고 나란히 걷곤 했었다. 어쨌든 처음에는, 그가 아직 그녀 곁에 있고 싶어 할 때는 그랬다.

"엄마, 남들 훔쳐보는 짓은 그만두라고요. 건강에 안 좋아. 그리고 제발 집에서 불 좀 켜고 살아. 집에 갈 때마다 거대한 무덤에 온 것 같은 기분도 아주 지겨우니까."

"그럼 오지 말든가."

해나는 잠깐 동안 부루퉁해 있다가 입을 열었다. "그나저나 엄마는 뭐가 걱정이에요? 그 사람은 엄마가 하는 말을 쓰려는 것뿐이잖아."

"그게 무얼 뜻하는 걸까?"

"나는 모르지. 말 돌리지 말고 대답해요."

제니는 손가락으로 모래에 구멍을 팠다. 표면보다 모래 속이 더 시원했다.

"그 사람하고 얘기하는 거 관둬요." 해나가 말했다.

"안 돼."

"왜?"

"그 여편네가 한다면, 나도 해." 제니는 어떻게든 헬렌의 이름을 입에 올리지 않으려 했다. 그녀는 애초에 그 여자가 존재한다는 생각조차도 떠올리기 싫었다.

"어떡해." 해나가 벌떡 일어나더니 해변을 달려 내려갔다. 다른 아이가 파놓은 모래 구덩이에 니컬러스가 빠져 있었다. 제니는 가끔 빌의 불륜을 해나에게 말하지 말걸 하고 후회했다. 그때 해나는 겨우 10대였다. 그 일은 혼자서만 간직했으면 좋았을 것이다. 딸에게는 다정하고 인자한 아빠의 아름답고 깨끗한 기억만을 남겨주어야 했다. 그렇지만 얼마 지나자 제니는 자기 자신을 막을 수 없었다. 너무 창피한 일이라 다른 사람에게는 털어놓을 수가 없었다.

겉에서 보면 제니와 빌은 완벽한 부부였고, 주변 친구들의 부러움을 샀다. 그가 떠난 후 그 이미지에 흠집을 내는 것은 망신스러운 일인 것 같았다. 엎친 데 덮친 격이었다.

해나가 엉엉 울어대는 아들을 데리고 돌아왔다. 제니는 입안 가득 시큼함을 느꼈다. 그녀는 빌이 그 초콜릿들을 먹었을 때 어떤 맛을 느꼈을지 생각했다.

"그 여편네가 무얼 하든 누가 신경이나 쓰겠어?" 해나가 그녀 옆에 앉으며 말했다. 해나는 이마에 손을 대고 해를 가렸다. "엄마야말로 아빠를 아는 사람이잖아."

해나가 자신에게 손을 얹자 제니는 울음이 터질까 걱정되었다.

만약 해나가 사실을 아는 날에는, 그녀에게는 아무도 남지 않을 것이다. 그녀는 빌을 따끔하게 혼내주려고 했을 뿐이다. 그의 마음이 어디에 있어야 하는지를 되새겨주려고 했을 뿐이다. 그저 아주 약간의 가정용 표백제 ―'소량 삼켰을 때 약간의 구토'―는 보라색 비누 맛으로 위장되어 있었다.

그건 그녀의 잘못이었다. 그녀는 오랜 세월 동안 누구와도 잘 지내려 노력하지 않았고, 그저 「블록버스터스」 게임 쇼 재방송이나 보면서 전자레인지에 데운 저녁 식사를 먹으며 숨어 지냈다. 줄리아와 마크도 그녀에게 충분히 착한 아이들이지만, 해나는 특별한 자식이었다. 해나가 나이를 먹을수록 모녀는 더욱 친구처럼 지냈다. 해나는 엄마가 무고한 피해자라고 믿었다. 해나가 자신의 부모 모두가 실패자였음을 알게 되는 위험을 제니는 감수할 수 없었다.

그런데 이제 이 댄 샤프라는 사람이 밀고 들어와 쑤셔대면서 그녀의 항복을 받아내려 하고 있었다. 아니면 벌써 알고 있는 건 아닐까. 어쩌면 헬렌이 알고 있을 수도 있었다. 아서가 타워에서 집으로 보내는 편지에 그 일을 썼을지도 몰랐다. 그 두려움에서 최악의 부분은 그 일을 해나에게 설명해야 할 상황이 오는 것이었다. 그럴 수는 없었다.

"엄마는 결혼 생활을 14년 했잖아." 해나가 말했다. "아이를 셋이나 낳았고. 헬렌 아줌마가 그 남자를 어떻게 알았지? 5분 동안 뭐가 어쨌다고? 그 아줌마는 자기 좋은 대로 말할 수는 있겠지. 엄마가 과거 일을 들먹이는 게 괴롭다면, 하지 마. 아니, 엄마 집 밖에 그림자 같은 형체들이 차 안에서 기다리고 있었다고? 말도 안 돼."

해나 말이 옳았다. 어젯밤 길 위에 누군가 어슬렁거리고 있었다는 걸 느낀 건 제니뿐이었다. 그녀는 실제로 그걸 느꼈다. 아닌 게 아니라, 그물망 커튼을 통해 밖을 엿보았을 때, 엔진을 가르릉거리던 차 한 대가 있었다. 차는 그 자리에서 한동안 그녀를 지켜보고 있었다. 그 차를 맞으러 나간 사람도 없었다. 그 차에서 내린 사람도 없었다. 얼마 후 그 차는 떠나버렸다.

제니는 일어서서 타월에 붙은 모래를 떨어냈다. 모래가 그녀에게 도로 날아와 따가웠다. 그녀는 집에 가고 싶었는데, 마침 어린 손자들도 돌아오고 있었다. 그녀는 오븐을 켜고 고기를 볶고 감자 껍질을 벗겨야 할 것이다. 그리고 적어도 지금은 「이웃 사람들」 드라마를 놓칠 것이다. 그녀는 해나를 도와 가방을 싸고, 아이들을 부르고, 아이들 발에서 모래를 떨어줬다. 그러는 내내 메이든 등대는 그녀의 뒤에 유령 같은 동반자처럼 기분 나쁘게 서 있었다.

그 침입자는 그녀가 닫아두어야 했던 문들을 열고 있었다. 그 너머로는 두 번 다시 발을 디딜 수 없었기에 그녀가 오랜 세월 막아두었던 문들을.

그녀는 이미 남편을 잃었다. 이제 딸까지 잃을 수는 없었다.

19

제니

난 그게 불리하다고 보지 않아요. 모르는 거요. 모르는 것도 좋아요. 저희 엄마는 이렇게 말씀하곤 했죠. "제니퍼, 넌 아무것도 몰라." 엄마는 비겁한 여자였기 때문에 비겁한 속셈으로 그렇게 말했지만, 사실 모르는 게 내 인생에 도움이 됐어요. 그들은 빌의 시체를 찾지 못했고 그래서 시체가 발견되기까지는 그이가 살아 있을 가능성이 있다는 거죠. 가능성이 있는 한 희망이 있고요. 세월이 흐를수록 그 희망이 작아지기는 하지만, 아주 완전히 사라진 건 아니에요.

트라이던트 하우스가 내 남편의 몸에서 남은 일부라도 보여주기 전에는 빌이 죽었다는 걸 받아들이지 않을 거예요. 내가 왜 그래야 하죠? 그이가 사라진 건 마술이었어요. 그이는 역시나 마술처럼 돌아올 수 있을 거예요. 짜잔 하고! TV에 나오는 마술사 폴 대니얼스처럼. 빌이 다시 나타나는 걸 설명하기가 어떻게 사라졌는지 설명하는 것보다 더 쉬울 거예요.

작가들은 원래 마음이 열린 사람들이죠. 그렇죠? 글쎄요. 어디 볼까요.

빌이 느낀 불길함에 관해 전에 말했던 거 기억하실 거예요. 그이한테는 그런 특별한 감각이 있었어요. 영혼을 느끼는 그런 사람이었죠. 나처럼 영성이 강하달까요. 내 생각이지만 빌의 어머니가 그렇게 돌아가신 것도 놀랄 일은 아니에요. 그건 빌이 믿음을 가지게 됐다는 뜻이었어요. 적어도 빌은, 인생에는 우리의 이 몸뚱이에 주어진 가죽과 뼈 이상의 것이 있다는 걸 믿고 싶어 했죠.

처음에 우리가 사귀기 시작했을 때, 빌은 나한테 쪽지를 남기곤 했어요. 몇 시에 만나자는 내용의 쪽지를 학교의 내 책상 서랍에 넣어뒀죠. 우리 엄마 때문에 몰래 만나야 했거든요. 그 무렵 캐럴 언니는 이미 떠나버려서, 집에는 엄마와 나뿐이었어요. 엄마는 내가 학교에서 돌아오자마자 문을 잠그고 다시 나가지 못하게 했어요. 공원에 있는 한 나무 기둥에 구멍이 있었는데, 빌은 그 구멍 안에 선물을 놓아두곤 했죠. 레몬 사탕 한 봉지나 시장에서 구해온 플라스틱 반지 같은 거요. 난 지금도 빌이 나에게 남긴 그런 쪽지를 발견할 날이 올 거라고 생각해요. 내 베개 밑에 있을 수도 있고, 주전자 옆에서 튀어나올 수도 있겠죠. 우리가 살았던 사택에서 월요일 4시 30분에 만나자는 쪽지가.

지금 빌이 해변 어딘가에서 일광욕을 즐기고 있다는 얘기가 아니에요. 그냥 그이를 데려간, 아니 더 정확히는 그이를 *빌려간*, 초자연적인 무언가가 만약에 *있다면*, 그 초자연적인 무언가는 그만큼 쉽게 그이를 다시 저한테 데려다줄 수도 있을 거란 얘기예요. 있을 수 있는 일이죠. 나는 그것으로 충분해요.

설명할 수 없는 신기한 일을 경험해본 적이 한 번도 없다고 말하는 사람들을 난 믿지 않아요. 그런 사람들은 마음이 아주 꽉 닫힌 사람들이에요. 자기 눈앞에 있는 것만을 생각하면서 그 밖에 다른 건 전혀 고려하지 않으며 산다니, 그건 인생을 낭비하는 거예요.

그 모든 것 너머를 볼 줄 알아야 해요. 마음을 조금만 더 넓혀보세요. 만약 그게 필요하다면요.

혹시 실버맨이라고 들어본 적 있으세요? 모트헤이븐의 지역 전설에 나오는 인물이죠. 난 그 사람을 본 적이 없지만, 그래도 알 만큼 알아요. 맹세할 수 있을 만큼 신망 있는 사람들이 진실을 말해주고 있었거든요. 그들은 실버맨을 봤다고, 실버맨이 아주 태연하게, 아주 편안하게, 마치 자기 세상인 것처럼 그 지역을 돌아다니고 있더라고 했죠.

그러고 보니 출판사에서 정말이지 작가님에게 밝은색을 골라줬네요. 안 그래요? 왜냐하면 실버맨은 이름처럼 은색이었거든요. 머리랑 옷이. 심지어 피부도 물고기처럼 은빛이었대요. 그리고 실버맨이 이상했던 건, 물론 생김새도 그렇지만, 전혀 갈 수 없을 것 같은 장소에 나타나는 거였죠. 아무리 빨리 가도 갈 수 없을 텐데 벌써 거기 도착한 것처럼요. 그렇게 돌아다니는 실버맨이 분명 한 명 이상 있는 것처럼요. 어떤 사람들은 실버맨이 서류 가방을 들고 있었다면서, 그가 출근 중이었던 것 같다고 했어요. 그 서류 가방도 은색이었대요. 어떤 사람들은 번화가 한가운데서 실버맨을 보았는데, 나중에 그들이 차를 타고 몇 분을 간 뒤 오르막 꼭대기에서, 아니면 5, 6킬로미터 떨어진 절벽 위에서 실버맨이 나타났다고도 했죠. 세븐 시스터스 식당의 팻은 아래쪽 해안에서 자신에게 손짓하는 실버맨을 보았다고 했어요. 작가님도 팻을 만나보면, 그녀가 거짓말은 아예 모르는 사람이란 걸 알 거예요. 실버맨은 멀리 떨어져 있었고 작은 은색 가방을 들고 있었는데, 팻의 말로는 마치 같이 가자고 하는 것 같았대요. 왜냐면 그녀가 가까이 다가가자 실버맨이 바다로 걸음을 옮기더라는 거예요. 그렇게 계속 걸어가더니 결국 물속으로 들어갔고 그게 끝이었대요.

작가님 말대로 난 크리스천이에요. 하지만 종교를 더 많이 이해할수록 다 똑같다는 걸 알게 되죠. 천국과 지옥 있죠. 그건 초자연적이죠. 그렇지 않나요? 천사와 악마. 불붙은 떨기나무. 둘로 갈라진 바다. 만약 하느님을 믿는 사람이라면, 하느님의 우주 안에서 존재하는 수많은 가능성에 관해 마음을 활짝 열고 있어야 해요.

세상에는 교과서가 말해주는 것 이상의 것들이 존재해요. 온갖 똑똑함을 다 갖추고 있으면서도 답을 구하는 과학과는 다르죠. 창조의 예를 들어보자고요. 과학은 빅뱅에 관한 이론들을 가지고 과거로 거슬러 올라가지만, 그러다가 더 앞으로는 나아가지 못하죠. 왜냐하면 빅뱅이 일어나기 위해 필요한 것들 중 어떤 것도 애초에 존재할 이유가 없거든요. 이 모든 입자들이나 원자들, 또는 폭발하게 될 뭐든 간에, 그것들이 느닷없이 그냥 생기지는 않잖아요? 빌은 그래서 많은 과학자가 종교를 믿는대요. 아무것도 없는 무에서 무언가를 얻을 수 없다는 걸 그들이 누구보다 잘 알기 때문이죠.

우리 엄마는 둘 다 믿었어요. 어릴 때 집 안 곳곳에 십자가와 찬송가가 있었죠. 눈길이 닿는 곳마다 아기 예수가 있었고, 어떻게 해도 예수에게서 벗어날 수 없을 것 같았어요. 엄마는 양초를 켜고 커튼을 닫아서 집 안을 예배당처럼 꾸몄지만, 곳곳에 풍경風磬이랑 드림 캐처도 달고, 가끔은 무당을 만나기도 했어요. 엄마가 만나던 무당 중 한 명이 케스트럴이었죠. 그 무당은 우리 집에 오면 엄마의 머리에 손을 얹고 알아들을 수 없는 말을 했는데, 그러고 나면 엄마랑 같이 위층으로 올라갔어요. 그 사람 등 윗부분에 깃털 두 개가 교차된 커다란 문신이 있었던 게 기억나네요. 어느 날 아침에 잠옷을 입은 채 부엌에 들어갔다가 그 문신을 봤는데, 그 사람은 우리 집에 사는 것처럼 태연히 부엌에서 토스트를 굽고 있더군요.

내가 아홉 살이었을 때, 우리 정원에 성모님이 나타나셨어요. 성모님은 어느 날 창고 옆에, 냉장고와 쓰레기봉투 더미 사이에 엎드린 모습으로 내려오셨죠. 엄마는 성모님이 교회에 있던 어느 승합차 뒤에서 떨어졌는데, 우리를 지켜봐 주십사 하는 마음에 집으로 모셔왔대요. 캐럴과 내가 지켜봐야 할 아이들이기 때문이라면서요. 성모상이 승합차 뒤에서 떨어졌다는 건 지금 생각하면 그냥 말이 그랬을 뿐이지 실제 있었던 일도 아니지만, 그 시절 내 머릿속에는 승합차의 문들이 활짝 열리고 등신대의 성모상이 털썩 바닥에 얼굴을 찧는 모습이 생생했죠. 성모님이 어느 부분을 찧었는지 실제로 보일 정도였어요. 한쪽 뺨이 깨져 있었거든요. 엄마는 성모님을 집으로 모셔와 깨끗이 씻길 생각이었지만, 영영 씻기지 않았고, 그래서 내가 나가서 성모님을 똑바로 세워드렸어요. 그날부터 나는 하루도 빠짐없이 매일 밤 침실 커튼을 열어놓고서 진짜 사람처럼 거기 서 계신 성모님을 보았죠. 성모님이 정원 한쪽에서 저쪽까지 거니시다가 날마다 나를 향해 점점 다가오신다는 상상을 하면서 혼자서 겁먹곤 했어요.

엄마는 자신의 신앙이 깊다고 말했지만, 내가 믿는 신과는 다른 신을 섬겼던 게 분명해요. 그 성모상만 매를 맞은 건 아니었다는 정도만 말해두죠.

엄마랑 같이 살다 보니 선과 악의 차이를 이해하게 됐어요. 겉으로 봐서는 그 차이가 항상 구분되지 않는다는 것도요. 작가님도 그걸 느껴야 해요. 여기서 말이에요. 그것을 바라보는 내 관점은 세상에는 빛과 어둠이 있다는 것, 그리고 그것을 중심으로 세계가 돌아간다는 거예요. 어둠이 있기 위해서는 빛이 있어야 하고 그 반대도 마찬가지예요. 마치 한쪽 끝이 올라가면 다른 쪽 끝이 내려가는 저울 같죠. 그건 어느 게 더 많은가에 달려 있어요. 빛을 더 많이 가진 사람한테는 어둠이 들어가기가 그만큼 더 힘들어지죠. 하느님의 빛에서 중요한 점은 그게 쉽다는 거죠. 발견하기가 어렵지 않아요. 살면서 약간의 빛을 얻게 되는 순간들이 작가님에게도 있을 거예요. 이를테면 좋은 소식을 들었다거나 기쁜 일이 생겼다거나 하는 경우죠. 난 그게 회중전등을 켜는 것과 같다고 봐요. 회중전등이 켜져 있는 동안은 환하잖아요. 하지만 그건 영원하지 않죠. 하느님의 빛은 영원해요.

빌은 내가 그런 얘기를 비롯해 많은 얘기를 털어놓았던 유일한 사람이었어요. 우리가 결혼을 약속했을 때, 엄마는 빌에게 나를 자기 집에서 데려가줘서 기쁘다며 나에 대해 참을 수 있는 만큼 참았다고 했어요. 그 말 말고는 엄마가 빌에게 한마디라도 한 적이 있는지 모르겠네요. 결혼식 피로연 때, 엄마는 제임슨 위스키 한 병을 가지고 펍 위층에 틀어박혀서, 내가 엄마를 떠난다고 울고 있었어요.

결국 난 엄마를 떠났죠. 엄마는 화장실에서 잠이 드셨는데, 휴지걸이에 머리를 기대고 있는 엄마를 내버려 둔 채 난 떠나버렸어요. 그 후로 엄마와는 말한 적이 없어요. 엄마가 살아 있는지 죽었는지도 몰라요. 그런 생각을 하며 시간을 낭비하고 싶지 않거든요. 빌이 떠난 후로 그 사건이 온 신문에 도배되었으니 연락하기가 어렵지 않았을 텐데도 엄마는 연락 한번 없었어요. 어쨌든 나도 엄마가 나를 찾기를 바라지 않았고요. 엄마가 없는 편이 훨씬 나아요. 이런 말을 하는 게 그리 쉬운 일은 아니지만, 그게 사실이니까요.

하지만 엄마가 나를 미워했던 것처럼 내 딸들이 나를 미워하게 만들지는 않을 거예요. 그런 엄마가 되지도 않을 거고요. 사실 엄마도 아니었죠. 엄마라는 건 성스러운 말인데 우리 엄마는 성스러운 여자가 아니었어요. 그냥 이 세상에 나를 내보내고는 나에게서 손을 씻어버린 사람인걸요.

내가 빌을 발견한 건 운명이었어요. 빌이 아니었다면, 그리고 등대 일이 아니었다면 나는 어느 쉼터에서 지내거나 노숙자 신세가 됐을 거예요. 지금쯤 작가님은 절대로 빌이 자기 의지로 그 타워를 떠나지 않았을 거라는 걸 아시겠죠? 우리는 우리가 가진 것 때문에 이렇게 멀리까지 왔던 거예요. 그렇게 해서 사건의 실체는 사람들의 말과 다르다는 걸 내가 아는 거고요.

난 그이의 불길한 느낌이 언제 그를 덮치는지 알 수 있었어요. 그이는 뭘 먹거나 자는 걸 중단하곤 했어요. 아침 5시에 잠을 깨곤 했고요. 난 어둠 속에서 그이가 마른침을 삼키는 소리를 들을 수 있었죠. 그이는 어둠 속에 꼼짝하지 않고 누워 있곤 했어요. 내가 무슨 말을 해도, 그러니까 "빌, 여보, 당신 깨어났어요?" 하고 물어도 그이는 대답하지 않았어요. 바로 그런 순간이면 나는 그이가 자신의 어두운 구름 아래 있다는 걸 알았죠.

자주 있는 일은 아니지만, 빌이 나한테 말을 걸 때면 난 항상 귀를 기울였어요. 빌이 자랄 때 그의 말에 귀를 기울여주는 사람은 없었어요. 빌의 아버지와 형제들은 항상 그를 놀리곤 했어요. 빌이 싫어하는 게 있었다면, 그건 놀림당하는 거였어요. 만약 빌한테 엄마가 있었다면, 빌은 다른 사람이 됐을 거예요. 그렇더라도 난 다른 남자를 원하지 않았을 테죠. 그러니 그 문제는 너무 오래 생각하지 않는 게 최선인 것 같아요.

작가님은 우연을 믿으세요? 믿으시겠죠. 작가님 소설 『넵투누스의 활』 끝에 보면 두 등장인물이 같은 호텔로 들어가는 엄청난 우연이 나오잖아요. 그럴 가능성이 얼마나 되겠어요? 작가님은 다른 방법을 찾을 수도 있었을 텐데 그러지 않았어요. 결국 작가님도 나랑크게 다르지 않은 사람인지도 모르죠.

그래, 또 다른 얘기를 들려드릴게요. 작가님은 빌이 사라지기 전날 밤, 그러니까 29일 밤에 그 등대의 불빛이 타오르고 있었다는 걸알게 될 거예요. 당시 신문들은 그 내용으로 많은 기사를 쏟아냈죠. 왜냐하면 그 얘기는 무슨 일이 일어났든 다음 날 아침에 조리 마틴의 구호선이 출항하기 전에 일어났다는 뜻이니까요. 그건 누군가는거기 있었다는 뜻이죠. 적어도 그들 중 한 명, 적어도 누군가는 불을지피고, 밤새도록 등불을 돌봤다는 뜻이에요. 그런데 구호선이 도착하기 직전에 그냥 그들이 사라졌다?

더 보태진 것도 없이 우연이 그렇게 일어나지는 않는다고 봐요. 그래서 우리는 만약에 구호선이 조금 더 일찍 도착했더라면, 만약에 그 배 선장이 험한 날씨를 무릅쓰고 예정된 날짜에 갔더라면 어떻게 됐을까 생각하게 되고, 그렇게 생각하면 더욱 잔인하게 여겨질 뿐이죠. 하지만 핵심은 결국 그거예요. 우연이 존재한다고 생각하는가 아닌가. 우연은 단지 세계가 돌아가는 방식에 불과할까, 아니면 다른 무엇일까? 나한테는 둘 중 어느 쪽인지 분명해요.

타워 구호선에 관해 뭐라도 아는 사람이라면 구호선 출발 날짜가 되면 다들 무전기 앞에 앉아서 상륙이 가능할지 조바심을 내고, 일이 진행되는지 아닌지 소식을 주고받는다는 사실을 알고 있죠. 하지만 그날은 통신이 연결되지 않았어요. 뭍에서 그들은 계속 무전을 보냈지만 응답하는 사람이 없었죠. 정비공은 폭풍으로 인한 피해라고 보고했지만, 난 전혀 납득이 안 가요. 세 남자가 지구상에서 사라진 것처럼 무전기가 그냥 나갔다고요? 바보라도 그 말은 안 믿을 거예요.

만약 메이든 록에서 이상한 점이 전혀 없었다면, 날이 저물 때쯤에는 사람들이 그 등대 얘기를 계속 떠들지 않았을 거예요. 초자연적인 일이 없었다면요. 헬렌 말처럼 만약 그게 바다 때문이었다면, 또는 그 임시 등대원이 일머리를 몰라서 그런 거라면, 사람들이 그러진 않았을 테죠.

빌이 사라지기 전날 밤에 하늘에서 불빛들을 보았다고 말하는 사람들이 있었어요. 타워 등대 위로 붉은 빛들이 맴돌다가 갑자기 날아가 버렸대요. 그리고 거기 사람이 살지 않은 지가 벌써 오래됐는데, 그 발코니 난간에서 한 등대원이 자기들을 향해 손짓하는 걸 보았다는 선장들도 있어요. 그리고 그 새들도. 새 얘기는 들으셨을 거예요. 어부들은 하얀 새 세 마리가 썰물 때 바위에 앉아 있는 걸 보았다, 밀물 때는 램프 주변을 날아다니는 걸 보았다고 맹세하죠. 요즘 거기 나가는 정비공들도 그렇게 말해요. 그들은 랜턴실 위에 간이 헬기 착륙장을 만들어서 옛날 방식으로 상륙하지 않아도 되게 했어요. 새들은 바로 거기 앉아서 그들을 기다리고 있죠. 새들은 회전날개나 헬기 소음에도 법석을 떨지 않는답니다. 그냥 헬리콥터를 똑바로 노려보기만 하죠.

정비공이 있었다는 말이 신경 쓰이는 것도 그 때문이에요. 모두가 그런 일은 없었다고 말하죠. 거기엔 그 세 남자를 제외하고는 아무도 없었다고요. 트라이던트 사는 나머지 소문들과 함께 그 말을 묵살해버렸어요. 그들은 그 말이 선장들이 유령을 봤다는 말만큼이나 믿을 수 없다고 했어요. 하지만 그건 무엇을 믿느냐에 따라 다르죠. 아까도 말했지만, 난 만약이라는 가정을 믿어요.

그건 빌의 불길한 느낌이었어요. 그건 하늘의 빛이었고, 새였고, 무전기였고, 우연이었어요. 어쩌면 그건 우리 엄마의 말처럼, 내가 아무것도 모르기 때문에 아직 내가 생각하지 못한 어떤 것일지도 모르죠. 내가 아는 거라곤 정말이지 난 아무것도 모른다는 것뿐이에요.

20

노샘프턴셔 주 토스터 처치 가 8번지

배스 주 웨스트 힐 머틀 라이즈 16번지

헬렌 블랙

1992년 7월 18일

헬렌에게

우리 만날 수 있을까요? 중요한 일이에요. 저의 새 전화번호를 아래 남깁니다. 개인적으로 말씀드릴 게 있어서요. 빈스와 그 일에 관한 거예요. 부디 형편 되는 대로 전화 주세요.

미셸 드림

5

1972년

21

아서

슬픈 노래

타워 생활 23일

뭍에 돌아가면 헬렌과 나는 번갈아서 설거지를 한다. 내 차례가 왔을 때 설거지는 가능한 한 빨리 해치워야 하는 일이다. 그 뒤에는, 볼 만한 TV 시리즈 「폴 템플」을 보거나 맑은 밤이면 사택 단지에서 절벽 끝까지 짧은 거리를 걸어가 거기서 등대를 바라보며 그리워한다.

여기서는 그것이 하나의 의례이자 의무다. 천천히 시간을 들여서 설거지하는 것 말이다. 나의 시간이 다른 곳에 있어야 할 필요가 없기 때문이다. 나는 저녁 식사 후에 담배 한 개비를 물고 설거지를 하기도 한다. 가끔은 등대원 중 한 명이 재떨이를 가져와 얼른 밑에 받쳐서 떨어지는 담뱃재를 받아낸다. 그러지 않으면 담뱃재가 싱크대 안으로 떨어지고 그러면 나는 재를 건져내고 설거지를 처음부터 다시 해야 할 것이다.

담배를 피우긴 하지만, 우리는 청결을 중요하게 여긴다. 우리 중 누구한테 물어봐도 집에서는 청결에 신경 쓰지 않는다고 말할 것이다. 집에서는 아내들이 많은 시간을 들여가며 그런 것에 힘쓰기 때문이기도 하고(하지만 헬렌은 그러지 않는데, 내가 그녀에게서 좋아하는 면이 바로 그거다), 집에서는 청결이 중요하지 않기 때문이기도 하다. 하지만 공간이 별로 없는 타워 등대에서 살고 있다면, 주변은 깨끗하고 깔끔해야 한다. 여기는 아무 바닥이나 아무 표면에서든 점심을 먹을 수 있을 정도다. 그래서 만약 내가 설거지 그릇 안에 재를 떨어뜨린다면, 재가 빠진 물을 비워내고 설거지를 다시 해야 한다. 바로 앞 창문을 통해 잔잔하니 은박지처럼 펼쳐진 은빛 바다가 내다보이기 때문에 싱크대는 30분을 보내기에 좋은 장소다. 방금도 기분이 너무 좋아서 접시들을 두 번이나 씻었다.

"혹시 시 읽으세요?" 빈스가 혼자서 하는 시계 페이션스 카드 게임을 탁자 위에 늘어놓고 담배를 피우며 묻는다. 그의 카세트 플레이어에서는 「슈퍼소닉 로켓 십」이 흘러나온다.

"가끔."

"사람들 말이 시는 살면서 일어나는 모든 일을 다룬다고 하던데요."

"그 말이 맞을 거야."

"하지만 할 일이 별로 없을 때도 있잖아요."

"그래, 다른 할 일이 별로 없지."

그는 내가 놀려주기를 기다리고 있다. 여기서는 설사 당신에게 꿈이 있어 그걸 이야기하고 싶다고 해도, 찌질이라는 놀림을 받을 것이다. 하지만 빈스는 당신이 짐작하는 그런 사람이 아니다. 록 밴드, 펜과 담배, 그게 그의 운명이다. 더 킹크스, 딥 퍼플, 레드 제플린, T. 렉스 같은 록 밴드들. 빌과 나는 음악에는 신경 쓰지 않는다. 우리는 날씨 좋을 때 라디오 4 채널의 코미디 게임 쇼인 「죄송하지만 전혀 모르겠네요」를 들려주는 서랍장 위의 라디오만 있으면 만족스럽다. 수신이 자꾸 끊기긴 해도, 배리 크라이어의 목소리를 듣다 보면 바깥세상에는 다른 사람들이 존재하고 다른 삶들이 펼쳐진다는 걸 상기하게 된다. 그렇기 때문에 항상 그 프로그램을 듣고 싶은 건 아니지만, 듣고 싶지 않다고 해도 빌에게 라디오를 끄라고 말할 생각은 없다. 내가 다른 곳으로 가버리면 그만이다.

"그럼 시인 중에 누구를 좋아하세요?"

"당연히 딜런 토머스지. 「그 아름다운 밤 속으로 순순히 들어가지 말라」."

"모르는 시인데."

"알아둬."

"이 가수들도 다 시인이에요." 그가 말한다. "데이비스와 보위, 그 밖에도 모두가. 그들이 쓰는 가사를 보세요. 곡조는 그 일부일 뿐이에요. 가사가 그 자체로 돋보이거든요."

"밥 딜런."

"맞아요."

"월트 휘트먼 시는 읽어봤어? *끊임없이 흔들리는 요람에서부터…… 아홉 번째 달 한밤으로부터.*"

"그게 무슨 뜻이에요?"

"나머지 부분이 없으면 큰 의미가 없지. 설사 그게 자네한테 의미가 있다고 해도 말이야."

"제 여자 친구는 집에 있는데요. 그녀한테 시를 좀 써 보냈어요." 빈스가 말한다.

"그녀가 뭐라고 하던가?"

"계집애들이나 시를 좋아한대요." 그가 미소를 짓는다. "그래서 시를 써 보낸 게 결과적으로는 꽤 괜찮은 의미가 있었어요. 무슨 뜻인지 이해하시겠어요? 나는 처음부터 시를 써봐야겠다고 생각하고 있었거든요. 감방에 있으면 밤이 천천히 가지요. 그래서 그냥 이런저런 생각들을 해봤는데, 그런 생각들이 여기저기 잘 들어맞았고 아주 괜찮을 때도 있었어요. 머릿속에 든 것이 무엇이든 그걸 볼 수 있도록 종이에 쓰는 게 도움이 된다고 생각해요. 그러고 나면 그게 전보다는 사소해 보이거든요."

"그게 뭐에 관한 것들인데?"

"술이나 한잔 들어가야 말할 수 있죠."

"하나만 좀 보여줄래?"

"잘하면요." 그가 말한다. "주임님이니까."

"좋아."

"쓰레기 같아요. 시가 몽롱하긴 해도 주임님은 이해하실 거예요. 아니 오히려 그래서 이해하시려나. 난 내 생각을 병 안에 넣고 싶지 않아요. 병 안에 넣는 건 좋지 않아요."

"그렇지."

"병에서 꺼내야죠."

"언제든 꺼내야지, 빈스. 그렇고말고."

"고마워요, 주임님. 빌한테는 말씀하지 않으실 거죠?"

"시 얘기 말이야?"

"네."

"안 해."

"빌은 시를 안 좋아하잖아요."

"어떻게 알았어?"

"그냥 알아요. 빌은 시를 찢어버릴걸요. 일부러 그러진 않겠지만, 본인도 어쩔 수 없을 거예요."

⌒⌒

24일, 25일, 26일.

몇 번의 해가 뜨고 몇 번의 달이 뜬다. 램프에 불이 켜지고 불이 꺼진다. 별들은 밤의 액자 위를 오가고, 태곳적 별자리들이 다시 배열된다. 기울어진 국자, 거꾸로 선 게, 전갈과 마자로트와 평분시. 바람이 파도를 일으키고 말들이 달리고, 거품과 포말이 일다가 잠잠해지고 고요해진다. 끝없는 바다, 순식간에 기분을 바꾸며, 그 슬픈 노래를 속삭이고 속삭인다, 영혼의 노래, 잃어버린 노래, 그쳤다가도 머잖아 반드시 다시 찾아오는 노래, 다시 일어섰다가 굽이쳐 구르고, 그리고 그 바다 한가운데 우리의 메이든이 백 년 묵은 참나무처럼, 곧바로 바위 속으로 뿌리를 내린 채 버티고 있다.

커다란 너울, 환한 낮, 안개 낀 날 사용할 지브에 윤활유를 바르고 렌즈에 기름을 칠한다. 통조림 스테이크는 냄새보다 맛이 더 훌륭하고, 나는 니콘 카메라로 하늘과 바다를 함께 담은 사진을 찍는다. 그 둘을 구분하는 어떤 것도 없기 때문이다. 공군 전투기 한 대가 랜턴실에서 400미터쯤 떨어진 거리를 지나간다. 나는 손을 흔들지만 조종사는 보지 못할 것이다.

잠을 자거나 잠들려고 애쓴다. 답답한 어둠 속에서 다시 비행기들이 날지만, 그것들은 등대를 지나지 않는다고, 빌이 말한다. 등대를 지난 건 아까 그것뿐이다. 잠을 자야 한다. 잠을 자지 않으면, 내가 깨닫기도 전에 몇 시간이 며칠이 되고, 낮이 밤으로 접어든다. 달력 위에 날짜를 지워나가야 흐르는 시간을 놓치지 않는다. 지금은 오늘이고, 지금은 내일이고, 지금은 휘트먼의 아홉 번째 달 한밤중이다.

금요일. 배 한 척이 지나간다. 당일치기 여행객들이 타워 주변을 돌며 소리친다. "여기요, 아무도 안 계세요?" 일 년 중 이 시기에, 모자와 스카프로 꽁꽁 싸맨 채 이곳을 찾아오다니 그들은 제정신이 아니다. 그러나 만약 기꺼이 그들을 싣고 오려는 어부가 있다면 그에게 행운을. 관광객들에게 우리는 신기한 존재다. "크리스마스엔 집에 가세요?" 그들이 외친다. 그들이 그렇게 묻는 건지 아니면 바위에 부딪히는 포말의 소음 때문에 그렇게 들리는 건지 모르지만, 어쨌거나 우리 중 한 사람만 집에 간다. 빌이 집에 갈 순번이다. 그는 그때쯤이면 갈 준비가 되어 있을 것이다.

얼마 후면 한 사람에게서 그것이 보이기 시작한다. 빌은 타워에 온 지 40일이 되었고 날짜를 세고 있다. 집에 가면 그는 두 다리를 쭉 뻗어야 하고 아내와 아이들을 안아줘야 할 것이다. 한 친구가 모든 것을 잊어버리는 순간에 이르면, 바깥세상의 삶이 있고 이 벽 하나가 세상의 끝이 아니라는 걸 잊어버리는 순간에 이르면, 그 친구에게서 그것이 보인다. 빌은 돌처럼 아무 감정이 없어지고 유머 감각을 잃어버린다. 그런 식으로 그 친구가 오늘로 40일째라는 걸 알게 된다. 그때가 항상 40일째다.

28일

기름 저장고 바닥에 흰색 페인트로 그렸던 선을 새로 덧칠해야 해서 한 시간 동안 꼼꼼히 페인트를 칠하며 보낸다. 완벽하게 선을 칠하니 전보나 더 나아 보인다. 작업이 끝나면, 셋오프에서 붓을 씻는데, 새 붓처럼 보일 때까지 깨끗이 빤다. 뭍의 사택에서 페인트칠할 거리가 있으면 어떻게 하는지 가끔 생각해보지만, 사실 나한테 그건 별로 관심 없는 일이고, 트라이던트 사에서 가끔씩 페인트 작업을 할 사람을 보내준다. 여기서는 페인트칠해야 할 곳을 찾아다니곤 한다. 별로 허름해 보이지 않고 칠이 더 오랫동안 지속될 것 같은 부분이라도 말이다. 뭐가 됐든 당장에 고치거나 개선하도록 한다.

우리가 등대 일을 하기 전, 헬렌과 나는 터프넬 공원의 단칸 셋방에 살았다. 나는 일요일 아침이면 밖으로 나가 신문을 샀고 모퉁이 빵집에서 롤 빵을 사다 아내에게 줬다. 헬렌은 다리에 이불을 감은 채 침대에서 빵을 먹었고, 그런 다음에 우리는 빵 부스러기를 떨어냈고 알갱이가 남은 블랙 커피를 마셨으며, 햄스테드 히스로 함께 산책을 나갔다. 나는 계속 그곳에 살았다면 우리의 삶은 어떻게 됐을까 질문해본다. 헬렌은 더 행복했을 것이다. 지금처럼 내 삶을 위해 자기 삶을 포기했다는 생각은 하지 않았을 것이다. 한두 번 그녀는 차라리 군인과 결혼하는 편이 나았을 거라고 말한 적이 있었다.

그리움과 후회, 야간 당직 때는 그런 감정이 든다. 언젠가 고향 마을의 한 소녀에게 푹 빠져 있었던 한 등대원의 이야기를 들었다. 그들 관계는 여름 내내 뜨거웠다 냉랭했다 오락가락해서, 그는 그 후 상황이 어떻게 됐는지 몰랐는데, 어느 날 배 한 척이 나타났다. 거기 배 앞쪽에 그녀가 구명재킷을 입고 무릎까지 올라온 밧줄 사이에 서서, 그를 사랑한다고 외쳤다. 함께 있던 동료들과 나, 우리 모두는 그 이야기에 배꼽을 쥐고 웃었다. 감정이나 로맨스, 또는 그 비슷한 것과 관계된 어떤 것이 있을 때 등대원들은 그렇게 반응하기 때문이다. 하지만 개인적으로 내 생각은 달랐다.

어떤 사람에게는 속에 있는 말을 하는 게 쉬운 일이 아니다. 나한테는 그게 쉽지 않다.

나는 헬렌을 위해 속마음을 이야기해볼까 생각했지만, 그게 뭍에 가는 것만큼 효과가 있지도 않을 거고 게다가 믿을 만한 선장도 없다. 그 생각을 지나치게 하다 보니 뭍에 갈 때쯤에는 속마음을 얘기하기 위해 배까지 띄운다는 게 바보 같아 보였다. 그런 건 스물다섯 젊었을 때나 할 일이지 반백 살 먹어서 할 게 아니다. 너무 많은 일이 일어나버린 지점이 온다. 흘러가버린 지난 일들. 그러기에는 너무 많은 시간이 지났다.

목욕하러 안으로 돌아간다. 빈스는 거실에서 카세트 레코드를 듣고 있고, 나는 그를 불러 바람이 거세지고 있다고 말한다. 그는 듣지 못하지만, 굳이 되풀이해서 말할 만큼 중요한 말은 아니다. 욕조는 주방 안에 있다. 양철통 하나와 목욕 수건 하나. 나는 속옷을 입고 그 양동이 안에 서서 최대한 빠르게 비누칠을 한다. 목욕이 즐겁지는 않다. 그저 기능적인 일일 뿐이다. 몸을 닦고 옷을 입고 곧바로 차 한 잔을 준비한다. 춥고 머리가 젖어 있기 때문이다.

나의 첫 번째 기억은 젖은 머리와 관련이 있다. 어머니는 수건을 가지고 내 머리를 말려줬다. 허튼 손짓 없는 간단명료한 두드림, 어머니들이 손가락에 침을 묻혀 급하고 걱정스럽게 더러운 입을 닦아내는 그 거친 실용성. 나중에 어머니는 아버지에게도 그렇게 했다. 그때쯤 아버지는 어린아이가 되었고, 따라서 나는 어린아이이기를 그만두었다. 나는 아버지보다 더 어른으로 자랐다.

목욕물이 든 양동이가 무거워 벽의 빈 공간을 통해 들어 올려 창문 밖으로 비워낼 수는 없기 때문에, 나는 갤러리로 올라가 거기서 물을 비운다. 막 난간 위로 양동이를 기울이고 있을 때, 갑자기 북서풍이 불어닥치며 나를 한쪽으로 밀쳐낸다. 하마터면 양동이를 놓칠 뻔한다. 그랬다면 크리스마스 기간 내내 다른 직원들에게 굽신거려야 했을 것이다. 미안해, 친구들. 나 때문에 목욕 시설이 없어져서 말이야. 하지만 나는 용케도 양동이를 놓지 않았고, 그런 노력 덕분에 몸이 흠뻑 젖는다. 바지가 다 젖고 윗도리의 배 부분도 젖었다.

바람은 살을 엘 듯 차갑고, 양철통 테두리를 쥔 손가락 마디가 발갛게 갈라진다. 나는 재빨리 안으로 들어와 먼저 양동이를 제자리에 놓고 옷을 갈아입으러 침실로 내려간다.

빌이 침실에서 자고 있다. 침대 커튼이 열려 있어서 모로 누워 있는 그의 귀와 두툼한 어깨 근육의 윤곽이 보인다. 나는 항상 빌이 호리호리하다고 생각했다. 지하철의 소매치기처럼 작고 날랜 몸인 줄 알았다. 최근에 그의 몸이 분 모양이다, 아니 원래부터 이랬던 걸까? 가끔은 어떤 사람을 볼 때, 새롭게 느껴질 때가 있다. 가깝다는 근접성에 속아 그 사람을 그가 아닌 다른 누군가로 생각하게 된다.

그가 가볍게 코를 곤다. 가끔은 그런 생각이 든다. 이 일이 아니었다면 아무 관계가 없었을 이 남자들과 얼마나 많은 시간을 보냈을까 하는 생각. 집에 있을 때의 나는 쉽게 친구를 사귀는 편이 아니다. 그런 주변머리가 없다. 사람들은 왔다가 가고, 시간은 없다. 나는 그들 사이에 끼어들 방법을 찾지 못한다. 여기서는 그게 선택이 아니다. 우리는 빠져나갈 수 없는 좁은 원기둥 안에서 같이 사는 법을 배운다. 남자들은 친구가 되고 친구는 형제가 된다. 외둥이들에게는 이것이 더없이 좋은 일이다. 내가 어렸을 때 나는 그 말을 '외로운 아이'로 알아들었다. 열네 살 때까지도 내내 그렇게 생각하고 있다가 어느 의학 소책자에 인쇄되어 있던 그 단어를 제대로 보게 되었다.

나는 소리 없이 움직이며 내 사물함에서 점퍼를 꺼낸다. 그러나 입고 있는 그 바지는 나에게 남은 마지막 바지였다. 그래서 나는 빌의 바지를 허락 없이 빌려 입어도 그가 개의치 않을 거라고 생각한다. 내가 벨트를 하지 않으면 바지 사이즈는 얼추 비슷하다. 내 바지는 마르는 데 오랜 시간이 걸릴 텐데, 젖은 옷을 말리기 위해 우리에게 있는 건 레이번 스토브뿐이다.

일단 바지를 입자 습관적으로 주머니 안을 더듬게 된다. 익숙한 물건이 손에 닿는다. 어째서 그것이 익숙하게 느껴지는지 처음에는 확신하지 못한다. 정확히 그게 무엇인지, 그냥 느껴진다. 내가 아는 물건이다.

헬렌에게 청혼했을 때, 나는 결혼 반지를 살 형편이 안 되었다. 적어도 그녀가 낄 만한 반지, 해튼 가든에서 파는, 다이아몬드 두 개 사이에 사파이어가 박힌 반지는 살 수 없었다. 그녀에게 그 반지를 사주기까지는 다시 5년의 세월과 상당한 대출이 필요했다. 그런데 그 몇 주 전에 우리가 시내를 벗어나 나들이를 갔었는데, 그녀가 어느 장신구 노점에서 본 목걸이를 마음에 들어 했다. 특별한 목걸이는 전혀 아니었다. 평범한 은줄에 닻 모양 장식이 달려 있었다. 나는 10파운드를 내고 그것을 사주었다. 그녀가 지금 끼고 있는 반지가 그 목걸이보다 훨씬 더 값진 것인데도, 가장 큰 의미가 있었던 건 언제나 그 닻 목걸이다.

헬렌은 요즘 그 목걸이를 하지 않는데, 그 사실을 내가 눈치채지 못한 줄 안다. 하지만 나는 그녀에 관한 모든 것을 눈여겨본다. 내가 뭍에 갔을 때 그녀에게서 바뀐 것을 모두 알아본다.

그녀를 위해 배 한 척을 보냈어야 했어, 나는 생각한다. 내 인생의 마지막 순간에 내 손가락 사이로 흘러 떨어지는 닻 모양 목걸이와 내가 알아보는 아내. 나는 그녀를 위해 배 한 척을 띄우고 뱃머리에서 메시지를 보냈어야 했다. 그래서 그녀가 알도록 말이다.

계단의 눅눅한 햇빛 속에서, 나는 빌의 바지 주머니에서 목걸이를 꺼내 바라본다. 그러다 들어가서 그를 보면서, 추측해보려 애쓴다. 다른 남자에게는 명백한 것이겠지만 나에겐 알 수 없게 숨겨졌던 그것, 너무도 파괴적인 거짓말, 그동안 나 모르게 펼쳐졌을 일련의 사건들을.

별자리가 바뀌었다. 하늘이 떨어졌다. 내가 생각했던 그 남자는 내 친구였다.

22

빌
실버맨

상어는 무표정하다. 바로 그래서 상어는 사람을 겁먹게 만든다. 상어는 지방으로 된 멋진 어뢰다. 칼로 베어놓은 듯한 아가미가 있고 이빨로 무장하고 있다. 지방과 이빨, 그것이 요점이다. 한 그릇의 응유* 속 바늘들.

언젠가 상어를 보았다. 앉아서 낚시를 하고 있었는데 갑자기 상어가 나타났다. 물을 가르며 나에게 오던 커다란 회색 마름모, 내가 잠을 못 이룰 때 제니가 주는 알약과 생김새가 비슷했다. 난 재빨리 낚싯줄을 잡았지만, 상어는 타워 주변을 몇 번 맴돌더니 유유히 헤엄쳐 가버렸다. 난 그게 돌묵상어인 줄 알았는데, 아서는 백상아리라고 했다. 아서가 나보다 잘 안다. 우리 이웃 등대들에서도 상어가

* 우유가 산이나 효소에 의하여 응고된 것.

목격된 적이 있었다.

뭍에 갔을 때 제니한테 말했더니, 그녀는 와인 때문에 가빠진 숨결로 나를 붙잡고는 이렇게 말했다. "빌, 다시는 그 셋오프에 나가서 낚시하지 않겠다고 약속해줘." 그러더니 밤에는 미안함이 가득 담긴 눈으로 나를 위해 애썼다. 왜 아니겠는가.

그 상어에게서 내가 느낀 게 두려움이 아니라 감탄이었다는 건 말하지 않았다. 그 녀석에게 가족이 있었다면, 가족을 두고 떠나왔을 것이다. 그 녀석에게 아내가 있었다면, 지금쯤은 아내를 먹어치웠을 것이다.

~

타워 생활 45일

주중에 돌풍이 우리를 덮친다. 가끔은 악천후가 다가오는 걸 눈으로 볼 수 있다. 거대한 구름이 타워 위를 행진하고 바다는 제 할 일을 준비한다. 그러나 그럴 때가 아니면 비와 바람은 난데없이 우리를 급습한다. 날씨는 내가 알아채기 전에 바뀌고, 나는 물보라가 창문을 때리는 가운데 주방에서 아침 식사를 하고 있다.

"제길." 평소 날씨에는 신경 쓰지 않는 빈스가 투덜댄다. 지금 그가 피우는 담배를 제외하면 마지막 한 개비밖에 안 남았다는 걸 나는 눈치채고 있었다. 덧문이 닫혀 있는데도 소음이 엄청나다. 빗물은 유리를 헹궈내고 누군가 엄청난 양의 우유를 들이부은 듯 바다는 병약한 색깔로 변했다. 타워가 바닥부터 꼭대기까지 진동하면서 흔들린다. 마치 온몸이 감전된 것처럼, 기단을 타고 올라온 파동이 우리 발바닥을 통해 머리 꼭대기로 빠져나가는 듯한 괴상한 느낌이 든다. 돌덩어리들이 시속 80킬로미터로 타워를 때린다. 우리가 계속 서 있을 수 있다고는 믿기 힘들어진다.

아서는 오래된 《내셔널 지오그래픽》 잡지를 읽고 있다. 그는 걱정하지 않는다. 그간에 겪어왔던 오랜 경험 덕분에 웬만해서는 크게 두려워하지 않는 그런 사람이 된 것이다. 바로 그렇기 때문에 나는 죄책감을 느끼지 않는다. 헬렌 역시 그럴 것이다. 그는 이미 산전수전 다 겪은 사람이다.

보통 악천후가 닥쳤을 때 아서는 우리를 안심시키는 말을 하곤 한다. 타워를 세운 공학자들이 그 모든 지식을 배운 건 쓰러지고 남은 스미턴 등대의 그루터기에서였다고, 수백 년 동안 수많은 등대가 세워졌다 쓰러졌다 세워졌다 쓰러지기를 반복한 끝에 사람들은 마침내 도브테일 이음과 금속 접합, 기반암에 화강암을 박는 등의 기술을 써서 제대로 타워를 세우는 방법을 배웠다고 말이다.

그 모든 것은 나를 얕보는 말이다. 마치 지금도 내가, 그날 자기가 셋오프로 끌어 올렸던 신참인 것처럼 취급한다. 아서가 가장 아는 게 많은 사람이다. 내가 뭘 안다고?

하지만 오늘 그는 말이 없다. 계속 《내셔널 지오그래픽》만 읽다가, 한번 고개를 들어 빈스를 보며 차 한 잔 부탁한다고 말한다. 그 잡지는 아무리 못해도 65년 판일 것이다. 시계는 계속 째깍거린다. 11시 4분. 담배는 그렇게 또 타들어간다.

〰

정오. 오후 당직인 주임에게 차를 가지고 올라간다. 안개포 소리에 귀가 먹먹하다. 지브를 조작하는 건 별난 작업이다. 흔히들 그것이 단조로움 속의 휴식이라고 생각하겠지만, 사실은 문간 안쪽에 앉아서 막대 피스톤인 플런저를 누르는 일인데, 그보다 더 단조로운 일이 어디 있을까? 시야에 보이는 것도 없이, 당직이 된 사람은 한 번 올라가면 몇 시간 동안 5분마다 그 망할 플런저를 누르며 앉아 있어야 한다. 나머지 사람들은 그 소리에 귀를 기울이며 식사를 하거나 잠을 청하려 애써야 한다. 한 시간에 열두 번씩 울리는 그 폭발 소리를 들어가면서 말이다. 트라이던트 사는 이에 대비해 귀마개를 준다. 바위 등대나 해안 등대의 가족들을 위해 주는 것과 똑같은 귀마개인데, 그 귀마개 자체가 조악하기 그지없다. 그 소리가 울리는 동안에는 아무것도 할 수 없다. 똑바로 생각하는 것이 불가능하다.

하필이면 다시 갤러리로 나갈 때 아서가 안개포 발사를 준비한다. 지브를 감아 내리고 충전물을 다시 장전한다. 바다가 이리저리 몸을 내던지고 귀가 아플 만큼 바람 소리가 날카로울 때는 갤러리에 나가 있는 게 싫다. 뭍에 있을 때도, 화창한 날에 바람이 내 머리를 뚫고 갈 때는 한숨을 쉬고 삐익거리는 소리나 큰 소리로 징징거리는 그 소리가 여전히 들리는 것 같다. 아서는 그걸 좋아한다. 그는 갤러리에 나가 움직이는 바다를 보는 걸 좋아한다. 그는 지금 랜턴실 안에서, 주방 의자에 앉아 제동장치에 엄지손가락을 얹고 있다.

"괜찮아, 빌?"

경적이 크게 울린다. 콰아아아아아아아앙.

"차 가져왔어요." 나는 그의 발치에 컵을 내려놓는다. 그는 구두를 벗고 있고 양말은 짝이 맞지 않는다. 고맙다는 말도 하지 않는다. 그냥 계속해서 바다만 바라보고 있다.

"저녁 메뉴는 뭐야?" 잠시 후 그가 묻는다.

나는 계단에서 멈춰 선다. 양쪽 주머니에 손을 찌른다.

"스테이크랑 콩팥 요리요."

"오늘 같은 날 딱이네."

"뭍에서라면 더 좋았겠죠."

아서가 담배에 불을 붙인다. "자네가 뭍에 갈 날이 멀지 않았군."

"13일 남았어요."

13일이 지나면 다시 그녀를 본다. 정향나무 같은 그녀의 머리카락 냄새, 처음 그녀의 입술과 내 입술이 만났을 때, 눈송이 하나가 빛줄기를 통과하고 있었다.

"돌아가면 뭐 할 거야?" 그가 묻는다.

"맥주 한잔해야죠. 제대로 된 침대에서 자고."

콰아아아아아아앙.

"헬렌에게 대신 안부 전해줘, 그럴 거지?"

"항상 하는데요 뭐."

주임은 엄지손가락으로 플런저 주변을 만지작거린다. "그 꾸러미 안에 뭐가 들어 있던가?"

"네?"

"제니가 보낸 꾸러미, 빈스가 가져온 거 있잖아."

"평소와 똑같죠. 편지. 초콜릿."

나는 담배를 피울까 했지만 담배를 가져오지 않았고 아서는 담배를 빌려줄 기분이 아니다. 그는 날씨가 나쁠 때면 이런 식이다. 멍하다. 반쯤 정신이 나가서. 늙은이라는 걸 고스란히 드러내는 것 같다.

"괜히 죄책감 들게 만들려는 거죠. 그래서 제니가 그런 걸 보내는 거예요." 내가 말한다.

"제니는 좋은 아내야. 헬렌이라면 절대 그런 건 하지 않을걸."

콰아아아아아아앙.

"뭘 안 할 거라고요?"

나는 헬렌이 하는 모든 것을 알고 있다. 아니 내가 그녀에게 바라는 것, 조만간 그녀가 그에게 빚진 것이 하나도 없음을 받아들일 때 그녀가 나를 위해 해줄 것을.

"좋은 아내라." 아서가 말한다. "나한테는 과분하지."

그가 지금 나를 본다면 눈치를 채겠지만, 그는 나를 보지 않는다.

헬렌은 아서가 절대 그녀를 바라보는 일이 없다고 말한다. 만약 그녀가 내 여자라면, 나는 절대 그녀에게서 눈을 떼지 않을 것이다. 벌써 그러고 있다. 조용히. 제니가 보지 않을 때. 나는 '애드머럴'의 현관문이 열리는지 지켜보고 헬렌이 밖으로 나와 손가방 속에 넣은 그 집 열쇠를 토닥거리는 모습을 지켜본다. 그녀의 눈이 유리창을 건너 내 눈과 마주친다. 그녀는 안녕하세요, 인사하고 있다. 나를 잊지 않았고, 내가 그녀를 생각하는 것만큼이나 나를 생각하고 있다. 그녀는 가능한 한 빨리 우리가 함께하기를 원한다. 다음 순간 제니가 나더러 아기를 보지 않는다고 부엌에서 소리를 지른다. 아기는 어느새 부엌에 가 있고, 제 몫의 스크램블드에그를 바닥에 엎질렀다.

아서가 나의 주임 등대원으로 있던 시간 동안, 그것은 내내 바로 여기, 그의 앞에 있었다. 헬렌은 그들 부부가 신체적 접촉이 없다고 말했다. 대화를 하지 않는다고 했다. 그런데도 그는 어떤 것도 의심한 적이 없었다.

사람이 어쩔 수 없는 감정들이 있다. 나는 처음으로 그 감정을 헬렌에게 말했다. 우리가 작별 인사를 하기 전 그녀가 식기세척기 앞에 있을 때, 나도 내 마음을 어쩔 수 없다고 말했다. 그 감정은 아서와는 관계가 없었고, 만약 아서가 그녀와 결혼하지 않았다면 아무런 문제도 없었을 것이다. 그러나 그는 그녀와 결혼했다. 그들이 결혼했을 때 나는 아직 반바지를 입고 다니던 소년이었고 내 침대 끝에는 손에 벨트를 감은 아버지가 있었다.

"제니도 독립심을 더 키울 수 있었을 텐데." 내가 말한다. "헬렌처럼 말이에요."

그의 앞에서 무모하게 그녀 이름을 올린다. 나는 계속해서 그 이름을 말하고 싶다.

"자네는 독립적인 여자가 좋은가 봐, 빌?"

"그 반대보다는 낫죠."

"그래?"

"전에 우리가 모트헤이븐에 갔을 때 말이에요." 나는 계속 밀어붙인다. 그냥 어떻게 되는지 보기 위해서. "그날이 헬렌 생일이었죠. 그녀는 런던에서 산 파란색 드레스를 입고 있었어요. 우리는 베이비시터에게 아이들을 맡기고 세븐 시스터스에 가서 생선 모듬요리를 같이 먹었죠."

"내가 그 드레스를 사줬지."

"잘 어울리던데요."

"지금도 그래."

"헬렌은 와인 맛에 대해 불평했어요. 제니는 그 와인을 많이 마셨는데 난 말리지 않았죠. 집에 돌아갔을 때는 제니가 내 앞에서 울더군요. 헬렌 옆에 있으니 자기가 못생겨 보이고 바보같이 느껴진다고. 난 제니가 그렇게 많이 마시지 않았다면 그게 그렇게 기분이 나쁘지는 않았을 거라고 말해줬어요.”

“제니는 방어적인 거야.”

“취했던 거예요.”

“그녀가 왜 술을 마시겠나?”

“알 게 뭐예요. 그 이유가 뭐든 간에, 제니는 날아오는 미사일 같아요. 뭍에 가면 내가 무슨 일을 당할지 모른다니까요.”

“그건 헬렌도 마찬가지야.” 아서가 말한다.

“네?”

“언젠가 헬렌이 말하더군. 낯선 사람이 돌아오는 것 같다고.”

“나 말이에요?”

마침내 아서와 눈이 마주친다. 그는 필터 끝까지 담배를 빨고 있다, 그 껄껄하고 불쾌한 부분까지. 그가 입을 연다. “아니. 나.”

콰아아아아아아앙.

“차가 식겠어요.” 나는 물러나며 말한다.

“눈 좀 붙여둬, 빌.” 그는 담배를 끄고 충전물을 재장전하러 간다.

46일

당직을 서기 전까지 두 시간이 남았다. 배 속에서 그 느낌이 올라온다. 아니 이미 거기 있던 게 더 심하게 나타난 걸까. 나를 두 장소 사이에 밀어 넣는 그 메스꺼움? 육지에 있는 것도 바다에 있는 것도 아니고, 집에 있는 것도 떠나 있는 것도 아니면서, 그 사이에 있지만 어디인지 모르는 채 나는 그저 떠다닌다. 헬렌은 나에게 나쁜 장소에 관해서는 생각하지 말라고 했다. 때로는 나도 어쩔 수가 없다.

아내한테 한 번도 말하지 않았던 것들을 그녀에게는 말한다.

어떻게 열두 살 때 그를 보았는지를. 나는 우리 이웃이던 E 부인의 자동차 조수석에 타고 있었다. 그 부인의 아들이 우리 반이었는데, 정말 재수 없는 녀석이었다. 수영 갔다 오는 길이라 내 머리는 여전히 젖어 있었다. 나는 형이 담배를 숨겨놓은, 노친네의 총 궤짝 속 놋쇠 깡통을 생각하고 있었다. 나는 담배 한 대를 슬쩍해서 형이나 아버지가 돌아오기 전에 현관 지붕 아래서 피우곤 했다.

그 산의 밑자락에 모트헤이븐으로 접어드는 급한 구비가 있었다. E 부인은 거의 정지하다시피 속도를 늦췄고, 그러는 사이 한 남자가 우리 앞쪽에서 길을 건너갔다. 그의 생김새가 너무도 이상했기 때문에 그의 모습 하나하나가 또렷이 눈에 들어왔다. 머리카락이 은색이었고, 서류 가방을 들고 있었다. 2월이고 꽁꽁 얼 정도로 추운 날이었는데도 선글라스를 끼고 있었다. 그가 걸친 어떤 것도 시대에 맞지 않는다는 느낌이 들었다. 그때가 1950년대 초였는데, 머리카락과 같은 색인 은색 정장의 맵시는, 그 노친네가 '모질이 꼬마 녀석의 머리'라고 부르는 내가 보기에도 다른 시대, 아마도 1920년대의 것이었다. 그는 어딘가에 가야 하지만 시간이 넉넉하다는 듯, 여유로우면서도 흔들림 없는 표정이었다.

그 남자는 옆길을 걸어 내려갔다. 우리가 탄 차는 계속 갔다. E 부인은 90살은 된 노파처럼 눈을 깜박이고 실룩이며 앞 유리에 바짝 코를 대고 선빔을 몰았다. 5분이 지났다. 차로 이동할 때 5분 거리는 상당한 거리였으므로, 우리가 우체국을 지나 내려가면서 아까 그 남자가 우리 앞에서 길을 건너는 걸 보았을 때는 믿을 수가 없었다. 이번에도 기이한 그 머리카락과 정장, 선글라스와 서류 가방이었다. 그는 산울타리에서 바로 걸어 나왔다. 그가 갑자기 나타났기 때문에 E 부인은 급히 길 가장자리로 방향을 꺾고 무의미한 경적을 울렸다. 그는 우리를 보지 않았다. 자동차를 보지 않았다. 아니 사실상 거의 치일 뻔했다. 아예 우리를 보지 못한 것 같았다.

그가 우리보다 먼저 그곳에 도착하기는 불가능했다. 설사 그가 자동차나 버스, 자전거를 얻어 탔다고 해도 우리를 따라잡을 수는 없었다. 우리 차를 앞질러 간 것은 없었으니까. 그리고 모트헤이븐으로 들어가는 다른 길은 없었다. 그가 걸어왔을 리는 없었다. 그랬더라면 그 산을 채 지나지도 못했을 것이다. 그에게 똑같은 옷차림을 하고 똑같이 움직이는 쌍둥이가 있는 게 아니라면. 그건 분명 그 남자였다. 하지만 나는 그게 중요하지 않다는 걸 직감으로 알았다. 중요한 점은 우리가 본 것이 단지 같은 남자였을 뿐 아니라 *같은 순간*이었다는 거였다. 왼쪽 길에서 오른쪽 길로의 횡단, 머리를 기울인 각도, 서류 가방의 흔들림, 그의 선글라스에 비스듬히 반사되던 겨울 햇빛, 심지어 그가 걸은 걸음 수까지. 마치 그가 있는 곳이 도로 위가 아니라 흐리게 인화된 사진처럼 번화가 위에 겹쳐진 보이지 않는 또 다른 표면 위인 것 같았다.

E 부인이 나를 돌아보았다. "세상에, 방금 저게 뭐였어?"

*저것*이라니. 그가 아니라.

지금까지도 나는 그녀의 질문에 대한 답을 찾지 못했다.

나는 그 일에 관해선 노친네에게 한마디도 하지 않았다. 형들에게도 말하지 않았다. 그 후 몇 주가 지나면서, 서류 가방을 든 그 낯선 남자는 내 머릿속에서 서서히 희미해져 갔다. 심지어 E 부인이 세상을 떴을 때도 나는 그 일에 관해서는 말하지 않았다. 부인은 어느 날 아침 남편이 볼《벨리 에코》신문을 사러 나갔다가 뜻하지 않게 죽음을 맞았다. 신문 판매소 주인의 말로는 그녀가 창문을 통해 누군가를 알아보고 호기심에 나갔다고 했다. 신문은 바닥에 떨어져 있었다.

23년이 지난 지금, TV에서는 드라마 「코로네이션 스트리트」가 나오고, 두 층 아래에서 빈스가 냄새 지독한 콜리플라워 스튜를 끓이는 이 타워 등대에 앉아 있는 지금에 와서야, 나는 그 일을 다시 생각하고 있다. 여기서는 생각할 시간이 너무 많다. 이건 노친네가 미처 생각하지 못했던 부분이다. 설사 정신력으로 자기 자신을 어떻게 하려고 해도, 그건 그 사람이 어떤 사람인가에 달려 있다. 나를 괴롭히며 놓아주지 않는 사건들.

약해빠진 녀석, 물러빠진 녀석. 너는 하루라도 빨리 등대에 갈수록

좋아.

희미한 달빛이 창문으로 들어온다. 이상한 달. 이상한 생각들. 여기서는 달빛이 너무 밝아서 아플 정도다. 나머지 모든 것을 배경으로 떠 있는 달은 원래보다 더 밝게 빛난다. 저 달이 해라고, 온 세상이 안팎으로 뒤집어졌다고 상상해본다.

이번에는 내가 그 은색 정장을 입은 남자다. 나는 도로에 발을 들여놓고 있는 그 남자다. 서류 가방의 굴곡, 그 안에 든 알 수 없는 것들의 무게가 느껴진다. 그리고 나는 그 자동차를 살펴본다. 선빔 텔벗의 조수석에 앉은 소년을 보고 그에게 말한다.

달아나.

"빌?"

아서가 문에 서 있다. 그의 손에 부엌 식칼이 들려 있다.

"미안. 잠들었었나 봐요. 제길. 지금 몇 시죠?"

"7시." 그가 나를 향해 칼날을 겨눈다. 칼날이 번쩍인다. "괜찮으면 나 좀 도와줘."

23

빈스
검은 마법의 흔적

타워 생활 15일

해안경비대 하트 포인트에서 등대 그룹을 호출합니다. 소리 들립니까, 오버?

하트 포인트, 탱고, 연결. 하트 포인트, 폭스트롯, 연결. 하트 포인트, 리마, 연결. 하트 포인트, 위스키, 연결. 하트 포인트, 양키, 연결.

탱고, 탱고, 여기는 하트 포인트, 제 말이 들립니까, 오버?

여기는 하트 포인트, 탱고 응답하세요, 크고 선명하게 들립니까, 오후 날씨도 좋습니다, 제 소리 들립니까, 오버?

잘 들립니다, 여기는 탱고. 감사합니다, 정말 날씨가 좋네요. 여기는 하트 포인트, 폭스트롯 나오세요, 여기는 하트 포인트, 폭스트롯 나오세요. 안녕하세요, 제 목소리 들립니까, 오버?

폭스트롯, 여기는 폭스트롯, 하트 포인트 나오세요. 오후 인사 전합니다, 또렷이 들립니다, 오버.

알겠습니다, 폭스트롯. 여기는 하트 포인트, 리마 응답하세요. 말소리 잘 들립니까, 오버?

여기는 리마, 하트 포인트 나오세요. 크고 또렷하게 들립니다. 모두에게 안부 전합니다. 여기는 리마, 하트 포인트 응답하세요. 특이사항 없습니다, 감사합니다, 오버.

감사합니다, 리마. 위스키 나오세요, 여기는 하트 포인트, 위스키 나오세요, 제 말 들립니까?

위스키, 여기는 위스키, 하트 포인트 응답하세요. 깨끗이 잘 들립니다, 스티브, 오버.

고맙습니다, 론. 여기는 하트 포인트, 양키 응답하세요, 양키 응답하세요. 제 목소리 들립니까, 오버?

양키, 여기는 양키, 하트 포인트 응답하세요. 저는 빈스입니다, 목소리 들으니 반갑습니다. 양쪽 주파수 모두 감도 좋습니다, 목소리 잘 들립니다, 감사합니다, 오버.

감사합니다, 빈스. 모두에게 안부 전합니다, 하트 포인트 이만 끊겠습니다.

16일

빌의 아내가 보낸 초콜릿 상자에서 초콜릿 두 개를 슬쩍했다. 어젯밤 빌이 TV를 보는 사이에 기회가 생겼다. 이따금 그들의 사물함을 몰래 뒤지면서 마음에 드는 게 있는지 찾아본다는 사실은 인정해야겠다. 만약 그게 충분히 있다면, 먼저 찾아 먹는 사람이 임자다. 만에 하나 빌이 눈치를 챘다고 하더라도 그는 개의치 않을 것이다. 그는 자기 아내에 관해 별 애정 없이 말하니까.

"반평생 결혼 생활을 하고 나서 말해." 빌은 내가 미셸 이야기를 꺼낼 때마다 그렇게 말한다. "일단 여자 손가락에 반지를 끼워주고 나면 확 달라지거든."

낚싯줄을 가지고 셋오프로 나간다. 뭐라도 잡힐 거라는 기대는 딱히 안 하지만, 누가 알겠는가. 대구나 고등어가 잡힐지. 빌이 보여줬던 것처럼 약간의 마늘로 문질러준 다음 말린 파슬리를 살짝 뿌려 구우면 좋을 것이다. 레몬 한 조각까지 있다면 끝내줄 것이다. 장갑 밖으로 비어져 나온 손가락들이 추위 때문에 곱아서 초콜릿을 까는 것조차 아프지만 그럴 만한 가치는 있다.

겉에 입힌 다크초콜릿 안에 라일락 크림이 들었다. 삼킨 뒤에 혀에 짠맛이 남는다. 나에게 이런 걸 만들어주는 여자를 아내로 둘 수나 있을지 궁금하다. 그저 만들 수 있다는 이유로, 그저 만들어주고 싶다는 이유로 만들어주는 여자라니. 내가 떠나오기 전, 미셸과 나는 우리가 어떻게 하면 다른 누구와 부딪치거나 간섭받는 일 없이 같이 지낼 수 있을지 이야기를 나누었다. 그것에 관해서는 내가 그녀보다 더 많은 생각을 하는데, 그건 다름 아니라, 내가 날마다 이 변변찮은 바위 위에서 다른 두 남자와 함께 지내고 있기 때문인가? 나이트클럽과 그 속눈썹들과 함께 도시에 있는 건 그녀다. 「워털루 선셋」을 들으면 워털루 다리 위를 거니는 우리 모습이 눈에 그려진다. 그녀는 나를 보고 이렇게 말하고 있다. "난 남자를 전혀 몰랐다고 할 만큼 잘 알지 못했어." 미셸은 그런 문제는 신경 쓰지 말아야 한다. 어차피 누구나 다 모른다. 나는 심지어 주임도, 빌도 모르지만 매일 그들과 함께 지낸다. 그런 건 아무래도 괜찮다. 내가 사람들에게 보여주는 모습, 그리고 내가 어떤 사람인가 하는 것, 그 둘은 별개다. 그건 누구나 마찬가지 아닌가?

낚시란 줄을 당기는 것만큼이나 자리에 가만히 앉아 있는 것이 중요하다. 외투를 이마까지 끌어 올리고 불알이 얼어서 딱딱해질 정도의 혹독한 추위 속에서도 가만히 앉아 있어야 한다. 거대한 바다에 둘러싸여 있을 때면 내가 아주 작고 하찮은 사람처럼 느껴진다. 감옥에 갇혀 있던 시절에는 물에 관해 공상하곤 했었다. 목욕물이나 보슬비가 아니라 올림픽 경기장만 한 수영장과, 끝없이 뻗어 나간 바다에 관한 공상. 사람이 어떤 걸 누릴 수 없을 때는 그걸 원하게 된다.

구명줄을 매지 않은 내 모습을 주임한테 들키지 않도록 조심하는 게 좋지만, 솔직히 구명줄을 매는 건 호들갑이다. 그렇게 되면 궁둥이 밑에 이런 매듭을 깔고 앉아 있어야 하는데, 그게 비역질만큼이나 아프다. 주임마다 자기 직위를 위태롭게 만든다고 생각하는 게 무엇인지에 따라 지휘 방식이 다르다. 아서는 언젠가 에디스톤 등대의 셋오프에서 파도에 휩쓸릴 뻔한 적이 있다며 우리더러 구명줄을 꿰차고 있어야 한다고 말한다. 만약 행운의 여신이 그녀에게 미소 짓지 않았다면 살아서 그 이야기를 전하지는 못했을 거라고 말이다.

등대에서 일어나는 모든 일은 주임의 책임이다. 아서는 스코틀랜드 앞바다에서 그렇게 실종된 어느 젊은 등대원 이야기를 들려줬다. 일종의 경고로 전해지는 이야기 중 하나였는데, 만약 에디스톤 등대에서 같은 일이 벌어졌다면 여기서도 그런 일이 벌어지지 말란 법은 없다. 그 타워 등대를 책임지던 주임은 영영 그 사건에서 회복되지 못했다. 그 젊은 등대원은 어느 날 낚시나 해볼까 생각했는데, 마침 날씨가 좋아서 하늘에 구름 한 점 없었고 바다는 더할 나위 없이 잔잔했다. 그는 부등대원에게 낚시하러 나간다고 말했고, 부등대원은 "알았어, 차 마실 때 곁들이게 한 마리 잡아다 줘" 하고 대답했다. 그사이 주임은 아무것도 모르는 채 자기 침대에서 금세 잠이 들어버렸고, 이 등대원은 지금 내가 있는 곳으로 내려와서, 지금의 나처럼 셋오프 밑으로 두 다리를 늘어뜨리고 앉았다. 그게 우리가 아는 그의 마지막 모습이다. 얼마 후 부등대원이 그를 데리러 나갔지만 거기엔 아무도 보이지 않았다. 당연히 그들은 당황했다. 부등대원은 아무 소리도 듣지 못했고, 도와달라고 외친 사람도 없었다. 그 친구는 이미 바다에 빠져 익사했을 텐데도, 그가 아직 그 물속에서 그들을 부르고 있는 것만 같았다. 그러나 그는 없다. 그는 그냥 사라졌다. 낚싯줄이며 전부 다. 주임과 부등대원은 서로를 탓하지 않았지만, 그건 말뿐이었다.

책임자인 주임은 책임을 졌다. 그것이 그가 그 사건을 보는 방식이었고, 그가 감내한 일이었다. 그런데 이후 항로표지국은 그 등대원의 침상에서 악마와 비술, 그리고 보통 사람이라면 곁에 두고 싶지 않을 온갖 으스스한 것들에 관한 책들을 발견했다. 침실 곳곳에는 긁어서 새겨놓은 흑마술 표지와 별 모양 펜타그램, 뿔 모양 손들이 있었다. 벽에는 여러 상징 문양이 파여 있었다. 생각만 해도 등줄기가 오싹하다.

나는 낚싯줄을 걷어 올리고 안으로 돌아간다.

그러는 사이, 수면 위에서 까딱까딱 멀어져가는 한 형체를 본다. 눈을 가늘게 뜨고 본다. 표류해 온 판자나 부표, 새는 아니다. 해수면 근처에 올라온 참다랑어 떼, 아니면 공기가 들어가 부푼 플라스틱 봉지 하나, 또는 여러 개일 것이다. 아니 그보다는 크고 더 단단한, 사람의 크기와 형체를 닮았나? 팔을 뻗고 엎드린 자세인가, 누운 자세인가? 알 수 없다. 바닷물이 진동한다. 내가 애초에 그것을 본 건지도 잘 모르겠다. 그리고 아무리 노력해도 더 이상 눈으로 그 것을 따라잡을 수가 없다.

"그럼 점심 메뉴는 뭐야?" 빌이 주방과 침실 사이에서 황동 난간 을 닦고 있다. 이것은 꼬박꼬박 해줘야 할 유일한 일이다. 담배를 피 우거나 체커 게임을 하다 보면 우리 손은 지저분해지기 마련인데, 그러고 나면 우리는 위층 침실에 올라가는 것도 너무 피곤해서 씻 는 것도 잊어버린다.

"약간의 해초와 원한다면 훈제 베이컨 한 통."

"빌어먹을."

그는 난간이 새 동전처럼 깨끗한데도 사납게 북북 문지르고 있 다. 어제 아서한테 빌이 떠날 준비가 된 것 같다고 말했더니, 아서가 특유의 곁눈질로 나를 보고 낮은 목소리로 말했다. "네가 제대로 봤 어."

"시체를 본 것 같아요." 빌에게 그 이야기를 꺼낸다.

빌이 광을 내다 멈춘다. "뭐?"

"방금요."

"어디서?"

"어딘 어디겠어요? 바다에서요."

빌이 천천히 손을 닦는다. "누구 시체였어?"

"몰라요. 어느 수영객이겠죠."

"확실해?"

"아뇨."

물론 우리가 밖으로 나갔을 때는 아무것도 보이지 않았다. 그것은 내가 빌에게 무슨 말을 꺼내기도 전에 일찌감치 사라졌고 나는 내가 본 것이 무엇인지 확실히 알지 못한다. 그저 그것 때문에 내 신경이 곤두섰다는 것 외에는. 나는 주임에게 어떻게 할 건지 물어보고 싶지만, 빌은 주임이 위층 자기 침대에 있다며 말린다. 주임은 전혀 쉬지 못한 탓에 힘들어하기 시작했다는 것이다. 아서는 중압감을 드러내고 있어. 눈치 못 챘어? 어쨌거나 아서에게 그런 말을 할 필요는 없다.

"고글을 끼고 있었어요." 내가 말한다.

"누가?"

"그 수영객요. 빨간 고글."

"무전으로 연락해봐." 빌이 말한다. "기분 좋으면 그들이 처리할 수도 있겠지. 어쨌거나 버거는 오래전에 죽었을 거야. 그는 죽었어, 맞지?"

"몰라요. 여하튼 그 이야기를 노래로 만들고 싶지는 않네요. 바다표범이었을 수도 있어요."

"고글을 쓴 바다표범?"

"그게 고글을 쓰고 있었는지도 모르겠어요."

"대체 네 녀석이 제대로 아는 게 뭐야?"

나는 주방 싱크대 밑에 감춰놓은 총을 떠올린다. 그게 거기 있어서 다행이다. 만에 하나 누가 침입했을 때를 대비한 것이다.

위층 주방에 올라간다. 빌은 차를 진하게 우리고 설탕 두 숟갈을 넣는다. 밥숟가락으로 두 번 떴으니 사실상 여섯 숟갈이 넘는다. 사방을 에워싼 이 바다가 사람에게 헛것을 보게 만든다. 주임이 말해줬다. 똑같은 그림을 한참 동안 바라보고 있으면, 정신은 그 자신을 방해할 대상을 제시하면서 당신이 집중하고 있는지 시험한다. 사막의 신기루, 바다에서도 똑같은 신기루가 나타난다. 당신이 믿지 못할 온갖 색깔들. 물보라와 소용돌이, 수면 위에서 훨훨 날아다니다가 사라지는 형체들. 평평한 바다에서도 물은 잘게 쪼개지고 부서지며, 검은색을 띠는가 하면 밤새 바깥에 내놓은 쓰레기 봉지처럼 떨면서 다가온다. 당신은 하늘에 구멍을 내고 그 구멍에 손가락을 찔러 그 뒤에 무엇이 있는지 만져볼 수 있을 것 같다. 그것은 부드럽고 필요하게 느껴질 것이다. 그것은 당신을 놓아주지 않으려 할 것이다.

날마다 바다와 함께 살다 보면, 바다는 당신 안에 무엇이 있든 그것을 꺼내어 비춰준다. *피와 개털, 어린아이의 찢어지는 비명. 그리고 내 품에서 차갑게 식어가는 내 친구.*

"마셔." 빌이 말한다.

뜨겁고 달콤한 차 맛에 속이 느글거린다. 아니면 그 시체 때문인가.

"아서가 자네한테 그 북부 출신 선원에 관해 말해줬던가?" 빌이 딸깍 라이터를 켜고 담배 끝을 그슬린다. 나는 들은 적 없다고, 계속 말해보라고 한다. "버거의 배는 이 등대 주변의 암초에 부딪혀 난파됐어. 그 배에 탔던 사람들 모두 익사했지. 배에 실었던 화물은 모두 사라졌고. 버거라는 그 선원은 아서를 탓했어. 그건 등대 측의 잘못이었다고 말이야. 그 배 선원들은 아주 오랫동안 바다에 나가 있었지. 아무것도 없이 지겹도록 거대한 수평선만 바라보며 지내다가 마침내 등대 불빛을 보았는데, 그 불빛이 얼마나 멀리 있었는지 알 수 없었던 거야. 원근감이 달라지거든." 그는 담배 끄트머리로 자기 관자놀이를 톡톡 친다. "어떤 물체가 멀리 있다고 생각했는데, 갑자기 자기가 그 위에 있다는 걸 깨닫게 되지."

"내가 그걸 지어냈다고 생각해요?"

"아니. 그냥 무엇이 실제인지를 항상 믿을 수는 없다는 말이야."

"주임님은 별의별 것들을 다 보신 분이에요."

빌은 오래도록 담배를 빨아들였다. "아서는 예전의 아서가 아니야."

"무슨 말이에요?"

"사람이 달라졌어."

"선배님이 예전의 주임님을 어떻게 알아요."

"나는 모르지. 헬렌이 말해줬어."

나는 말한다. "주임님이라고 항상 씩씩할 수는 없죠. 선배님이라면……?"

"그런 말이 아니야. 사람이 이상해져서 그 사람이 내가 알던 그 사람이 맞는지 알아보지 못할 때를 말하는 거야. 헬렌이 하는 말이 그거야. 그 난파선 위의 망할 등대처럼 느닷없이 그런 생각이 덮치는데, 자기가 누구와 결혼했는지 갑자기 알 수 없게 된다고 말이야."

오후가 되어 눈이 내리기 시작한다. 타워에 눈이 내리면 기묘하다. 방위를 가늠할 어떤 것도 없기 때문이다. 자동차 지붕 위에 쌓이는 눈이나 어느 농부의 밭을 뒤덮는 눈이 보이지 않으니, 눈이 얼마나 많이 내렸는지 가늠할 수가 없다. 눈은 그저 하늘에서 계속해서 내리기만 하고 하늘은 뼈다귀 색이다. 바다는 조용히 눈을 받아들인다. 저 아래, 칙칙한 금속 색깔의 움직임이 없는 물. 등대에서 일하기 전에는 바다가 항상 같은 색이라고 생각했고, 파란색이나 녹색 외에는 별로 생각하지 않았다. 그러나 실은 파랗거나 녹색인 적이 거의 없다. 바다는 온갖 색깔이며 거의 대부분은 검은색이거나 갈색, 누런색, 황금색, 때로 마구 휘저을 때는 분홍색이 된다.

랜턴실에서 나는 기상 일지에 내 이름을 써넣고, 머리글자로 서명한 뒤, 다음에 당직 순번인 사람을 위해 일지를 책상 위에 놓아둔다. 주임은 나에게, 바다가 어떤 작용을 하고 기후는 무슨 역할을 하는지, 그래서 어떤 날에는 날씨가 특정 방식으로 나타나고 어떤 날에는 그렇지 않은지 온갖 것을 가르쳐줬다. S는 눈을 뜻하고 O는 짙게 흐림, P는 지나가는 소나기를 뜻한다. 앞쪽의 페이지들은 온통 알파벳 글자들이다. 나의 경우 순식간에 변하는 날씨가 마법 같다는 생각은 영영 들지 않을 것 같다. 그건 고래고래 소리를 지르다가 잠자는 사람 같다. 그리고 눈은 그것의 꿈이다.

날씨의 상태를 나타내는 글자들. 보슬비. 짙게 흐림. 번개. 돌풍. 천둥. 굵은 이슬. 실안개. 그것들의 느낌과 생김새가 마음에 든다. 일부 글자에서는 그 소리가 느껴진다. 천둥은 커다란 바위가 당신을 향해 굴러오는 소리를 낸다. 실안개는 느리고 게으르다. 돌풍은 흥분의 도가니 속에 던져진 것과 같다. 바닷속에 사는 것들의 이름도 마찬가지로 소리가 있어서, 해변에서 다글거리는 자갈 같은 소리를 낸다. 두드럭고둥, 홍합, 멍게, 쇠고둥. 몇 달마다 한 번씩 그룹 내의 다른 등대와 돌려가며 보는 책들이 한 더미씩 들어온다. 이동 도서관인 셈이다. 나는 책을 많이 읽는다.

나를 키워준 한 수양 엄마는 책을 굉장히 좋아했다. 책을 좋아했던 거의 유일한 보호자였다. 그녀는 꼬박꼬박 우리에게 책을 읽어줬고 그렇게 해서 나는 그때까지 평생 알고 있던 단어들과는 다른 소리를 내는 그 단어들을 알게 되었다. 내 삶을 만들었던 단어들은 짧고 거친 단어들이었다. 야, 씨발, 미친년, 벽돌로 대가리 뽀개버린다 같은.

나는 마음에 드는 단어, 무언가 느껴지는 단어를 들을 때마다 암기했다. 책을 더 많이 읽을수록 내가 더 자유로워지는 느낌이었다. 머릿속에서 자유롭기만 하다면 다른 무슨 일이 벌어지는지는 중요하지 않다. 감옥에 있을 때 나는 사전 한 권을 구해서 근사하다고 생각되는 특이한 단어들을 찾아나갔다. 새들, 세상에는 수많은 종류의 새들이 있다. 세가락갈매기와 가마우지. 마도요. 밭종다리. 마치 그 새들의 몸을 스칠 때의 바람 소리 같다. 단어들을 베껴 쓰고는 그 단어들을 같이 놓고서 만지작거리며 놀다 보면 거기서 다시 새로운 무언가를 얻을 수 있었다.

하지만 미셸에게 편지를 쓸 때는 여전히 쩔쩔맨다. 당직을 마치고 침대에 기대어, 담요 위에 편지지를 펴놓고, 펜을 쥐고서 그 모든 것을 어떻게 쓸까 생각하지만, 어디서부터 시작해야 할지 모른다. A는 사과의 A. D는 속임수의 D.

그녀에게 진실을 말할 때가 왔다.

그녀가 런던에 있는 자신의 아파트에서, 발가락으로 종아리를 쓸어내리며 봉투를 여는 모습이 눈에 선하다.

6   1992년

24

헬렌

그 성당이 만나기로 한 장소였다. 크고 익명성이 보장되는 건물이었기 때문이다. 신도석에서, 회랑에서, 소년 음악대가 노래하는 옆쪽의 빨간 벨벳 좌석들에서, 수백 년 동안의 소곤거림이 바닥 돌에 스며들어 있었다. 이제 그녀와 미셸, 그들의 소곤거림도 사람들 눈에 띄지 않게 그곳에 어울릴 수 있었다.

"로저와 아이들은 모퉁이 근처 카페에 있어요." 미셸이 말했다. "그래서 곧 가봐야 해요. 식구들을 데려올 생각은 아니었는데. 다들 따라오고 싶어 해서 말이죠. 실은 남편이 따라오고 싶어 했지만."

"남편은 자기가 어디 간 줄 알고 있어?"

"생일 선물을 사러 간 줄 알아요. 그 사람 생일이거든요. 나중에 데버넘스 백화점에 가서 넥타이든 뭐든 사서 가야 해요."

헬렌은 이것이 참사를 같이 겪은 사람들끼리 공유할 수 있는 상황인가 생각했다. 그들은 상호 관계의 세부 사항이나 서두를 제쳐두고 곧바로 그 불행의 한가운데로 들어갔다. 그 일이 생기기 전까지 그녀와 미셸은 서로 아는 사이가 아니었다. 그들은 그 사건 후에 트라이던트 하우스에서 주최한 장례식에서 만났다. 회사에서는 장례식을 '고별식'이라고 했고, 고별식은 그들 중 누구를 위한 행사라기보다는 신문에 싣기 위한 행사였다. 그 후로 가끔씩 헬렌과 미셸은 가능할 때면, 이를테면 한 명이 그 지역을 지나갈 일이 생길 때는 연락하곤 했다. 그들은 그 겨울의 슬픔이 그들을 압도할 때마다, 그리고 이해할 만한 누군가에게 그 슬픔을 표현하고 싶은 충동이 솟구칠 때마다 편지를 보냈다. 그렇게 편지를 보내면 답장이 오기도 하고, 오지 않기도 했지만, 위안은 편지를 쓰는 행동에서 나왔다.

"와주셔서 감사해요. 전화 주셔서 감사해요." 미셸이 말했다.

"천만에."

"설마 오실지는 몰랐어요."

"왜?"

"모르겠어요. 제니는 한 번도 답을 한 적이 없거든요." 미셸이 대답했다.

"제니는 나한테도 답을 안 해."

미셸은 핸드백의 지퍼를 열어 폴로 사탕 한 통을 꺼냈다. 포일 안쪽의 사탕들은 통 바닥까지 모두 조각조각 부서져 있었다. 헬렌은 마을의 가게에서 미셸의 딸들이 과일 맛 껌과 병 콜라를 고르는 사이 그 사탕 통을 떨어뜨리던 미셸의 모습이 머리에 그려졌다. 그 딸들은 지금쯤 몇 살이 되었을까? 여덟 살, 네 살, 그쯤 되었을 것이다. 배 아파서 낳은 자녀가 건강하고 튼튼하게 무럭무럭 자라고, 작은 팔다리가 통통하게 살이 찌고, 머리카락이 길어지고. 그러다 갑자기 제 엄마만큼 커지는 걸 지켜보는 기분이 어떨지 헬렌은 알지 못했다.

그렇지만 그런 건 미셸이 말해줬다.

"고마워." 헬렌이 사탕을 받으며 말했다.

"앞으로 댄 샤프와는 얘기하지 마세요."

헬렌은 어리둥절했다. "그 말을 하려고 여기까지 온 거야?"

한 노인 부부가 오더니 그들의 앞줄에 앉았다. 남자가 머리를 숙였다. 미셸은 헬렌이 그녀의 샴푸 냄새를 맡을 수 있을 만큼 바싹 다가앉았다.

"그런 셈이죠." 그녀가 말했다. "그 작가가 누구인지 혹시 아세요?"

"잘은 몰라. 배나 폭탄에 관한 소설을 쓴다지."

"필명으로 쓰는 거죠."

헬렌은 폴로 사탕을 깨물었다. "그게 뭐 대수라고."

앞줄의 여자가 고개를 돌려 그들에게 눈총을 줬다. 헬렌은 그 노파의 단발머리가 모터사이클 헬멧 같다고 생각했다.

미셸이 소곤거렸다. "소설가라는 사람이 왜 우리 얘기를 쓰고 싶어 할까요?"

"몰라. 작가가 뭐든 쓴다는 게 당연한 거 아냐?"

"틀림없이 이유가 있을 거예요."

"바다를 좋아한다고 했어."

"그렇다면 휴일에 바다에 가면 되죠."

헬렌은 자신이 왜 잘 알지도 못하는 남자를 변호해야 하는지 알 수 없었다. 왜 그를 변호하고 싶은지를. "그 작가는 진실을 찾고 있어. 진실에 관심이 있어."

미셸은 사탕 통을 도로 핸드백에 집어넣고 지퍼를 닫았다.

"쉬잇!" 앞줄의 여자가 그들을 단호하게 쏘아보았다.

미셸은 통로 건너 쪽으로 자리를 옮기자는 몸짓을 했다. 다시 자리를 잡은 뒤, 그녀는 제단을 쳐다보았다. 미셸의 귀에서 한때 피어싱했던 흔적이 눈에 띄었다.

"신을 믿으세요?" 미셸이 물었다.

그리스도의 발은 족궁 부위에서 교차되어 있었다. 응고된 피의 분출. 그 그림이 유별나게 섬뜩하다고, 헬렌은 생각했다. 누가 모델이었는지 몰라도, 불필요하게 세게 가시관을 뒤집어쓴 모양이었다.

"믿으려고 애썼지."

"저도 그래요." 미셸은 결혼반지를 만지작거렸다. "전 여기 들어오는 사람들을 보면 샘이 나요. 그들은 그냥 아는 거죠, 안 그래요? 다 잘될 거라는 걸 알고 있어요."

"안다기보다 믿는 거지. 그건 달라."

"그런가요?"

"난 그렇게 생각해."

"전 빈스가 다른 사람들을 해치지 않았다는 걸 알아요." 미셸이 말했다.

"내가 알기로는 아서도 그랬어."

"하지만 우리는 모르잖아요, 그렇죠?"

"그게 알고 싶다면, 난 한 번도 빈스를 범인으로 생각한 적 없어."

미셸은 잠시 헬렌의 손을 잡았다가 곧 놓아줬다.

"맞아요. 헬렌이 유일한 사람이었어요." 미셸이 말했다.

헬렌은 미셸이 손톱을 물어뜯곤 했다는 걸 알 수 있었다. 그녀의 손톱은 빨갛게 칠해져 있었지만 짧게 뜯겨 있었다. 미셸은 20년 전으로 돌아가 있었다. 고별식에서, 면담 중에, 또는 거리에서 기자들에게 붙들려 몸을 떨던 불안한 10대였던 미셸로. 사람들은 크게 변하지 않는다. 제니도 그녀와 같은 생각일 것이다.

"트라이던트 사에서 그 사실을 알면 뭐라고 할지 두렵지 않으세요?"

"그들이 뭐라고 하든 난 상관없어." 헬렌이 대답했다.

"그들은 지원금을 끊을 거예요."

"그래서?"

"저한테는 문제가 달라요." 미셸이 말했다. "저한텐 돌봐야 할 사람들이 있으니까요. 가족이 있어요." 그녀는 잠시 말을 끊었다. "기분이 상하셨다면……."

"괜찮아."

"다만 아이들이 아직 어려서……."

"이해해."

"그들을 두려워한 적이 한 번도 없다고는 하지 않으시겠죠? 아무한테도 말하지 말고 그들의 비밀스러운 일을 발설하지 말라는 지침에 관한 모든 거요. 항상 어떤 위협 같은 게 있었어요. 절대 드러내놓고 말하지는 않았지만, 그게 무슨 뜻인지는 분명했다고요."

"만약 그게 사실이라면, 샤프한테 말하는 게 정직할 수 있는 최고의 기회야. 자기도 알다시피 트라이던트 사는 늘 저희들 편리하게 그 일을 빈스 탓으로 돌렸잖아. 그건 절대 공정하지 않아. 빈스는 교도소에 다녀왔고, 나쁜 사람으로 여겨졌으니 빈스 탓을 하기가 쉬웠지. 사람들은 그렇게 추측했을 테고. 그들은 빈스에게 일자리를 준 게 잘못이었다고 인정하기만 하면 됐어. 절대 그래서는 안 되는 거였다, 그것을 교훈 삼겠다, 그렇게 말하면 그만이었지. 하지만 그건 중요한 문제야, 그렇지 않아? 빈스가 진짜 어떤 사람이었는지 말하는 것 말이야. 난 그게 자기한테도 중요한 줄 알았어."

미셸은 두 눈을 감았다.

"여기서 나를 보자고 한 진짜 이유가 뭐야?" 헬렌이 물었다.

잠시 후 미셸이 입을 열었다. "빈스가 나한테 편지 한 통을 썼었어요. 그들이 사라지기 직전에요. 행락객을 태운 배 한 척이 그 편지를 받았어요. 그 편지에서 빈스는 무엇 때문에 감옥에 갔는지 다 썼더군요. 마지막으로 갔을 때요. 아직까지 전 그 얘기를 아무한테도 안 했어요."

"잘했어."

"그걸 읽고 나니 그가 더 나쁜 사람처럼 보였거든요. 더욱이 이미 그에게 불리한 것들이 너무 많았기 때문에 상처에 소금을 문지르는 건 좋은 일이 아니라고 생각했어요. 말했어도 기껏해야 그렇게밖에 안 됐겠죠. 그 후 곧바로 얘기가 퍼졌을 테니까요. 이해하시죠?"

"응."

그녀는 헬렌과 눈을 마주쳤다. 그들이 주고받는 눈길은 다급하고도 고통스러웠다. "그런데 헬렌, 그 편지에는 제가 알렸어야 했던 내용이 더 있었어요. 중요한 거였죠. 도움이 될 수 있었을 거예요. 다만 그때는 무슨 말을 하기가 너무 두려워서."

헬렌은 잠자코 기다렸다.

"빈스는 자기를 찾으러 온 남자가 있었다고 했어요. 빈스는 등대에서 일하게 됐으니 과거를 등지고 살 수 있겠다고 생각했지만, 실은 정반대였던 거죠. 이제 이 남자는 어디 가면 빈스를 찾을지 알았으니까요. 빈스는 바다에 꼼짝없이 갇힌 표적이었던 거예요."

"누구 얘길 하는 거야?"

"빈스한테 당했던 사람요. 마지막에요."

"무슨 말인지 모르겠어."

미셸은 마치 자기 남편이나 트라이던트 하우스에서 파견된 관리가 거기 서 있을 수도 있다는 듯, 뒤를 확인했다. 현관 대기실에서 한 아기가 울기 시작했다.

"그 남자는 트라이던트 사 직원이었어요." 미셸이 말했다. "빈스는 등대 일자리를 구한 직후에 그 사실을 알게 되었죠. 옛날 동료가 빈스한테 말해줬거든요. 빈스는 그 말을 믿지 못하겠다고 했지만, 그 사람이 아니면 누가 등대에 들어갈 방법을 찾아냈겠어요? 그 사람은 등대원이 아니었어요. 행정직이었지만, 굳이 말하자면 한 지붕 아래 있었던 거죠. 그 남자는 자신을 이상한 별명으로 불렀어요. 화이트 루크, 하얀 떼까마귀라는 뜻이라죠. 도시 깡패들이 그를 그렇게 불렀는데, 그 사람 머리가 완전히 흰색이었기 때문이래요. 어렸을 때부터요. 그런 걸 뭐라더라?"

"알비노."

"그의 진짜 이름은 에디였어요."

"에디가 빈스를 잡으려고 그 회사에 들어갔다고?"

"그 사람은 틀림없이 빈스가 트라이던트 사에서 일한다는 사실을 알았을 거예요. 절호의 기회라고 생각해서 어떻게든 그 회사에 들어간 거고요."

헬렌은 머리가 약간 어지러웠다. 이것이 그 실종 사건과 관련해 일이 작용하는 방식이었다. 머릿속에 무언가 새로운 아이디어가 떠오를 때마다, 또는 그 사건이 새로운 각도로 다가올 때마다, 또는 너무나 완벽하게 구성된 어떤 가능성이 새벽 3시에 떠오를 때마다, 그녀는 식은땀에 젖고 혼란스러워 일어나 앉아서는, 침대 옆 램프를 켜고 정신을 차려야 했다. 그럴 때마다 스노볼 안의 등대가 흔들렸다. 조각들은 매번 새로운 패턴으로 떨어졌다.

"복수가 있었다는 얘기야?"

"그런 것 같아요."

"에디는 어떻게 됐는데?"

"그 사람은 회사를 떠났어요." 미셸이 말했다. "그 후로 그를 본 사람이 없죠. 하지만 어쨌거나 에디가 직접 그 일을 저질렀던 것 같지는 않아요. 아마 사람을 썼겠죠. 그의 사람이 사방에 널려 있었으니까요. 일을 깔끔하게 처리하면서도 눈에 띄지 않게 할 수 있는 위험한 사람들요."

"트라이던트 사가 그들의 관계를 알았을까? 분명 알고 있었을 거야."

"만약 알고 있었더라도, 나한테는 그런 말이 전혀 없었어요. 하지만 빈스는 그런 일이 일어날 줄 알았던 것 같아요. 거기서 이상한 것들을 본다고 했거든요. 그리고 사실이 아닌 것을 상상하다 보면, 등대 일의 고독함이 겹치면서 때로는 그런 일이 실제로 일어난다고 했어요. 하지만 이건 새로운 얘기였어요. 나중에 그들이 자취를 감추고 나서, 곰곰 생각하면 할수록 일이 그렇게 된 거였다는 확신이 더욱 또렷해졌어요. 범인은 바다나 스파이, 그 어떤 것도 아니었어요. 그건 이 남자, 화이트 루크였어요. 에디 말이에요. 그 사람은 아직도 살아 있어요. 그리고 혹시라도 내가 빈스에 관해 이야기한다는 소문을 들으면, 내가 무슨 말을 하든 상관없이, 저와 우리 가족을 뒤쫓을 거예요."

헬렌은 아서의 아버지가 키웠던 새들을 생각했다. 아서는 아침 일찍, 학교 가기 전에 언덕을 올라가던 일을 떠올리곤 했었다.

다친 새들은 회복하고, 다 나으면 날아서 떠난단다.

아서가 책을 읽다 눈을 들어 그녀를 바라볼 때, 그녀는 아주 짧은 한순간에 아서의 미소에서 보조개를 보았다.

어떻게 그런 것들이 머릿속에 간직되어 있었을까? 집에서 시내까지 가는 버스가 몇 번 버스인지 기억하지 못했지만, 그건 기억할 수 있었다.

"자기 책임이라고 느끼기는 쉬운 법이야." 그녀는 조심스레 말을 꺼냈다. "나도 내 책임이라고 생각하지. 아마 제니도 그럴 거야. 앞으로도 우리는 항상 각자의 이야기가 가장 의미심장하다고 느끼겠지. 하지만 내 얘기 들어봐. 자기가 말하는 화이트 루크 같은 사람이 열 명은 더 있을 거야. 우리를 괴롭히는 건 우리 각자가 깨닫는 것보다 더 깊이 그 실종 사건과 관련되어 있었다는 사실이야. 어떤 면에서는 우리 모두가 책임이 있다는 것이……."

"그 작가가 날 따라다니고 있어요." 미셸이 말을 잘랐다. "그것 때문에 과거가 모두 되살아나요. 1973년의 일이요. 헬렌, 난 다시 그렇게 살 수 없어요. 그때 난 열아홉이었어요, 제 앞가림도 못하는 어린아이였죠. 나를 덮친 일이 뭔지도 몰랐어요. 난 내 삶의 목적이던 사람을 잃었어요." 그녀의 목이 잠겼다. 목소리가 갈라졌다. "빈스가 그리워요. 하루도 빠짐없이. 그리고 헬렌은 아서를 그리워하고, 제니는 빌을 그리워해요. 나한테는 로저가 있고, 그와 결혼해 살고 있지만, 그건 달라요. 만약 내가 헬렌만큼 나이가 있다면 누구와도 사귀지 않았을 거예요, 헬렌이 그랬던 것처럼요. 왜냐하면 아무 의미가 없을 테니까요. 하지만 난 계속 살아야 했어요. 삶을 포기할 수는 없었어요. 세상을 다 준대도 내 딸들과 바꾸지 않겠지만, 어쩌면 두 번 다시 처음처럼 사랑하지 못한다는 건 맞는 말일 거예요."

"맞는 말이야." 헬렌이 말했다.

"나로선 계속 입을 다물고 있는 게 더 안전해요."

"자기가 그런 생각을 하는 게 바로 트라이던트 사가 원하는 바야."

"바보 같은 책이 나온다고 뭐가 달라지겠어요?"

"달라질 건 없겠지. 나한테는 예외지만."

옆 통로에서 남학생 두 명이 그들을 바라보고 있었다. 미셸이 말했다. "그럼 제니에게 대신 그렇게 말하세요. 헬렌이 그러는 것도 제니 때문이잖아요, 아니에요?"

"물론이야." 헬렌이 말했다. "그리고 믿어줘. 나도 노력했어."

"제니는 어디 살아요?"

헬렌이 대답했다. "트라이던트 사가 나한테 주소를 줬어."

"주임 사모님은 여전히 특권이 있네요." 하지만 그 말에는 미소가 곁들여 있었다. "20년이면 충분히 긴 세월이죠? 우리 모두 사는 곳을 옮겼네요. 제니가 헬렌을 원망할 수는 없어요. 그건 마치……."

"아냐, 원망할 만해."

미셸이 그녀의 손을 잡았다. "내가 도와드릴게요. 원한다면요."

"자기가 그걸 어떻게 하려고."

"헬렌이 나를 도와주면 되죠. 조심하세요, 헬렌. 그게 전부예요. 그 남자한테 하는 말을 조심하셔야 해요. 그러실 거죠?"

"그럴게."

미셸은 손목시계를 보았다. "어머나, 30분이 넘었네요. 로저가 수색대를 보내기 전에 얼른 데버넘스 백화점에 들렀다 가야겠어요."

미셸은 핸드백과 재킷을 집어 들었다. 이어서 둘은 같이 일어나 포옹을 했다. 헬렌은 포옹이 익숙하지 않았다. 포옹이 썩 자연스럽게 느껴진 적이 없었고, 게다가 요즘은 포옹을 해줄 사람도 없었다.

"만나서 반가웠어요." 미셸이 말했다.

"나도 만나서 반가웠어."

헬렌은 코트를 입었고, 통로를 걸어가 밝은 오후의 햇빛 속으로 나가는 그 여자를 지켜보았다.

25

헬렌

문간에 나와 있을 때, 또는 차 문을 닫을 때, 새로 온 이웃을 만났다면 평범했을 것이다. 그러나 그녀가 빌과 제니 워커 부부를 만난 것은 아서가 등대에 나가 있던 어느 여름 모트헤이븐의 마을회관에서 열린 자선 무도회에서였다. 그녀는 그 주의 대부분을, 어쨌거나 월요일부터 목요일까지 화장실에서 울면서 보냈다. 울기에는 화장실이 안전한 장소 같았다. 보통 같으면 아서가 떠나 있더라도 그 텅빈 사택이 아무렇지도 않았지만, 그때는 마음이 좀 그랬다. 그건 일 년 중 때에 따라 달랐다.

프랭크의 아내 베티가 셰퍼드 파이를 가지고 와서는 무도회에서 외투보관실 일을 좀 도와줄 수 있느냐고 물었다. 그 회원 중 한 명이 연락이 안 된다는 것이다. 그래주면 정말 고맙겠다고 했다. 곤란할 때면 늘 그렇듯, 헬렌은 거절할 수 없다고 느꼈다. 베티가 떠난 뒤에, 그녀는 도대체 자기가 왜 그러겠다고 했는지 알 수 없었지만, 도와주는 게 그녀의 본능이었다. 그러나 마을회관 외투보관실은 조명이 어둑어둑한 장소였고, 코트 옷걸이에 표를 붙이는 것은 찬찬히 하면 되는 무해한 일이었다. "옆집에 들어온 사람들 만나봤어요?" 베티가 물었다. 아직 만나지 못했다. 워커 부부의 차는 어제 도착했다. 새로 온 부등대원과 그 가족, 이삿짐과 아이들로 그 집은 아수라장이었다. 헬렌은 이미 그 집에 들렀어야 했다. 그러지 않은 그녀가 냉정해 보였다. 그녀는 주임 등대원 사모님이었고, 그것이 그녀의 의무였으니까. 그녀는 베티가 이사 올 때 했던 것처럼 앞장서서 정리를 거들었어야 했다.

아서는 근무 기간이라 나가 있었으니 도와줄 수 없었지만, 어제는 그 타워가 어마어마하고 무시무시한 오벨리스크였다. 일 년 중 364일은 그 불쾌한 수평선에서부터 그것이 그녀를 향해 굴러왔다. 그녀는 눈을 감기 전에 한순간 그것의 살아 있는 눈을 마주치기도 했다.

무도회는 대성황이었다. 헬렌은 향수 뿌린 포근한 외투들 사이에 머물러 있었다. 그녀는 따뜻하고 그윽한 남자들의 오드콜로뉴 향, 꽃과 섹스 같은 여자들의 머스크 향을 맡았다. 고요한 순간에는 울음을 막으려고 담배를 피웠고, 가지런히 빽빽하게 걸려 버섯갓처럼 주름진 벨벳 옷의 소매들을 쓸었다. 그는 거의 끝날 때쯤 그녀에게 왔다. 그의 아내가 맡긴 재킷들을 찾기 위해서였다.

"당신이 헬렌이군요." 그가 말하고 자기소개를 했다.

그녀는 어둠이 고맙게 여겨졌다. 딱히 어떨 거라고 예상한 적은 없었지만, 빌 워커는 그녀가 예상하던 모습이 아니었다. 훨씬 말쑥하고 젊었고, 코가 길쭉했으며 라파엘로의 그림 속 어느 추기경을 떠올리게 하는 특징까지 있었다. 그녀가 아주 오랜 기간 받아본 적이 없는 그런 시선으로, 그는 그녀를 지그시 바라보았다. 그녀는 자신이 아닌 다른 여자가 된 느낌이었다. 살면서 이런 경우는 처음이었다.

"그 두 개요." 그가 말했다. "단추 달린 거, 네. 아뇨, 그다음 거요."

결국 그가 들어와서 직접 재킷들을 가리켰다. 그 존재의 근접성, 깨끗하고 주름이 없는 피부는 알 수 없게도 편안하게 다가왔다. 그녀는 아무리 못해도 그보다 스무 살은 더 나이가 많을 것 같았다.

마치 구경꾼들처럼 사방에 코트들이 모여 있었다. 겨우 몇 초였다. 그보다 길었을 리는 없었다. 그러나 그녀가 그 일을 되새기던 그 숱한 시간에는, 그보다 더 긴 시간이었던 것 같았다.

"괜찮으세요?" 빌이 물었다. 그는 알 수 있었으므로.

"네." 그녀가 대답했다. 그녀는 알지 못했으므로. 그녀는 이제 막 만난 사람과 어디서부터 시작해야 하는지도 몰랐고, 그녀가 시작하게 될지도 모르고 있었다.

빌의 아내는 아직 바에 있었다. 그녀가 먼저 알아서 돌아오지는 않을 테니, 그는 밖으로 나가서 아내를 데려와야 할 터였다. 그들은 거기, 외투보관실 안에서「더욱 창백한 얼굴」곡에 맞춰 춤을 췄다. 세상에 그 두 사람뿐이었다. 흐린 어둠 속에서 그가 그녀를 끌어당겼다. 아니, 설득하지 않아도 그녀가 다가갔던가. 확실히 말하기는 힘들었다. 그들은 서로 껴안고 뺨을 맞대었고, 천장이 날아서 떠나는 동안 그 방은 더욱 세게 웅웅거리고 있었다.

26

헬렌

무엇이 나를 그에게 끌어당겼는지 모르겠어요. 그게 빌이 아니었다면 다른 사람이 될 수도 있었겠죠. 내 인생에서 그 시기엔, 그게 누구든 될 수 있었을 거예요.

이기적으로 들리겠지만, 작가님이 내 편에 서줬으면 해요. 만약 이 이야기를 책에 쓰신다면, 제대로 써주셔야 해요. 어떤 실수도 있어선 안 돼요.

제니가 내 말을 믿을까요? 내가 그런 생각을 하면 안 되겠죠. 하지만 이건 내가 작가님한테 들려줄 수 있는 이야기이고, 진실이에요. 그 이야기를 아예 안 하는 것보다는 글로 남기는 게 나을 것 같네요.

그렇게 해서 빌과 내가 만난 거예요. 유혹은 그를 향한 감정이었다기보다는 나 자신을 어떻게 느끼게 됐는가에 관한 것이었죠. 누군가가 나를 원한다는 게 기분이 좋았어요. 그 말은 핑계가 아니에요. 난 내가 무슨 짓을 하는지 알고 있었어요. 그건 내 결정이었죠. 하지만 우리가 그렇게 처음 연결됐을 때…… 너무 거창한 단어는 아닌지 모르겠네요, '연결' 말이에요. 어쨌든 그게 뭘까요, '매혹'이란 단어의 거창한 표현? 내 마음이 그에게 이끌렸다고는 말하지 않겠어요. 그냥 그가 울고 있는 나를 봤던 것뿐이에요. 그는 나의 비밀스러운 일부를 보았고, 일단 그렇게 되고 나자 나머지 부분까지 볼 수 있다는 게 논리적인 귀결 같았죠. 나는 외롭고 슬펐어요. 남자가 나를 안아준 지도 오래됐고요, 아서는 나를 아예 건드리지 않았거든요. 그런데 그때 빌이 있었어요. 그는 불륜에 으레 따라오는 모든 걸 느끼게 해줬죠. 젊어진 느낌, 남자가 나를 욕망할 때의 설렘, 과거의 비행을 씻어버린 느낌, 설사 현재의 비행이 인생 최악의 비행이라고 해도요.

그래서 그에게 감정을 느꼈냐고요? 아뇨. 빌한테 느낀 게 아니었어요. 나는 나한테 친절을 베풀고 싶어 하는 누군가에게 감정을 느꼈던 거죠. 내 남편이 더는 귀 기울여주지 않을 때 나에게 귀를 기울여준 사람에게.

사택에 살았기 때문에 우리가 가까워지는 건 피할 수 없는 일이었죠. 등대원 가족들은 서로 항상 붙어서 살았어요. 남자들이 집을 떠나 있을 때도 여자들은 끊임없이 같이 붙어 있었죠. 어느 날 갑자기 사람을 만날 기분이 아니라고 거절할 수도 없어요. 집 앞에서 항상 누군가 잡초를 뽑고 있거나, 건너와서 커피나 한잔하자고 창문으로 부르니까요. 그래서 적어도 한 번씩 얼굴을 비치지 않으면 어김없이 문을 두드리면서 괜찮으냐고 물어오죠. 그런 걸 좋아하는 사람도 있겠지만, 나는 아니었어요. 나는 우리 현관문을 좋아하지만, 그 문을 닫아두는 데는 이유가 있죠.

아서가 집에 없다면 그건 빌이 집에 있다는 걸 뜻할 때가 있었어요. 그 반대가 될 때도 있었고요. 근무자 명단이 그렇게 돌아갔거든요. 저마다 8주를 등대에서 지내고 나면 4주를 집에서 보내요. 그렇게 네 명이 교대하는 거예요. 프랭크까지 합쳐서요. 그래서 어떤 면에서는 이상적인 조건이었을 거예요. 내 남편이 집에 없으면, 빌과 함께할 기회가 있었으니까. 그게 아름답게 될 수도 있었을 텐데…… 만약 일이 잘 풀렸다면요.

물론, 제니는 사실을 알게 되자 최악이라고 생각했어요. 어떻게 그 사실이 새어 나갔는지 모르겠어요. 그녀는 한 번도 그 일을 입에 담지 않았고 나도 절대 묻지 않았죠. 아마 제니는 한동안 의심하고 있었나 봐요. 빌은 나에 대한 감정을 숨기려는 시도를 아예 하지 않았어요. 솔직히 난 그게 *정말* 나에 대한 감정이었는지조차 모르겠어요. 깊은 감정은 아니었거든요. 빌은 답답한 삶을 벗어나기 위한 탈출구를 원했던 것 같아요. 우리의 '불륜'은 그가 스스로 할 수 있는 선택이었던 거죠.

추도식 날에 제니가 자기는 알고 있었다고 말하더군요. 그때 그녀는 정말 이상한 말을 했어요. "빌은 응당 당하게 되어 있던 일을 당한 거예요." 어떤 면에서는 나도 그랬죠.

트라이던트 하우스는 일단 아서가 죽었다고 판단하자 추도식을 열어줬죠. 그들은 나한테 상의하지도 않았고 나의 축복이나 이해, 뭐 그런 걸 부탁하지도 않았어요.

그런데 작가님은 트라이던트 사와는 조금이라도 진전이 있었나요? 아니라고요, 당연히 그렇겠죠. 작가님이 여섯 번 더 전화해도 여전히 아무런 대답을 듣지 못할 거예요. 트라이던트 사는 작가님이 하는 일과 거리를 두고 싶어 할 거고, 그래서 그 일에 관해서는 별로 언급하지 않을 거예요. 기분 상하게 할 생각은 없지만, 그들은 작가님이 출판한 소설들에는 관심도 없을 거예요. 그들은 이렇게 말하겠죠. 그런 사람이 이런 사건에 관해 뭘 알겠어? 그들 생각이 옳을지도 모르죠. 하지만 20년 동안 나에게, 그 일에서 내 역할을 물어 온 사람은 작가님이 처음이에요. 그동안 덤벼들던 그 모든 기자들 중에 우리 집 문을 노크하고 내 얘기를 듣고 싶다고 한 사람은 아무도 없었어요.

트라이던트 사는 조만간 그들의 역사에서 그 사건을 완전히 지워버리겠죠. 그들은 그 여파의 어떤 측면에든 관여한 적이 없어요. 내가 아는 한은 그래요. 면담도 없었고, 기록을 발표하지도 않았고, 어떤 일에서든 투명하지 않았어요. 요즘 같으면 그렇게는 하지 않겠죠. 지금은 그런 것들을 많이들 요구하잖아요. 하지만 그 시절에는 은폐하기 급급했죠. 협회 입장에서는 불행이지만, 사람의 일이라는 게 그런 식으로 돌아가지 않아요. 감정과 기억도 그렇게 작용하지 않고요. 그 일은 파일 캐비닛에 숨겨둘 수 있는 그런 게 아니에요. 아무리 기를 써도 사람들에게 계속 침묵을 지키게 할 수는 없어요.

추도식 날은 온갖 좋지 않은 이유로 인해 내 기억에 남아 있어요. 그날은 봄의 초입이라 추웠고, 바람이 없었어요. 모트헤이븐 해변은 매끈하니 갈색이었고, 군데군데 자갈이 박혀 있었죠. 해안으로 힘들게 올라오던 바다의 끝자락은 지금도 선명하게 떠오르네요. 맥주처럼 발효된, 썩은 거품을 물고 있었죠. 꽃으로 뒤덮인 판자들 옆에는 유니폼을 입은 남자들이 서 있었어요. 그들은 우리가 있는 육지 쪽을 바라보고 있는 아서와 다른 등대원들의 사진을 들고 있었어요. 매장할 것도 없는데 장례식 흉내를 냈죠.

비가 끝도 없이 내렸어요. 나는 힐을 신지 않으면 무례하게 여겨질까 봐 바보처럼 힐을 신고 갔었는데, 구두가 자꾸만 모래 속으로 빠졌죠. 플래카드에 찍힌 아서의 얼굴은 그의 얼굴이 아니었어요. 그런 거 있잖아요. 살해된 소녀의 사진을 신문에서 볼 때 그 소녀에게 무슨 일이 있었는지 단서를 찾기 위해 그 눈을 들여다보게 되는 거요. 그녀가 알고 있었다는 어떤 암시를 찾아서 말이죠. 글쎄요, 그날 나는 아서의 얼굴을 보고는 그 일은 그의 비밀이었고 언제까지나 비밀로 남을 거라고 이해했어요. 가족들과 친구들은 우리더러 '싸우라'고 재촉했어요. 답을 찾고 해명을 구하라고요. 하지만 싸움의 정의는 무언가에 맞선다는 건데, 그렇잖아요, 그런데 그게 나한테는 너무도 진 빠지는 일이었어요. 내가 싸우고 있던 상대는 트라이던트 하우스가 아니었어요. 상대는 그이였어요. 아서였다고요. 그이는 내가 그 일에 말려드는 걸 원하지 않았어요. 흔히들 사랑하는 사람이 죽으면 그 사람을 위해 답을 구해야 한다고 생각하죠. 하지만 그들이 침묵을 원한다면요?

나중에 제니가 나를 찾아왔어요. 제니의 두 딸이 해변에서 마구 뛰어다니고 있었기 때문에 난 아기를 안고 있는 그녀를 도울 생각이었어요. 제니를 보니 그녀가 눈물로 시간을 보냈고 나처럼 잠도 못 이루고 있었다는 걸 알겠더군요. 그런데 갑자기 그녀가 내 뺨을 때렸어요. 최악이었던 건 그때 내가 게시판에 걸려 있던 아서와 빌의 얼굴을 봤다는 거예요. 아서의 눈이 이런 말을 하는 듯했죠. 난 거기에 끼지 않아서 다행이라고.

그 순간 나는 당장에라도 그이와 처지를 바꿨을 거예요, 그이가 있는 곳이 어디였든지 상관없이. 어느 배에 사슬로 묶여 있든, 어느 작은 만에서 새들의 밥이 되어 죽어가든, 뭐든지 그보다는 나았어요. 아무도 모르는 곳에 있다는 게 어찌나 부럽던지. 사라진다는 건 쉬운 일이 아니죠. 아무리 머리를 쥐어짜도 그이가 어떻게 그걸 했는지 모르겠어요. 문제는 제니가 그 이야기에 대한 내 입장을 들으려고도 하지 않았다는 거죠. 작가님은 문제가 나한테 있다고 생각하겠죠. 작가님의 독자들도 분명 그럴 거고요. 다른 여자의 남편과 관계를 가진 여자만큼 혐오스러운 건 없죠. 바람난 남편 입장은 신경 쓰지도 않아요. 십중팔구는 속아 넘어갔거나 유혹당했을 테니까요. 그리고 남자가 자기 편의에 따라 삶의 모든 측면에서 권력을 주장하는 방식은 재미있어요. 그렇게 권력을 내세우다가 얌전히 지내는 것에 만족하고 여자들에게 책임을 지게 하죠. 제니는 계속해서 빌을 사랑했어요. 그게 그녀의 일이고 그녀의 특권인 것처럼요. 빌은 남편이자 아버지였고, 그 역할에 담긴 의미는 내가 아는 그 어떤 것보다 크죠.

어쨌거나 진실은, 아서가 등대에 나가 있을 때 내가 자선 무도회에서 빌과 춤을 췄다는 것, 그리고 그 후 몇 주 동안 빌과 가까워졌다는 거예요. 한번은, 내가 그들의 집에서 속상해하자 빌이 나한테 키스했어요.

그 키스는 짧았고 의미도 없었어요. 완벽하게 잘못된 느낌이었죠. 그게 전환점이었어요. 나는 내가 무얼 하고 있었는지 스스로 물어보았고—그건 내가 아니었어, 결코 아니었어—그리고 내가 정확히 무엇으로부터 벗어나고 싶은지도 돌이켜봤어요. 듣기 좋은 아부가 그 관계의 일부였다는 거, 인정해요. 젊은 남자가 나에게서 무얼 봤을지 생각할 수도 없더군요. 난 바보였고 내가 저지른 실수를 후회했어요. 그리고 빌도 그 일을 후회하기를 바랐어요.

빌에게 더 이상은 안 되겠다고 말했어요. 그가 동의할 줄 알았는데, 그의 반응은 놀라웠어요. 적의를 드러내면서도 헌신을 맹세하더군요. 그는 나를 사랑한다고 했어요. 마치 자기 처지가 정말 싫지만 그걸 바꾸기 위해 할 수 있는 게 아무것도 없다는 듯. 그 말을 거의 침 뱉듯이 했어요.

그 일이 있고 나서는 빌을 피하기 위해 온갖 방법을 다 써봤죠. 제니한테는 이런저런 핑계를 댔고, 빌이 메이든 등대로 돌아가서 그를 보지 않아도 될 때는 감사한 마음이 들었죠. 뭍에 아서가 없을 때면 빌은 무섭게 행동했어요. 무섭다는 말밖에 할 수가 없네요. 외출했다 돌아와 보면 빌이 우리 집에 와 있을 때가 있었는데, 제니가 우리 집 전등이 나갔다고 해서 고쳐주러 왔다고 둘러대더군요. 나중에 보면 내 물건들이 없어졌고요. 속옷이며 비누, 구두며 보석들요. 지금도 난 내 소중한 목걸이, 아서가 청혼할 때 나한테 줬던 은목걸이를 빌이 훔쳐 갔다고 확신하고 있어요. 달리 그 목걸이가 어디 갔는지 생각할 수 없고, 당연히 그래서 아서한테는 말을 못 했어요. 아서는 내가 그 목걸이를 잃어버렸거나 그걸 하고 싶어 하지 않는다고 생각했을 거예요.

빌은 나랑 부부가 되기를 간절히 원한 나머지 적어도 그의 머릿속에선 그게 현실이 되지 않았나 싶어요. 그는 우리가 떠날 휴가 얘기를 했어요. 다음번에 뭍에 오면 경치 좋은 곳을 보여주겠다고 했죠. 자기가 좋아하는 식당에 데려가 저녁을 대접하겠다고도 했고요.

마치 그날 내가 그와 그것을 끝내고 싶다는 말을 하지 않았던 것 같았죠. '그것'을 뭐라고 할까요. 어떤 독특한 친밀함, 우리가 서로를 알아가는 것, 우리 만남의 혼란스러움. 그래요, 어쨌든 그런 것이 쌓여 아주 가벼운 의미의 불륜이라고 할 수는 있겠지만, 내가 보기엔 나머지 관계를 다 무효화할 만큼 그런 건 아니었어요. 하지만 빌의 행동을 보면 거꾸로 내가 아서와의 관계를 끝내고 그와 다시 시작하기로 결심했다고 말한 것 같았죠. 빌은 아주 노골적으로 나오기 시작했어요. 방 안에 제니가 있는데도 내 손을 잡고, 제니가 가져다준 과일 케이크를 부엌에서 썰고 있을 때 내 허리에 팔을 감기도 하면서요. 아무리 여러 번 싫다고 말해도, 빌은 나를 내버려 두지 않았어요. 그리고 그 조개껍데기요! 빌이 나에게 가져온 그 지긋지긋한 조개껍데기, 타워에서 조각한 그것들 말이에요. 그것들은 내 집, 내 서랍, 집 안 곳곳 숨길 만한 곳들을 모두 채워나갔어요. 누가 볼까 봐 겁이 나서 그것들을 숨겨야 했어요. 제니가 쓰레기통에서 그것들을 발견할 수도 있어서 내다 버리지도 못했어요. 제니는 마지막 순간에 쓰레기 위에 유리잔을 버리거든요. 그 위험을 무릅쓸 수는 없었죠.

난 꼼짝없이 덫에 걸린 거죠. 빠져나갈 구멍이 없었어요. 우리가 나누었던 덧없는 애착을 고백하지 않는 한에는. 고백한다고 해도 어쨌거나 빌은 나와 반대로 말할 거고요.

한 번의 키스도 불륜이 되기 충분하다고 반박할 수는 있어요. 하지만 난 그 이상은 없었다는 걸 제니가 알아줬으면 했어요. 빌과 나는 사랑한 게 아니었어요. 사랑은 순수하고 깨끗하고 친절하죠. 고결하고 다정한 것에서 나오죠. 좌절이나 협박이나 미움이나 불만족에서 나오지 않아요. 빌은 날 사랑하지 않았어요. 나는 제니에게 그걸 말해주고 싶었고, 지난 세월 동안 말하려고 노력했어요. 편지도 많이 썼고, 그녀를 만나러 가기도 했고, 전화도 걸어보았지만 전부 소용없었어요.

이제 여기까지 왔네요. 작가님은 내가 아서한테 있었던 일을 알고 싶어 한다고, 우리가 지금껏 생각도 못 했던 사실을 작가님이 찾아주기를 바란다고 생각하시겠죠. 아니, 그렇지 않아요. 바꿀 수 없는 것을 곱씹기에 20년은 충분히 긴 시간이에요. 나는 차라리 내가 할 수 있는 것에 집중하겠어요.

내 남편은 죽었지만 나는 죽지 않았어요. 제니도 죽지 않았고요. 그리고 내가 제니와 공유하는 이것, 이건 죽은 게 아니에요. 이건 살아 있어요. 그렇다면 그건 바뀔 수 있고, 성장할 수 있고, 탈출구를 찾을 수 있어요. 죽음과 상실은 이제 지긋지긋해요. 그건 이미 실컷 맛봤어요.

전에 정원 이야기를 했었죠. 생명이 추위를 뚫고 돌아오고 거듭 거듭 다시 돌아온다고 말이죠. 바로 그게 내가 기대하는 거예요. 바로 그게 내가 원하는 거예요.

27

제니

론 형부는 기어를 넣은 채 지하철을 타러 간 게 틀림없었다. 그녀가 시동을 걸자 화들짝 놀란 토끼처럼 차가 뒤로 쑥 물러났기 때문이다. 한동안 운전을 하지 않다가 오랜만에 운전대를 잡으니 불안하고 머리는 이런저런 메시지로 혼란스러웠다. 방향 지시, 미러, 사각지대 살피기. 굳이 의식하지 않고도 하던 것들이었다. 그런데 어느 순간에 이르자 그 모든 것이 감당하기 힘들 만큼 압박으로 느껴졌다.

제니는 손자의 여섯 번째 생일 파티가 있는 오늘을 고대하고 있지는 않았다. 사교 행사를 즐긴 적은 없었다. 그나마 빌이 있었을 때는 그래도 견딜 만했다.

이제 그녀는 홀몸이 되어, 가족 행사에서 혼자 자신을 건사하면서 모르는 얼굴들과 어울렸지만, 그들의 소리 없는 평가들이 그 방에서 그녀를 따라다니는 것 같았다. 그들은 오래전의 그녀를 기억하고 있을까? 그들의 부모라면 기억할 것이다. 옛날의 제니는 카메라 앞에서 싸우고 뉴스에서 욕을 해대는 신경질적인 모습을 보였으니까. 그러나 해나는 그녀더러 집 밖으로 나가야 한다고 재촉했다. 너무 오랫동안 집 안에 갇혀 지냈다는 거였다. 제니가 '이상한 사람'이 되어가고 있다고 했다.

그녀는 팬을 켰다. 팬이 뿜어내는 공기에서 생선 냄새가 나는 것 같았다. 차를 더 많이 굴려야 했다. 하지만 어디를 간단 말인가? 자녀들의 집, 슈퍼마켓을 제외한다면. 여성협회에 나가 봐, 해나가 제안했다. 그러나 시끌벅적한 노인네들과 어울려 코바늘로 담요를 뜨는 건 흥미가 없었다. 그녀가 누구인지 알아본다면 그들이 어떻게 나올지 상상이 갔다. 분주한 코바늘 위로 오가는 한담들.

그녀가 차를 출발시키려고 마음을 다잡고 있을 때, 사이드미러로 길을 걸어오는 한 여자가 보였다.

제니는 운전석에 몸을 파묻었다. 그녀는 곧잘 그러곤 했다. 공원이나 슈퍼마켓에서 아는 사람을 볼 때마다, 흔히들 하듯이 반갑고도 놀라워 먼저 다가가 인사를 건네는 법이 없었다. 대신에 가로등 기둥이나 가장 가까운 화장지 판매대 뒤에 숨어서 그들이 지나가기를 기다리곤 했다.

다만, 이 여자는 그녀가 아는 사람이 아니었다. 어쨌든 아는 사람은 아니라고 생각했다. 청바지, 커다란 재킷, 머리카락 전체를 뒤로 넘겨 둥글게 말아 올린 매무새. 제니는 그 여자 얼굴을 더 똑똑히 볼 수 없었다.

어쩌면 그 여자의 키와 체격으로 알아보았을 것이다. 그래, 아마 그랬을 것이다. 생선 냄새가 점점 강해졌다. 그녀는 팬을 껐다.

그 여자는 제니가 탄 차를 지나더니 제니의 집 대문 밖에서 멈춰 섰다. 그녀는 주머니에서 종이 한 장을 꺼내 주소를 확인했다. 그런 다음 앞문을 노크하고 잠시 기다렸다. 족히 2분쯤 기다리던 그녀는 한쪽으로 돌아가 거실 창에 고개를 들이밀었다. 커튼을 치고 나와 서 다행이었다.

그녀가 다시 노크하고 다시 기다렸다. 무슨 일로 왔는지 몰라도 중요한 일 같았다.

제니는 여전히 좌석에 몸을 파묻은 채, 1단 기어를 넣어 급하게 차를 발진시키고는 사각을 확인하지도 않은 채 자리를 떴다.

⌒

그녀가 어렸을 때는 소용돌이 모양의 마마이트 빵과 의자 뺏기 놀이가 있었다. 이제 마을회관에서는 성 모양의 에어바운스 놀이터 와 풍선 아티스트, 생일 파티에 초대받은 30명의 반 친구들이 있었 고, 놀이가 끝나면 한쪽 벽이 옆집과 붙은 해나의 집에 가서 벽에 거는 태피스트리˙ 크기의 어마어마한 케이크를 먹었다.

제니는 그 모임에서 겉돌았다. 해나가 아이들을 쫓아다니며 눅눅한 마르게리타 피자 조각과 너무 오래 밖에 두어 시들시들해진 당근 스틱을 종이 접시에 채워주는 동안, 제니는 대화를 피했다. 부모들은 피곤하고 짜증스러운 표정으로 치즈볼 그릇 가까이 자리를 잡았고, 마침내 칼이 나오고 로켓을 우주로 발사시킬 만큼 많은 양초에 불을 붙인 닌자 터틀 케이크가 나오자, 탐나는 듯 곁눈질했다.

"엄마, 치우는 것 좀 도와줘."

숙제가 생겨서 차라리 다행이었다. 그녀는 부엌에서 케첩이 묻은 접시들을 치워 검정색 쓰레기봉투에 담았다. 옆방에서는 한 아이가 악을 쓰며 자기주장을 하고 있었다. 우는 소리, 달래는 소리가 들리더니, 가볍게 문을 닫는 소리가 들렸다. 그녀는 주전자를 불에 올렸다.

처음엔 집 밖에 시동을 켠 채 서 있던 자동차. 지금은 미셸 데이비스.

20년이 지났으니 그때보다 나이 들고 시든 모습이었지만, 그래도 미셸이 틀림없었다.

"*왜 그랬어?*"

그녀가 자신에게, 또는 빌에게 묻는 질문. 사실 그 이유는 중요하지 않았다. 그렇지만 그렇게 혼자 질문하는 건 조심하는 편이 나

• 여러 가지 색실로 그림을 짜 넣은 직물.

았다. 지난 주말 그녀가 혼잣말하는 모습을 본 해나가 핀잔을 줬다. "엄마, 내 앞에서 정신 나간 모습 보이지 마. 우리 집엔 빈방이 없어, 그럼 엄마는 시더스 실버타운에나 가게 될 텐데 거기서 빠져나올 길은 하나뿐이야." 하지만 제니가 그런 말들을 소리 내어 말하지 않으면 빌은 그 말을 듣지 못할 것이다. 그리고 그가 어디에 있든, 어떻게든 그 말을 듣는다고 그녀는 믿고 있었다.

그녀가 마음을 집중하면 남편의 모습이 또렷이 보였다. 부엌 찬장 옆에 서서 커피 잔을 내미는 빌, 숲속에서 연기를 피워 올리는 굴뚝처럼, 감춰진 그 얼굴에서 피어오르는 가느다란 담배 연기.

그녀가 보는 빌의 모습은 늘 사라질 당시의 모습이었다. 그녀는 그 모습을 새로 바꾸거나 나이 든 모습으로 상상할 수 없었다. 인간의 얼굴은 유전의 영향도 있지만, 생활에도 영향받아 시시때때로 불가사의하게 바뀌곤 했다. 한 사람에게 어떤 일이 있었는지 알려지지 않았다면, 변한 모습을 알아낼 수는 없다. 그래서 제니는 빌의 모습을 그녀가 결혼했던 남자, 실종 사건이 있기 전의, 그들이 헬렌 블랙을 만나기 전의, 그들이 그 끔찍한 메이든 록에 눈길을 주기도 전의 그 남자 모습으로 간직하고 있었다.

그녀는 머그잔에 물을 채웠지만, 해나의 부엌엔 네스카페가 부족해서 커피가 연했고, 그래서 맛을 나게 하려면 설탕을 세 스푼이나 넣어야 했다.

해나가 고개를 빼꼼히 내밀었다. "엄마, 곧 케이크를 자를 거야."

"몸이 별로 안 좋은 거 같아."

"무슨 일 있어?"

"그냥 머리가 아파서. 괜찮아질 거야."

해나가 걱정스레 바라보았다. "욕실에 진통제 있는데."

"괜찮아지겠지. 어서 가봐. 난 좀 앉아 있을래."

제니는 조리대에 몸을 기대고 눈물을 삼키려 애썼다. 살다 보면 절망을 유발하는 가장 조용한 자극제들이 있다. 이를테면 부족한 커피 같은 것이다. 이런 사소한 곤경이 닥친 순간에는 마치 세상이 그녀에게 등을 돌리고, 보상 따위는 해줄 마음이 없는 것처럼 느껴졌다.

빌의 불륜은 그의 실종보다 더 나쁜 일이었다. 적어도 후자의 경우 빌은 피해자였다. 그렇지만 제니가 수도 없이 혼자 되뇌었듯, 빌은 헬렌과 관련해서도 피해자였다.

그 일은 그 몇 잔의 차와 함께 시작되었다. 제니가 머그잔을 돌리며 커피를 식히고, 벽 너머에서 '생일 축하해'라며 반복되는 말소리가 들리고, 쓰레기봉투가 어느 가게 문 앞의 노숙자처럼 그녀의 다리에 기대며 쓰러질 때, 과거 그날 일이 떠올랐다. 빌이 집에 와 있던 어느 오후에 그녀가 외출을 끝내고 '매스터스'로 돌아갔을 때였다. 헬렌이 화려하게 차려입고서, 그들의 아늑한 방에 앉아 있었다. 빌은 긴 소파에 앉아 그녀에게 팔을 두르고 있었고, 그들 앞에 놓인 찻잔은 차갑게 식어 있었다. 제니는 나중에 그 차에 관해 많은 생각을 했다. 틀림없이 그들이 오랜 시간 이야기하느라 차 마시는 건 까맣게 잊어버렸던 거라고. 그 차가 식어 있었다는 사실이 그녀를 괴롭혔다.

나중에 빌에게 무슨 일로 헬렌이 그들의 사택에 와 있었는지를 묻자 빌은 경멸 어린 말을 쏟아부었다. 그녀가 재차 물으니, 빌은 당신이 술을 거덜 내며 보내는 시간을 줄이면 이해할 수 있을 거라며 소리를 쳤다. 그날 그에게 받은 모욕이 마치 불과 몇 분 전의 일처럼 그녀를 날카롭게 후벼 팠다. 그때 제니는 며칠 동안 그의 얼굴을 바라보지 못했고, 그에게 말을 걸 수도 없었으며, 그 이후로 따로 보낸 시간은 혹독하기만 했다. 그가 타워로 돌아갔을 때, 제니는 어떻게 생각해야 할지 알 수 없었다. 헬렌을 볼 때마다 얼굴을 마주하기가 두려워서 고개를 돌려버렸지만 동시에 간절히 마주하고 싶기도 했다.

대신에 그녀는 그 일을 생각하지 않으려 애쓰며 술을 마셨다. 술을 마실수록 점점 조바심은 커질 뿐이었고 술을 마시지 않아도 조바심이 났다. 제니는 절대로 엄마처럼 술에 빠지지 않겠다고 다짐했었다. 그러나 대부분의 중독이 그렇듯, 그것은 어느새 조용히 시작되었다. 처음에는 빌이 집을 비울 때만 술을 마셨다. 술이 벗이 되어줬기 때문이다. 또는 딸들이 그녀의 신경을 긁거나 마크가 태어난 후로 제대로 잠을 잘 수 없을 때 마셨다. 머잖아 한 잔은 곧 한 병이 되었다.

제니는 현관홀로 나갔다. 파티는 이제 정원으로 옮겨갔다. 테라스 유리창 너머로, 주렁주렁 띠를 매달고 나무에 걸린 바구니 주변에 아이들이 모여 있었다. 아이들은 막대기로 그것을 후려치고 있었다. 얼마 후 사탕들이 쏟아졌다.

빌은 그녀더러 인정머리 없다고 비난했었다. 헬렌은 그런 일을 겪었으면, 자기 친구들에게 의지할 수 있지 않았을까?

제니는 왜 *자신이* 헬렌의 친구가 될 수 없는지 이해할 수 없었다. 왜 그것이 빌이어야 했을까? 제니와 빌은 모든 것을 같이 했다. 그녀가 알지 못하는 그의 친구 관계는 없었다.

그 이후로 빌이 뭍에 올 때는 결코 마음이 편치 않았다. 제니는 집을 비울 때마다 빌이 몰래 헬렌의 집을 찾아가거나 헬렌이 몰래 그들의 집으로 오는 모습을 상상했다. 집에 도착하면, 물잔들이 혹시 젖어 있지는 않은지, 그녀가 항상 왼쪽으로 비스듬히 돌려놓은 욕실 수도꼭지는 그대로인지 확인했고, 혹시 향수 냄새라도 남았을까 해서 공기 냄새를 맡았다. 헬렌은 늘 같은 향수를 썼다. 제니가 아는 유일한 프랑스 향수인 오 파시오네였다. 그 향수를 아는 이유는 언젠가 헬렌네 '애드머럴'에 갔다가 화장대에 놓인 그 향수를 보고 한번 뿌려보았기 때문이다. 향수를 처음 뿌려본 그녀는 마치 새로운 숙녀가 된 것 같은 기분이었다. 무엇보다 부끄러운 건 몇 주후의 어느 날 그녀가 엑서터까지 차를 몰고 가서 향수 한 병을 샀다는 사실이었다. 그녀는 헬렌처럼 느끼고 싶었다. 헬렌처럼 되면 어떤지 알아보고 싶었다. 그러나 빌이 뭍에 오던 날 배에서 내린 그를 만났을 때 그의 첫마디는 이거였다. "그 냄새는 뭐야? 어울리지 않게." 그래서 그녀는 두 번 다시 그 향수를 뿌리지 않았다.

해나의 집 밖에 차 한 대가 멈춰 섰다. 차 문이 쾅 닫히는 소리가 들렸다. 공포 같은 것이 울컥 목구멍에서 올라왔다. 그녀는 난간 기둥을 붙잡고 위층으로 달아났다.

얼마 후 해나의 침실 창문에서 몰래 내려다보니 부모 중 한 명이 일찍 아이를 데리러 온 것뿐이었다. 울고 있던 그 아이였다.

해나 말이 맞아. 그녀는 비참한 마음으로 생각했다. 내가 이상해진 거야.

딸의 방은 어질러져 있었다. 침대는 정리가 되어 있지 않았고, 손자의 세면도구가 침대 옆에 팽개쳐져 있었다. 빌은 절대 어지르는 법이 없었다. 등대 일이 그에게 규격을 가르쳐준 것이다. 도로 위에서 짓이겨진 한 쌍의 쥐처럼 주글주글한 양말을 카펫 위에 버리지 않고, 둥글게 말아 서랍 안에 넣는 방식이 그랬다.

그녀가 그 사악한 짓을 하도록 만들었던 그 고통을 설명할 수만 있다면.

그녀는 빌을 흔들어놓고 싶었다. 그녀는 그에게 어여쁜 아이들과 아늑한 가정을 줬건만, 여전히 그는 담장 너머를 바라보며 그 일을 겪었던 부부가 그들보다 잘 사는지 궁금해했다.

캐럴이 그 불길을 부추겼다. 캐럴은 제니가 어떻게 혼자서 그 가족을 건사해왔는지 일깨워줬다. 빌이 타워 등대 일을 시작한 후로 혼자서 두 딸과 지냈고, 그러다 마크가 태어나자 역시 혼자서 마크를 키우며 기저귀를 빨고 젖병을 소독하고, 메이든 록이 밤새도록 그녀를 향해 깜박이는 새벽 3시에 아기 침대에 허리를 굽히며 살아왔다고 말이다.

그 숱한 밤에 제니는 억울해서 훌쩍이곤 했다. 뭐가 더 나쁜지 알 수 없었다. 빌이 그 불빛을 돌보면서 그녀처럼 말짱히 깨어 있는 게 나쁜지—그가 깨어 있다고 해도 도움이 될 게 없었는데, 그녀는 얼마든지 아기를 창밖으로 내던져, 강보에 싸인 아기가 혜성처럼 하늘을 가로지르도록 그에게 날려 보낼 각오가 되어 있었지만, 그는 그 마음을 알 길이 없었기 때문이다—아니면 그가 자고 있는 게 더 나쁜지. 그가 자고 있다고 생각하면 그를 죽일 수도 있을 것 같았다. 그리고 헬렌을 생각해도 그를 죽일 수 있을 것 같았다. 잠을 덜 잔 만큼 제니는 더 많은 생각을 했고, 더 나쁜 생각을 하게 되었다. 그녀는 마크 때문에 몇 달 동안 잠을 자지 못했다. 잠을 자지 못하니 그녀는 미쳐갔다.

헬렌은 빌의 가족을 키워준 적이 없었다. 그렇지 않은가? 그녀는 그에게 아이를 낳아주지도 않았고 그의 옷을 다려준 적도 없었다. 없는 재료를 가지고 롤 케이크를 만들어준 적도 없고 그가 '통로' 운운하며 그 때문에 배에 석탄이 꽉 찬 것 같다고 불평할 때 그의 이마를 쓰다듬어준 적도 없었다.

그런데 헬렌은 여전히, 편지를 받는 제니가 아니라 그녀 자신의 마음만 편하게 해줄 그 편지들을 쓰는 게 적절하다고 생각하고 있었다. 제니는 그 편지들을 읽기 시작하자마자—거기 쓰인 빌의 이름을 보자마자—편지를 구겨서 내던져버렸다.

분명 많은 남자가 당신을 사랑했을 거예요, 그 시절 제니는 헬렌에 대해 그렇게 생각했다. 빌이 내 남자이고 내가 가진 전부인 지금, 당신이 빌을 원하기로 했다니, 그건 공평하지 않아요.

침대 발치에 그녀 딸이 벗어놓은 잠옷이 똬리를 틀고 있었다. 제니는 침대에 앉아 그 잠옷을 어루만졌다. 해나가 어릴 때, 베개 밑에 곱게 접어 두었던 딸의 잠옷과, 축축한 딸의 이마에 잘 자라고 입을 맞춰주던 일이 떠올랐다. "나 좀 지켜봐줄래요? 잠깐만 보고 있어줘요." "그래, 엄마가 지켜보고 있을게." "잠깐이면 돼요, 엄마. 보고 있어줘요. 약속하죠?"

약속. 빌은 어떻게 그들을 비춰주던 등불을 꺼버릴 수 있었을까?

조만간 해나는 무고한 엄마가 실상은 사기꾼이었음을 알게 될 것이다. 결코 피해자가 아니면서도 그 긴 세월 동안 피해자인 척 해왔다는 사실을. 제니가 자신의 어머니와 연을 끊었던 것처럼 차갑게, 해나도 영원히 제니와 연을 끊을 것이다.

"엄마?" 해나가 문간에 나타났다.

제니는 벌떡 일어났다. "놀라라."

"엄마가 어디 있는지 몰랐잖아. 머리는 좀 어때요?"

"응?"

"머리 아프다며."

"아. 나아졌어."

"손님들이 떠나고 있어." 해나가 말했다. "어쩜 좋아." 그녀는 큼직한 얼룩이 묻은 마른행주를 어깨에 걸치고 있었다는 걸 깨달았다. "그렉이 답례품 가방을 나눠주고 있어. 엄마도 내려올래?"

제니는 시선을 돌렸다. 차오르는 눈물을 막아보려 애썼지만 소용없었다.

그녀는 그저 남편에게 겁만 주려고 했을 뿐이다. 영영 떠나보낼 생각은 아니었다.

"왜 그래?" 해나가 다가왔다. "엄마, 무슨 일이야?"

제니는 딸의 잠옷을 무릎으로 끌어당겼다.

"내가 꼭 해야 할 얘기가 있어." 그녀가 말했다.

28

런던 노스 필지 88번지

트라이던트 하우스

노샘프턴셔 주 토스터 처치 로드 8번지

미셸 데이비스 부인

1992년 8월 12일

데이비스 부인 귀하

연간 지원금 건에 대한 답신

이번 연도 유족 수당으로 동봉된 수표를 찾으시기 바랍니다. 이 정도면 귀하의 요구는 충족될 것입니다.

　주의 사항: 당사는 메이든 록의 과거사 조사에 관심을 가진 제 3자에 관해 알게 되었습니다. 저희 입장은 여전히 분명하다는 사

실을 귀하께 상기시킬 필요는 없을 것입니다. 저희도, 또는 누구도 그 실종 사건과는 관련이 없으며 그 문제와 관련해 더 이상의 내용을 알려드릴 수 없습니다. 사건은 종료되었으며 검토는 필요하지 않습니다.

그럼 안녕히 계십시오.

트라이던트 하우스 이사회

29

미셸

그 새를 처음 본 건 몇 주 전, 제니를 보러 다녀온 후였다. 아무 소득이 없는 여행이었다. 미셸은 차를 몰고 돌아오는 내내, 로저에게 무슨 거짓말을 더 해야 하나 고민하고 있었다. 아내 대신 딸들을 돌보기 위해 하루 휴가를 내야 했던 로저는 짜증이 나 있었다. 친구가 병에 걸려 살날이 얼마 남지 않았다는 거짓말은 이미 써먹은 후였다.

어느 오후에 미셸은 정원 의자들을 접어 정리하던 중 잔디밭에 앉아 있던 그 새를 보았다. 그 이후 새는 계속해서 그녀가 가는 곳마다 나타났다. 아침 식사를 준비하는 동안에 창틀에 앉아 있거나, 참나무 밑이나 기니피그 우리 위에 앉아서 그 구슬 같은 눈으로 그녀를 가만히 보고 있었다. 그 새는 항상 혼자였다.

"넌 누구니?" 어느 날 그녀는 그 새에게 말했다. "저리 가."

그 새를 보는 게 점점 두려워졌다. 물론 그 새를 목격하는 시간 간격이 제법 길 때도 있었다. 하지만 그게 더 안 좋았는데, 그 새가 가버렸다고 생각할 때쯤, 전혀 예상도 못 했을 때 갑자기 그 새가 나타나곤 했기 때문이다. 마치 잠에 막 빠지려는 순간 누군가 옆구리를 쿡 찌른 것처럼 말이다.

일요일 오후, 로저는 딸들을 데리고 나갔다. 미셸은 소파에 앉아 《우먼스 위켄더》 잡지를 읽고 있었다. 담보 대부업자들에 의해 파경을 맞은 어느 부부 이야기에 점점 빠져들 때쯤, 번쩍거리는 하얀 빛이 시선 밖에서 얼핏 보였다. 그 새가 깃털을 날리며 다시 잔디밭에 내려와 있었다. 새는 그 자리를 돌면서 방향을 잡다가 그녀를 발견하고는 살피듯 빤히 그녀를 쳐다보았다.

"훠이." 미셸은 온실 유리를 열며 소리쳤지만 새는 움직이지 않았다. 그녀가 밖으로 나가 곧장 그 새를 향해 1미터 거리까지 갔을 때야 새는 날아오르더니 그녀의 머리 위 나뭇가지에 앉았다. "혼자 있게 해줘." 그녀가 말했다. 안으로 들어와 커튼을 치고 다시 《우먼스 위켄더》를 읽으려 했지만, 그녀는 그 새가 거기 있다는 걸 알고 있었다. 비록 보이지 않아도, 그 새가 그 나무에 앉아 지켜보고 있다는 걸 알고 있었다.

로저가 돌아왔을 때까지도 커튼은 쳐져 있었다. 그가 물었다. "대체 무슨 일이야?" 그녀는 아무것도 아니라고, 그냥 편두통 때문이라고 둘러댔다.

다음 날 아침 그 새는 미셸의 침실 바깥에 있었다. 로저는 출근한 뒤였다. 그녀가 창문을 열고 목이 쉰 소리를 내며 그 새에게 물 한 컵을 내던지는 걸 그가 안 봐서 다행이었다. 덕분에 새는 푸드득 날갯짓을 하며 날아갔지만, 큰딸이 입안 가득 치약을 문 채 달려 들어왔다. "엄마, 뭐 하는 거예요? 엄마 얼굴이 광대 같아요." 미셸은 거울에 비친 자기 모습을 보고 흠칫 놀랐다. 머리는 산발이었고, 어제 지우지 않은 화장이 검게 번져 있었다.

"자아." 그녀가 말했다. "이제 갈 준비해야지."

먼데이 클럽에 가는 길에 라디오에서는 제임스 테일러의 「파이어 앤 레인」이 흘러나왔다. 미셸은 빈스를 만났던 그날 밤과, 담배 피울 때의 그의 입술을 떠올렸다.

두 딸을 데려다주고서, 그녀는 딱히 필요한 것도 없는데 세인즈버리스 슈퍼마켓으로 가서 차를 세웠다. 그녀는 운전대에 머리를 기댔다.

그 노래가 그녀를 아프게 했다.

1972년 2월. 미셸이 그 파티에 갔던 건 에리카 때문에 어쩔 수 없어서였다. 입을 옷이 없었으므로 그녀는 세탁 바구니를 뒤지다 엄마의 리브 고슈 가방에 처박아두었던 나팔바지 한 벌을 찾아냈다. 일주일 전 벗어놓은 바지였으므로 입을 기분이 아니었다. "어서. 재밌을 거야." 에리카가 재촉했다. 그들이 도착했을 때, 그녀는 수없이 봐온 장면이야, 하고 생각했다. 한 소녀가 바깥에 있는 화분에 토하고 있었고 그녀의 땋은 머리 타래 끝이 자꾸만 그녀의 입안으로 들어갔다.

"이쪽은 빈스야."

감옥을 제집처럼 드나든다는 에리카의 사촌에 관해서는 들은 적 있었다. 그때 좀 더 귀 기울여 듣지 않았던 게 후회스러웠다. 빈스는 거기 온 다른 사람들보다 머리 하나 정도는 더 컸고, 검은 머리에 살짝 고르지 않은 치아를 갖고 있었다. 미셸은 그가 자기를 보고 있지 않을 때만 그를 쳐다볼 수 있었다. 그와 눈길을 마주치면 일종의 굴욕적인 충격이 느껴졌다.

에리카가 자리를 비웠을 때 그가 말했다. "*미셸*…… 비틀스 노래를 생각하게 하는 이름이네."

"비틀스 좋아해?"

"롤링 스톤스보다 더 좋아하지."

"난 늘 내 이름이 불만이었는데." 미셸이 인정했다. "무슨 바다 이름 같잖아. '셸' 자가 말이야. 난 바다가 좀 무서워. 너무 깊어서 그런가." 그녀는 말이 지나치게 많아졌다.

빈스는 활짝 웃고 있었다. 따뜻하고 진심 어린 미소. 그 미소가 번져 올라 그의 눈을 채웠다.

"나랑 같이 축하해줄래?" 그가 물었다.

"뭘 축하하는데?"

그가 베이비챔 한 병을 집어 들었다. "가자."

바깥 계단 위는 훨씬 상쾌했다. 아까 그 땋은 머리 소녀는 안에 들어간 모양이었다.

"나 오늘 취직했어. 등대원으로." 그가 말했다.

어둠 속에서 그의 속눈썹이 보였다. "등대원은 살면서 만나본 적이 없어."

"이제 만났네."

"그러고 보니 아까 내가 바다 얘기를 했는데."

"바로 그래서 너랑 같이 축하해야겠다고 생각한 거야."

그녀는 웃음을 지었다. 그 페리주는 달콤했다. "담배 있어?" 그녀가 물었다.

빈스는 재킷 안쪽을 뒤적거렸다. "마리화나야." 그가 성냥을 그을 때, 얼핏 그의 손 안쪽이 눈에 들어왔다. 왠지 사적인 부위 같아 보기가 부끄러웠다.

"그런데 등대원은 진짜 직업 같은 느낌이 안 들어." 그녀는 그와 함께 계속 밖에 있고 싶어서 말했다.

"진짜 직업이 뭔데?"

"몰라." 그녀는 마리화나를 그에게 건넸다. "외로움을 타지 않을 그런 직업."

"지금보다 더 외롭지는 않을걸."

"지금 외롭다는 얘기야?"

그가 그녀를 보고 웃었다. "꼭 그런 건 아니야."

미셸은 생각했다. 내 마음 한구석에는 엉뚱한 사람에게 끌리는 그런 면이 항상 있나 봐. 어쩌면 모든 여자의 마음에도 그런 게 있을지 몰랐다.

세인즈버리스 슈퍼마켓 주차장 안, 그녀의 뒤에서 폴크스바겐 한 대가 경적을 울렸다. 여자 운전자가 차창을 내렸다. "나갈 거예요?" 그녀가 짜증스레 말했다. "뒷좌석에 애들 둘이 타고 있어서요."

미셸은 유아 동반 엄마를 위한 공간에 차를 세웠다는 사실을 기억해냈다.

"죄송해요. 네, 나가요." 그녀는 차를 후진해 주차장을 빠져나왔지만 일방통행로의 역방향으로 나오고 말았다. 자전거를 탄 사람이 망할 여편네가 눈은 어디 두고 다니냐고 고래고래 소리쳤다. 로터리에서 좌회전 깜빡이를 켜던 그녀는 다시 그 새를 보았다. 그것은 로터리 한가운데 섬에 홀로 앉아 물끄러미 그녀를 보고 있었다.

⌒

미셸은 밤중에 잠을 깼다. 발가락이 차가웠다. 오전 2시 33분.

로저의 육중한 몸이 그녀 옆에서 편안히 누워 있었고, 코 고는 소리에 맞춰 퉁퉁한 등이 오르락내리락했다. 그녀는 일어나서 가운을 걸쳤다. 빨랫줄에서 햇볕에 달궈졌던 가운이라 뻣뻣하게 느껴졌다.

아래층 로저의 서재에 들어간 그녀는 책상 밑에 숨겨두었던 파

일을 꺼냈다. 로저는 그것을 버리도록 권했다. "그 쓰레기를 간직해서 뭐에 쓰려고?" 그는 그것을 공간만 많이 차지하는 쓰레기라고 하면서 마음에 들지는 않지만, 베니어 판에 크롬 부품들을 늘어놓고 '스트레스 해소' 삼아 만지작거리는 것에 반대하지 않는 것과 같다고 했다.

미셸은 남편의 의자에 앉아 서류철을 펼쳤다. 트라이던트 사에서 보낸 편지들로 하나의 주제를 온갖 다른 말로 옮긴 것들이었다. *심심한 위로⋯⋯ 충격과 당혹감⋯⋯ 저희가 할 수 있는 것이 있다면⋯⋯.* 그리고 유족 수당, 그건 입막음용 돈으로 읽는 편이 나았다. 침묵을 지키는 대가로 주는 돈, 그 대신에 그들은 그녀를 지켜줄 터였다.

마침내 그들의 평결. *우리는 합리적으로 일체의 사안을 조사했습니다⋯⋯ 감옥은 인간을 변화시킵니다⋯⋯ 고립은⋯⋯ 빈센트가 그런 정신 상태로 지내기에 최적의 장소는 아니었습니다.*

정신 상태? 지금까지도 빈스는 그녀가 만났던 사람들 중 가장 훌륭한 정신 상태를 갖고 있었다.

면담 자료: 1973.

미셸은 머리 위를 희미하게 비추는 불빛 속에서 상체를 기울이고, 손톱으로 파일 테두리를 쓸었다. 조사가 진행되고 있을 때, 헬렌 블랙은 모든 자료의 사본을 받아야겠다고 주장했다. 트라이던트 사로서는 그 주장에 반대할 근거가 없었다. 그들이 가장 피해야 할 것은 상처받은 유족이 언론에 나가는 것이었다.

그녀는 지금 그 기록을 다시 읽고 있었다. 20년 전에 했던 말들이지만 여전히 종잇장 위에 살아 있었다. 비록 그녀가 잘 알고 있는 내용임에도 읽다 보니 머리가 아팠고 가슴은 더 아팠다.

그녀는 빈스에 관해 진술한 사람이 자신이 아니었던 게 아쉬웠다. 빈스를 키웠던 펄 이모가 아니라 자신이 얘기했으면 얼마나 좋았을까. 미셸이었다면 빈스가 실제로 어떤 사람이었는지 말할 수 있었을 것이다. 이런 거짓말들이 아니라. 그를 구제 불능의 폭력배로 그리는 게 아니라. 그의 사랑스러웠던 모든 면을 기록으로 남기게 했다면 무언가 의미가 있었을 것이다.

그녀는 펄의 진술 대부분은 무시할 수 있었지만, 한 부분만은 쉽지 않았다. 그녀는 이제 그 부분을 펼치고 시간을 들여가며 꼼꼼히, 단어들의 의미가 파괴되어 흩어질 때까지 단어들을 톺아보았다. 마이크 세너의 주장이 그녀를 괴롭혔다. 늘 그랬다. 그 어부는 그 타워가 비어 있다는 사실이 발견되기 전주에 그곳에 갔었노라고 맹세했다. 그곳의 물 저장탱크를 채우러 갔다가 빌과 빈스와 이야기를 나누었다고 했다. 그때 어부는 그들로부터 뜻밖의 방문객에 관해 들었다.

조사관들은 왜 그 진술을 추적하지 않았을까? 그럴싸한 말이었는데. 그리고 그 진술이야말로 무슨 일이 있었는지 증명해줬는데.

분명히 그랬는데.

로저의 탁상시계가 5분 전 4시를 가리켰다. 그녀는 자꾸 눈이 감겼다. 곧 아침이 될 것이다.

위층에 올라간 미셸은 남편이 깨지 않도록 조심하며 침대로 들어갔다. 그림자 하나가 벽을 가로질렀고, 나무들의 가지 끝이 커튼 사이로 뻗어 있었다. 그녀는 그녀가 사랑했던 남자, 지금도 사랑하는 남자, 한 마리 개처럼 든든하게 그녀 옆에 앉아 있는 그 유령의 무게를 느낄 수 있었다. 그러다 그녀가 잠이 들면 그 무게가 가벼워지며 떠나간다는 것을 느낄 수 있었다.

7 1972년

30

아서

보트

헬렌,

난 당신에게 편지를 쓰지 않아요. 쓴 적도 없고, 어떻게 쓰는지 모른다오.

등대 편지들―언젠가 당신이 등대 편지에 관한 책을 발견했던가?

우리가 이렇게 살기 전 그 시절에 당신이 기차역 대기실에서 무슨 달콤한 연애소설을 골랐던 일이 기억나오. 사랑하는 여자에게 편지를 쓰는 등대원들이 나왔었소. 곁에 없다는 사실이 사람 마음을 말랑하게 만든다고. 사실은 그렇지 않아요. 책을 다 읽은 당신은 "실제로 그럴 것 같지는 않아요"라고 했는데, 당신 말이 맞았소. 그건 그렇지 않아요, 우리에게는. 차라리 내가 편지를 썼더라면 좋았을까? 그랬다면 당신이 멈췄을까? 머릿속에 있는 말들이 제대로 나오지 않소. 여보, 당신에게 말하고 싶소. 당신에게 하고 싶은 말이 너무 많소.

엽서들은 결코 끝까지 쓰이지 않는다. 엽서들은 절대 보내지지 않는다. 나는 쓰다 만 엽서를 찢어 바다에 버리고, 그것들이 물에 떠서 멀어져가는 모습을 지켜본다. 또 다른 삶, 운 좋은 그 삶에서, 나는 물에 씻겨 뭍으로 올라오는 엽서 조각들을 본다. 그녀는 그것들을 발견하고, 하나씩 모아서 도로 맞춰 붙일 것이다. 얼마든지 그럴 만하다.

타워 생활 36일

"무슨 문제 있어?" 빌이 빈스에게 묻는다. 치킨 수프와 며칠 지난 빵이 식탁에 올라온 수요일 점심시간이다. 빵은 딱딱해지고 곰팡이가 슬기 시작했다. 수프는 통조림이라 윗부분이 젤리처럼 굳었지만 일단 데워서 걸쭉해지면 먹을 만하다. "얼굴이 많이 안 좋아 보여."

"뭘 잘못 먹었나 봐요. 씨팔, 죽을 만큼 열이 오르네."

빌이 담배를 피우며 모든 게 지긋지긋한 농담이라는 듯 씨익 웃는다.

"왜 웃어?" 내가 묻는다.

"아무것도. 제길, 기운을 북돋아주는 사람도 있어야죠."

빈스는 입맛 없이 수프를 젓는다. 녀석을 탓할 수는 없다. 나는 지금 미치도록 고기가 먹고 싶다. 신선한 고기가. 북부 바위 등대에 있을 때는 닭을 키웠었다. 착한 닭들은 우리가 거기서 지내는 내내 달걀을 낳아줬고, 알을 낳지 않는 닭들은 스튜가 되어줬다. 우리는 닭장에 가서 닭들을 보면서, 암탉들한테 시달려 비실비실한 수탉 한 마리쯤 찾아내 우리의 배를 채울 수 있기를 기대했다.

"속이 안 좋네." 빈스가 끙끙거린다. "장이 뒤틀리는 것 같아요."

빌이 말한다. "날씨가 바뀌기 전에 너 먼저 뭍으로 보내야겠다. 어때요, 아서?"

나는 턱을 긁으며, 턱에 난 짧은 그루터기들을 엄지손톱으로 쓸어내린다. 다정하게 나를 바라보는 헬렌의 모습이 아른거린다. 아니, 내가 다정함이라고 착각했지만 사실상 경멸에 더 가까웠던 그 표정이. *수염 가지고 뭐 하는 거예요, 아서 블랙? 내가 당신을 오랫동안 알고 지냈는데 수염을 기른 적이 없었잖아요. 지금 그건 당신이 아니에요. 전혀 당신답지 않아요.*

그녀가 나를 모르던 시절이 있었는데, 결국 그게 내 본모습이었을지도 모른다.

"그렇게 되면 빌 자네와 나만 남게 돼."

빌이 수프 그릇 안에 담뱃재를 턴다.

"별로 오래 걸리지는 않겠죠. 그쪽에서 다른 사람을 보내줄 거예요."

지금 이 순간, 그 부등대원을 바라보고 있자니 식탁 위의 저 컵들과 접시들을 다 쓸어버리고, 저 모든 난장판을 날려버리는 동시에, 녀석에게 돌진해 그 가증스러운 얼굴에서 바보 같은 웃음을 지워버리고 싶다.

"그래. 그게 오래 걸리지는 않겠지."

빈스가 우리를 번갈아 쳐다본다.

"자넨 어떻게 했으면 좋겠어?" 나는 빈스에게 묻는다.

"괜찮아질 거예요." 그는 음식을 한쪽으로 치우며 대답한다. "크리스마스가 코앞인데 어느 불쌍한 사람을 끌고 온들 뭐가 좋겠어요."

빌이 말한다. "네 녀석 대신 당직을 서줄 생각은 눈곱만치도 없어. 혹시라도 네가 노리는 게 그거라면."

"동정해주니 고마워서 어쩔 줄 모르겠네요."

"동정은 뭍에 가면 얼마든지 받게 될걸, 의사한테서."

"누가 들으면 날 보내지 못해서 안달하는 줄 알겠네요."

빌이 어깨를 으쓱한다. "그냥 네 녀석이 아픈 게 싫은 거야. 변기통이 찰 만큼 차서 터지기 직전이거든."

빈스가 양손으로 머리를 감싸고 끙끙거린다. "내가 한 음식 때문일지도 몰라요."

"만약 그걸 누군가⋯⋯." 빌이 말한다.

"만약 우리 전부가 그걸 먹었다면⋯⋯"

"그러면 조만간 우리도……"

"오늘은 그만 들어갈래요." 빈스가 말한다. "가라앉았을지 두고 보죠."

"내가 대신 당직 설게. 어서 들어가 쉬어." 내가 말한다.

빈스가 자리를 뜨자 빌이 입을 연다. "아서, 보트를 띄워요. 녀석 얼굴이 완전 맛이 갔어요."

"결정은 내가 해. 내일이면 끝날 거야."

"만약 그렇지 않으면?"

"그러면 사람을 부르지."

"바다 날씨가 계속 좋지 않다면."

"그럴 일은 없어."

"일기예보에는 그렇지 않던데요." 빌이 반박한다.

나는 담배에 불을 붙인다. "일기예보가 항상 맞는 건 아니야."

"주임님은 항상 맞고요?"

북부 등대에서 닭을 잡을 때가 되면, 주임이 방법을 알려줬다. 그는 닭을 거꾸로 들고 나한테 목을 베라고 했다. 왼쪽에서 오른쪽으로 단번에 깨끗하게.

"빌, 지금 무슨 말을 하고 싶은 거야?"

그가 잠시 나를 쳐다본다.

"제길." 마침내 그가 입을 연다. "그래, 주임은 내가 아니죠. 맘대로 하세요."

～

이 백운암들은 플램버러 헤드 곶에서 모은 것이다. 그 시절 나의 주임은 어느 조용한 낮에 나를 한쪽으로 데려갔다. "자아, 여기 1페니 동전 하나와 식초가 있어. 이제 어떻게 되는지 잘 봐." 칼슘을 함유한 돌은 산이 닿자 쉬익 거품을 물었다. 나는 그 돌들을 동전으로 아주 세게 긁어서 1부터 10까지 강도를 분류하는 법도 배웠다. 그는 자신이 쓰던 노트와 안에 온갖 메모가 적힌 가이드북을 나에게 줬다. 그때쯤 그는 그림 그리기를 시작했기 때문이다. 그는 그것들을 나에게 주면서 말했다. 이제 이건 자네 거야. 한동안 잘 가지고 있다가 후배한테 물려줘.

헬렌에게 이 돌들은 소름 끼치는 물건이다. 나에게는 정반대다. 수천 년 동안 이 자리에 존재해온 암석을 만진다는 건 역사와 악수한다는 뜻이다.

그녀는 나더러 집에 있는 것보다는 타워에 있는 걸 더 편안히 여기는 사람이라고 하는데, 어쩌면 맞는 말인지도 모른다. 뭍에서의 생활은 나와는 맞지 않는 것처럼 느껴진다. 나는 그곳 생활의 불안정성에 이리저리 휘둘리곤 한다. 전화기는 예상치 못한 순간에 울린다. 지역 가게에서 파는 우유는 두 종류라 어느 걸 사야 할지 헷갈린다. 사람들은 가게 안이나 버스정류장에서 자기들의 소식을 시시콜콜 나에게 말해준다. "안녕하세요, 아서. 금방 돌아왔네요? 마지막으로 본 게 어제 같은데 말이죠. 로라네 스텐의 식구가 마침내 방광결석을 제거했다고 헬렌이 말하던가요?" 그들은 다음 주의 일이나 7월 어느 날에 있을 일에 관해 이야기하곤 한다. 나는 그때쯤엔 여기 없다는 걸 알면서도 그들의 말에 고개를 끄덕일 것이다. 어차피 나한테는 그로 인해 달라질 게 거의 없을 테니까. 그런 면에서 육지 생활은 항상 반쪽짜리 집과 같다. 마치 내가 알지 못하는 사람들로 가득한 파티, 드레스 코드도 모르는 채 갔다가 자정이 되기 전에 나와야 하는 파티에 간 것처럼, 나는 거기 있지만 거기 없다.

물에 있을 때면 나는 내가 아닌 사람인 척, 내가 속하지 않은 어떤 것의 일부인 척 행동해야 한다. 일반 사람들에게 그걸 설명하기는 쉽지 않다. 아침 당직 때의 무한하고 고요한 정적이나, 훌륭한 찜요리 하나가 온종일, 그리고 다음 날까지도 어떻게 사람의 생각을 지배할 수 있는지, 그들은 관심이 없을 것이다. 등대의 세계는 작다. 느리다. 그것은 다른 사람들이 할 수 없는 일이다. 그들은 어떤 일을 느리게, 의미를 두고 하지 못한다.

여기서는 내 두뇌가 다르게 작동한다. 물에서의 내 두뇌는 잠에 빠져드는 두뇌와 비슷하다. 지금처럼 예리하지 않다. 구호선을 타고 떠나올 때를 예로 들면, 나는 온갖 잡동사니가 들어 있는 내 작업 가방의 무게가 얼마나 나갈지 정확히 안다. 가방 안에는 슬리퍼, 속옷, 수건, 머리빗, 손수건, 세면용 수건, 작업복 바지, 편안한 바지, 윗도리, 세면도구 주머니, 담배, 면도용 비누 등이 들어 있다. 그것들은 내 등대 생활과 관련 있는 물건이어서, 각각의 무게와 모두 합친 무게가 얼마인지 알고, 무언가가 빠졌다면 그리 오래 생각하지 않아도 그게 무언지 알 수 있다. 전에도 부두에서 헬렌을 멈춰 세우고 욕실 선반 안에 내 손톱깎이를 두고 왔다고 말한 적이 있다. 일상생활에서는 그 모든 감각을 잃어버린다. 신경 쓰이는 것이 너무나 많은 데다 생활은 항상 바뀌기 때문에 어쨌거나 신경 쓰는 게 의미가 없다. 그래서 타워가 육지보다 나를 덜 요구하는 것처럼 보일 수 있음에도, 또는 오히려 여기 있을 때의 내가 스위치 꺼진 상태처럼 보일 수 있음에도 불구하고, 실상은 그렇지가 않다.

물에 돌아가면 헬렌은 나를 더욱 혼란스럽게 만든다. 그녀는 어떤 밤에는 나와 얘기하고 싶어 하고 어떤 밤에는 그러지 않는다. 그녀는 외출하곤 하지만 나는 그녀가 어디 가는지 모른다.

그래도 그녀가 어디로 갔었는지 지금은 짐작할 수 있을 것 같다. 빌이 아닐 수도 있을 것이다. 그녀는 내 뒤에서 수없이 나를 비웃고, 나더러 바보라고, 자기 아내도 간수하지 못하는 남자라고 할 수도 있었을 것이다.

그 둘이 같이 있는 모습이 자꾸 떠올라 쉴 수가 없다. 어떻게 그럴 수 있었을까? 그리고 빌, 그가 여기 왔을 때 나는 그를 품어주고, 요령을 가르쳐주고 우정을 보여줬다. 여기까지 건너오다 겁에 질려 토한 그를 진정시켜 주고, 내내—얼마나 오래됐을까?—같이 지내왔건만, 그는 내가 생각했던 사람이 아니었다.

너를 생각하느라 쉴 수가 없다.

잠은 피난처지만, 잠은 내가 가까이 가도록 허락하지 않을 것이다. 침대에 있으니 덥다가 춥다가, 땀이 나다가 오한이 나다가 한다. 밤인가 싶으면 다시 새벽인데, 그사이의 시간은 전혀 기억에 없다.

⌢⌢

발전기 하나가 작동을 멈췄다. 본토에 지원을 요청하는 무전을 보내니 그들이 사람을 보내주겠다고 한다. 하지만 사실, 정비공이 여기 오는 게 내키지 않는다. 누구든 새로운 사람은 싫다. 그게 누구든.

4시경 짙은 안개가 바다를 덮기 시작한다. 그들은 건너올 기회를 놓쳐버렸다. 나는 지브를 장전하기 위해 갤러리로 올라간다. 바깥은 꽁꽁 얼 만큼 춥고, 이상하리만치 고요하다.

갤러리에 얼룩 하나가 보인다. 발자국 하나.

작다. 나는 눈을 깜박인다. 발자국이 사라지고 없다.

안개 때문이다. 안개는 모든 소리를 죽이고 정적을 만든다. 자연이 저 안에 있는 우리 동료들만큼이나 가까운 동반자가 된다는 걸 고려하면, 어떤 기질을 자연 요소의 탓으로 돌리는 등대원이 내가 처음은 아닐 것이다. 안개에는 특이한 성질이 있다. 안개는 빛과 소리를 질식시키며, 내가 있는 이 지점만 유일하게 남을 때까지 세계를 축소해버린다.

12월의 태양은 아무리 날이 좋아도 힘이 없다. 지금 태양은 맛이 가기 시작한 누리끼리한 크림 같다. 뭍에 있는 사람들은 크리스마스트리를 세우고 리본과 양초로 저마다 집을 장식하고 있을 것이다. 헬렌과 나도 옛날에는 그렇게 했지만 요즘엔 하지 않는다. 대신에 우리는, 헬렌이 어릴 때부터 좋아했던 크리스마스 장식인 티타임 에인절 차임스와 거울 테두리에 붙이는 반짝이를 갖춰놓곤 한다. 그러나 크리스마스에 내가 집에 있었던 적은 거의 없다. 그녀 혼자 장식하는 건 아무 의미가 없다.

나는 기상 일지에 F와 G라고 적는다. G는 '우충충하다'는 뜻이다. 그런 다음 온도계를 보고 가시거리를 적는다. 탑에서 돌을 던지면 닿을 만한 가까운 거리가 겨우 보인다.

일지를 기록할 때는 다른 등대원들보다 더 오랜 시간을 쓴다. 그들은 별로 많이 적지 않는다. 세 시간마다 날짜와 부호들을 써넣을 뿐, 진정 자신들의 것은 적지 않는다. 나는 내가 왜 쓰고 있는지, 아니 특별히 무얼 쓰고 있는지 모르겠다. 어쩌면 너한테 쓰고 있는 것 같다. 그것은 안개이거나 시간이거나 모든 것의 무한함이다.

바깥에 나와, 빈스가 그의 새들을 삽으로 치우다가 빠뜨린 깃털 하나를 집어 든다. 빈스는 "그것들을 나의 새라고 하지 마세요. 그 염병할 새들은 내 거가 아니라고요" 하고 투덜대지만, 내가 생각하는 방식으로는 그것은 그의 새들이다. 새들을 발견한 건 빈스니까. 나는 깃털을 가만히 들고 있다가 놓아준다. 응축된 공기 속에서 깃

털이 잠시 제자리를 맴돌다가 사라진다. 깃털은 떨어지거나 내려가거나 산들바람을 타고 갈 때처럼 하늘하늘 날아가지 않는다. 그냥 사라진다.

여기 서 있자니 멀리 바다 위, 안개 속에서 떠오르는 한 형체가 보인다. 결국 트라이던트 사가 사람을 보낸 것이다. 그런데 그 보트는 엉뚱한 방향, 넓은 바다 쪽에서 다가오고 있다. 그렇다면 어쨌든 정비공을 태운 배일 리는 없다. 혹시 날씨의 짓궂은 장난으로 헛것을 보았나 싶어 실눈을 뜨고 지켜보지만, 쌍안경으로 그 배가 빠르게 다가오고 있음을 확인한다. 지체 없이 지브를 감고 플런저를 눌러 포를 발사한다. 귀가 멍멍해지는 소리, 연기가 흩어진다. 시계는 5분을 재도록 맞춰져 있지만, 나는 곧바로 다시 한 발을 발사한 후에 지브를 감아 다시 장전한다.

그 배는 포성을 못 들은 모양이다. 폭발음은 아랑곳하지 않고 빠르게 타워 쪽으로 다가오고, 이때쯤 나는 두 팔을 흔들며 피해 가라고 소리를 지른다.

쌍안경으로 보니 목표물이 희미하게 나타난다. 돛대는 높지만 배 자체는 아담하다. 배를 조종하는 책임자가 보인다. 만약 내가 그를 볼 수 있다면 틀림없이 그도 나를 볼 수 있다고 판단해서 나는 소리친다. "우현으로 크게, 우현으로 크게!"

포를 발사한다. 그는 왜 전진하고 있을까? 내 등대를 감지하지 못하는 걸까?

이제 그의 찢어진 돛이 보인다. 보트 안은 바람 없는 날 빨랫줄에 걸린 양말 한 짝처럼 움직임이 없다. 그는 도움을 청하러 오는 것이다. 타워를 돌아가고 싶어 하지 않는다. 윈치를 준비하겠다고 외쳐보지만, 그쪽에서 아무 응답이 없어 수기 신호를 사용한다. 마침내 그가 한 팔을 쳐든다.

"안녕하시오!" 내가 소리쳐 인사한다. "그쪽이 보입니다!"

그는 계속 한 팔을 들고 있다. 손가락을 모으고 있어 손이라기보다는 노 같다. 배만 작은 게 아니라 그 남자도 작다.

"안녕하시오." 이번에 나는 소리 지르지 않고, 다시 인사한다.

배는 우현으로 돌지만 그 안의 사람은 이제 손을 흔들고 있다. SOS를 알리는 손짓이 아니라 알아보겠다는 손짓이다. 그는 타워를 지나간다. 그를 지켜보는데 금세 안개가 그를 삼켜버린다. 그는 가버렸다.

31

빌
기분 나쁜 남자

타워 생활 53일

시드는 목요일에 도착한다. 우리가 막 아침 식사를 치우기가 무섭게, 소형 보트가 오고 있고 발전기를 고칠 정비공이 타고 있다고 아서가 귀뜸한다. 마치 기대하지 못했다는 듯 놀란 표정이다. 안개는 여전히 짙다. 트라이던트 사가 배로 사람을 보내다니 생각지도 못한 일이다. 아서는 왜 그것에 대해 의문을 품지 않을까? 이번 주에 그의 수염은 짙게 자랐고, 눈은 그보다 더 어둡다. 아주 오랜 기간 타워에 머물면서 인어의 소리를 듣기 시작한 등대원들도 있다.

침울하고 우중충한 안개 속으로 몇 분 동안의 고함이 오가고 나서야 보트가 위치를 잡고 우리의 새 손님이 하네스에 줄을 맨다. 보트를 운전하고 온 사람은 내가 모르는 사람이다. 그는 방수모를 뒤집어쓰고 있어 얼굴은 보이지 않지만, 로프를 팽팽하게 매는 작업을 솜씨 좋게 해내고, 배는 안정적인 거리를 유지한다. 그건 여간한 기술이 아닌데, 타워 주변의 물살이 수챗구멍으로 빠져나가는 목욕물처럼 소용돌이치고 있기 때문이다. 나를 진 빠지게 하는 것은 그 바위들이다. 인간과 아무 관계가 없는 그 차가운 탄소 덩어리들. 그 점에선 바다나 하늘과 마찬가지다. 거기엔 아무 느낌이 없고, 아무 관련성도 없다. 만약에 삶이 결국 바위로 돌아간다면 그러면 나한테 의미가 있다. 천국이건 지옥이건, 좋은 곳이건 나쁜 곳이건 존재하지 않는다. 왜냐하면 그 어느 것도 나와 상관없으니까.

"만나서 반갑습니다." 정비공이 말한다. "시드라고 합니다."

그가 손을 내민다. 아서나 나보다 키가 크고, 체구가 권투선수 같다. 장담하건대 만약 트라이던트 경영진이 바다 위 등대에서 어쩔 수 없이 하룻밤 이상을 지낸 적이 있었다면, 두 명의 공간을 차지하는 사람은 고용하지 않았을 것이다. 시드는 보통의 정비공보다 나이가 많다. 그의 팔에는 늑대의 아가리 안에 사람 해골이 있는 문신이 새겨져 있다. 머리카락은 굵고 색이 흐릿하다.

"그럼 어디서 오셨습니까?" 일단 우리 셋이 부엌에 앉아 담배를 피우며 차가 담긴 머그잔으로 손을 녹이게 되자 아서가 묻는다.

"온갖 곳에서요." 시드는 빈 담뱃갑을 흔들더니 아서의 담배 하나를 꺼낸다. "한곳에 머무르는 법이 없어요. 다들 나더러 등대 체질이라고들 합디다. 당신들처럼 말이요. 그들은 당신들을 오라 가라 하면서 뺑뺑이 돌리잖수. 근데 여기는, 나 참, 지내기가 마땅찮을 것 같네. 지랄맞게 작아."

시드가 주변을 둘러본다. 마치 타워 등대에는 처음 온 사람처럼, 작은 탁자와 의자들과 그 안에서 살아가는 사람들이 정말 웃겨 죽겠다는 표정이다.

보통의 경우 사람들이 오면, 여기서는 자신이 객이라는 걸 안다. 그들이 와 있는 여기는 우리의 세계이며, 따라서 그들은 여기 규칙대로 해야 한다. 뭍에서 배관공을 불렀을 때, 작업하러 집에 온 사람도 그렇게 하지 않는가. 그런데 시드에게는 뭔가 부자연스러운 느낌이 있다. 그게 뭔지는 모르겠다. 사내치고는, 그렇게 거구치고는 목소리가 새되다. 완전히 여자 목소리까지는 아니어도, 전혀 아니라고 할 수도 없다. 어울리지 않는 목소리는 그의 것이 아닌 것 같고, 억양이 강한 북부식이라 더 그렇게 느껴진다. 그 억양은 나의 할아버지, 주먹이 햄 같고 코는 못생긴 뿌리채소 같던 할아버지를 떠올리게 한다.

그의 모든 것이 누군가를 떠올리게 한다. 그는 언젠가 내가 꾸었던 꿈을 떠올리게 한다.

시드가 말한다. "나, 난 공간이 필요한 사람이오. 나한테 어울리고 가끔 들르기 괜찮은 공간이. 하지만 내가 여기서 사는 건 안 될 것 같수다. 불 좀 빌립시다. 고맙소. 제길, 당신들은 담배를 많이 피우는가 봅니다. 난 따분할 때만 피워요. 그런데 주방 세제는 왜 없는 거요? 등대원들은 그런 모든 것에 철저한 줄 알았는데. 그런데 여긴 하나도 없군."

주임이 눈살을 찌푸린다. "우리는 트라이던트 사가 물품 보급을 승인해주기를 기다리고 있습니다."

"물론 말은 그렇게 해야겠죠. 내가 좀 가져다줄 수 있는데. 스파에서 좀 사오면 될 거요. 크리스마스 선물이라고 해두죠. 부담 가질 것 없수다."

"비누로 다 해결됩니다."

"질리지도 않소? 그 염병할 것이나 하면서 하루 종일 앉아 있는 게."

"그보다 더 많은 일을 합니다." 아서가 말한다.

"맞는 말이지만, 그래도 지겨운 건 마찬가지지."

"일단 익숙해지면 지겹지 않아요."

"나라면 그런 생활에 익숙해지고 싶지 않을 거요. 그렇지, 저게 골칫거리겠네." 시드는 웨이트 튜브 방향으로 담배 연기를 내뿜었다. "아직도 하루 종일 저 녀석을 감아올렸다 내렸다 한다고 상상해보시오. 게다가 공간을 절반이나 차지하지 않소?"

아서는 그 말에 동의하더니, 과거에 그 튜브 안의 사슬에 달린 추에 관해 얘기를 들려준다. 당직을 맡은 사람이 렌즈를 회전시키기 위해 꼭대기 랜턴실까지 그 추를 감아올려야만 추가 떨어지면서 회전바퀴가 돌아갔다고 한다. 40분마다, 무슨 할아버지 시계처럼. 아서라면 전기 장치로 작동하기 전의 그 작업을 즐겼을 것 같다. 그건 그가 좋아하는 방식이다. 고개를 숙이고 묵묵히 일하는 것, 내 아버지와 아버지의 아버지처럼. 아서가 그들의 총애를 받는 이유 중 하나다. 정해진 선 밖으로 한 치도 벗어나는 법이 없는, 트라이던트 사의 믿음직한 장기근속 베테랑. 아서는 타워 생활이 가능하다는 것을 증명한다. 인간이 타워에서 생존할 수 있고 얼마든지 잘 생존할 수 있다는 것을. 그동안 내가 다른 등대에서 함께 근무했던 등대원들은 하나같이 그에게서 배운다는 것에 관해 떠든다. 마치 아서가 언젠가 그들이 만지게 될 성배라도 되는 것처럼.

그러나 내가 아는 아서는 그런 사람이 아니다. 그렇기 때문에 그녀가 지금 와서 자신이 실수한 거라며 무슨 말을 둘러대도, 나는 그 말을 믿지 않는다.

"그게 당연한 일이지, 암이라오." 시드가 담배를 비벼 끄며 말한다. "정말 웃기는 일이죠. 내가 세 번이나 암에 걸렸다는 거 아시오? 나야말로 태생이 총알도 피해 가는 사람이란 거 아니겠소. 내 안에 목숨이 여러 개인 고양이가 사는 게 틀림없어요. 차 좀 더 주시겠소? 고맙소이다. 설탕은 두 스푼. 그렇다고 겁먹을 건 없지. 예, 두 스푼, 됐수다. 내가 이 시덥잖은 일을 하면서 뭘 받는 건지 모르겠소. 뭐, 받기는 하는데, 난 큰돈을 벌어야 해서 말이오. 나처럼 여러 번 암에 걸렸던 사람 있으면 데려와보쇼. 암이란 게 정말 사람 진을 완전히 빼먹는다니까, 그렇고말고요. 그런데 개도 암에 걸립디다. 난 그걸 몰랐는데, 내 친구의 개가 암에 걸렸지 뭐요. 하지만 그 개는 그걸 벗어날 방법이 없었지, 왜냐하면 개니까. 그래서 죽었어요. 그런데 세 번째는 어디 있소?"

"세 번째라뇨?" 아서가 묻는다.

"한 명 더 있잖소."

"자고 있습니다."

"이 시간에? 제길, 팔자도 좋아. 오늘이 그 작자한테 무슨 날이라도 되오, 휴일?"

"몸이 아픕니다."

"침대에서 끙끙대고 있다면 별 볼 일 없는 친구인가 보네. 그 친구한테 암에 세 번 걸렸던 사람이 있다고 말하고 어떻게 나오는지 보시구려. 솔직히 뭐랄까. 내 마음은 거의, 다시 암에 걸리고 싶은, 뭐 그런 마음이라오. 지금은 그게 무슨 게임처럼 되어버렸거든. 내가 그 게임에서 이기고 있다는 걸 아는 이상, 한 판을 더 해볼 거요. 내가 어떻게 하는지, 몇 번이나 이길 수 있는지를 보기 위해서. 물론 만만치는 않지. 그 병원들 말이오. 내가 자꾸 찾아가니까 그들이 나더러 달갑지 않다지 뭐요."

"우리 어머니가 요크셔 출신이셨어요." 그게 내가 그에게 꺼낸 첫마디였다.

"그래요?" 그가 나를 돌아본다. 눈이 은색이다. "할머니는 어디 출신이랍디까?"

"네?"

"내가 당신의 인생사를 들을 필요가 없다는 말이오."

"그냥 짐작해본 거예요. 억양이 그래서."

"그럼 엉터리 추측이구먼. 아까도 말했다시피, 나는 온갖 곳에서
왔수다. 그렇게 다니면서 인생의 서커스 전체를 목격하게 된다오.
혹시 하얀 떼까마귀라고 들어보셨소? 내 친구 하나가 언젠가 그걸
봤다고 하더군. 메이든 록에서. 틀림없이 메이든 등대라고 했지, 그
래, 백 퍼센트. 내 친구가 새를 좀 아는데, 갈매기가 아니라 하얀 떼
까마귀였다고 합디다. 그 친구가 갤러리에 나가 있었는데 그 망할
새가 난데없이 나타나서는 그 친구 옆에 앉아서 구슬 같은 눈으로
쳐다보더래요. 온통 하얀색, 그래, 퍼덕거리는 거대한 하얀 떼까마
귀였대요."

"여기엔 떼까마귀가 오지 않아요." 아서가 말한다.

"옛날에는 왔다니까. 오래전에 말이오. 새라면 내가 좀 알아요,
징글징글한 녀석들이지. 녀석들은 선사시대의 새처럼 생기지 않았
겠소. 그 부리와 발, 그 날갯짓까지 전부 다. 혹시 곤경에 처한 새를
도와주려 한 적이 있소? 도와주려는 사람한테 아주 지랄맞게 비명
을 질러대요. 암요, 정말 무시무시합니다."

결국 나는 시드를 발전기가 있는 곳으로 데려간다. 계단을 내려

가는 동안 나는 그의 뒤통수를 지켜본다. 계단 한 번을 돌면 기름 저장고가, 한 번을 돌면 등유 저장고가 나오고, 또 한 번을 돌면 창고가 나온다. 그의 머리카락 색깔이 아주 강렬하다. 흰색에 가깝되 딱히 흰색은 아닌데, 나이가 들어서 세어버린 흰색도 아니다. 내 두뇌의 어느 깊은 구석에서 뭔가 알 듯한 떨림이 있지만, 잡으려고 하면 그것은 부서져버린다.

발전기가 너무 커서, 그 배터리들과 기계장치가 빼곡한 사이로 어떻게 우리 둘이 몸을 욱여넣을지 상상이 되지 않는데, 우리는 그걸 해낸다. 아서가 나더러 그와 같이 있으라고 했다. 나는 그러고 싶지 않다. 나를 보는 그 표정이 마음에 들지 않는다. 마치 지금까지 내가 했던 모든 생각을 알고 있는 것 같다.

"올 때 보트는 누가 운전했어요?"

시드는 연료를 빼는 작업을 시작한다. "뭐라고 했소?"

"보트 운전수요. 누가 몰고 왔는지 몰라서요."

"나도 그 사람을 몰라요."

"여기 오는 배는 보통 조리가 운전하는데. 대개는 그 친구가 데려다주거든요."

"실망시켜서 미안하군." 그 아래쪽은 그림자가 짙게 드리워져 어두컴컴하다. "사람이 더 오기를 바라고 있었던 게로군. 그런 거 아니오. 크리스마스가 코앞에 다가왔으니."

"때로는 사람이 더 오기도 하니까요."

"그래, 당신네 등대원들은 자기네가 무슨 자선 단체라고 생각하는 걸 좋아하지."

"나라면 그런 말은 안 할 겁니다."

"학교에서 어린 학생들이 등대원들한테 선물을 보낸다고 들었소만." 시드의 손가락이 민첩하게 움직인다. 전화 통화를 하며 냄비를 젓는 사람처럼, 그는 자신이 하는 일에 주의를 기울이지 않고 대충하는 것 같다. "그리고 교회에서도 보낸다고 하고. 베트남에 파병된 소대 하나를 굴리는 것도 아닌데, 스스로를 너무 불쌍하게 여기지 마쇼."

"우린 늘 고맙게 생각하고 있어요."

"혹시라도 나한테서 그걸 바란다면 지나친 거지. 내 얘기 하나더 들어보겠소, 빌? 내가 걸렸던 또 하나가 이 힘줄염이라오. 들어본 적은 있소? 그렇다면 행운의 여신에게 감사하시오. 난 아침에 일어날 때마다 손이 퉁퉁 부어서 손가락 하나 까딱 못 했소. 비단 손뿐 아니라 손목이랑 팔꿈치까지, 완전히 죽은 것 같았다니까. 차라리 감자 자루를 몸에 묶고 있는 게 나았을 거요. 그나마 감자는 나한테 좋은 일이라도 해줬으니까. 의사가 말하기를 이건……."

"암을 진료한 의사요?"

"아니, 다른 의사. 그 의사가 이렇게 말합니다. 시드니, 힘줄염이 생겼네요. 나는 뭐가 어쨌다고요 하고 물었지. 그랬더니 그게 신경이 손으로 들어가다가 거기서 막혀버렸다고 하더군. 그러면서 그

빌어먹을 다른 것들을 치료해야 한다고, 손은 나을 때까지 그냥 참으라는 거요." 그는 어깨를 돌린다. 딱 소리가 난다. "왜냐하면, 그때 나는 일을 할 수 없었기 때문인데, 그게 최악이었다오. 그런데 그 돌팔이 의사 말이 맞았더라고. 이 힘줄염이 절로 사라지더이다. 그건 올 때도 불시에 찾아왔었지, 불시에. 이곳에 왔던 하얀 떼까마귀처럼."

"하얀 떼까마귀는 없다니까요."

"마음대로 생각하시구려. 내 친구는 허튼소리는 안 하니까."

"그 친구가 누군데요? 내가 아는 사람일 수도 있어요."

시드가 기화기를 꺼낸다. "결혼은 했소, 빌?"

"네."

"제니, 맞지요?"

"집사람 이름을 어떻게 아세요?"

그가 플로트 볼의 나사를 푼다. "당나귀를 생각나게 하는 이름이라서."

"아내한테 그 말을 전할게요."

"지내기는 어떠시오? 제니하고 말이오. 듣기로는 제니가 술꾼이라던데."

연료 냄새가 콧구멍을 가득 채운다. "네?"

"소문이 자자해요." 그 눈이 나와 마주친다. "뭍에서 말이오. 사람들이 떠들어댄다고."

"그건 당신이 상관할 바가 아니에요."

"맞는 말이요. 내 코가 크다고 당신이 신경 쓸 일은 아니지. 난 다만 한 남자와 여자가 평생 같이 살고 싶게 만드는 게 무언지 궁금할 뿐이요. 그게 나를 매혹시킨다고 할까. 나는 결혼하지 않았고, 결혼하고 싶은 적도 없었소. 그보다 나쁜 일은 생각할 수도 없거든."

뭐라고 대꾸를 해야 한다. 아니면 놈에게 한 방 날릴 것이다. 욕이라도 퍼부어야 한다. 아니면 주먹을 불끈 쥐게 될 것이다. 아버지는 말했다. *너는 매를 맞는 쪽이야 빌. 때리는 쪽이 아니야.*

"제길, 그렇지 않소?" 시드가 와이어 브러시를 집어 든다. "허구한 날 꼼짝없이 매여 살잖소. 인생은 기나긴 여정이라오. 결혼 때문에 괴로워지면 말이 안 되지. 난 혼자인 게 좋아요."

"이 일을 하면서 혼자 있는 시간이 많잖아요."

"그건 댁도 좋아하는 거잖소."

머리가 아파온다.

"미안하오." 그가 말한다. "그냥 관심이 있어서 그래요. 사람들이 자기 문제를 가지고 날 찾아오곤 하니까."

"난 문제가 없어요."

이 밑에 있으니 시드는 아까 위층에서보다 더 젊어 보인다. 플로팅 볼에서 끈적끈적한 찌꺼기를 닦아내는 손은 매끄럽다. 밥벌이를 위해 기름때를 묻히는 남자의 손이 아니다. 그가 웃을 때 보이는 눈부시게 하얀 치아와 날카로운 송곳니 생각이 떠나지 않는다. 내 가슴은 모래주머니 하나를 삼킨 듯 답답하다.

"계속 혼자 중얼거리고 있구먼, 친구." 그가 말한다. "내가 이 일을 시작하기 전에 어떤 사람이었는지 댁은 짐작도 못 할 거요. 맞혀 봐요. 어서. 절대 모를걸."

"몰라요."

"이미 단서를 줬는데." 그가 분출 통로를 분사한다. "사람들이 자기 문제를 가지고 날 찾아왔다고. 일주일에 한 번. 일요일에. 맙소사, 그렇다면 당신은 교회도 안 다니나 보군!"

"설마 *사제*였어요?"

"뭐가 문제요, 내가 성직자처럼 생기지 않아서?"

"아뇨."

"아주 오래전 일이요. 그 납작 드라이버 좀 건네주겠소?"

"왜요?"

"필요하니까."

"왜 사제가 됐냐고요."

"내가 말했잖소, 사람들 가슴속에 든 게 뭐든 그걸 꺼내도록 해주려고."

"내 가슴엔 아무것도 없어요."

그는 문신을 새긴 팔로 코를 쓸었다. "그 주머니는 뭐요?"

"무슨 주머니요?"

"모든 걸 꽉꽉 채워 넣은 모래주머니가 가슴속에 있는 것 같다며.”

나는 그를 가만히 바라본다. 더 자세히.

“당신은 자기 마누라인 제니 당나귀는 사랑하지 않고 대신 주임 마누라한테 집적댔지.” 시드가 양손으로 드라이버를 돌린다. “그래, 그 여자한테 집적거렸어. 그 여자를 오랫동안 사랑했잖소. 여기 온 이후로. 그리고 그 여자 옆에서 자기 마누라가 초라해 보이기 시작한 이후로 말이지. 헬렌에게 느끼는 감정이 너무 강렬해서 그 여자를 제대로 쳐다보지도 못하면서. 심지어 그녀를 만지지도 못해요. 그녀의 장바구니를 대신 들어줄 때조차도. 그 사실이 그에게 빤히 드러날까 봐, 그래서 그가 알게 될까 봐 두려워하고 있지. 그런데 말이지, 그 친구는 이미 알고 있수다. 그 친구는 당신이 무얼 원하는지, 당신이 그 여자 때문에 얼마나 가슴앓이를 하는지 다 안단 말이오. 놀랐소? 당연히 알고도 남지. 이 바보 같은 친구야. 당신은 그 친구가 나이 먹어 한물갔다고 생각하는 거 아니오. 그런 친구가 당신을 어떻게 할까? 난 생각하고 싶지도 않소. 그 친구는 잃을 것도 없는 사람이거든.”

“대체 당신의 정체는…….”

“이런, 다 알면서. 당신은 내가 누군지 정확히 알고 있어.”

시드는 검지와 엄지를 맞대고 톡톡 두드린다. 그 소리가 옛날 전화선이 연결되는 소리 같다.

“당신은 헬렌과 함께 배를 놓친 거요. 그들에게 어떤 일이 생긴

후로 그녀는 지금 파멸의 나락에 빠져 있고, 그렇잖수? 그녀는 결코 극복하지 못할 거요. 그런데 그녀와 그 일을 같이 겪은 사람은 당신이 아니야. 그 친구지."

"헬렌 이야기는 두 번 다시 꺼내지 말아요." 나는 경고한다. "당신은 그녀를 몰라요."

"너도 모르긴 마찬가지야, 정신 나간 바보 같으니. 하지만 난 너를 알지. 그래, 너에 관해 전부 알고 있어. 충분히 알고말고, 더 알게 없을 만큼 충분히."

그는 손을 닦고는 다시금 그 상어 이빨을 드러내며 웃는다.

"그럼 오늘 점심은 뭐가 나오려나? 집밥을 먹어본 지가 하도 오래돼서."

32

빈스
똑똑

타워 생활 18일

누군가 침대로 온다. 그렇다고 지금이 밤이라는 얘기는 아니다. 날이 어둡다. 그렇다고 지금이 밤이라는 얘기는 아니다. 아니, 밤일지도 모르겠다. 그럴 가능성은 항상 있다. 현실 세계에서 벌어지는 일과 소리의 조각조각. 찻잔에서 피어오르는 김이나 하인즈 라비올리 통조림을 떠 넣었던 저녁 식기의 악취. 같은 장소에 처박혀 있는 것 말고는 갈 곳도 없고 있을 곳도 없이, 속이 뒤집어지는 구역질, 게가 꽉 찬 그물처럼 답답한 위장, 걱정하며 기다리며 반복되는 나날들. 교도소에 있을 때는 작은 구멍으로 햇빛을 보았다. 그들은 당신이 한껏 햇볕을 쬐는 호사를 누리기를 원하지 않는다. 가슴속에 어두운 마음이 있는 사람들에게 빛은 사치품이기 때문이다. 그러나 맑은 밤에는 별들을 보곤 했다, 대여섯 개쯤의 별. 그 시절 나에게 그 별들은 세상에서 가장 아름다워 보였고 지금도 여전히 아름답다. 위층 침대에서 코를 골거나 불알을 긁어대는 동료 죄수와 함께, 나는 거기 누워 있곤 했다. 그리고 한량없이 그 별들을 바라보다가 잠이 들곤 했다.

다른 등대원들의 사정은 더욱 안 좋다. 그들은 나 대신 당직을 서야 하고, 내가 어지른 것을 치워야 한다. 나, 나는 양동이에 똥을 누고 토하는 것에는 익숙하다. 빌과 주임은 고급 도자기 변기나 자기 변기에, 아니 무엇으로 만들어졌든 그런 변기에 익숙하다. 여기서 아픈 거나 감방에서 아픈 거나 별 차이는 없다.

∿

주임이 들어온다. 무릎을 꿇고 그의 사물함에서 상자 하나를 꺼낸다. 크고 작은 돌덩이들이 서로에게 노크하는 소리가 들리는 것 같다. 똑똑. 부드럽고, 차갑고, 끝없는 노크 소리. 시간이 지나간다.

∿

"내가 손금을 볼 줄 안다고 말했었나?" 미셸이 퇴근 후에 나한테 물었다. 체링 크로스 역에서 그녀를 만날 때였다. 그녀는 실력 좋은 사수처럼 우산을 걸친 채 복잡한 역을 빠져나와 손을 흔들고 미소를 지었다. 문득 그런 생각이 들었다, 도대체 내가 어떻게 이런 여자를 만났지?

"그런 허튼짓에는 관심이 없구나?"

"무슨 말을 하는 거야?"

"전생 말이야. 이번 생애 전에도 네가 살았다고 생각하는 거."

"난 그걸 어떻게 생각해야 할지 모르겠어." 우리는 트라팔가 광장을 지나갔다. 회색 비둘기들이 회색 원주 위에 앉아 있었다. "우리 할머니가 손금 보는 법을 가르쳐주셨어."

"그래?"

"타로 보는 법도."

"염소들이 거꾸로 매달려 있는 그 카드들 말이지."

"한 번도 안 해봤구나."

"나한텐 그 카드가 없었으니까!"

"괜찮다면 내가 봐줄게."

그녀는 봐주지 않았다. 대신에 우리는 스트랫퍼드 가에 있는 그녀의 단칸 셋방으로 돌아가 같이 잤다. 다음 날 아침 눈을 떴을 때, 그녀는 두 손으로 내 손을 잡고서 손바닥을 들여다보고 있었다.

"어때?" 내가 물었다.

그녀가 대답했다. "넌 운명선이 없어."

내가 되물었다. "있어야 해?" 그녀는 그렇다고 했다. 나는 감정선이 있는 한 괜찮다고 말했다. 감정선 하나는 있네, 그녀가 말했다.

반은 깨어 있고 반은 잠든 상태로 절반의 세계 속으로 빠져든다. 어젯밤 무전을 치는 주임의 목소리를 들었다. 그는 의사를 요청하고 있는 것이다. 그런 거겠지? 아서는 나를 돌봐줄 것이다.

똑똑.

누구세요?

바다 건너 나에게로 오는 한 남자. 하얀 머리, 하얀 피부. 셋오프에 올라선 두 발에서는 물이 뚝뚝 떨어지고, 두 손은 도그 스텝을 짚고 있다. 이제 그는 출입구에 있다. 지금은 문간에 있다.

나는 미셸에게 그건 끝났다고 약속했다. 그녀에게 편지를 쓰면서, 더 이상 싸움은 없을 거라고 맹세했다. 더는 위험한 짓 안 해. 내 말 믿어줘.

교도소에 한 녀석이 있었는데, 그는 체스를 많이 뒀다. 내가 체스를 배운 것도 그에게서였다. 그는 체스 두기는 체스판 위의 말들 중 하나가 되는 것, 중요한 말들 중 하나, 이를테면 나이트가 되는 것과 같다고 했다. 그 나이트를 체스판 위에 놓으면, 그것은 게임의 일부이며, 그 게임을 이길 방법들이 나온다. 그러나 그 말을 들어내면, 그건 그냥 나이트일 뿐, 달리 부르는 이름도 없고, 그것을 에워싸거나 공격하며 게임을 할 수도 없다. 심지어 그것은 더 이상 게임의 일부도 아니다.

가끔은 체스판에서 당신 자신을 들어내야 한다. 당신 자신으로 돌아가야 한다. 혼자 있을 때의 당신, 다른 사람인 척할 필요가 없을 때의 진정한 자신에게로. 등대에서는 그게 가능하다. 아무도 당신을 이쪽으로 잡아당기거나 저쪽으로 밀지 않는다.

그들이 나를 찾아올 때가 되면 나는 알게 될 것이다. 내가 무엇으로 만들어졌는지. 내가 무엇을 가지고 있는지. 내가 하고 싶은 게 무엇인지를.

나의 비밀은 주방 싱크대 밑에 있다. 주임과 그의 돌들처럼, 그것은 은밀한 즐거움이다. 나는 그 총의 무게와, 그녀의 곡선처럼 매끄러운 총의 곡선을 상상한다.

$$\frown\frown$$

몇 시간째 나는 허공을 떠돈다. 주임이 침실로 들어오는 것이 어렴풋이 느껴진다. 침대가 삐걱거리고, 깊고 깊은 어둠 속에서 커튼을 여는 소리, 이어서 속삭임이 들린다.

"빈스, 내 말 들려? 이제 조금만 참으면 돼."

그 어둠 속을 떠돌 만큼 떠돌다 지친 내 생각은 타워 꼭대기까지 올라간다. 하늘의 일부일까 아니면 바다의 일부일까. 그도 아니면 육지의 어딘가에서 나는 길을 잃은 채, 알 수도 없고 닿을 수도 없는 빛을 찾아 헤맨다. 내가 죽었음을 느끼면서.

19일

한번은 그런 기억이 있다. 수많은 나날의 중간쯤 되던 어느 날, 담배가 떨어졌다. 늘어진 볼살 같은 주머니를 더듬다가 제길, 깨닫는다. 우리가 담배를 다 피워버렸다는 걸. 등대원 세 명이 초조하게 이 층 저 층을 돌아다니며 코트와 셔츠를 뒤지고, 혹시라도 비상시를 위해 언젠가 담배를 두었을 만한 모든 구석을 헤집는다. 상자란 상자와 깡통이란 깡통은 죄다 흔들어본다. 언젠가 저 친구가 나한테 준 것을 분명 잘 숨겨두었는데 어디 됐는지 잊어버린 한 개비를 생각하면서. 쓰레기통에 버린 꽁초를 찾는 임무. 그렇게 찾아낸 꽁초들을 비틀어 내용물을 긁어낸 뒤 피울 수 있을 만큼의 길이로 둥글게 만다. 한두 번 빨면 끝이지만 그럴 가치가 있다.

등대에서의 흡연은 습관 이상의 의미가 있다. 당신이 존재하는 시간 속의 2분 30초. 고요한 마음, 고요한 영혼. 그러고 나면? 지나가는 배를 기다리고, 그 배 선원에게 와달라고 부탁하면 되지만 그러기까지 며칠이 지날 수도 있다. 시간은 끝없이 자꾸 늘어나기만 하고 바다는 우리를 놀린다, 아주 작은 욕망을 가진 아주 작은 인간들이라고.

그러던 중 아서가 담배 한 갑을 발견한다. 만약 빌이었다면, 자기 혼자 가졌을 것이다. 담배는 정어리 통조림과 달라서 서로 나눌 필요가 없다. 하지만 주임은 우리 각각의 사물함에 한 개비씩 놓아둔다. 하루에 한 개비씩, 자기라고 더 많지도 않고 우리라고 더 적지도 않게. 그리고 그 담배는 우리의 기대감을 성스러운 수준만큼 끌어올렸다. 저녁 식사 후 침묵 속에서 담배를 피우는 우리 세 남자, 따뜻하게 탁탁 타는 종이, 부드럽게 *뻐끔*거리는 우리 입술. 그만큼 맛있었던 것은 그 이전에도 그 이후에도 없었다.

〜〜〜

악몽 때문에 소스라친다. 아니 이불 때문이었을 수도 있다. 땀으로 젖어 내 다리 사이에서 엉킨 이불. 어딘가를 기어오르고 있었는데 근육에서 힘이 빠지면서 나는 떨어졌고, 그러다 잠에서 깼다.

다른 누군가의 소리. 똑똑. 그 배경에서 들리는 두런두런 말소리. 멀리, 위쪽인지 아래쪽인지 알 수는 없지만, 그러나 다른 누군가가 여기 있다. 빌과 주임은 그보다 강한 목소리를, 중얼거림이나 욕이 아닌 더 크고 명쾌한 목소리를 내기 때문이다.

나는 기를 쓰고 일어나 앉는다. 등에서 구깃구깃한 이불이 허물처럼 벗겨져 나간다. 피가 머리로 쏠린다. 머리가 아프다. 나는 도로 눕는다.

배는 비어 있지만, 음식 생각을 하면 토할 것 같다. 빌의 아내가 보내준 초콜릿을 생각하자 토할 것 같다. 구멍이 아프다. 몸 전체의 온갖 구멍들, 신체에서 둥근 모양 구멍 속에 둥근 것이 들어가는 그 부위들이. 바닥에 양동이가 있다. 마지막으로 언제 그것을 사용했는지 아니면 깨끗이 치워진 건지 모르겠다.

의사를 데려왔군, 그거야. 나는 의사를 원한다. 그러나 의사가 아니다. 아무도 아니다. 나는 갤러리로 올라가 신선한 공기를 쐬고 몸 안의 나쁜 그것이 바람에 날아가버리는 꿈을 꾸고 있지만, 절대 거기까지 가지 못할 것이다. 일어나지도 못할 것이다. 그리고 그것이 갈증처럼 느껴진다. 실제의 갈증, 나가고 싶은 욕구, 꼭 마셔야 할 한 잔의 물. 마시지 못하면 죽을 것이다. 만약 내가 죽으면?

다시 깨어나니 몸이 얼 것처럼 춥다. 벽은 얼음이 얼 만큼 차갑고 축축하다. 이불과 담요를 끌어당기지만, 역시 사람을 얼려버릴 것처럼 차갑다.

소금기가 묻은 꿈들, 나는 무릎까지 오는 그 꿈들을 헤쳐 가면서, 쓰디쓴 술로 내 혀를 적신다. 다시 거기, 걷다 보면 앞쪽에 보이는 아파트 단지. 내가 본 그것은 현실 속의 그 모습이 아니라 변해 있었다. 아파트가 휘어져 있었다. 내 뒤에는 친구 레그가 있었고, 다른 사람들도 있었다. 나는 그들이 보이지는 않았지만 그들을 느꼈고, 그들이 움직이며 재킷이 서걱거리는 소리를 들었다……

돌아가자. 이러지 말자.

그러나 그 말을 듣지 못했다는 듯 꿈은 계속되고 이제는 개가 짖고 있었다. 나는 그 개의 이빨을 보았다. 핏줄 선 그 검은 잇몸과 크르릉거릴 때 흘러나오는 상처의 딱지를 보았다.

피와 개털, 어린아이의 찢어지는 비명. 내 품에서 차갑게 식어가는 내 친구.

침실 밖 창문은 불투명한 네모꼴이다. 나는 안개의 F를 생각한다. 세 명의 목소리.

물을 마셔야겠다. 나는 주방으로 가서 다른 사람들과 함께 내가 거기 있는 모습을 보고 싶다. 주임, 빌, 그리고 나, 셋이 둘러앉아 카드 게임을 하며 담배를 피우는 모습을. 그리고 내가 듣고 있는 건 나의 목소리다. 그리고 서 있는 나, 지금 이런 생각을 하며 서 있는 나는 거기 끼어 있지 않다. 그는 보이지 않는다. 죽은 것이다. 그는 아까 꿈속 어디에선가 죽었다.

그러나 가까스로 아래층에 내려가고 보니, 내가 보는 건 내가 아니다.

그것은 몸집이 큰, 은빛 머리카락의 남자다.

아서가 말한다. "마침 왔네."

그 은빛 머리카락의 커다란 남자는 아무 말도 하지 않지만, 나를 바라보고는 미소를 짓는다.

8

1973년

면담 자료

33

헬렌

"난 감당할 수 있어요. 그게 뭐든 간에요. 그들이 죽었다 해도 감당할 수 있어요. 모른다는 것도 감당할 수 있어요. 우리한테 알려주실 거죠, 그렇죠? 뭐라도 발견하시면 알려주실 거죠?"

"헬렌, 이 일로 얼마나 당황스러우신지는 잘 압니다."

그녀는 그들이 그런 말을 하지 말았으면 했다. 그들은 절대 알 수 없을 것이다. 그녀가 아서를 다시 보지 못한다는 생각은 바닥이 꺼진 듯한 이상한 것이었다. 텅 빈 페이지들만 가득한 책, 열차 측면에서 갈라진 궤도, 있는 줄 알았는데 없는 어둠 속의 계단이었다.

1월 2일. 화요일 오전. 11시 45분.

그들이 사라진 지 사흘째 되는 날. 헬렌이 거실 창문을 통해 메이든 록을 바라보았을 때, 마치 운전자 없이 달리는 차를 보는 듯한 으스스한 느낌이 들었다.

"남편에게 생긴 일과 관련해서 짐작 가는 게 있으십니까?"

조사관들은 그녀의 맞은편에 앉아 있었다. 나쁜 소식을 전하러 온 사람들, 새로운 소식이라곤 아무것도 없는 사람들이었다. 그녀는 때로 그 일이 상상조차 하기 힘든 정교한 게임이라는 생각이 들었다. 그것이 어떻게 뭍을 뒤흔들어놓을지, 발이 무딘 육지 사람들이 그들을, 바위에 정교하게 달라붙은 그 도마뱀들을 찾아내기까지 얼마나 오래 걸릴지 알아보기 위해 장난으로, 또는 따분함을 이기기 위해 벌인 게임은 아닐까.

"모르겠어요. 도무지 이해가 안 가요. 사람들이 그냥 사라지는 일은 없죠, 아닌가요?"

"전형적이진 않습니다."

"그들이 죽었다고 생각하시는군요."

"결론을 내기에는 너무 이릅니다."

"하지만 그렇게 생각하고 계시잖아요. 아니에요? 저는 그렇게 생각되네요."

"가능하다면, 조금만 거슬러 가보죠. 저희가 아서에게서 받은 마지막 교신은 발전기를 수리할 정비공 요청 건을 취소하는 거였습니다."

"네."

"아서가 왜 그 요청을 취소했다고 보십니까, 헬렌?"

"발전기를 수리했겠죠."

"하지만 트라이던트 사에서는 사람을 보내지 않았습니다."

"그들 중 한 사람이 수리했나 보죠. 아서가 할 수 있었을 거예요. 아니면 빌이라도."

그 남자는 메모장에 무언가 끄적거렸다. 질문이 너무 많았다. 그 모든 게 시간 낭비였고, 등대에 관해 기초적인 것도 모르고, 등대에 있었던 사람과 함께 등대에 연관된다는 것이 무슨 의미인지 모르는 사람들이 하는 질문이었다.

"마지막으로 봤을 때 아서가 조금이라도 비정상적으로 행동하고 있었습니까?"

"아뇨."

"아서가 특별히 누구를 언급하지는 않았습니까? 처음 듣거나 특이한 이름은요?"

"없었던 것 같아요."

"저희는 제3자가 아서를 비롯한 나머지 등대원들을 타워에서 데려갔을 가능성을 배제하지 않으려 합니다. 배를 가진 누군가 있었을 가능성요. 혹시 아서가 시켰을 만한 일은 아닐까요?"

헬렌은 고개를 저었다. 아서는 현실적이고 합리적인 사람이었다. 그의 정신은 일목요연한 색인과 같았다. 그들이 사귀고 첫 나들이를 갔을 때, 아서는 그녀에게 별들의 이름을 알려줬다. 그건 심지어 로맨틱하지도 않았다. 그저 그가 알고 있기에 말해준 것일 뿐이다. 베텔게우스. 카시오페이아. 유리그릇에 담긴 구슬처럼 영롱한 이름들이었다. 그는 시계가 어떻게 해체되고 이어서 어떻게 작동하는지, 그 장치의 우아함을 보기 위해 시계를 분해했다가 다시 조립하는 사람이었다. 그는 등대원으로서, 그녀의 눈에는 온통 회색만 보이는 것에서 서로 다른 부분들을 구분할 줄 안다는 이유로 바다와 하늘 풍경밖에 없는 직소 퍼즐을 맞추는 사람이었다. 그녀는 지금껏 그녀가 봐온 어떤 남자의 어깨보다 아서의 어깨가 가장 아름답다고 늘 생각했다. 어깨에 매료된다는 건 이상하지만, 그래도 매료되었다. 예전에 그녀는 어깨라고 할 만한 게 없는 사람과 사귄 적이 있었는데, 그의 옷은 늘 금방이라도 어깨에서 떨어질 것 같았고, 마치 너무 작은 옷걸이에 걸린 셔츠 같았다. 반대로 아서의 어깨는 양동이 두 개를 안정되게 올릴 수 있을 것 같았다. 그때 그녀는 결혼하고 가족을 꾸릴 마음의 준비가 되어 있었다.

"아서가 조금이라도 우울해했습니까?"

"'조금이라도'가 무슨 뜻이죠? 기면 기다 아니면 아니다 둘 중 하나여야죠."

"아서가 울적하다고 말한 적이 있습니까? 아서가 입맛이 없어 하거나 평소보다 많이 자거나 혹은 사람들을 안 만나려고 하지는 않았나요?"

"아서는 원래 사람들을 잘 만나지 않았어요."

"그렇다면 우울증을 앓았을 수도 있겠군요."

"그건 아닐 거예요. 우리는 그런 이야기를 한 적이 없어요."

헬렌은 몇 주 전 이 부엌에 있었던 남편을 생각했다. 오븐 옆에, 바로 저기, *바로 저기*에, 그녀에게 등을 돌리고 서 있었다. 금방이라도 만져질 것만큼 가까운 기억이었다. 그는 빵에 잼을 발라놓았는데, 식탁에 앉기 전에 나이프를 씻고 말리고 치운 다음에야 비로소 자리에 앉아서 그 빵을 먹는 모습을 보고 그녀는 짜증이 났다. 오랜 결혼 생활을 해오면서 좋은 말이 아니면 차라리 아무 말도 하지 않는 게 낫다는 것을 배웠기 때문에 그녀는 아무 말도 하지 않았다. 그가 집을 떠나 있을 때는 무얼 하든 그녀가 좋아하는 방식으로 할 수 있었다. 그가 돌아오면, 짜증을 느끼고 아무 말을 하지 않을 때도 많았다. 왜냐하면 그것이 결혼이었기 때문이다. 대부분은 그렇다.

"트라이던트 사 가족이 되기 전에 헬렌이 무슨 일을 하셨는지 여쭤봐도 될까요?"

"런던에서 직장을 다녔어요. 가게 점원으로 일했죠."

"그렇다면 생활 방식이 아주 대조적이었겠군요."

"그런 셈이에요. 반평생 넘게 협회와 인연을 맺어왔지만, 여전히 나는 런던 시절을 생각하면서 지금 내가 사는 모습이랑 얼마나 다른지, 얼마나 오래 그렇게 살아왔는지를 돌이키곤 해요."

"여기서 혼자 사시는 게 괜찮으신가요? 아주 외딴 곳인데."

"그런 것에 관해선 많이 생각하지 않아요."

"거기, 뭐더라, 모트헤이븐까지는 6킬로미터가 좀 넘나요?"

"아서는 트라이던트 사에서 우리가 외출하는 걸 싫어하는 것 같다고 했어요."

"헬렌, 고립되어 지내는 게 안 좋을 수 있어요. 저희는 등대원들 뿐 아니라 그 가족들을 위해서도 그걸 고려해야 하죠. 만약 아서가 우울증이었다면……"

"난 그이가 우울증이었다고 말하지 않았어요."

"하지만 그랬을 거라고 보는 게 합리적일 겁니다."

"왜죠?"

조사관은 동정하듯 그녀를 바라보았다.

"은둔이란 게 사람에게 아주 해로울 수 있습니다. 특히 이미 취약한 상태일 때는요."

"무슨 말씀이세요?"

"뭐든 말씀드리기에는 너무 이릅니다. 저희는 여러 가능성을 살펴보고 있어요."

그녀는 이미 그 가능성을 고려했었다. 빌이 아서에게 말한 것이다. 헬렌의 감정에 관해, 그것이 얼마나 오래 계속되었는지에 관해 빌이 거짓말을 한 것이다. 새 둥지를 쩔러대던 니삭스 차림의 어린 남학생. 아서가 그 말을 믿었다고 생각하니 그녀 안의 무언가가 구겨지는 것 같았다.

"격리 상태로 인한 영향은 심각합니다. 그건 사람에게 정상적인 상태가 아니죠. 빌 워커 씨에게 그런 문제가 있었다는 걸 알고 계셨나요? 혹은 빈센트 본 씨의 경우는요?"

"그 두 사람은 제가 잘 알지 못해요."

"하지만 워커 씨네 옆집에 사시니, 그와는 친했을 텐데요."

"사실 친하진 않았어요."

"그의 아내, 제니와는 친하신가요? 그들이 여기 온 지는 얼마나 됐나요?"

"2년 됐어요."

"그 집에서 어떤 말다툼은 없었나요? 사이가 틀어졌다거나."

"아뇨."

"부인과 제니가 서로에게 의지가 됐다고 생각하겠습니다."

헬렌은 식탁을 덮은 방수포를 바라보았다. 작년 그녀의 생일에 제니가 준 것으로, 연어 색으로 그려진 데번의 시골 풍경 사이사이에 수프와 새조개 파이 조리법이 씌어 있었다. 제니는 요리를 좋아했다. 그녀는 지방이 먹음직스러운 테린과 당밀 스펀지케이크를 만들었고, 빌이 타워에 가져갈 온갖 진미를 요리했다. 제니는 자신의 요리와 가정적인 면모와 모성애에 자부심이 있었다. 헬렌이 갖지 못했던 모든 것에.

빌이 떠나 있을 때면 제니는 가끔 헬렌을 초대해서 집에서 만든 요리를 대접했다. 헬렌은 그녀의 초대를 불편하게 받아들였다. 식사 도중 헬렌이 아이들에게 말을 거는 동안 제니는 그릇에 음식을 퍼담고, 와인을 들이켜고, 그런 다음에는 식탁을 치우면서 시작은 있지만 어느 하나 끝맺음이 없는 수많은 대화를 했다. 헬렌은 설거지를 하겠다고 우겼고, 그러면 부엌 싱크대 앞 두 여자의 자리—한 명은 씻고 한 명은 말리고, 라디오는 웅얼거리는—에는 신뢰의 씨앗이 될 무언가가 있었다.

용서해줘, 제니. 난 혼자였고, 그리고 외로웠어.

"자녀가 있는 제니를 위해서는 따로 조치가 있을 겁니다. 그리고 헬렌, 당신을 위해서도요. 트라이던트 하우스는 그 사안에 관해서는 입장이 뚜렷합니다. 무슨 일이 있어도 돌봐드릴 겁니다."

"그럴 일은 없을지도 몰라요. 그들은 지금이라도 돌아올 수 있을 거예요."

하지만 일은 이미 거기까지 진행되어 있었다. 지난 토요일 오전, 트라이던트 직원들을 가득 태운 보크스홀 빅터 두 대가 사택 경내로 들어오는 좁은 길에서 속도를 줄이며 나타났다. 제니와 아이들은 빌이 오기를 기다리고 있었다. 담당관들이 그 집 문으로 다가가는 순간, 창문을 통해 그들을 지켜보던 헬렌은 곧바로 알아버렸다. 그 경직된 어깨들, 고개 숙인 머리들, 문이 열리자마자 의무적으로 벗는 모자들. 제니는 계단에서 쓰러져버렸다.

헬렌은 몸에서 생명이 빠져나가는 느낌이 어떤지 알고 있었다. 그러나 그게 다른 사람에게 일어나는 경우는 본 적이 없었는데, 그때도 차마 그것을 볼 수 없었다. 마치 도로의 사고 현장을 지나면서 그것을 구경거리 삼으면 안 된다고 느낄 때처럼, 제니의 고통을 느낀 그녀는 그 마지막 순간에 고개를 돌릴 수밖에 없었기 때문이다.

빌이 심장마비를 일으켰나 봐, 그녀는 생각했다. 아니면 뱃전 위로 몸을 숙였다가 익사했든가. 그녀는 그것을 꽤 선뜻 받아들였다. 맨 처음의, 이기적인 감정은 안도감이었다.

담당관들이 그녀의 집 쪽을 바라보았을 때, 한순간 그녀 주변의 모든 것이 정지해버린 것 같았다. 째깍거리는 시계, 웅웅거리는 냉장고 소리, 끓는점에 도달한 부엌 주전자의 부글거리는 소리마저도. 나중에, 그 소식을 들은 뒤 헬렌은 혹시라도 그런 일이 일어나기를, 어떤 변화나 계시가 있기를 바라는 마음이 조금이라도 있었는지 돌이켜보았다. 없지 않았다.

"괜찮으세요, 헬렌? 계속해도 될까요?"

"잠시만요. 바람 좀 쐬야 할 것 같아요."

바깥에서는 바람이 울부짖고 있었고, 갈색 바다는 파도를 일으키며 꼭대기에 하얀 거품을 만들고 있었다. 물결구름이 하늘을 가로질렀다. 코트를 가지고 나오지 않았지만, 헬렌은 살을 에는 추위가, 그녀의 원피스를 난타하는 바람이 필요하다고 느꼈다. 비상 파견단이 나가 있는 아득한 수직의 구조물, 메이든 등대가 어렴풋이 보였다. 트라이던트 사는 그 흉물스러운 타워의 희미한 모습만 겨우 보이는 이곳에 가족들을 살게 하면, 그 아내들이 남편을 더 가까이서 느낄 거라고 생각했다. 하지만 그것이 오히려 상황을 악화시켰다. 남자들은 여자들을 볼 수 없었다. 아서의 경우에는, 뭍에서의 삶은 존재를 멈췄음에도 그녀는 여전히 그를 볼 수 있었고, 그 사실이 날마다 그녀를 괴롭혔다. 그녀는 차라리 그 타워를 보지 않는 게 나았다.

돌아와요, 그녀는 생각했다.

타워는 고집스럽게 그녀를 마주하고 있었다. 모든 타워 등대가 오만했지만, 메이든 등대는 특히 그랬다. 그것은 아서를 차지했다고 으스댔다. 그 등대는 그녀에게서 멀리 떨어진, 그의 비밀 장소라는 사실을 좋아했다. 그녀는 아서가 섬에서 근무할 때 모아왔던 그 돌들을 생각했다. 아서가 그 돌들의 유사성과 차이점을 기록할 때 그녀는 그를 때리고 소리치고 싶을 때가 많았다. 나를 봐요, 이 바보 같은 사람아, 나를 보라고요. 내가 얼마나 당신을 필요로 하는지 모르겠어요?

그녀는 언제부터 그를 사랑하기 시작했는지 기억나지 않았다. 시작점과 끝점이 따로 없이 평생 그를 사랑했던 것 같았기 때문이다. 하지만 결국 메이든의 위안, 그 등대 자체는 그녀가 줄 수 없었던 것을 그에게 줬다. 그들이 함께 맞서고자 했던 고난은 지나갔지만, 그 고난 이후 그녀에게는 아서에게 줄 것이 아무것도 없었다.

뜨거운 눈물이 차오르다 눈 안에서 얼어버렸다. 그녀는 이보다 더 나쁜 상황도 있다며 자신을 타일렀지만, 울음을 억누른 그 고요한 순간에는 실제로 이보다 나쁜 상황을 알고 있는 것 같지 않았다.

집 안에 있는 저 사람들에게 그것을 설명하는 건 소용없는 짓이었다. 그들이 어떻게 이해하겠는가. 그녀가 가졌던 가장 기본적인 불만, 그녀가 남편에게 품었던 가장 단단하고 가장 씁쓸한 불만을,

그리고 어느 때보다 강하게 그녀에게 재갈을 물릴 그의 침묵으로 인해 그녀는 그 불만을 표현할 적절한 단어를 찾을 수 없으리란 것을. 그리고 한눈을 팔았던 사람이 그녀만은 아니었다는 것을. 또 다른 여자가 있었다. 그녀가 범접할 수도 없었던, 또는 감히 겨룰 수도 없었던 사랑. 그녀에게서 아서를 빼앗아 간 여자, 그녀와 옆에 있을 때도 그의 마음을 차지하고 있었고 그들이 어루만질 때마다 그가 그리워했던 여자가.

34

제니

"우유가 떨어졌네요, 아니면 차라도 한잔 준비할까요. 밖에 나가서 뭘 사올 수가 없어서요. 아시죠, 빌이 돌아올 때까지는 이 집에서 나가지 않을 거예요. 그 사람이 저 문으로 걸어 들어올 때까지 한 발짝도 나가지 않을 거라고요. 우린 이 모든 게 엄청난 착오라고 봐요. 빌이 지금 당장이라도 집으로 돌아올 테니까요. 두고 보세요. 난 여기 있어야 해요. 빌을 기다려야 하니까요."

제니는 뒤로 기대앉아 떨리는 몸을 자제하려고 애썼다. 조사관들은 그녀가 경찰 드라마에서 보고 상상했던 것과 달랐다. 우선 그들은 경찰서에 있지 않았다. 그들은 그녀의 집, '매스터스'에 있었고, 희미하게 소시지 롤빵 냄새를 풍기고 있었다. 오전 내내 그녀는 낯선 이들이 그 집에 들어와, 공적 공간과 사적 공간을 나누는 일상적인 선들—현관, 침실로 들어가는 문턱—을 거침없이 넘나드는 모습을 지켜보았다. 조사관들은 연민을 보이면서 이럴 때 식사를 해도 괜찮다고, 페이스트리 부스러기와 뜨거운 고깃조각이 묻은 구깃구깃한 종이봉투를 그녀의 집에 가져오는 것도 어떻게든 용인될 거라고 생각했다.

"시간을 내주셔서 감사합니다, 제니."

아기가 울기 시작했다. 현관홀에 있던 그 누나가 동생을 데리러 냉큼 달려갔다. 현관문이 열렸다. 제니는 화들짝 놀랐다. 빌이었다. 아니, 아니었다.

"괜찮아요. 당신들이 마치 빌이 가버린 것처럼 행동하지만 않는다면요. 마치 그이가 죽은 것처럼. 빌은 죽지 않았어요. 그냥 이번엔 조금 더 오래 기다려야 할 뿐이에요, 그게 다예요."

거실 천장에는 작년 12일 이후 미소를 짓다가 힘이 빠진 색종이 테이프가 늘어져 있었다. 트리 꼭대기에 있는 천사는 보고 싶지 않다는 듯 한쪽 눈을 감고 있었다. 그들은 그 천사 때문에 다툰 적이 있었다. 빌은 그 천사를 원하지 않았다. 별을 달고 싶어 했다. 제니는 그가 사사건건 트집 잡는다며 그에게 덤벼들었다. 그녀가 무얼 하든, 아무리 열심히 해도 비난만 하는데, 마음대로 하도록 그냥 내버려 둘 수는 없냐고 따졌다. 그는 크리스마스가 제니에게 얼마나 큰 의미가 있는지 알고 있었다. 제니는 빌이 집에 있든 없든 매년 크리스마스 장식을 했다. 크리스마스 아침이면 그녀는 메이든 등대에서 선물과 카드를 앞에 두고 있을 빌의 모습을 그려보곤 했다.

11월에 그녀가 미리 포장해두었던 선물과 카드는 빌이 열어주기만을 기다리고 있으리라. 아이들은 정원 탁자에서 아빠가 들을 수 있도록 목청껏 캐럴을 불렀다. 바람이 제대로 불어준다면, 빌이 그 노래를 들을지도 몰랐다.

"제니, 빌이 어디 있다고 생각하세요?"

마치 그녀에게 상처 주는 짓을 곧 하려는 것처럼 그 남자의 목소리는 상냥했다.

"지금쯤 어느 배 위에서 안전하고 따뜻하게 있을 거예요."

"실종이 보고된 후 처음 24시간이 아주 중요합니다. 지금은 벌써 96시간이⋯⋯"

"그이는 살아 있어요."

"남편이 같이 있던 사람들과 함께 타워를 빠져나갔다고 믿으세요?"

"네. 거기 있던 사람들한테 뭔가 일이 생겼고 그래서 그들을 데려간 거예요."

"마이크 세너의 보고서에 언급된 그런 사람 말이죠?"

그 질문을 한 여자는 얼굴이 둥글고 속눈썹이 짙었고, 지나가는 사람에게 별 감흥이 없는 체험 동물원의 올빼미처럼, 경계하는 듯하면서도 따분하다는 듯한 자세를 취하고 있었다.

"거기는 분위기가 안 좋아요. 빌이 그 말을 자주 했어요."

"세 남자 사이를 말하는 건가요?"

"아뇨. 그냥 등대 안 자체요. 거기서 나쁜 일들이 일어났던 것 같은 분위기죠."

"나쁜 일이라면 빌이 한 일인가요? 아니면 다른 사람이?"

제니는 침을 삼켰다. 목구멍이 아팠다. 다들 마이크 세너가 거짓말하고 있다고 보았고, 어쩌면 그 생각이 맞을 것이다. 마이크는 관심을 끌기 위해 이야기를 지어내는 사람으로 소문이 나 있었고, 이성적으로 생각하면 트라이던트 사의 허락 없이는 누구도 타워에 상륙할 수 없었다. 그러나 마이크는 굉장히 확신에 차 있었다. 그는 자기가 그들을 마지막으로 본 사람이라고 장담했다. 빌이 자기한테 거기 한 남자가 같이 있다고 말하더라고 했다. 그 점이 중요하지 않았을까? 그게 상관이 있지 않을까?

만약 제니가 마이크의 말을 믿는다고 인정한다면, 그들은 그녀의 네모 칸 안에 가위표를 칠 것이다. 그들은 그녀의 창고, 쓰레기통을 샅샅이 뒤질 것이다. 그녀의 가정용 청소세제 영수증.

"그런 말이 아니에요. 꼼짝할 수가 없잖아요. 갇혀 있잖아요. 등대에는 공간이 충분하지 않아요. 모든 게 갑갑하니 꽉 막혀 있어요."

"지금 유령 얘기를 하시는 건가요?"

"눈구멍을 오려낸 이불 얘기가 아니에요. 제가 말씀드린 건 그냥, 분위기예요. 나쁜 분위기. 어떤 등대엔 실제로 그런 게 있어요. 스몰스 등대를 보세요."

"스몰스 등대가 어떻게 되었는데요?"

그녀는 웨일스 해안 앞바다의 스몰스 등대에서 지난 세기에 있었던 일에 관해 빌에게서 들은 적이 있었다. 그 시절 등대들은 2인 1조로 가동했고, 한 번에 등대원 두 명만 거주하고 있었는데, 몇 주 후 그들 중 한 명이 사고로 사망했다. 그 두 사람이 사이가 좋지 않았다는 건 누구나 아는 사실이라, 남은 한 명은 그 시신을 치웠다가는 자신이 살인범으로 몰릴까 봐 걱정되었다. 그래서 시신을 밖에 앉혀둔 채 구호선이 올 때까지 시간이 가기만을 기다렸다. 그런데 얼마 지나자 그 냄새를 견딜 수가 없었다. 그가 할 수 있는 건 임시로 관을 만들어 랜턴실 밖으로 치우는 게 전부였다. 그러나 곧 강풍이 불어 관이 활짝 열렸고, 썩어가는 시체에서 팔이 떨어져 나와 사방을 돌아다녔다. 세찬 바람이 몰아칠 때마다, 죽은 사람의 그 팔이 타워 꼭대기를 쳤다.

빌은 마치 그 남자가 손짓하는 것처럼 보였을 거라고 했다. 죽은 사람이 산 사람에게 어서, 라고 말하면서 같이 있자고 손짓한다. 그 생각이 그 등대원의 머릿속을 파고들기 시작했다. 그는 이성을 잃어버렸다. 배들은 멀리서 지나갔다. 선원들은 이 남자가 손짓하는 모습을 보았지만, 뭐가 잘못되었다고 생각하지 않았고, 그래서 오지 않았다. 결국 산 등대원은 죽은 등대원보다도 못한 처지가 되었다. 그는 밤이나 낮이나 툭툭거리는 그 소리를 들어야 했다. 들어가도 되냐고 묻는 듯, 창문을 툭툭 건드리는 소리. 그가 뭍에 돌아올 때쯤에는 악몽과 휘파람처럼 불어대던 끊임없는 바람 소리에 시달린 끝에 완전히 폐인이 되어 있었다.

그 올빼미 여자는 자세를 똑바로 고쳐 앉았지만, 여전히 무표정하고 차분하다.

"흥미로운 이야기네요."

"댁들한테는 그게 고작 그거로군요? 그냥 이야기."

더 볼 것도 없이 제니는 미친 여자 같았다. 토요일 이후로 빗지 않은 머리, 어제와 똑같은 옷, 그리고 어쨌거나 셔츠는 빌의 것이었다. 그 옷에선 그의 냄새가 났다. 나무껍질 냄새와 땀 냄새.

"옆집의 헬렌은 그들이 익사했다고 하던데요."

"그렇게 말하고도 남죠. 그 여자는 거짓말쟁이예요. 당신들도 곧 알게 될 거예요."

"거짓말쟁이라고요?"

"그 여자가 그렇게 말하면 범죄죠. 그 여잔 주임 사모예요. 등대 원들에게 더 깊은 믿음을 가지고, 무슨 일이 벌어지는지 그들도 미처 몰랐다는 식으로 말해야 마땅하죠. 빌이 돌아오면, 내가 그이를 굳게 믿었고, 그이가 자기 할 일을 못 했다며 책임을 돌리는 식의 말은 하지 않았다는 걸 알고 기뻐할 거예요."

"헬렌은 이 사택 사람들이 서로 도와주는 분위기인 것처럼 말하던데."

"그랬죠."

"그랬죠라뇨?"

"말할 때마다 꼬박꼬박 그렇게 되물으실 거예요?"

"타워 등대에는 멈춘 시계가 두 개 있었어요, 제니. 둘 다 8시 45분에 멈춰 있었죠. 그 시각이 빌한테 무슨 특별한 의미라도 있었을까요?"

"아뇨."

"두 분 중 누구한테도?"

"네."

"모르신다는 건가요? 아니면 의미가 없다는 건가요?"

"몰라요. 둘 다예요. 어느 쪽이든."

"헬렌은 배터리가 나갔다고 추측하더군요."

"배터리가 나갔나요?"

그 여자는 예의는 있는 듯 겸연쩍은 표정이었다.

"불행히도 저희는 그걸 확인할 수는 없었습니다. 두 시계의 배터리 모두 제자리에 있었지만 접점이 바뀌어 있었을 가능성은 있어요. 트라이던트 사에서 보낸 조사단이 배터리를 빼서 교체했거든요. 그랬으니 그들이 확신할 수가 없었던 거죠."

제니의 눈에 파도 속에서 허우적거리는 빌의 모습이 스쳐 지나갔다. 빌은 수영을 못 한다.

"그 등대에 무언가 그들과 함께 있었던 거예요. 미친 소리라고 말씀하시기 전에 생각해보세요. 멀쩡했던 시계 두 개가 같은 날 같은 시각에 멈춰버렸다고 하는 게 더 미친 소리지."

"가능한 대답은 등대원 중 한 명이 시계를 멈췄다는 거겠죠."

"그들이 왜 그런 짓을 하겠어요?"

문을 두드리는 노크 소리가 들렸다. 조수 한 명이 갈색 액체가 든 컵 두 개를 들고 왔다. 모트헤이븐의 레스토랑에서 나오는 묽은 그레이비 소스 비슷한 액체였다. 제니는 결혼 전, 빌이 저녁을 산다며 가장 좋은 정장을 입고 그녀를 그 레스토랑에 데려갔던 일이 떠올랐다.

커피 냄새 때문에 그녀는 토할 것 같았다.

"화장실 좀 다녀올게요."

나중에 현관홀에서 그녀는 캐럴을 만났다. 캐럴은 제니가 아기를 데리고 있는 게 좋겠다고 했지만, 제니는 아기를 안아주기 싫었다. 그녀는 빌이 아닌 누구의 손길도 원하지 않았다.

제니가 거실로 돌아갔을 때, 무대는 그대로였다. 앞으로 남은 그들의 삶에서, 이것이 크리스마스의 기억으로 남을 터였다. 조사관들, 소시지 롤빵, 종이로 오린 종과 색이 벗겨지기 시작한 트리. 해나와 줄리아는 친구 집에 가 있었지만, 아이들을 영원히 거기 맡길 수는 없는 노릇이었고 곧 설명해줘야 할 것이다. 일곱 살과 두 살, 딸들은 이번 일의 요지, 아빠를 다시 보지 못하게 됐다는 걸 이해할 것이다. 해나에게는 아빠에 대한 기억이 남겠지만 아마 줄리아는 아빠를 잊을 것이다. 아기는 아무것도 모를 것이다.

그이는 돌아오고 있어.

만약 그녀가 오래, 열심히 그렇게 생각하다 보면, 어쩌면 생각이 현실이 되지 않을까.

하지만 그렇게 되지 않는다면? 그녀는 자신이 한 짓을 되새기며 하루하루를 살아가야 할 것이다. 인과응보였다. 그녀는 그를 잃어도 할 말이 없었다.

"저희는 그들이 실종을 계획했을 가능성이 있는지 고려하고 있습니다."

"말도 안 되는 소리예요. 빌은 절대 나한테 그런 짓을 하지 않아요."

"아서라면 헬렌한테 그랬을까요?"

"경우에 따라서요."

"어떤 경우요?"

"그들 부부 사이에 무슨 일이 있었는지 내가 어떻게 알겠어요. 안 그래요?"

남자가 커피를 마셨다. 그가 메모장에 무언가를 썼다.

"남편이 빈센트 본에 관해 말씀하신 적 있습니까?"

"빌은 뭍에 있을 때는 타워에 관해 말하는 걸 좋아하지 않았어요."

"어떤 사람들은 찜찜할 수도 있을 텐데요. 빈센트가 교도소에 다녀왔다는 거요."

"세상엔 훔치는 것보다 나쁜 짓도 많아요. 빈스가 누굴 해칠 만한 사람으로 보이지는 않았어요."

그 남자가 잠시 그녀를 쳐다보았다. 그러더니 여자와 눈빛을 교환했다. 여자는 가공햄 같은 색깔의 손톱으로 컵 테두리를 쓸었다.

"그 임시 등대원을 만나보신 적이 있으세요, 제니?"

그녀는 빈스가 프랭크와 근무를 교대한 후 뭍에 올 때, 모트헤이븐에서 한 번, 그를 만난 적 있었다. 20대 초반의 나이, 키만 멀쑥하고 어깨가 둥글었다. 그는 담배를 물고 있었지만, 풍성한 수염에 가려져 입은 제대로 보이지 않았다. 그녀는 그의 좀먹은 건지 조끼에서 퀴퀴하고 매캐한 그 냄새를 맡을 수 있었다. 눅눅하고 오래 묵은 그 냄새를 그녀는 타워 냄새라고 여겼는데, 빌이 돌아올 때마다 그 냄새를 풍겼기 때문이다. 빌이 입었던 옷을 빨고 셔츠 서랍에 포푸리 향낭을 넣어두고 그렇게 며칠이 지나야 빌에게 다시 집 냄새가 났다.

"빈센트 본 씨가 사소한 절도 때문에 몇 년을 복역했다는 건 맞습니다. 하지만 그의 마지막 교도소 생활은 조금 더 심각한 범죄 때문이에요."

"네?"

"저희가 그걸 알려드릴 수는 없을 것 같군요. 그런 작은 것들이 어림짐작을 낳고 조사를 방해할 수 있으니까요."

"작은 거라고요? 빈스를 감옥으로 보냈던 그런 범죄 때문에 빌이 위험에 빠졌다면, 그걸 작다고 말할 수는 없죠. 그게 뭔데요? 말씀해주세요. 난 빌의 아내예요. 알 권리가 있어요."

"저희는 본 씨의 범죄가 그 실종과 어떤 관계가 있다거나, 그가 누구를 위험에 빠뜨렸다고 추정할 수 없어요."

"하지만 가능한 일이잖아요?"

그 두 사람은 그녀에게 미안한 표정을 지었다. 미안해하는 건 단지 그 상황보다 더한 이유 때문이리라, 그녀는 생각했다. 그들은 잠시 상의하더니 이야기를 들려줬다.

그들이 한 말을 제대로 알아듣기까지는 어느 정도 시간이 걸렸다. 그건 어느 TV 프로그램의 마지막에 가서야 자신이 그 전체를 잘못 파악하고 있었음을 깨닫는 것과 같았다. 빈센트 본에 관한 진실은 선미에서 펄럭이는 깃발처럼, 외롭고 선명한 빨간 불꽃처럼 그녀에게 잔물결을 일으켰다.

비밀을 간직한 사람은 그녀만이 아니었다.

35

펄

　"미리 말해드리지만 여기까지 오느라 죽을 뻔했다우. 이 나이의 나 같은 상태에 있는 여자는 그래요. 그들이 내 심장을 위한답시고 혈액 회석제를 넣었지만, 시도 때도 없이 어지럽고 얼어 죽을 만큼 추워지는 효과밖에 없어요. 날 봐요, 이렇게 떨고 있잖우! 이 손은 어디 말라죽은 유령처럼, 속이 다 들여다보일 정도라오. 그게 와파 린 때문이지, 그럼요. 이런 식이면 차라리 한 번 더 뇌졸중을 일으키는 게 낫지."

　"마실 거 한 잔 드릴까요, 모렐 부인?"

　"체리 브랜디가 아니면 사양이야. 난 그걸로 마실 거예요. 아, 그리고 부인이 아니에요. 그냥 모렐 씨라고 해요. 설마 나 같은 여자한 테 남편이 있다고 생각하는 거요?"

　"사실 그 문제는 생각해보지 않았는데요."

"뭐, 나도 한때는 남편이 있기는 했지. 아주 성대한 결혼식을 치렀는데, 그게 전부였어요. 그 후로 그 사람은 꺼져버렸지 않았겠수. 어느 날 오전에 우유 한 통 사러 나갔다가 영영 돌아오지 않은 거예요. 그런 이야기는 많이들 듣잖아요. 내 경우엔 그게 진실이에요. 뺨에 가벼운 입맞춤도 안 하고 그냥 떠나버렸다니까. 그런 일이 있고도 내가 계속 결혼반지를 끼고 살아야 한다고 생각해요? 어림 반 푼어치도 없지. 밤이고 낮이고 죽어라 빽빽거리는 다섯 달짜리 핏덩이를 돌보라고 날 두고 떠난 사람이에요. 천만에, 고마운 일이 따로 있지. 그러다 1968년엔가 어느 주유소에서 그 사람을 봤는데, 자기 차에 기름을 채우고 있더라고. 앞에는 어떤 매춘부를 태우고 말이지. 담배 한 대 피워도 돼요?"

남자가 그녀에게 재떨이를 건넸다. 이런 시설에 있을 법한 화려한 유리 재떨이였다. 펄은 프린세스 리전트 호텔 비슷한 곳에 묵어보기는 난생처음이었다. 그 거대한 침대며 깃털 베개들과 전용 화장실, 그리고 조식…… 달걀과 베이컨, 훈제청어와 팬케이크는 평소 아침 식사로 삼는 크럼핏과 담배와는 너무 달랐다. 그녀는 고층 창문에서 A406 도로 위를 빽빽하게 지나가는 차들을 바라보며 그렇게 생각했다.

"여기까지 먼 길을 와 주셔서 감사드립니다, 모렐 씨."

"조사를 마칠 때까지 이 방구석에 머물라고 댁들이 비용을 대는 거, 맞지요?"

"트라이던트 하우스는 이 어려운 시기에 친척들을 돌봐드리고자 합니다."

"그럼 계속 말씀하시구려. 난 그 사람들 입장은 생각하고 싶지 않아요. 솔직히 말하면, 난 어느 것 하나도 놀랍지가 않다우. 그 아이는 항상 일을 망칠 팔자거든. 크는 내내 속을 썩였고 목숨이 끊어질 때까지도 말썽을 부릴 거요. 지금 댁들은 내가 볼 때 큰 미스터리도 아닌 사건 때문에 진땀 흘리며 거기 앉아 있는 거예요. 모든 사람이 이 미스터리 어쩌구 하며 떠들지만, 미스터리는 없어요. 전화를 받았을 때 난 딱 알았다우. 아, 올 게 왔구나."

"어떻게요?"

"그럴 줄 알았으니까. 이런 식은 아닐지 몰라도, 댁들이 조사를 하는 게 현명한 방법이라는 건 인정하죠. 하지만 난 그럴 줄 알았어요."

"정확히, 무얼요?"

"그걸 찾아내는 게 댁들이 할 일 아니오? 난 그 일에 관해선 전혀 몰랐다오. 심지어 그 아이가 그 망할 등대 관리소에 취직했다는 것도 몰랐으니까. 감옥살이하다 나왔을 때도 전화 한번 않고 찾아오지도 않았던 아이예요. 배은망덕한 놈 같으니. 그 아이가 나왔다는 것도 까맣게 몰랐어요. 그나마도 그 아이가 사귀기 시작했던 그 아가씨가 에리카와 아는 사이였기 때문이지. 그렇게 해서 우리가 알게 된 거예요."

"빈센트한테 여자 친구가 있었나요?"

"그게 더 이상한 일이지."

"그 여자 이름이 뭔가요?"

"에리카가 알 거요. 에리카는 내 딸아이예요. 같이 오고 싶어 했지만 내가 말렸어요. 내가 책임자인 어른이니까. 좋든 싫든 그 망나니 자식은 내 책임이니까."

"빈센트가 등대에서 일한다는 거에 대해 어떻게 생각하셨습니까?"

"회사에서 그 아이를 받아줬다니 충격이었어요. 그런 짓을 저질렀는데도 말이지. 하지만 이내 그 아이가 거짓말을 했구나 생각했어요. 빈스는 거짓말을 달고 살았으니까."

"트라이던트 사는 빈스에게 그런 과거가 있어서 오히려 그 일에 적합하다고 판단했어요."

"하! 그렇게 된 일이로구먼. 그들은 그 아이가 전과자라는 게 아무렇지도 않답디까? 그게 꺼림칙하지도 않았대요? 당연히 꺼림칙해야지. 회사에선 그런 등대에 사람들을 처박아놓고 그 아이를 떠맡게 된 그 불쌍한 사람들한테는 신경도 안 쓰나 봐요? 그 사람들이 안됐어요. 정말 딱하기도 하지. 내 조카 때문에 그 사람들이 사라진 거예요. 내가 이렇게 말하는 게, 그 아이가 내 조카라고 말하는 게 나도 쉽지는 않아요. 나한테 선택권이 있다면 그 아이는 나와 아무 관계가 없다, 내 핏줄이 아니라고 말하고 싶지. 하지만 댁들이 몇 년 전에 나한테 그 아이가 어떻게 될 것 같으냐고 물었대도, 이 비슷한 얘기를 했을 거요."

"빈센트가 나머지 사람들을 해쳤다고 믿으세요?"

"물론이지. 세상 돌아가는 거에 빠삭한 아이예요. 길거리에서 눈치로 배우고 교도소에서 기술을 익힌 게지."

"조카분을 어떻게 묘사하시겠습니까? 모렐 씨의 말로 표현한다면요."

"그럼 내가 누구의 말로 표현하겠수? 그 아이는 태어난 날부터 악몽이었어. 내 동생은 그 아이를 다룰 수 없었어요. 지금은 무덤에 있는 동생 말이우. 그 아이가 내 동생을 그렇게 만들었지."

"모친이 돌아가셨을 때 빈센트는 몇 살이었나요?"

"열세 살. 이봐요, 그 아이를 불쌍히 여기기 전에 내 말을 들어봐요. 인생이 항상 장미 향기를 풍기는 건 아니라우. 그 아이는 그걸 빨리 배울수록 좋았어요. 특히 인생이 자기한테 달려 있었을 때는. 그 아이한테는 꼬마 때부터 악마가 들어앉아 있었어요. 나는 그 아이를 처음 보자마자 팸한테 얘기했어요. 내 동생 파멜라한테 말이우. 아기가 제정신이 아니라고. 그 아이의 눈빛이 정말 사악했거든요, 정말로. 아기 티를 벗고 걸음마를 시작하면서는 제 엄마를 패곤 했어요. 찰싹찰싹 때렸지. 몸이며 눈에 멍이 들게 만들고. 제 엄마가 안아 올리면 머리로 들이받고, 아니면 발로 차고 때리고. 그리고 제 엄마가 내미는 건 먹지도 않고, 잠도 안 잤어요. 밤새도록 소리만 질러대는 바람에 불쌍한 팸은 눈 한번 붙이지 못했다우. 팸은 제정신이 아니었어요. 그 아이는 아동보호소에 들어갔다 왔어요. 그게 몇 살 때더라. 두 살, 세 살? 어쨌든 사람들이 그 아이를 데려갈 때쯤에는 똑바로 섰으니까. 보호소 사람들이 오자 팸은 정신이 나갔지, 아무렴요. 하지만 팸은 상태가 안 좋았어요. 처음부터 그 아이를 원하지 않는데, 그래서 더 힘들었던 거예요. 적어도 에리카의 경우는 내가 그 아이를 원하기라도 했지. 내 말은, 적어도 난 아기를 낳는 게 괜찮았다는 얘기예요. 빈스의 경우 팸은 잠깐 동안은 감당할 수 있었지만, 계속 버틸 수가 없었던 게지. 그 아이 안의 악마를 감당할 수 없었던 거예요."

"아동보호소에 '들어갔다 왔다'고 하셨는데, 다시 엄마에게 돌아갔다는 말씀입니까?"

"몇 번은 그랬어요. 그 아이를 다루지 못했던 사람이 팸만 있었던 게 아니라우. 수양 가족들이든 누구든 다 마찬가지였어요. 그들은 빈스가 자기네 삶을 망가뜨린다면서 돌려보내곤 했어요. 그러면 나는 이렇게 생각했지. 불쌍한 내 동생에게 휴식을 주소서! 팸은 그 아이를 원치 않는다고, 자기 혼자 있었으면 좋겠다고 했거든. 그러다 보니 팸이 더 악화된 거예요."

"악화되다뇨?"

"약을 했어요. 결국엔 과다 복용했어요. 틀림없이 작정했을 거야. 팸을 비난하지는 못하겠어요. 그건 팸의 잘못이 아니었으니까. 그 아이 잘못이었지. 그 아이와 그 아이 아버지의 잘못."

"빈센트의 부친은 지금 어디 있습니까?"

"내가 알 게 뭐야. 관심도 없어요."

"부친이 아들을 양육하는 데 도움을 주지 않았나요?"

"그런 소리를 한 번이라도 들었다면 지나가던 개가 웃을 거요. 난 그 더러운 쥐새끼와는 눈을 마주친 적도 없어요. 솔직히 그놈이 날 안 만난 걸 행운의 여신에게 감사해야 할 거요. 내가 아주 목을 비틀어버릴 테니까. 크리스마스 칠면조처럼 그놈의 목을 비틀어서 똥구녕을 막아버릴 거요. 팸은 딱 한 번 그놈을 만났어요. 팸이 빈스를 갖는 데 동의하지 않았다는 얘기예요. 잘 알고 계시겠지만."

"무슨 말씀이신지."

"놈이 어느 날 밤 어느 골목에서 팸이 원하지도 않는데 덮쳤다는 얘기요. 이제 알아들었어요?"

"죄송합니다."

"죄송은 왜? 댁들과는 상관없는 일인데."

질문을 하던 여자는 뒤로 기대앉았다. 조사관들은 그렇게 생각한 게 분명했다. 자네가 저 늙은 할망구를 맡아, 부탁해. 자네는 여자를 다루는 방식을 알고 있을 거 아니야. 자네한테는 저 여자도 부드럽게 나올 거야.

이제 남자가 앞으로 몸을 숙이며 탁자 위에 얹은 두 손으로 깍지를 꼈다.

"동생분이 돌아가신 뒤 빈센트를 맡아주신 이유가 있나요?"

"자매는 한 몸이니까. 팸과 마지막으로 이야기를 나눌 때, 팸이 나한테 부탁을 했다우. '필, 언니가 그 아이를 돌봐주겠다고 맹세해 줘.' 그래서 난 팸이 목숨을 끊을 작정인가 보다 한 거예요. 사실 아이가 둘이면 나라에서 더 살기 좋은 집을 얻어줄 거라고들 생각하잖수, 그렇잖아요? 솔직히 그런 속내가 없지는 않았어요. 빈스를 맡겠다고 약속하면 더 나은 집이 생길 줄 알았지. 하지만 성스러운 일을 한다는 게 옛날과는 많이 다릅디다."

"빈센트가 처음 체포된 게 언제였습니까?"

"이제 질문다운 질문을 하시네. 열네 살, 열다섯 살 때였나? 난폭 운전을 했던가, 뭐 그런 거였어요. 빈스는 벌금 고지서로 경고를 받았지만 내가 뭘 할 수 있었겠수? 난 그 아이를 통제하지 않았어요. 웃기려고 하는 말은 아니지만, 그 아이가 시설에 들어갔을 때는 내 마음이 다 기쁩디다. 빈스한텐 소년원이 아주 딱이었죠. 정상적인 세계에서 사는 재주가 아예 없는 데다 수양 부모들과도 잘 지내지 못했으니까. 본인도 소년원이 자기한테 맞는 옷처럼 느껴졌을 거예요. 여러 번 다시 들어갔으니까."

"소년원에는 얼마나 오래 있었습니까?"

"한번 가면 몇 달 있었죠. 마지막은 예외였고. 그때는 일 년 남짓 있었는데, 내 생각에는 빈스가 그걸 대수롭지 않게 여기는 것 같았다우. 리타네 글렌은 6년이나 있었거든. 히스에 있는 어느 부자 고

객의 집에 멋진 욕실을 만드는 일을 다 마치지 못해서라나. 그 윗동네 대저택에 살면 보통은 다른 일꾼을 구할 여유가 있을 거라고 생각하는 게 당연하지 않아요? 굳이 그것 때문에 호들갑을 떨 필요도 없을 텐데."

"그가 모렐 씨에게 폭력을 가한 적은 없었나요?"

"글렌이?"

"빈센트가요."

"감히 그러지는 못하지."

"그렇다면, 빈센트에게서 직접 폭력의 증거를 보신 적은 없군요?"

"볼 필요가 없지. 팸의 멍을 봤으니까, 그렇잖수?"

"만약 빈센트가 같이 있던 등대원들을 해쳤다면……."

"만약 그들을 죽였다면, 그 말이지요?"

"만약 그랬다면, 어떻게 했을까요?"

"난 몰라요. 내가 아는 거라곤 빈스가 감옥에서 통하는 별명이 있었다는 것뿐이우. 후디니. 그 이름 들어봤죠, 탈출 마법사? 그 아이가 뽐내던 그 수염, 그 끔찍한 것 때문에 사람들이 털보 후디니라고 불렀답디다. 그걸 좋아하는 여자들도 있긴 하지만, 입 주변의 그 비듬이라니. 보기만 해도 역겹지. 내가 주유소에서 남편을 봤던 그 날, 그 사람은 콘플레이크 한 그릇은 너끈히 묻힐 만한 커다란 수염을 늘어뜨리고 있던데, 차 앞자리에 앉은 그 창녀를 보니 이런 생각이 들더라고요. 그래, 네가 그 사람 가져도 좋다."

남자는 눈살을 찌푸렸다. 필 모렐은 다시 로스만 담배에 불을 붙였다.

"후디니는 그 아이가 탈옥을 계획한 후에 얻은 별명이에요. 빈스는 교육을 제대로 못 받은 아이치고 머리가 좋지. 그래서 그 아버지가 어떤 사람이었을까 궁금해지더라고. 우리는 그 남자가 이런 사람이다, 아닐 수도 있다, 어쩌면 상류층 집안 출신이다, 상류층이 다니는 큰 학교에 다녔고, 상류층의 큰 저택에 살았는데, 어느 날 밤 좀 거친 짓을 하러 나왔다가 하필 팸이 걸려들었다, 그렇게 생각했어요. 결국 그게 어떻게 나타났는지 아시우? 오만함. 아들은 지 애비를 닮는 법이지. 빈스는 이런 말을 곧잘 했다우. 어떤 사람이 잘하는 게 있다면, 그 절반은 재능이고 나머지 절반은 자기가 최고라고 믿고 남들도 그렇게 믿게 만든 결과라고. 그건 사기지. 그 아이는 사기꾼이야. 어떻게든 교묘하게 사람을 설득해 곤경을 모면했다우. 그 등대에서도 얼마든지 빠져나갈 수 있었을 거예요. 그 방법이야 알고 있었겠지. 다른 사람들 눈에 자기가 원하는 방식대로 보이게 하는 방법. 우리가 엉뚱한 것을 생각하게 만드는 방법을. 난 빈스가 죽었다고는 생각하지 않아요."

"그럼 지금 어디 있을까요?"

"내가 어찌 알아. 그 세 사람이 알 만한 곳, 거기 있겠지. 하지만 빈스한테는 그의 일을 대신해주고 은폐해서, 사실이 아닌 것을 사실인 것처럼 보이게 만들어줄 사람들이 있었다우."

남자는 노파의 말이 만족스러운 듯 입꼬리를 올리며 미소를 지었다.

"거기 그들과 함께 있었던 그 남자를 잡아요. 그 정비공 말이우."

입꼬리가 밑으로 내려왔다.

"거기 정비공은 없었습니다."

"거기 갔던 어부는 있었다고 했잖수."

"마이크 세너의 진술은 빈틈이 있고 따라서 조사할 필요가 없습니다."

"누가 그래요?"

"트라이던트 하우스에서요. 이 사건을 조사하고 있는 모든 조사관들도요."

"옘병, 댁들은 단서 하나도 못 찾은 게로구만. 내 말이 맞죠?"

"모렐 씨, 이건 이성의 법칙입니다. 메이든 록 등대와 관련해 승인되지 않는 상륙 같은 건 있을 수 없습니다. 특히 악천후에는요. 협회에선 그 회사에 속한 여러 등대에서 일어나는 모든 일을 알고 있고요."

"하지만 이 등대에서 일어났던 일은 모르는 게지. 안 그래요?"

"저희는 신뢰할 수 없는 목격자 때문에 자원을 낭비하지는 않습니다."

"만에 하나 그 어부 말이 맞다면?"

"파견 나간 정비공은 없었습니다. 항구에 남은 배도 없었고요. 그 배를 몰았던 운전수도 없었어요. 모트헤이븐에서든 다른 어디서든 그 정비공을 봤다는 사람이 없습니다."

"이봐요, 나한테서 답을 구할 생각 마시우. 그 일을 해야 할 사람은 댁들이지. 어쨌든 난 상관없어요. 지금까지 있었던 일이 모두 내 주장을 증명해주니까. 그 정비공이든 누구든 간에, 그 남자가 빈스의 패거리는 아니에요. 그리고 만약 내 심장 상태가 이보다 나았다면 요크셔 촌뜨기 조카 녀석을 동정해줄 기운이라도 있었을 거요. 참으로 묘한 일 아니우? 여기 오기 전에 에리카가 나한테 그런 얘기를 합디다. 빈스한테 평생의 소망 하나가 있었는데, 그게 자기를 아는 사람들과 깨끗이 인연을 끊고서, 길에서 수시로 만날 그 얼굴들이 없는 곳에서 새 출발하는 거라고요. 조만간 자기는 도망갈 거라고 했답니다. 그리고 어떻게 알아요? 그 망할 것이 결국 그걸 해냈는지."

9   1972년

36

아서
기계들

헬렌,

오늘 그를 보았소. 당신은 내가 아무것도 말하지 않는다고 생각하겠지. 지금 이 글을 읽고 있는 당신의 얼굴. 바로 그게 내가 말하지 않는 이유요.

가끔은 내 아버지를 떠올린다오. 폭탄과 폭발에 충격을 받은 그 얼굴. 거울을 볼 때면, 죽은 한 남자가 보여요. 한밤의 외침들. 총에 맞아 산산조각 난 내 머리.

⌒

타워 생활 38일

안개는 여전히 자욱하다, 입을 틀어막은 천 조각처럼 답답한 안개. 5시가 지난 어느 때쯤 빈스가 일어난다.

"이분은 누구세요?" 빈스가 묻고 시드가 답한다. "모르겠소? 나 더러 웃고 떠들라고 그들이 날 여기 보낸 건 아닌데." 빈스는 평소보다 더 힘이 없다. 나는 그에게 뭐 좀 먹으라고 하지만, 그는 못 먹겠다고, 그대로 토할 것 같다고 한다. 어쨌든 나는 빵을 썰고, 다 떨어진 버터 대신 3주 전에 쇠고기 관절에서 잘라낸 굳은 지방 한 점을 발라준다.

빌은 계속 줄담배만 피운다. 탁자 위에는 그가 조각하다가 포기한 조개껍데기 하나와 드릴이 놓여 있다. 드릴 비트가 가늘고 날카롭다.

오늘 오후에 나는 빌이 침실을 뒤지고, 내가 빌려 입었다가 제자리에 갖다 놓은 바지 주머니를 뒤집고 있던 장면을 목격했다.

"뭐 찾고 있어?"

"아무것도."

그는 그 바지를 자신의 수납장에 쑤셔 넣고는 나를 지나쳐 아래층으로 내려갔다.

만약 둘이 같이 있는 모습을 나에게 들킨다면 빌은 그런 모습일까? 벌게진 얼굴, 벌게진 손.

빈스가 털썩 의자에 앉는다. "오늘이 며칠이에요?"

오늘이 며칠인지 나는 모른다. 내가 너의 배를 본 게 두 달 전 일이라는 것밖에. 배의 찢어진 돛과 손짓하던 손. 너는 나를 데리러 오고 있다. 내가 지원 요청을 취소한 것도 그 때문이다. 그들이 끼어들고, 사람을 보내면 네가 겁을 먹고 달아날까 봐. 그런 일은 원치 않았기 때문이다.

시드가 담배 연기를 길게 내뿜는다. 그는 파충류처럼 눈도 깜박이지 않고 차갑게 빈스를 본다. "맥은 내가 아는 사람을 닮았군. 북부에는 가족이 없죠?"

"네." 빈스가 빵을 집어 들며 말한다.

"아마 내가 댁의 출신지를 잘못 짚었나 보오."

빈스가 몸을 떨다. "안 보여요." 그가 말한다. "당신 얼굴이 제대로 안 보여요."

"일단 먹어." 내가 그에게 말한다. "먹고 다시 가서 자."

"양동이가 필요해요."

"하나 가져올게."

"토하게요."

"알아."

⌢

저녁 식사 시간. 그 이방인이 접시 너머 나를 지켜본다. 은청색 눈, 1월의 자동차 앞 유리에 낀 엷은 서리 같다.

시드는 내가 너의 배를 본 후 해가 뜰 때 왔다. 동시에 도착하는 두 가지의 일. 서로 관련이 없으면서도 있는 것들. 그것을 다룬 책이 있다.『실체들의 충돌』. 어느 완벽한 봄날에 랜턴실에서 그 책을 읽었는데, 렌즈들을 통해 굴절된 새벽빛이 너무도 찬연하게 자주색에서 녹색으로, 오렌지색과 핑크색으로 변하는 게 환각을 일으키는 만화경 같았다. 그것은 며칠, 몇 년, 몇천 년이 걸릴 것이다. 영겁의 세월이 지난 후에 지상에서 별들의 함성을 듣기까지는. 나는 너에 관해 누구에게도 말하지 않았다. 너는 수줍음을 탄다. 너는 나를 믿어야 한다. 과거에 너는 나를 믿었는지? 나는 널 실망시켰다.

너에게 미안하다고 말하고 싶다.

"누가 요리 당번이오?" 시드가 묻는다.

나는 나이프와 포크를 함께, 끝을 맞춰서 내려놓는다. "접니다."

"반죽에 공기가 더 많이 들어가야 하는데. 토드•가 좀 납작해요."

"토드는 소시지잖아요."

"아니, 그게 아니지. 토드는 반죽이오."

"반죽을 오목하게 파서 그 안에 소시지를 넣어 만들죠."

"그 소시지들이 구덩이처럼 생겼잖소. 소시지가 홀이라고. 그래서 토드 홀이라 부르는 거고."

"그게 다 빌어먹을 깡통에서 나온 거예요." 빌이 끼어든다. "아무렇게나 부르면 어때서."

• 토드 인 더 홀toad in the hole. 반죽에 소시지를 넣어 구운 영국의 전통 음식.

빌은 안개포를 계속 발사하기 위해, 자기 접시를 챙겨 랜턴실로 가져간다. 입을 꽉 다물고 있다. 아마도 빈스가 걸렸던 병이 옮은 것 같다. 나는 우리 전부가 그것에 걸려 내일 아침까지 다 죽는다는 상상을 해본다.

시드는 더 떠서 먹는다. 그의 혀가 노란 반죽을 핥는 소리가 들린다. 빌이 나가자 누군가 말한다. "빌은 날 두려워하는군." 시드가 그 말을 했던가, 아니면 나였나?

"식중독이야." 이방인이 주방용 두루마리 휴지 한 장에 손가락을 닦는다. "그 나머지 친구 말이오. 먹지 말아야 할 것을 먹은 거요."

"네?"

"빌을 위해 만든 초콜릿. 그런데 빌은 그 초콜릿을 먹지 않았거든."

그는 미소를 짓는다. 어떤 생각 하나가 재빨리 자리를 잡는다. 강둑의 수달처럼 부드럽고 빠른 생각.

"당신은 그 문제를 해결할 수 있을 거요." 시드가 말했다. "하지만 이미 모든 걸 해결해왔지. 안 그래요, 고참? 당신처럼 정신이 고결한 사람들 말이오. 그들이 당신 같은 등대원들을 더 이상 필요로 하지 않을 때가 온다면 참으로 유감일 거요. 그렇게 되면 당신은 어떻게 할 거요, 응? 어여쁜 마누라를 제외하면 사는 낙이라곤 없는 사람한테 30년은 긴 세월이지. 틀림없이 당신은 가끔, 그녀가 없으면 어떻게 할까 고민할 거요."

그를 바라보고 있으면 벼랑 끝에 서 있는 기분이 든다. 내가 들어가서는 안 되는 방에 들어간 기분이다. 내 눈에 보이는 것을 보지 않을 도리가 없다. 침울함이 우리에게 내려앉고, 우리 안으로 들어가고, 입을 틀어막은 천은 더욱 조여온다.

"당신 누구요?"

침묵 사이로 간간이 위층에서 쾅쾅 소리가 들린다. 안개포의 고독한 외침, 켜켜이 쌓인 검은 물의 주름 너머로 서로를 향해 울어대는 고래들 같다. 답도 없이 질문들만 메아리친다.

"난 아침이면 떠날 거요. 그건 걱정하지 마시오." 그러더니 그가 벽시계를 돌아보고 말한다. "8시 45분이군. 내가 자는 시간이라오."

"8시 45분." 내가 반복한다.

"그 시간이 내가 자는 시간이고 그 시간이 내가 깨는 시간이오." 그가 몸을 앞으로 기울인다. 그 치아. "지금까지 항상 그래왔고 앞으로도 항상 그럴 거요. 해가 뜨고 해가 지고, 하루가 저물고 하루가 시작되고. 그건 내가 생각할 필요조차 없는 순리요."

⌒⌒

자정에 랜턴실로 올라가 보니, 빌은 랜턴실 안에서 플런저에 엄지손가락을 얹은 채 앉아 있다. 그의 머리는 앞으로 푹 떨어져 가슴 위에 얹혀 있다. 그는 내가 오는 소리를 듣지 못한다. 나는 그의 바로 뒤에, 헬렌의 손끝이 만졌던 그 귓바퀴 뒤쪽 피부의 분홍색 줄이 보일 만큼 가까이 다가갈 수 있다. 어떻게 그걸 들키지 않고 빠져나 갈 수 있다고 생각했는지 그에게 묻고 싶다.

피가 나를 채운다. 나의 장기들, 심장, 혈관을 채워, 나를 피가 가 득한 주머니로 만든다.

"빌."

그가 화들짝 놀란다. 기폭장치가 본의 아니게 터진다.

콰아아아아아아아앙.

"제길. 뭐야?"

"자네 잠들었었어."

"미안해요."

"자네가 당직 중에 잠들어버리면 나한테 좋을 게 없어."

이제 나는 그를 붙잡을 수 있다. 그러나 네가 있다.

"지금 몇 시예요?"

그가 일어선다. 넘어질 뻔한다. 쓸모없는 자식, 땅에서 기어 나오 는 두더지.

"어디 아파? 얼굴이 너무 창백해, 빌."

그는 나를 똑바로 보려고 하지 않는다.

"그냥 피곤해서요."

"걱정하지 마. 자네는 곧 떠날 거잖아. 자네가 우리보다 먼저 뭍 에 갈 거고, 가면 그걸 기대하고 있을 테지. 안 그런가, 친구. 헬렌한테 나도 곧 갈 거라고 전해줘. 그래줄 거지? 나 대신 그렇게 전해."

빌은 그걸 말할까 고민하는 모습을 보인다. 그걸 말하려고 거의 벌어진 입. 너무나 쉽게 뱉을 수 있지만 할 수 없는 말.

"제발요, 아서." 그가 말하지만, 그가 내게 무엇을 요구하는 건지 알 수가 없다.

"아래층에 내려갈게요."

그는 말한 대로 한다. 나는 담배에 불을 붙인다.

타워 생활 39일

새벽 2시. 나는 불을 확인하고, 버너를 점검하고, 충전물을 재장전하고, 시계와 풍향을 기록한다. 풍향은 동동남이 분명하지만, 확실히 하기 위해 나침반을 사용한다. 이 일을 시작한 직후, 나는 알아두면 가치 있는 옛날 방식과 기술을 다시 사용하게 되어 좋았다. 우리는 문을 달거나 단추를 다는 방법, 빵을 굽고, 전기 장치를 고치고, 요리를 하거나 불을 붙이는 방법 등 유용한 작업을 배웠다. 모두 배울 가치가 있는 것들이지만 뭍의 남자들은 그런 일 가운데 절반도 할 수 없을 것이다. 어쨌거나 바느질과 요리는 못 할 것이다. 그러다가 조명과 관계된 교육을 받으며, 랜턴 작동법과 무언가 잘못됐을 때 수리하는 법을 배웠다. 그 모든 것이 간편하고 유용한 것 같았다. 거기엔 어떤 허세도 없었고, 사리사욕도 없었고, 물질적이거나 불필요한 어떤 것도 없었다. 나는 만약 나 혼자 살아야 할 상황이 되어도 잘 해낼 수 있다는 자신이 생겼다. 헬렌은 남편을 보살피기 위해 이곳에 끌려왔다고 생각하는 그런 사람이 결코 아니었다. 여자가 그런 것에 최소한의 책임이라도 져야 한다고 생각하는 건 그녀의 성격과도 맞지 않는다. 그렇지만 그녀가 그것을 좋아하는지는 모르겠다. 어떤 특정한 방식에서는 내가 그녀를 필요로 하지 않는다는 것 말이다.

내가 그녀를 필요로 하는 나머지 방식들을 그녀가 알았으면 좋겠다.

눈에 보이지 않는 방식들. 중요한 방식들을.

그 오랜 세월 동안 그녀에게 말할 수 있었으나 하지 않았다. 왜 그랬을까? 그녀가 여기 있다면, 뭍에서는 한 번도 하지 못한 말들을 해줄 수 있을 것이다. 미안하다고, 그리고 다 잘 해결될 거라고 말이다. 그리고 처음으로 다시 돌아갈 수만 있다면.

등대원들이 더는 필요하지 않게 되는 날이 올까 걱정이다. 등대가 없고, 이 세계가 없고, 내 아내가 없다면 나는 누구일까? 자동화가 되면, 우리는 소멸할 것이다. 이미 자동화가 진행되고 있다는 소리가 들리고, 나라 안팎으로 그것을 준비하고 있다. 그들 말로는 진보라고 한다. 그리고 거드리비*에서는 이미 전쟁 이후에 그 방식으로 바뀌었다. 조만간, 언제가 될지는 생각하고 싶지 않지만, 내가 하는 일을 대신하는 기계가 생길 것이다. 그 기계는 나처럼 타워를 필요로 하지 않을 것이다. 나처럼 타워를 사랑하지 않을 것이다. 기술은 등대를 밝히고 안개포 소리를 낼 수 있지만, 기술이 등대를 보살필 수는 없다. 등대는, 등대의 물질과 등대의 영혼은 보살핌을 필요로 하는데. 그런 날이 오면 타워는 텅 빈 채로, 지난 수십 년 전의 동지애와 형제애, 부엌에서 피우던 담배, TV 앞에 모이던 등대원들, 한때 그 안에서 꽃피웠던 우정과 신뢰, 그리고 다시는 이곳에 있지 않을 인간을 그리워하며 슬퍼할 것이다.

⌒

나중에, 훨씬 나중에, 당직을 끝내고 깊은 밤이 어스름 새벽으로 접어들 무렵. 침실에서 문과 웨이트 튜브 사이의 거리를 잘못 판단해서 튜브 벽에 엉덩이를 부딪힌다. 빈스는 코를 골고 있다. 그는 침대에 비해 키가 너무 커서 발이 비어져 나와 있고, 아우터헤브리디스 제도의 한 해변에서 다쳐 발버둥 치는 제비갈매기처럼 이따금 움찔거린다. 손바닥으로 그의 이마를 짚어본다. 코골이가 잠시 멈춘다. 빈스가 한쪽 눈을 뜬다. 촉촉하게 반짝이는 바다표범의 눈 같다.

창문 너머 아득히 멀리서 바다가 마르고 육지가 커진다.

• 콘월 서부, 세인트이브스 만에 있는 해변. 이곳 등대가 버지니아 울프의 『등대로』에 나온다.

그곳에서 빛 한 점이 깜박인다, 아니 바다 위에서인가?

사람들은 이런 타워 등대를 지으면서, 우리 침실이 해안을 향하도록 배치했다. 등대원은 자신의 등댓불이 집을 비추는 걸 느끼며 침대로 들어간다. 그들은 등대원의 등불이 집을 향하기를 바란다. 그들은 등대원이 자기 밑의 바다에 관해 공상하기를 원하지 않는다. 안전하게 여겨지는 깊이 너머, 더 깊고 고요한 바다를 생각하지 않기를 원한다. 등대원이 침대에 있을 때, 그때가 바로 그의 기억이 그보다 더 커지는 시간이다. 그리고 등대원은 육지를 필요로 한다. 한밤중에 아버지의 발자국 소리에 귀를 기울이는 아이처럼, 육지가 거기 있음을 확인해야 한다.

우리는 모두 육지에 매여 있다. 까마득한 옛날 혓바닥 비슷한 모양을 한 우리의 조상이 물 밖으로 기어 나와 우리의 지느러미로 처음 모래를 헤집고, 아가미로 공기를 마시려 헐떡이던 그때 이후 계속해서.

해안의 등대는 수줍게 실룩거리다가 갑자기 더 밝아져 반짝거리며 갈망한다. 나는 그것이 너임을 안다. 네가 거기 있고 나에게 말을 걸고 있음을 안다. 나는 네가 나에게 무슨 말을 하고 있는지 이해한다. 내가 무엇을 해야 하는지를.

난 너의 머리카락 냄새를 맡고 네 뒷덜미의 부드러운 형태를 느끼고, 그러다 마침내, 마침내, 그렇게 잠이 든다. 감은 눈으로 너의 빛을 보면서.

37

빌
서류 가방

나 때문에 어머니가 죽었다는 걸 알았을 때 난 일곱 살이었다. 형은 축구공을 차서 내 머리를 맞히고는 이렇게 말했다. "지질하게 울지 마, 꼬마 빌. 살인자는 울면 안 돼." 내가 노친네에게 살인자가 무슨 뜻이냐고 물었더니 그가 달걀 프라이가 놓인 접시에서 고개를 들더니, 나더러 그 정도는 알 거라고, 지금은 알 만큼 충분히 컸다고 했다. 그녀를 학살한 것은 나의 출생이었다.

살인자라는 단어는 희번덕거리는 양의 눈, 가스실의 비명, 도살장 벽에 튄 피를 떠올리게 했다. 나는 그 축구공 사건 이전부터 의심을 품고 있었다. 선생님과 친구들의 부모님 얼굴에서 보이던 동정과 역겨움의 표정들. 그 사건에 관한 수군거림들. 내가 참 불쌍하다느니, 그녀가 얼마나 친절한 사람이었다느니, 그런 헛된 종말을 맞기에는 너무 사람이 좋았다느니 하는 말들. 헛됨. 좋은 것이 나올

가능성이 없다는 뜻이다. 집 현관홀의 가운데가 불룩 나온 장식장
에는 무슨 성소처럼, 높이 30센티미터의 사진이 놓여 있었다. 왜 내
어머니가 여기 없는지를 누구도 설명해준 적이 없었다. 그래도 나
는 그녀를 사랑해야 했고, 왜 그래야 하는지도 모르면서 미안함을
느껴야 했고, 웃거나 즐거워하기 전에는 두 번씩 생각해야 했다. 왜
냐하면 그런 감정은 감히 소리 내어 말할 수도 없을 정도로 큰 대가
를 치르고 얻어진 것이기 때문에.

둘 중 엉뚱한 사람을 잃어버렸다는 암시. 나는 거래할 가치조차
없었다.

그것이 내가 가지고 있던 유일한 어머니의 사진이었다. 그렇게
그녀는 내 머릿속에, 다정하게 미소 띤 포즈로 굳어진 채 지난 세월
동안 남아 있었다. 나는 그녀가 화낼 때, 슬플 때, 농담에 배꼽 잡고
웃을 때는 어떤 표정인지 본 적이 없었다. 학교에서 돌아왔을 때나
형들에게 두드려 맞은 후에도 물끄러미 나를 보는 그 자애롭고 인
내심 많은 얼굴밖에 모른다.

어느 누구도 나를 용서하지 않았다. 오직 그녀밖에는.

헬렌 블랙을 만났던 그 순간, 그녀는 그 얼굴을 떠올리게 했다.
그러나 이번에는 그녀에게 말할 수 있었다. 그녀의 피부를 만질 수
있었다. 그리고 그녀의 손을 잡을 수 있었다.

나는 그녀가 모르는 모든 것을 그녀에게 말하고 싶었다. 내 아버
지와 그의 체벌, 그가 양손으로 벨트를 쥐고 내 방에 들어와 침대

끝에 앉아 있곤 하던 일도. 그리고 만약 상륙등이 비칠 때 그녀가 거기서 빛을 내며 있어준다면 나를 구원해줄 수 있을 거라고 말하고 싶었다. 도싯에 사는 사촌에 관해, 내가 싫어하지만 내 운명으로 여기는 바다에 관해서도. 그리고 항상 나한테 묻는 법도 없이 요구해오는 것들을 해냄으로써 나의 과거를 보상해야 하는 처지에 관해서도. 그리고 나를 등대로 이끈 것, 내가 도망칠 수 없는 삶으로 나를 이끈 것이 바로 그것이라는 것도.

타워 생활 55일

아침에 잠을 깨고 보니 침실이 조용하다. 커튼 틈새를 통해 희미한 빛이 스며들어 온다. 방에는 아무도 없다.

내 위쪽을 확인해본다. 그 정비공의 침대는 사용한 흔적도 없이 정리되어 있다. 빈스는 나가고 없다. 공포가 밀려온다. 마치 내가 잠든 사이에 아주 긴 시간이 흘러서 모두 죽었거나, 나를 두고 떠난 것처럼.

3일만 지나면 뭍에 간다. 그녀는 이제 그에게 또는 나에게 또는 자신에게 거짓말할 필요가 없을 것이다. 아서가 진실을 알아버린 지금은 말이다.

당연히 알고도 남지, 이 바보 같은 친구야.

아서는 내가 '애드머럴'에서 훔친 목걸이를 발견했다. 제니가 시내에 나갔던 어느 오후에 훔친 거였다. 누가 묻는다면, 선반을 고치러 그 집에 들렀던 거라고 둘러댔을 것이다. 애초에 뭐든 가져올 생각은 아니었고, 그냥 잠시 그녀의 냄새를 맡고 싶었다. 그녀의 스카프, 그녀의 향수, 그녀의 잠옷 냄새를. 그 목걸이는 내가 두었던 자리에 없었다. 그녀가 나한테 키스할 때 입고 있던 바지였는데. 바로 그 바지를 아서는 묻지도 않고 빌려갔다.

그 친구는 잃을 것도 없는 사람이야.

어쩌면 나는 아서가 그 목걸이를 발견하기를 내내 의도했던 것 같다. 그래서 그가 직접 가져가기를.

나는 담배를 피우고 싶어서 침대 옆 우묵한 공간에 웅크려 앉는다. 그 안쪽, 뒤쪽에서 바삭거리는 종이봉투가 손에 닿는다. 잠시 어리둥절해진다. 이윽고 납작한 동전 모양을 한 것들이 떨어진다. 아내가 보낸 초콜릿이다. 내가 여기 너무 오래 있었나 보다. 초콜릿을 꺼내본다. 진한 꽃 냄새가 나지만, 몇 주 전에 나던 냄새와는 다르다.

하나를 먹을까 생각한다. 그녀에게 솔직해지기 위해서, 마지막으로. 그래, 먹었어. 아주 맛있던데, 고마워.

그 대신 부엌으로 내려가 그 초콜릿들을 쓰레기통에 버린다.

〜〜

아서는 책을 들고 호마이카 책상 앞에 앉아 있다.

"안개가 걷혔네요." 나는 싱크대에 서서 조심스레 그에게 등을 돌리고 말한다. "빈스는 어디 있어요?"

"위에."

마시는 물에서 소금과 해초 맛이 난다. "시드는?"

아서는 그가 벌써 떠났다고 말한다. 일찍 배를 타야 했다는 것이다.

수도꼭지를 잠근다. 똑똑 물이 계속 떨어진다. "윈치는 누가 작동했는데요?" 내가 묻는다.

"난 아니야."

"그럼 빈스였겠네."

"아니."

주임이 하는 말은 그게 전부다. 예전의 아서였다면 계속 설명했을 것이다. 시드가 짙은 안개를 뚫고 도착한 것에 관해, 그가 어떻게 행동했고 무슨 말을 했는지에 관해. 그러나 오늘은 아무 말이 없고, 이 침묵이 그와 내가 마지막으로 이해하는 순간이 될 것이다.

⌃

빈스는 앞에 기상 일지를 펼쳐놓고 있다. 나는 그가 시드에 관해 물어오리라 예상한다. 아직은 뭐라고 말할지, 어디까지 얘기할지 마음을 정하지 못했지만, 고민할 필요가 없다. 그의 관심은 다른 데 쏠려 있다.

"빌, 이것 좀 보세요."

랜턴의 렌즈들이 깜박인다. 나는 가까이 다가선다.

"여기 와보세요." 그가 말한다. "이거요."

나는 그의 어깨 너머로 책상 위에 펼쳐진 일지를 내려다본다.

"난 이게 작년 기록인 줄 알았거든요." 빈스가 불안하게 말한다. "처음에 이걸 보고 그렇게 생각했어요. 이게 올해의 것일 리가 없다. 뭔가 착오가 있다. 이건 낡은 일지다, 주임이 헷갈렸던 거다, 라고 말이에요. 그런데 빌, 이건 지금 거예요. 이번 달 거라고요."

그는 주임이 검은색 펜으로 갈겨 쓴 어지러운 글자들과 숫자들, 고리와 형태들을 보여줬다. 점점 작아진 그것들은 잘게 긁힌 듯한 자국처럼 보였고, 군데군데 너무 세게 눌러 종잇장이 찢어져 있었다. *부서지고 무너진다. 혼돈스럽다. 눈보라. 거센 폭풍이 허리케인으로 바뀐다……*

"세기 10, 11, 12." 빈스가 읽어나간다. "바람 세기가 12였던 적은 한 번도 없었어요. 이건 진짜가 아니에요. 이 가운데 어떤 것도 일어나지 않은 일이에요."

바로 그때 가방이 눈에 들어온다. 그것은 랜턴으로 올라가는 짧은 계단의 첫 단에 놓여 있었다. 작고 네모난 모양으로 당장에 눈에 띌 만한 가방은 아니다. 빈스도 아직 보지 못했다. 그것은 정비공이

가지고 다닐 만한 도구 가방이 아니라, 서류 가방이다. 매끈하고 작은 가방. 비를 맞다 들어온 고양이처럼 반짝인다.

"빌." 빈스가 부른다. "어떻게 하죠?"

그 가방 색깔이 시드와 똑같다. 말로 설명할 수 없는 색.

이것이 우리가 이해한 것이다. 아서도 나도 그것을 알고 있다.

결국 그 정비공은 정비공이 아니라는 것. 보통 사람은 혼자서 홀연히, 아무 흔적도 남기지 않고 타워를 떠나지 못한다는 것 말이다. 1951년 한 실버맨이 어느 산울타리에서 선빔 탤벗 앞으로 걸어 나왔던 것처럼, 뒤를 이어 나타나는 실버맨 중 하나다.

"제길, 뭐예요?" 빈스가 일지를 닫는다. "이게 아무렇지도 않다는 거예요?"

옛날 집 캐비닛 안에 있던 형의 대마초가 생각난다. 현관 지붕 아래, 그늘 속에서 그들이 오기를 기다리며 피우던 것. 비의 후텁지근한 금속 냄새.

달아나.

"저게 뭐예요?" 빈스가 고개를 돌리더니 내가 보는 것을 보고 묻는다.

나는 그 서류 가방으로 다가가 무릎을 꿇고 걸쇠를 누른다. 놀랍게도 탁 소리를 내며 가방이 열린다.

"빌……." 그의 말투가 긴박하다. "안에 뭐가 들었어요? 어디 봐요."

나는 본다. 볼 수 없다.

"아무것도 없어." 나는 재빨리 가방을 닫는다. "비어 있어."

집에서 제니는 가끔 유리잔을 엎어 거미를 잡는다. 그녀는 거미를 싫어하기 때문에, 그것을 재빨리 해치운다. 마치 그것을 생각하거나 볼 수 없다는 듯, 그냥 잡아서 치워버린다. 나는 그렇게, 그 서류 가방에 관해선 생각하지도 않고 그냥 집어 들고, 갤러리로 나가서 난간 위, 저 멀리 바다로 던져버린다.

38

빈스
보급선

신입 연수 첫날에 그가 최고라는 얘기를 들었다. 아서 블랙, 이제 그는 자네를 위한 사람이야, 라고 그들은 말했다. 보통은 주임들의 이름이 그들 입에 오르내리지는 않는다. 악명은 좋은 것이 아니었으니까. 스케리스 등대 담당 주임의 예를 들면, 그는 그 등대에서 완전히 발가벗고 지냈다. 아마 집에서는 아내가 허락하지 않고, 등대에서는 가능했기 때문에 그랬을 것이다. 그 남자는 램프 덮개를 교환하는 일부터 바닥을 닦는 일까지 모든 작업을 실오라기 하나 걸치지 않고 했는데, 다만 조리 당번일 때만큼은 앞치마를 둘렀다. 다들 그의 요리를 두려워했고 그를 따라 위층으로 올라가야 할 때면 겁을 먹었다. 그러나 좋은 이유로 누군가의 이름을 안다는 것, 그런 일은 드물었다. 내가 아서 블랙, 조용한 자부심과 고귀한 마음, 영민한 머리를 가진 그와 함께 일을 시작하던 그날, 나는 이보다 나은 사람은 어디서도 찾을 수 없다는 걸 알았다.

우리가 온통 안개에 싸여 있던 날들을 계속 거슬러 올라가며 짚어본다. 그러나 그가 쓴 것은 그 기간의 날씨가 아니었다.

아서는 예전의 아서가 아니야. 사람이 달라졌어.

무슨 일이 벌어진 것이다. 그게 무언지는 모른다.

우리 주임은 이상해졌다. 전보다 더. 그 일지에서 내가 읽은 것은 도무지 말이 안 된다. 나는 생각할 수 있는 온갖 방식으로 그것을 맞춰보았지만, 항상 같은 결론이 나온다.

아서는 늙었다. 맛이 간 것이다.

그보다 더 나쁜 일은 없다. 그것 말고는 다른 경우를 의심할 여지가 없다.

타워 생활 20일

바다는 레몬색 빛을 가득 품은 한 폭의 수채화다. 당직을 설 때 내가 지켜보는 것은 바다가 아니라 해안이다. 쌍안경으로 멀리 보이는 해안선을 순찰하고, 에디의 사람을 감시한다. 틀림없이 그가, 본명이야 뭐가 됐든, 그자가 반드시 올 것이기 때문이다. 지금쯤 그는 자기 우두머리한테 보고하고 있을 것이다. 그들은 그것을 하기 위한 최선의 방법을 궁리하고, 프로답게 계획도를 그릴 것이다. 부두에서 출발하는 그 배, 하나의 점이었다가 엄지손가락 지문 자국만큼 커지고, 빠르게 다가올 것이다. 오늘, 내일…….

똑똑.

누가 왔는지 나는 안다.

만들고 수리하면서 그 생각을 잊으려고 애써본다. 셔츠에선 악취가 나고 양말은 구멍이 났지만 나는 수리 작업이 꽤 마음에 들어 내 몰골에는 크게 개의치 않는다. 이런 활동은 내가 지금 하는 일에 집중할 수 있는 차분한 상태로 나를 데려간다. 나는 이제 거친 감정을 느끼지 않고, 다시 인간임을 느낀다. 여기 있으면서 작업을 하다 보면 그야말로 순수한 즐거움을 맛본다.

쌍안경으로 다시 해안을 확인한다.

미셸을 만났을 때 나는, 결국엔 그렇게 될 거라고 생각했다. 에리카가 그녀에게 나의 과거를 말할 것이며 그게 끝일 거라고 말이다. 에리카는 내가 그것에 다가가게 내버려 두었다가 냉큼 채어 갈 것이었다. 왜냐하면 성장한다는 게 원래 그런 거였기 때문이다. 가족들은 내가 무언가를 느끼기를 기대했지만, 나는 여섯 살이나 여덟 살이 지나자 더 이상 느낄 수 없었다. 그렇게 되자 사람들은 내가 차갑고 이상한 아이라며, 아무도 널 원하지 않는다고 말했다. 나에게 무언가 문제가 있다고 했다.

그러나 에리카는 말하지 않았다. 그리고 이제 나는 처음으로, 사택에서 펼쳐질 우리의 삶을 믿을 수 있게 되었다. 미셸과 나, 우리를 위한 미래. 때로는 그녀가 등대 같다고 생각한다. 내가 애초에 그녀에게 끌렸던 것도 그 때문이었다. 아니 내가 등대에 끌렸던 게 그 때문이다. 바깥의 어둠 속에서 진탕 마시며 돌아다니다가 갑자기, 지금까지 본 것보다 밝게 타는 불꽃 하나가 나타난다. 당신은 아무런 선택의 여지 없이 그것을 향해 다가가고 그것이 당신을 받아들여주기를 바란다.

나는 그 불빛이 꺼지지 않게 지킬 것이다. 에디 때문이 아니다. 누구 때문도 아니다.

아래 부엌으로 내려가 싱크대 밑 구멍 틈새로 팔을 넣어본다. 딱 벽돌 크기만 하다. 나처럼 손목이 가는 사람이라면, 안쪽 벽을 돌아 팔을 구부릴 수 있다. 한순간 에디의 사람이 그것을 발견했나 싶어 공포에 질린다. 하지만 아니, 그것은 제자리에 있다.

나는 그 권총을 꺼내 장전이 되어 있는지 확인한다.

그리고 기상 일지에서 보았던 것을 생각하면서, 만약 내가 틀리고 빌이 맞는다면, 방법은 딱 하나밖에 없다고 확신한다. 나 자신. 나 혼자만. 나는 내 이익만 추구할 것이다.

타워에 오고 나서 어느 정도 시간이 지나면 모든 것이 썩기 시작한다. 선착장에서 사람들이 내게 말했던 게 그것이다. 타워를 조심해, 타워가 사람을 돌게 만들 수 있거든. 그리고 만약 시드가 돌아온다면, 그가 에디를 데리고 온다면, 주임과 빌에게는 유감이다. 정말 유감으로 생각한다, 정말로.

오후 늦게, 트라이던트 보급선이 물탱크를 채우기 위해 온다. 일부 바위 등대에서는 빗물을 거르는 방법을 쓰고, 우리가 있는 이곳은 몇 달은 버틸 수 있을 만큼 비가 충분히 오지만, 너무 외진 데다 공간이 거의 없는 탓에 펌프로 신선한 물을 끌어 올려야 한다. 그 배의 이름은 '스피릿 오브 어니스'다. 뜻은 모르겠다. 아서는 그 이름이 어느 웨일스 마법사와 관련이 있다고 했지만 무슨 상관인가. 배에는 별의별 이름이 다 붙는데.

"마이크 아저씨예요?" 빌이 셋오프에서 소리친다.

"잘 있었나, 빌. 뭍으로 가져다줬으면 하는 게 있어?"

"나 말고 뭐가 있겠어요."

"얼마 안 있으면 갈 텐데 그러네." 어부가 말한다. "며칠 남았지?"

"사흘요."

"진심으로 행운을 비네. 일기예보에는 폭풍우가 몰아칠 것 같다는데. 큰 폭풍이랬어."

"시드가 발전기를 고치러 왔었어요." 문득 생각난 듯 빌이 말했다. "그 사람 아세요?"

"시드가 누구야?"

"몸집이 큰 사내였는데. 이틀 밤 머물다 갔어요."

마이크 세너는 고개를 젓는다. "뭍에서는 자네 주임이 파견 요청을 취소했다고 하던데."

"언제요?"

"언제기는, 여기 발전기가 망가졌을 때였겠지." 마이크는 손으로 이마를 쓸면서 셋오프를 흘긋 바라본다. "그들한테 한번 알아보라고 전할게."

"정말 아무도 안 보냈대요?"

내가 말한다. "그만하세요, 빌."

"배 타고 나온 사람이 한동안 없었어." 마이크가 보트를 댄다. "날씨가 그 모양인데 나올 수가 없었지. 어느 미친놈이 출항하려고 했다면 우리가 알았을 거야."

"뭍에서 그를 본 사람이 없어요?"

"그렇지."

빌은 당황한다. 하지만 나는 안다. 에디는 사람들 눈에 띄지 않는 기술을 부하들에게 훈련시켰다.

"내가 가서 그 말을 전하지." 마이크가 말한다. "그래서 자네 기분이 좋아진다면 말이야. 하지만 그들은 믿지 않을 거야, 빌. 그들 모르게 누군가가 여기 왔었다는 건. 그들은 이렇게 말하겠지. '마이크, 이 양반아, 어떤 인간도 그렇게는 못 할 거야. 살아 있는 사람이면 그럴 수 없다는 걸 자네도 알잖아.'"

10   1992년

39

배스 주 웨스트 힐 머틀 라이즈 16번지

런던 110 브리지 스트리트

탠덤 출판사 래빗츠 풋 프레스

1992년 8월 26일

친애하는 담당자님께

저는 현재 귀사의 작가 댄 샤프의 메이드 록 실종 사건 연구를 돕고 있습니다. 샤프 작가가 귀사에서 출간한 소설들을 필명으로 썼다고 알고 있습니다. 샤프 작가의 실명을 알려주시면 감사하겠습니다. 답신을 고대하겠습니다. 안녕히 계세요.

헬렌 블랙 올림

40

헬렌

그녀는 약속 장소에 일찍 도착했으므로 안에 들어가 그를 기다리면 되었다. 그러나 그녀는 비가 내리는데도 들어가지 않고, 길 건너편에서 카페 입구를 지켜보았다. 얼마 후 그가 나타났다. 그 역시 일찍 왔지만, 겨우 1분 이른 시간이었다. 머리는 젖어 있고 반코트에 물방울이 맺혀 있었다. 그 걸음걸이, 그 두상은 너무도 친숙했다. 왜 진작 알아차리지 못했을까? 자신이 그걸 놓쳤다는 사실이 그녀는 믿기지 않았다. 미셸의 말이 옳았다. 댄 샤프는 그 프로젝트를 시작할 때 신문 지면을 통해, 그것은 그 사건에 대한 향수이자 자신의 동력이던 바다에 대한 애정이라고 말했었다. 헬렌은 그 말을 의심하지 않았지만, 샤프는 나머지에 대해서는 솔직하지 않았다.

그가 안으로 들어간 뒤, 그녀는 그가 메모장을 말리고 정리할 시간을 주기로 했다. 그녀는 마지막 고백을 할 각오가 되어 있었다. 이제는 그가 누구인지 알고 있었다.

지금까지 그녀는 전부 다 이야기했다. 이것, 가장 중요한 이것만 빼고는. 그렇다고 그에게 이야기한 것들이 거짓말은 아니었다. 그저 완전한 그림을 보여주지 않았을 뿐이었다.

전에 그녀가 느낀 건 단절이었다. 그가 어떻게 이해할 수 있겠는가? 해적 무리의 납치와 바다의 위험을 썼던 작가가. 그러나 그녀는 이제 그가 자기와 비슷한 사람이라는 걸 깨달았다.

결국 그녀는 그가 다른 사람에게서 그 말을 들을 거라고 생각하니 견딜 수가 없었다. 어떻게든 그녀가 받아들일 수 있는 말을 찾기 위해 수십 년을 보냈는데, 그 작가가 다른 사람의 단어를 사용해서 그 이야기를 책에 쓴다는 건 용납할 수 없었다. 그것은 그 이야기와 관련이 있었다. 그것은 아서와, 그리고 그의 실제 모습과, 그가 했을지 모를 일과 관련이 있었다.

그녀는 코트의 후드를 뒤집어쓰고 길을 건넜다.

41

헬렌

앉으니까 살 것 같네요. 버스가 몇 킬로미터 떨어진 곳에 나를 내려줬거든요. 내 잘못이에요. 작가님은 지금쯤이면 내가 버스들을 구분할 때도 됐다고 생각하시겠죠. 하지만 난 어느 버스가 여기까지 오고 어느 버스는 안 오는지 도무지 외울 수가 없네요. 네, 좋아요. 차 주세요.

처음부터 이야기를 시작할게요. 그게 가장 좋을 것 같네요. 하지만 기억은 그렇게 작동하지 않죠, 안 그런가요? 순간순간의 작은 불꽃들이 딱히 순서도 없이 여기저기서 터지곤 하죠. 이를테면 가장 이상한 것들, 우리가 묵었던 여름 별장의 부부에 대한 기억이 그래요. 나에게 그 기억은 월요일에 일하지 않던 그 주인 남자와 늘 붙어 다니죠. 그 남자가 나에게 말하기를, 자기는 월요일에 일한 적도 없고 앞으로도 없을 거라고 하더군요. 취직할 때 면접에 가서도 그렇게 말했대요. 자기는 월요일에 일하는 걸 좋아하지 않는다고. 일요일 밤의 그런 감정이 싫기 때문이래요. 아시잖아요, 다시 출근할 준비를 하고 있을 때 드는 그런 감정, 뭐라고 하면 좋을까? 기력이 없달까. 내 생각엔 사람들이 가진 트라우마가 클수록, 사소한 것들에 더 집착하는 것 같아요. 그래야 트라우마를 다루기가 한결 쉬워지거든요. 어떻게 보면 나는 월요일에 일하지 않던 그 남자에게 많은 신세를 지고 있는 셈이죠.

우리 아들 이름은 토미예요. 물론 그 여름 별장에서 그것이 시작된 건 아니었어요. 그것은 그보다 6년 전, 내가 임신 사실을 알면서 시작됐어요. 처음에는 충격이었죠. 익숙해지는 데 시간이 걸렸다는 건 솔직히 인정해요. 그렇다고 내가 아이를 원하지 않았다는 말은 아니에요. 그냥 아이를 가진다는 게 전부이자 가장 중요한 일이라고 생각하지 않았을 뿐이죠. 나는 엄마가 되어야 한다는 부담이 없이 스스로에게 매우 편안했어요.

토미가 죽기 전의 나는 주저 없이 그 임신은 우연이었다고 생각했지만, 지금은 그렇게 말할 수가 없네요. 그렇게 말하면 마치 토미가 예정되어 있지 않았다는 상상 때문에 그 아이가 죽음을 맞았던 것 같거든요. 토미는 항상 예정되어 있었어요. 그러기 때문에 내가 토미를 가진 걸 알았을 때의 놀라움이 지금은 기적처럼 느껴지는 거예요. 우리는 토미를 계획하지는 않았지만, 토미는 결코 우연이 아니었어요.

아서와 나는 어떻게 대처해야 할지, 우리가 어떤 부모가 될지 몰랐지만, 그런 걸 아는 사람이 어디 있나요. 그냥 맞닥뜨려서 최선을 다하는 거죠.

토미는 사랑스러운 아기였어요. 그 시절의 나는 보통의 아기들이 어떤지 전혀 몰랐지만, 옆집 제니가 아이들한테 하던 걸 비교해보면, 토미는 기쁨이었어요. 그 아이는 엄마 쉬라고 잘 잤고, 먹기도 잘 먹었고, 7개월에 기기 시작했고, 15개월에는 걸었고, 그리고 어쩜, 잊어버린 것들이 슬프네요. 작가님은 내가 아이한테 온갖 사소한 공을 들였으니 온갖 사소한 것들을 다 기억할 거라고 생각하겠죠. 아이가 먹은 것, 아이가 내는 소리, 동그랗게 꼭 쥔 주먹, 파닥거리는 팔, 뒤통수의 성긴 머리카락, 목욕할 때의 그 부드럽고 둥근 어깨……. 하지만 아니에요. 다 기억하지 못해요. 한 주가 지나면 아이는 다시 새로운 아이가 되지요. 더 커지고 더 자라거든요. 그 모든 인격체를 그대로 머릿속에 간직한다는 건 불가능하다고 봐요. 2년 사이에 서로 다른 열 명을 아는 것과 같죠. 하지만 우리, 토미와 나에게는 무언가가 있었어요. 우린 서로를 좋아했죠. 우린 친구였어요. 토미는 갓난아기였을 때부터 줄곧, 오직 나를 위한 미소를 지어 보였죠.

표정이 슬퍼 보이네요. 작가님은 아이가 없죠? 하긴, 그 편이 더 쉬울 거예요. 그 편이 내 입장에서 작가님한테 말하기도 더 쉽고요. 부모들과 얘기할 때는 어떤 전염성을 느끼게 되거든요. 나를 바라보는 그 얼굴들은 마치 생각하기도 싫은 이 특정한 불행이 자신에게도 옮진 않을까 걱정하는 것 같거든요. 또는 그들이 내 말을 듣고는 있지만, 불행의 당사자가 본인이 아니어서 다행이라는 생각에 빠져서 제대로 귀를 기울이지 못하기도 하고요.

사람들이 내게 아이가 있냐고 물을 때, 어떤 대답을 할지는 내 마음이에요. 때로는 없다고 하는데, 그게 현실적인 대답이죠. 아뇨, 아이가 없어요. 그러지 않을 때는 있다고 하죠. 네, 아들이 하나 있었는데 죽었어요. 그러고 나서 내가 사람들이 무얼 물어오기를 바라는지 아세요? 아이 이름요. 나는 사람들이 아들 이름을 묻기를 바라죠. 하지만 사람들은 고개를 젓고는 이렇게 말해요. 안됐네요, 정말 힘들었겠네요. 그러면 나는 고개를 끄덕이며 말해요. 네, 네, 그랬어요. 지금도 그렇고요.

토미의 이름을 묻는 사람은 거의 없어요. 죽은 아이는 이름이 없어요. 진짜 아이일 수가 없는 거죠. 죽은 아이는 토미일 수가 없어요, 왜냐하면 그건 그런 일이 우리 누구에게든 닥칠 수 있다는 뜻인데, 그런 일에 초연한 사람은 없거든요.

나는 나를 엄마로 여겨요, 그럼요. 아기가 태어나자마자 잃어버렸든, 태어나기도 전에 잃어버렸든 엄마는 여전히 엄마잖아요. 나 같은 엄마들, 아이를 잃어본 경험이 있는 엄마들은 항상 아이 이름을 묻곤 하죠. 그런 식으로 알아볼 수 있어요. 토미가 죽고 나서 오랫동안 나는 사람들을 피해 숨어 지냈어요. 내가 어떤 마음 상태인지 아무도 이해하지 못했죠. 하지만 그러다가 사별한 사람들 모임에 나갔는데 그게 위안이 됐어요. 슬픔은 믿기 힘들 만큼 외로울 수 있어요. 그걸 알기 전에는 자기 안으로 숨어서 틀어박히는데, 그게 다시 밖으로 나오지 못할 정도는 아니지만, 그냥 나오고 싶지 않은 거예요.

그 엄마들이 나를 밖으로 데리고 나와줬어요. 아서가 그래줬다고 말하면 좋겠지만, 그건 아니었어요. 그 모임의 엄마들은 죽은 아이들을 '갱단'이라고 부르곤 했고, 우리는 아이들의 생일을 축하해주곤 했죠. 우울한 방식은 아니었고, 그냥 사실을 인정하기 위해서였어요. 그게 내가 원하던 전부였어요. 인정하는 것. 아서는 절대 토미 얘기를 꺼내지 않았죠. 장례식이 끝난 후로 남편이 그 이름을 입에 올린 적이 있나 싶어요. 그이는 사진을 보거나 추억을 같이 나누려고 하지 않았어요. 반면에 나는 토미를 기억하게 해주는 것들이 필요했죠. 토미가 존재하지도 않았던 척할 수가 없었어요.

그래요, 작가님한테는 그런 척했어요. 왜 그랬는지 묻지 않으실 거죠? 어쩌면 작가님도 내 앞에서 그렇게 척한 것들이 있을 거예요. 사람들은 늘 그러니까요. 그게 각자의 모습을 그대로 보여주는 것보다, 우리가 빠져나갈 수 없는 그 모든 걸 그대로 보여주는 것보다 더 쉽거든요. 그게 아주 강력하다는 건 알게 되실 거예요. 슬픔 말이에요. 나는 울고 또 울었고, 절대 울음을 그치지 못할 거라 생각했어요. 몇 주 동안 불도 안 켜고 침대에 누워 몸을 떨면서 토미의 목소리, '엄마' 하고 부르는 작은 속삭임이 들린다고 생각했어요. 그렇게 몇 달이 지났어요. 커다란 슬픔이 뒤에서 내 다리를 잡고 있었죠. 지금도 그래요. 하지만 이제 나는 그것이 다가오는 게 느껴지면 가만히 서 있죠. 초기에는 그것이 무릎을 차서 사람을 쓰러뜨리듯 나를 덮쳤어요. 나는 토미의 옷 냄새를 맡곤 했고 그 아이가 떠났다는 게 현실 같지 않았죠. 토미가 없는데 어떻게 아이 냄새가 아직 거기 있을 수 있을까요? 토미의 모든 것이 토미를 기다리고 있었지만, 토미는 돌아오지 않았어요. 내가 왜 그 얘기를 하지 않았는지는 이해하실 거예요.

아서는 토미가 죽고 곧바로 메이든 등대로 돌아갔어요. 나는 우리가 장례를 마치면 서로를 우선으로 생각할 줄 알았지만, 아니었어요. 그이가 등대로 떠나자 나는 사택에 혼자 남아서 버릇처럼 토스트의 빵 껍질을 잘라내기도 하고 마실 사람도 없는데 자기 전에 먹일 우유를 사곤 했죠. 우유병들은 냉장고 안에서 며칠을 있었고, 뚜껑을 따고 보면 썩은 치즈 냄새가 나서 결국엔 싱크대에 부어버렸어요.

아서와 나는 점점 멀어져갔어요. 나는 그 타워 등대와 잘 지낸 적도 없지만, 그때는 그 등대를 경멸했어요. 그것을 볼 때마다, 바다 위에 우뚝 솟은 게 정말 괴물 같다고 생각했죠. 나는 그이의 위로를 애타게 바랐지만, 그이는 대신에 타워를 위로해줬어요. 아니 타워가 그이에게 위로를 줬던 거죠. 미친 소리 같겠지만, 그때는 그렇게 느껴졌어요. 토미의 죽음 때문에 그렇게 됐다는 걸 알고는 있었지만, 어쩌면 그이에게는 처음부터 내내 그게 있었을 거예요. 이 거리감 말이에요. 아서는 정신이 똑바로 박힌 사람이라면 등대원이 되고 싶어 하진 않을 거라고 말한 적 있어요. 그 시절에 난 그 말을 수없이 되뇌곤 했죠.

그이는 토미를, 그것도 아주 많이 사랑했어요. 그래서 그이가 그걸 극복하지 못한 거예요. 글쎄요, 그것에 정면으로 맞섰다면 오히려 더 나았을 거예요. 작가님이 이런 일을 해야 할 때처럼 똑바로 바라보았다면요. 그러지 않으면 그것들이 남은 평생 집 주변에서 따라다니며 자꾸 무릎 뒤를 차서 사람을 고꾸라뜨리곤 하겠죠.

두 번 다시 남편을 볼 일이 없었으면 하고 바란 적이 얼마나 많은지 모르겠네요. 그래서 그들이 사라졌을 때, 나는 나 때문에 그렇게 됐나, 내가 그걸 바라서 그렇게 됐나 겁이 났어요. 나는 더 이상 등대 관리 사업의 한 부분으로 남지 않아도 되겠죠. 바다와 먼 곳으로 이사할 수도 있고요. 더 이상 우리 '애드머럴' 사택의 부엌에 앉아서, 아서가 왜 나를 안아줄 수 없는지, 왜 자기도 나만큼 우리 아들을 생각한다고 말해줄 수 없는지 이해하지 못한 채, 그 돌멩이들을 분류하는 소리나 십자말풀이를 하며 연필을 서걱대는 소리를 들을 필요도 없겠죠.

이제 알겠어요. 토미는 제 아빠가 돌아오기를 원했다는 걸요. 토미가 나보다 더 아서를 필요로 한 거예요. 맞아요, 그랬을 거예요.

아서를 데려간 건 바다예요. 우리가 아들을 잃은 곳이 바로 바다였거든요. 가끔은 바다가 내 주변 사람들을 죄다 핥아 먹어버리는 거대한 혀처럼 여겨져요. 만약 내가 바다에 지나치게 가까이 가는 날에는, 바다는 나까지도 핥아서 그 바닥으로 삼켜버릴 거예요. 내가 여기 사는 것도 그 때문이에요.

토미는 막 다섯 살이었어요. 그 여름 별장은 아름다운 곳이었죠. 그럴 가치가 없을 만큼요. 우리에게 별장을 빌려준 사람들, 월요일에는 일하지 않는다던 그 남자는 그 별장에 어울리지 않았어요. 살면서 많은 일이 일어나지만, 그런 일들은 특별할 것도 없는 목요일에 욕조에서 나올 때 갑자기 닥치죠. 아무런 사전 경고도 없이요. 평소에 걱정하며 시간을 보내는 그런 일들은 절대 일어나지 않아요. 적어도 우리가 생각하는 방식으로 일어나지는 않죠.

우리 아들은 좀처럼 같이 지내지 못하는 아빠와 처음 떠나는 휴가를 기대하고 있었어요. 그때쯤 토미는 아서의 직업에 흥미를 느끼고 있었죠. 아빠가 집에 왔다가 가고, 배를 타고 등대로 돌아간다는 사실이나, 아빠가 돌아와서 들려주는 폭풍이나 밀수꾼들 이야기를 좋아했어요. 그때는 대부분 지어낸 얘기라고 생각했는데, 그게 아니었을 수도 있겠네요. 토미는 아빠가 나가 있으면 아빠를 그리워했어요. 아서는 나한테는 한 번도 편지를 쓴 적이 없지만 가끔 토미한테는 썼어요. 그나마 그 편지들도 날씨가 좋아서 어느 뱃사람이 배를 띄울 생각을 할 때나 전달됐죠. 아서는 토미한테, 해가 진

뒤 메이든 등대가 나타날 때는 아빠가 잘 자라고 인사하는 거라고 했어요. 아서가 타워에 나가 있을 때면, 우리는 아빠가 무얼 하고 있을지 이야기를 나누었고, 나는 토미를 위해서 최대한 많은 이야기를 꾸며냈어요. 아이들은 놀라운 방식으로 세계를 바라보죠. 토미는 자기 아빠가 해님이 잠자러 간 뒤에 나타나는 해님이라고 말하곤 했어요. 지금까지도 그 말은 내가 들었던 가장 훌륭한 설명 같아요.

토미는 익사했어요. 여왕의 대관식이 있던 여름, 어느 아름다운 아침이었죠. 나는 아침 식사 후에 목욕을 해야겠다고 생각했어요. 욕조는 사자 발굽이 달린, 아주 깊은 욕조였죠. 몸을 푹 담그고 물이 식을 정도로 오래 있었는데, 아래층에서 아서가 외치는 소리가 들렸어요. 나와서 보니 그이가 문간에 서 있더군요. 양손을 옆으로 늘어뜨린 채, 그러나 손바닥은 천장을 향한 채로요. 얼굴은 핏기 하나 없이 창백했어요. 그이가 흠뻑 젖어 있다는 걸 깨닫기까지는 약간의 시간이 걸렸어요.

"토미는 어디 있어요?"

하지만 아서는 계속 나를 바라보기만 했어요. 바보 같은 사람에게 정신 차리라고 물 한 양동이를 끼얹었지만 정신을 못 차리는 것처럼요.

"애를 잃어버렸어." 그가 입을 열더군요.

"네? 어디서요?" 그 잠깐 사이 우리는 자동차 열쇠를 두고 말하는 사람들 같았을 거예요.

"바다에서."

"바다 어디요?"

"바다에서." 그가 말했죠.

토미는 수영을 못 했어요. 팔 튜브가 없으면 안 됐죠. 밖으로 나가 그 무시무시한 바다를 살피면서 내가 찾으려 했던 건 바로 그 팔 튜브였어요. 나는 토미가 그 작은 팔에 끼운 빨갛고 노란 튜브를 찾고 있었죠. 내가 그걸 볼 수 있을 거라고 믿었거든요. 하지만 현관에 그대로 놓여 있는 그 튜브를 보게 될 줄은 몰랐어요. 일단 가져오긴 했지만, 아직 필요가 없었던 방수복 옆에 튜브가 고스란히 있었어요.

없어졌어. 아니, 아서는 없어졌다고 말하지 않았어요. *잃어버렸어.*

나는 어리석게도 아직 괜찮을 거라고 생각했어요. 토미는 언제든 해변에 나타날 거라고, 해류가 그 아이를 해안으로 실어다줄 거라고. 하지만 바다가 언제부터 나를 위해 그렇게 해줬다고?

그 후로 어떻게 됐는지는 몰라요. 어느 순간엔가 우리가 도움을 청했던 것 같아요. 사람들과 구급차가 도착했고, 나는 춥지도 않은데 담요를 덮고 있었거든요.

이틀이 지나서 토미의 시체가 파도에 쓸려 왔어요. 작은 몸이 파랗게 되어서, 피부는 얼룩덜룩한 채, 4일 전 슈퍼마켓에서 직접 골랐던 녹색 트렁크 수영복을 입고 있었죠. 아서는 신원 확인하러 자기가 가겠다고 했지만, 나는 내 눈으로 직접 봐야 했어요. 토미는 죽은 것 같지 않게, 그냥 자는 것처럼 보였어요. 이마에 키스했을 때도 약간 서늘할 뿐 아주 정상적으로 느껴졌어요. 토미의 영혼이 그 몸을 떠나서 더는 그 둘이 손잡고 있지 않구나 하는 생각이 문득 들었어요. 몸은 시체가 됐고 영혼은 가버린 거죠. 누군가는 그게 위안이 된다고 말하지만 나한테는 그렇지 않았죠. 나는 그 몸에 영혼이 없으면, 그 안의 아무런 빛도, 따뜻하게 해줄 어떤 것도 없으면 외롭지 않을까 걱정됐어요. 그 생각이 나를 괴롭혔어요. 시체보관소 안에서, 작은 관 속에서, 마지막으로 땅속에서, 토미가 얼마나 춥고 외로울까 하는 생각을 떨쳐버릴 수 없었어요. 만약 우리가 토미를 매장했다면, 땅속에서 그 아이의 뼈가 얼마나 외로울까 하는 생각에 지금도 잠을 못 이루었을 것 같아요. 우리는 토미를 화장했어요. 나는 어떤 것도 남기기 싫었거든요.

아서는 토미를 데리고 패들링을 하러 갔었대요. 아서 말로는 깊이 가지 않아서 토미가 팔 튜브를 하지 않았대요. 물이 토미의 배꼽까지 올라오는 깊이였다고, 아서는 그 말만 계속했는데, 난 아서가 그러지 말았으면 했어요. 그 말을 들으면 토미를 나와 묶어준 지점으로 거슬러 가서, 토미를 아기로 생각하게 되고, 내가 그 아이를 안전하게 지켰던 그 많은 시간과 함께 내가 욕조에 있던 그 망할 *20분*만 떠올리게 됐거든요. 아서는 토미를 혼자 두고 카메라를 가지러 갔어요. 현관 안으로 들어가 불과 몇 걸음을. 언제나 호기심이 많던 토미는 몇 걸음 더 멀리 나갔겠죠. 한 걸음, 두 걸음, 그리고 더 아래로 갔겠죠. 그 해류는 악명이 높았어요. 토미는 다리를 비틀거리고, 허우적거리다가 물에 빠진 거죠. 나는 그 일을 그렇게 이해하고 있어요. 빠르고 고통이 없는 방식으로요. 아서가 카메라를 가지고 돌아갔을 때쯤엔 이미 끝나버린 거죠.

비난은 내가 떨쳐버려야 할 짐승이었어요. 만약 내가 그것에 휘둘렸다면, 난 두 번 생각할 것도 없이 아서를 죽였을 거예요. 그이가 잘 때 질식시켜 버렸겠죠. 하지만 아서는 내가 탓할 필요도 없었어요. 사람이 슬픔을 극복할 방법이 있기는 할까요. 슬픔만으로도 충분히 힘들잖아요. 그런데 그이는 죄책감을 느꼈고 그것이 슬픔의 뿌리였어요. 그이가 왜 나를 쳐다보지 못했고 나를 만지지 못했겠어요. 그이가 왜 나 대신 등대를 원했겠어요.

물론 그런 생각이 들더군요. 그이는 토미랑 같이 가고 싶었던 거라고. 다시 토미와 함께 있고 싶었던 거라고. 그이가 느꼈던 모든 감정이 속에서 계속 쌓이고 또 쌓이다가 결국 폭발해버린 거라고 말이죠. 나는 그이가 그걸 어떻게 해냈는지 알 수 없고 그걸 하는 그 모습을 상상할 수도 없어요. 빌이나 빈스에게가 아니라 자기 자신에게 어떻게 그랬는지 정말 몰라요. 하지만 상황만 만들어진다면 사람이 무슨 짓이든 할 수 있다고 믿어요. 만약 그런 순간이 왔다면요. 만약 사람들이 속내를 완전히 보여주지 않는다면요. 사실 사람이 타워 등대에 갇혀 옴쭉 못하고 지내는 게 정상은 아니죠. 트라이던트 사는 사람들에게 그런 일을 계속 시키지 말았어야 했다는 사실을 전혀 인정하지 않을 거예요. 어떤 사람에게도 그러면 안 되는 거였어요. 타워 등대에서 그렇게 지내는 건 자연스러운 상태가 아니고, 결국에는 대가를 치르게 되거든요.

전에 작가님을 만났을 때는 차마 시계에 관해 말할 마음의 준비가 되어 있지 않았어요. 하지만 지금은 말할 수 있을 것 같아요. 8시 45분은 토미가 죽은 시각이에요. 메이든 등대의 시계는 둘 다 8시 45분에 맞춰져 있었죠. 그 말을 들었을 땐 믿기지가 않았어요. 지금도 그게 사실이 아닐 가능성은 있다고 봐요. 정각에서 전이나 후로 5분이나 10분은 쉽게 눈에 띄는 시각이고, 그런 경우엔 불운한 우연의 일치라고 넘겨버리죠. 하지만 사람들은 패턴을 좋아하죠, 그렇잖아요. 그리고 그건 정말 흥미로운 세부 사항이죠. 하지만 난 그 시각을 잊지 못해요. 늘 내 머릿속에 새겨져 있으니까.

만약에 아서한테 책임이 있다면요? 만약에, 만약에, 만약에 말이에요.

가보지 않은 길이 수없이 많아요. 만약에 내가 아서를 만나지 않았다면? 만약에 패딩턴 역의 매표소 줄에 서 있던 나에게 그이가 인사하지 않았다면? 만약에 그이가 등대 관리소에 취직하지 않았다면? 만약에 우리가 휴가를 가지 않았다면, 또는 그 여름 별장이 지어지지 않았다면, 또는 그 남자가 월요일에 출근하기로 결심해서 돈을 더 많이 벌고, 그래서 여기가 아닌 외국에, 투산의 언덕배기에 작고 예쁜 집을 지었다면? 만약 내가 그날 목욕을 하지 않았다면?

가끔은 제니 워커에게 이런 말을 할 기회가 있었다면, 내가 누구인지 설명할 수 있었다면 그녀가 이해해주지 않았을까 생각해요. 빌과의 작은 실수. 나의 한 가지 실수를요. 그렇지 않으면 변명할 여지가 없어요.

그건 빌 때문만은 아니에요. 그래요, 거의 그럴 거예요. 심지어 난 콘월로 내려가서 내 편을 들어주겠다는 미셸의 말에 동의하기까지 했어요. 하지만 그건 어리석은 생각이었고, 게다가 그건 다른 사람이 아닌 내가 설명해야 해요. 하지만 제니의 오해를 풀 수만 있다면, 그녀와의 관계를 바로잡을 수만 있다면, 그 후로는 무언가 좋은 일이 생길 거라고 믿어요.

그래요. 진즉에 내가 해야 했던 말들이 있는데, 말했다면 얼마나 좋았을까요. 아서에게, 토미에게 말이죠. 하지만 그 두 사람에게 돌아갈 길이 없네요. 너무 늦었어요.

나머지 사람들에게는 아직 기회가 있어요. 아직 밝힐 수 있는 빛이 조금은 남아 있어요.

42

제니

제니의 이야기가 다 끝난 후에도 그들은 한참 동안 침대 덮개 위에 나란히 앉아 있었다. 해나는 말이 없었다. 그녀는 등을 곧게 세우고 두 손을 무릎에 얹은 딱딱하고 어색한 자세를 취했다. 제니는 지나칠 만큼 정성이 들어간 퀼트 침대 덮개를 바라보았다. 복숭아꽃들, 그녀가 오래전에 만든 그 덮개는 수십 번의 빨래로 부드러워지고 보풀이 뭉쳐 있었다.

아래층에서는 파티의 마지막 손님을 보내는 듯 현관문이 닫혔다. 그렉은 두 사람이 어디 있는지 보려고 올라와 있었다. 해나는 그에게 대신 잘 말해달라고 했다.

해나가 엄마를 돌아보고 말했다. "그러니까 지금 그 얘기는 엄마가……?"

제니는 옷소매로 코를 훔쳤다.

"내가 무슨 짓을 하려고 했는지 모르겠어. 절대 네 아빠를 다치게 할 생각은 아니었어. 그것만큼은 믿어줘. 다만 내가 원한 건 네 아빠가……."

"아빠가 뭐?"

"다시 내 남편이 되어주기를 원했어."

열린 창 너머에선 다시 옆집의 잔디깎이가 돌아가기 시작했다. 일상적인 소리가 지금은 더 날카롭게 들렸다. 제니가 비밀을 털어놓기 전의 세계, 그리고 새로운 세계.

"그건 아이들에 관한 문제야." 해나가 말했다. "엄마는 아이들한테 비밀을 지키는 게 현명하다고 생각하지만, 그건 아니야. 비밀을 지킨다고? 엄마는 아무것도 지킬 수 없어."

제니는 침대 덮개의 자수에서 눈을 떼지 않았다. 그녀는 그 이불 아래서 수많은 밤을 빌과 함께 누워 있었고, 소중한 아침마다 아이들은 그 이불 속으로 파고들었다.

"무슨 뜻이야?"

"나도 알고 있었어." 해나가 말했다. "마음 깊은 곳, 어디선가는 나도 알고 있었어. 엄마가 부엌에 서 있던 기억이 나. 아빠는 막 떠나려 하고 있었지. 엄마는 아빠한테 말을 걸지 않고 울고 있었지. 난 표백제 냄새를 맡았어. 그리고 초콜릿을 만들었던 케이스들이 있었지. 병에 붙은 라벨이랑. 난 그게 무얼 뜻하는지는 몰랐어. 그냥 내가 머릿속으로 꾸며낸 생각인 줄 알았어. 엄마는 내 엄마잖아. 엄마가 절대 그럴 리가 없지. 그런데 일이 이렇게 되고 결국 엄마는 그때 내 생각이 맞았다고 말하잖아."

해나는 입을 다물었다. 제니는 애써 고개를 들었다.

"아빠가 기억나니? 넌 아빠를 기억한다고 늘 말했잖아."

"응. 아빠가 나한테 잘 자라고 키스해주던 거 기억나요. 아빠가 집에 있던 밤마다, 아빠는 내가 잠들었다고 생각하고 키스해줬어. 아빠는 들어와서 손으로 내 뺨을 쓸어줬어. 자러 가기 전에 아빠 무릎에 앉아서 이야기해달라고 조르던 것도 기억나. 아빠 냄새도. 크레오코트 마감재 냄새랑 담배 냄새. 우린 달 보러 밖에 나가곤 했잖아. 하늘이 맑은 날, 해가 진 후에. 난 아빠의 등대도 그거랑 같다고 생각했어. 달 같다고."

제니는 평생 그렇게 부끄러운 적이 없었다.

"일곱 살 때는 삶이 그냥 순간순간들로 이루어진 것 같잖아. 서로 아무런 연결점이 없는 그림의 조각들처럼. 나중에 가서야 그 점들을 서로 이을 수 있게 되지."

"이제 그럴 수 있게 됐구나." 제니가 말했다.

해나는 고개를 저었다. 창문 너머 길에서 아이들이 자전거를 타고 지나갔다. 아이들이 지르는 소리가 점점 크게 들리다가 멀리서 사라져갔다.

"전에 엄마가 아빠 바람 피웠다고 했을 때, 그 이야기도 충격으로 다가왔어야 했을 거야. 하지만 엄마, 그렇지 않았어." 해나가 인정했다. "난 이미 알고 있었어. 그때 우리가 헬렌 아줌마네 집에 놀러 갔었잖아. 엄마와 난 그 집 거실에 앉아 있었고. 그런데 아빠가 만든 조개껍데기 조각이 선반에, 액자 뒤에 있었어. 그건 아빠가 엄마 주려고 만든 거랑 달랐어. 아내가 아닌 연인을 위한 거였지. 엄마도 아줌마가 그걸 감추려 했던 모습을 봤을 거야. 하지만 아줌마는 제대로 감추지 못했지. 난 아빠가 만든 조각은 어디서든 알아보곤 했지. 심지어 해변에 흩어진 수백만 개의 조개껍데기 속에서도 한눈에 알아봤을 거야."

분홍색 바늘땀이 제니의 시야 속에서 어른거리며 헤엄쳤다.

"그날 집으로 돌아올 때 엄마가 내 손을 아주 꽉 쥐었어. 차 마실 때 먹으라고 만든 베이크드 빈을 얹은 토스트. 그런데 엄마는 빵을 태워버렸지. 싱크대에서 탄 부분을 긁어냈고."

"맞아."

해나가 그녀를 마주 보았다. 그녀의 눈이 젖어 있었다. "왜 나한테 아무 말 안 했어?"

"내가 어떻게 말하겠니?"

"그때는 아니더라도. 나중에라도. 아빠의 불륜에 관해 말했을 때."

"엄마가 소름 끼치지 않니?"

"소름 끼치지 않아."

"그래야 하잖아."

제니는 그때 딸을 새롭게 보게 되었다. 해나는 그녀의 자식도, 누구의 자식도 아닌 한 여자였다. 그녀의 미간에, 고기파이에 길게 낸 숨구멍처럼 걱정의 기록이 쌓여 있었다. 마음을 열고 사람을 이해하는 것, 제니에게는 그게 쉬웠던 적이 결코 없었다. 귀를 기울이고 판단을 유보하는 것이.

"엄마가 아빠를 얼마나 사랑했는지 난 알아. 그리고 아빠가 한 일로 아빠가 엄마한테 얼마나 큰 상처를 줬는지도 알고. 그렇다고 엄마, 그게 정당화되지는 않아. 그러면 안 되는 거였어. 앞으로도 절대 안 되고. 하지만……." 해나는 말의 무게를 느꼈다. "말을 어떻게 끝내야 할지 모르겠네. 그냥 '하지만'밖에는. 어떤 걸 다르게 바라보는 방법은 늘 있기 마련이야, 안 그래? 그리고 보이는 것 이상의 것이 늘 있기 마련이고."

"네가 엄마를 어떻게 생각할까?" 제니가 물었다.

"그때 엄마가 화가 났고 슬펐다고 생각해."

"미안해. 엄마가 정말 미안해."

"아빠도 그랬을까?"

"뭐?"

"미안한 거."

"모르겠어. 네 아빠에 관해서는 내가 모르는 게 너무 많아."

해나가 티슈 상자를 제니에게 건넸다. 모녀의 손이 맞닿았다.

"네가 날 미워할 거라고 생각했어." 제니가 말했다.

"미워하지 않아요."

"그게 네 아빠를 볼 마지막 기회였다는 걸 알았더라면……."

"그런 생각하지 마." 해나는 제니의 손을 꼭 감싸 쥐었다. "엄마는 좋은 아내였어."

해나는 두 팔을 뻗어 제니를 껴안았다. 그 포옹은 제니가 평생 경험한 포옹 중 가장 좋았다. 따뜻하고 빈틈없고 나무뿌리처럼 강했고, 빌이 해줬던 포옹보다 훨씬 좋았다.

〰

고속도로에만 들어서면 그녀는 불안했다. 시간이 두 배나 걸리더라도 시골길이 더 좋았다. 통계대로라면, 고속도로가 더 안전하다는 얘기는 들었지만, 모든 게 그렇게 빠른데 어떻게 더 안전하다는 건지 이해할 수 없었다. 모든 것이 눈 깜짝할 사이에 벌어졌고, 앞 유리를 통해 튕겨나간 것은 그녀였다. 제니는 그런 악몽을 꾸곤 했다. 단단한 어깨에 붙은 팔에서 타오르는 모닥불. 산산조각 난 유리에 묻은 피. 이따금 그 잔해 속에서 자신을 볼 때도 있었다. 그게 자신이 아닐 때는 그녀가 아는 사람들이었다. 아니면 빌이었다. 우연히 지나가면서 보게 된 불운의 충돌사고 현장, 그렇게 그녀는 그의 얼굴을 알아보았다. 그 많은 세월이 흘러, 또 다른 삶을 살고 난 후, 또 다른 자동차를 몰고서 또 다른 가족으로 북적이는 또 다른 집으로 돌아가던 그가 하필 그 사고 현장에 있던 거였다. 그리고 그가 회한 어린 표정으로 그녀를 쳐다보는 사이 그녀는 그 모든 걸 깨달았고, 죽어가는 그의 손을 잡고 있었다.

"괜찮다면 내가 운전할게." 해나가 젤리 베이비 봉지를 뒤져 초록색 젤리만 골라내며 말했다. 그녀는 그 젤리들을 핸드브레이크 아래 수납통에 넣었다.

"그러지 마. 젤리가 끈적거려서 먼지 달라붙어."

"이제 다 왔어! 6번 교차로로."

제니는 서행차선을 빠져나가겠다고 신호했다. 대형 트럭이 요란하게 경적을 울렸다.

"내가 뭘 한 거지?"

"엄마는 지금 갓길에 있잖아. 저기가 진입로야. 이쪽. 저쪽. 세상에! *엄마.*"

30분 후, 그들은 빛의 심령 컨벤션이 열리는 버밍엄 스파이어 안으로 들어갔다. 수정구슬과 카드, 무지개와 천사들, 상징 동물을 발견해주겠다고 호객 행위를 하는 남자. 단돈 50펜스. 평소에 제니는 이 외출을 숨기고 수영장에 다녀왔다고 거짓말하곤 했다. 지금은 아닌 척할 필요가 없었다. 그것에 대해서든 다른 무엇에 대해서든. 그녀는 이런저런 척하면서 너무 많은 시간을 허비해왔다. 전혀 그럴 필요가 없었는데도 말이다.

"너 정말 이래도 괜찮겠어?" 제니는 이것이 해나의 취향이 아니라는 걸 알고 있었기에 그렇게 물었다. 그렇더라도, 해나는 그것이 댄 샤프를 만날 수 있는 길이라면 같이 가고 싶다고 했던 것이다. 그들은 그에게 11시까지 한 시간을 내주기로 했다. 11시부터 웬디가 영매 기운을 받기 시작했기 때문이다.

"응." 해나가 대답했다. 그녀는 안전벨트를 풀더니 갑자기 몸을 기울여 엄마의 뺨에 키스했다. "나도 아빠에 대해 내 나름의 생각이 있었을지 몰라. 하지만 지난 몇 주를 통해 내가 배운 게 있다면, 그건 모든 이야기에는 한 가지 이상의 측면이 있다는 거야."

43

제니

빌이 떠난 뒤로 난 해마다 여기 왔어요. 전에도 조금은 관심이 있긴 했지만, 이런 것을 하려고 일부러 찾아온 적은 한 번도 없었죠. 시간도 없었고 그때는 이게 나한테 중요하지 않았거든요. 지금은 중요해요. 이런 방식을 따르는 무언가가 나와 그이를 다시 연결하게 해줄 테니까요. 만약 우리가 그것에 대해 오만하게 굴지 않는다면 그들은 괜찮은 쇼를 보여주죠. 웬디는 내가 제일 좋아하는 영매예요, 웬디 앨버틴요. 그녀의 가이드가 그녀를 사후세계와 접촉하게 해주는데, 웬디는 누군가를 기다리는 어떤 영혼을 발견하면, 그 사람 이름을 소리쳐 부르곤 하죠. 나는 그 누군가가 나이기를 계속 기다리고 있어요.

처음에 작가님이 다녀간 후에 점을 보러 갔었어요. 그러자 그 영매가 나더러 이용당하게 될 거라고 하기에, 나는 그게 누구인지 안

봐도 알 것 같더라고요. 그런데 그 후 줄리아가 우리 집에 들러서 5파운드를 빌려달라고 부탁했는데, 나중에 보니 내 지갑에서 10파운드를 꺼내 갔더라고요. 그게 그거였나 봐요. 해나라면 그런 짓에 눈을 부라렸을 거예요. 진정해, 애. 네가 더 나쁜 짓을 했다면 또 모를까.

누구나 다 자기 몫의 삶이 있어요, 내가 하고 싶은 말은 그게 다예요. 나는 내 팔자대로 살고 작가님은 사람들이 뭐라고 생각하든 신경 쓰지 않죠. 나는 여기 온 사람들과 일체감을 느껴요. 그들은 사랑하는 사람을 잃었죠. 나처럼요. 하지만 그들은 사랑하는 사람이 그들을 기다리며 아직도 저기 있다는 것도 알고 있어요. 작가님과 나는 서로 알아가는 과정인데, 작가님이 마음을 조금 열어줬으면 해요. 방금 해나가 차 안에서 말했던 것처럼, 작가님이 사물을 바라보는 관점을 바꿀 수 있다는 게 중요하거든요.

헬렌은 죽었다 깨어나도 이런 컨벤션에는 오지 않을 거예요. 흥, 아시겠죠? 그 여자는 인생에서 나머지 것에는 관심이 없어요. 자기 앞에 있는 것만 신경 써요. 하지만 그 여자 아들이 죽은 후에는 누구라도 그녀한테 이런 게 필요하다고 생각할걸요. 잃어버린 자식 때문에 여기를 찾아오는 사람들이 얼마나 많은데요. 다들 작가님 마음을 움직일 그런 사람들이죠. 죽은 아이가 있고, 그 아이의 영혼이 엄마나 아빠를 찾아서 돌아오면, 끝날 때쯤엔 모두가 훌쩍거리고 있죠. 난 항상 토미를 위해 한쪽 귀를 열어둔답니다. 만약 웬디가 어느 날 우리에게 토미가 여기 왔다고 말한다면, 나는 그 아이를 위해 손을 들 거예요. 거기 혼자 있을 그 어린것을 생각하면 마음이 짠해요. 거기엔 아무도 없고, 아무도 찾아오지 않잖아요.

만에 하나 토미가 나타난다고 해도, 천만에요. 헬렌에게는 말하지 않을 거예요. 우리가 그 사택에서 살 때 우리 집에 아이가 셋이라는 것 때문에 헬렌이 내게 반감을 가진 줄은 전혀 몰랐어요. 왜냐하면 헬렌한테는 아이가 하나뿐이었잖아요, 그마저도 익사했고요. 난 그녀가 불쌍했어요. 그렇지 않다면 내가 무정한 거겠죠. 하지만 그 여자가 나한테 비밀을 털어놓았다면 오히려 그녀 자신한테 더 좋았을 거예요. 어쩌면 그녀가 나를 그렇게, 터놓고 말할 수 있는 친구라고 여기지 않았던 거겠죠. 나도 말해달라고 하지 않았고요, 그건 꼴사납잖아요. 하지만 내가 어쩌겠어요? 그 여자는 그 일을 생각하고 싶지도 않은데 내가 캐묻는다면 그녀의 기분만 더 나빠졌을 거예요.

헬렌은 절대 아서를 용서하지 않았죠. 그 정도는 나도 알고 있어요. 만약에 빌 때문에 그런 일이 벌어졌다면 내가 빌을 용서할 수 있을지는 잘 모르겠어요. 하지만 빌이 그들의 결혼 생활을 완벽하게 여겼다는 게 나는 늘 짜증이 났어요. 빌은 이렇게 말하곤 했죠. 블랙 부부는 서로에게 매여 살지 않아도 되니 얼마나 좋을까. 그러니까 모든 걸 같이 하고 서로의 일을 훤히 아는 남편과 아내처럼 살지 않는 생활을 부러워했던 거예요. 우리가 '매스터스'로 이사했을 때, 아서가 떠나 있는 그 많은 시간을 어떻게 견디냐고 헬렌에게 내가 물은 적 있어요. 그녀는 그게 그들의 천성이라고 대답하더군요. 함께 있는 걸 좋아하지만 혼자 있는 것도 좋아한다고. 그리고 그건 하나로 합쳐진 삶이라기보다는 서로 옆에서 나란히 일어나는 두 개의 삶과 정말 비슷하다고 말이죠. 난 그게 다 토미와 관련이 있다고 생각했어요. 우리의 남편들은 타워에서 충분히 독립을 누리지 않았나요? 그들은 세상의 모든 시간을 그곳에서 저네들끼리 보냈어요.

어쨌든, 결국 헬렌은 누군가가 필요했던 거예요. 빌을 쫓아다녔 잖아요. 거기에 우울한 부분이 없다고는 말하지 않겠어요. 토미 문제도 있고 그 일이 그 여자한테 미친 영향도 있고 하니까요. 솔직히 나는 생각할 수도 없어요. 아이를 잃은 심정을 도저히 헤아릴 수 없어요.

하지만 빌이 왜 그랬는지는 여전히 이해가 가지 않아요. 나랑 결혼했던 남자, 그녀가 아닌 나라서 나를 사랑한 줄 알았던 그 남자가 말이에요. 헬렌은 우리와는 달랐어요. 흔히들 말하는 트라이던트의 아내가 아니었죠. 위로 세인트 비스에 살든 아래로 불 포인트에 살든 등대원의 아내들은 다 비슷비슷했어요. 아내이자 주부였고, 선반 위에 요리책을 갖춰놓고, 빅토리아 스펀지 케이크를 굽고, 6시에 탁자에서 차를 마시는 것까지 똑같았죠. 서로 같이 모여 노닥거렸고요. 절대 서로의 뒤통수를 치는 법이 없었고 서로의 남편들과는 차를 마시지 않았어요. 우리 집 위쪽에 살던 프랭크의 아내 베티는 착하고 순수한 볼턴 여자였는데, 잘난 체하거나 내숭 떨지 않았어요. 그리고 그 집 아들들과 우리 딸들이 종종 같이 어울려 놀았죠. 그 모습을 헬렌이 질투하더군요. 내가 자랑하는 건 아니지만, 솔직히 난 그걸 즐기긴 했어요. 그녀의 질투 말이에요. 나한테는 없고 그녀한테는 있는 게 많았는데, 이것 하나만큼은 내가 이겼던 거죠.

아서가 뭍에 왔을 때 그 불륜에 관해 아서한테 말했어야 했어요. 해나도 그렇게 말하고, 나도 그랬으면 좋았겠다고 생각해요. 지금은 그들이 떠나버렸으니 너무 늦었죠.

그 일 때문인지 우리 엄마 생각이 나더라고요. 마지막으로 한번 어떻게 엄마와 잘해볼 수 있을까 하는 생각. 엄마가 아직 살아 계신지 알아보고, 전화하고, 편지라도 보낼까 하는 생각이 들었어요. 사실 내가 그렇게 한다면, 나 자신을 변호하는 거겠죠. 어찌 보면 그건 이기적이에요. 나는 할 수 있는 것을 다 했다고 확인하고 싶은 거잖아요. 그 선택권을 빼앗기는 기분이 어떤지는 내가 누구보다 잘 알아요.

만약 내가 아서한테 말했다면 우리는 더 나은 행동을 취할 수 있었을 거예요. 왜냐하면 내가 한 짓은 정말 어리석었으니까요. 그들이 나한테 느끼게 해준 감정의 일부라도 되갚아줘야 한다는 어리석은 생각밖에 없었어요. 내가 제정신이 아니었다고밖에 무슨 말을 할 수 있겠어요?

내가 아서한테 입도 벙긋하지 못했던 건 그 사람 앞에서는 왠지 긴장됐기 때문일 거예요. 해나도 그랬었죠. 그 주임은 우리한테 속을 내보인 적이 없었거든요. 우리 집에 놀러 오거나 인사를 하지도 않았고 언제고 친근하게 행동한 적이 없었어요. 나로선 도저히 이해할 수 없는 사람이었어요.

돌이켜보면 정신적으로 문제가 있지 않았나 싶어요. 누구한테 못된 소리 한번 한 적 없는데, 어느 날 건물이 불타오르면 이웃들이 이렇게 수군대는 그런 사람요. "뭐야, 원래 조용한 사람 아니었어? 그런 짓을 할 사람으로 보이지 않았는데."

뭐라고? 여기 해나는 내가 공상을 너무 많이 한대요. 내가 머릿속으로 많은 걸 지어내는 건 맞아요. 그런데 그것들을 너무 많이 생각하다 보면 현실로 나타나기 시작해요.

하지만 문제는 항상 조용한 사람들이죠, 그렇잖아요? 특히 그런 사람들이 괴롭힘을 당할 때가 그렇죠. 헬렌은 아서를 괴롭혔어요. 죄책감으로 그를 괴롭히다가 나중엔 거짓말로 그를 괴롭혔죠. 아서는 자기 안에 틀어박혀서 한마디도 하지 않다가 어느 날 갑자기 확! 하고 폭발하는 그런 사람이었죠.

따지고 보면, 내가 그걸 알았다면 아서도 이미 알고 있었을 거예요. 만약 아서가 빌한테 무슨 짓이라도 했다면, 난…… 솔직히 이해할 수 있을 것 같아요.

어머나, 시간이 벌써 이렇게 됐나요? 이제 웬디를 보러 가봐야 해요. 그래야 좋은 자리를 잡죠. 뒷자리에서 힐끔거리려고 여기까지 온 건 아니거든요.

좋아요! 해나와 약속한 게 있어요. 난 하기 싫지만, 하지 않으면 이 아이가 오후 내내 나한테 씩씩거릴 거예요. 그럼, 시작할까요. 헬렌이 꼬박꼬박 나한테 편지를 썼는데, 한동안은 편지가 없더라고요. 잠깐만. 거의 다 됐어. 한 번만 봐줘.

그 여자한테는 별일 없죠? 헬렌 말이에요. 해나가 물어보라고 한 게 바로 그거예요. 작가님은 헬렌을 만나서 이야기를 했잖아요? 그러니 작가님은 알겠죠. 만약 무슨 일이 있었다면 그건 그녀가 편지를 중단해야 했다는 뜻이겠죠. 그렇다고 신경 쓰이는 건 아니에요. 그건 중요하지 않아요. 그냥 해나가 물어보라고 한 게 문득 생각나서요.

다행이에요. 잘됐어요. 이제 됐지? 내가 뭐랬어.

그럼, 그만 가봐도 되겠죠? 웬디네 부스에서 앞줄에 앉아야 우리가 아는 이름이 나올 가능성이 더 높거든요. 그들은 우리가 거기 있다는 걸 느끼고 덕분에 그들이 우리를 더 쉽게 찾을 수 있게 되는 거죠. 소통이 더 원활해져요.

44

미셸

오늘 밤 그녀가 로저를 위해 스테이크와 콩팥 요리를 할 때, 그는 하루를 어떻게 보냈는지 물어올 것이다. 그러면 그녀는 별일 없었다고, 아이들 교복을 다림질하고, 체육복과 주머니에 이름표를 꿰매 달고, 텃밭의 잡초를 뽑았다고 둘러댈 생각이었다. 클리어워터 쇼핑센터에 가고, 울워스 슈퍼마켓의 통로를 떠돌면서, 형광색 과자 포장지들을 구경하다 1분 30초마다 손목시계를 확인했다는 사실은 말하지 않을 생각이었다.

결국엔 그를 만나리라는 걸 그녀는 마음 한구석에서 알고 있었다. 헬렌과 나누었던 대화가 그 시작이었다. *그건 중요한 문제야, 그렇지 않아? 그가 실제로 어떤 사람이었는지 말하는 것 말이야.* 그리고 그 기록들 때문이기도 했다. 펄 모렐이 주장했던 것. 빈스를 그가 아닌 다른 사람으로 만든 그 부당한 말들. 그 자신을 방어하거나 증명할 빈스는 여기 없었다. 대신에 그녀가 있었다.

그녀는 두려워하며 사는 게 지긋지긋했다. 트라이던트 하우스가, 에디 에번스가, 진실이 지긋지긋했다.

그 작가는 아트리움 안의 시계 아래 서 있었다. 그녀는 책 표지에 있던 흑백의 얼굴 사진을 본 적이 있었으므로 그를 알아봤다. 그는 불안하고 안절부절못하는 태도로 누군가 다가오기를 기다리고 있지만 정작 누가 다가올지는 모르는 것 같았다. 그녀는 점심시간에 스쳐 지나가는 여자들 중 한 명이 될 수도 있었다.

부츠 화장품 매장에서 머뭇거리던 미셸은 그 작가가 자신에 대해 어떤 생각을 가지고 있는지 궁금했다. 그에 대해 가지고 있던 그녀의 생각은 틀렸다. 미셸은 그가 로저와 같은 유형의 사람이라고 생각했었다. 똑 떨어지는 정장에 기름 바른 머리, 주말에 골프를 치고, 커프스 단추를 하고 코냑을 마시는. 그러나 그 작가의 옷은 그에게 잘 맞지 않았다. 더 좋은 옷을 살 형편이 안 되어서가 아니라 옷에 신경을 쓰지 않아서 그런 것 같았다. 그리고 구두는 평생을 하루같이 신어온 듯 닳아 있었다. 그를 닮은 유형을 들라면, 그녀의 남동생이 있었다. 그는 레이턴스톤의 아버지 집에 들어가 사는데, 벳프레드 마권발매소에서 일하면서 자기 용돈 정도나 모으고 있었다.

그녀는 이 쇼핑센터가 마음에 들지 않았다. 우선은 로비 때문이었다. 장식이 과한 카페에서는 지나치게 비싼 그릴드 샌드위치를 팔고 있었고, 거대한 시계에서는 정각이 되면 뻐꾸기 장에서 플라스틱 개구리 한 마리가 나와서 개굴거리며 시간을 알렸다.

그녀는 그 개구리가 울음을 그치기를 기다렸다가 다가갔다.

"제가 미셸입니다." 그녀가 말했다.

댄 샤프가 미소를 짓고 악수를 했다. 그녀가 와서 안심하는 모양이었다.

45

미셸

저기 새들이 있네요. 정말 우울하지 않나요. 새장에 새를 가두다니. 최악 중에 최악이에요. 저는 저 쨱쨱 소리를 견딜 수가 없어서 평소엔 절대 이 쇼핑센터에 오지 않아요. 한 마리든 여러 마리든 저기 앉아 있는 걸 보면 정말 비참해요. 여기요, 3.99파운드면 저 새를 집으로 데려가서 열 배는 큰 새장을 마련해줄 수 있어요. 학교 새장에서 새들을 기르던 소녀가 있었어요. 그 소녀의 엄마네 아파트는 고양이 먹이와 똥들로 고약한 냄새가 났죠. 그녀에게는 스파이크라는 왕관앵무와 로스라는 사랑앵무가 있었죠. 로스가 서열이 높았어요. 그 새가 책임자였죠.

새를 좋아하세요? 새를 좋아하신다면, 집 밖의 나무나 수풀에 그대로 두는 게 최선일 거예요. 옛날엔 스파이크랑 로스를 풀어주면 얼마나 좋을까 생각하곤 했죠. 문을 열고 어서 가, 빨리 가라고 재촉하면 어떨까 하고요. 그 새들이 날 수나 있었는지, 솔직히 잘 모르겠어요. 어쩌면 곧바로 카펫 위로 털썩 떨어졌을지도 모를 일이죠. 어쩌면 그 새들이 슬퍼하지 않았을 수도 있고요. 저만 슬퍼했을지도 몰라요.

자, 그럼, 저를 만나고 싶으셨다고요. 작가님은 그걸 물으러 오신 분이니까, 있는 그대로 말씀드리죠. 저는 숨길 게 없어요. 빈스도 마찬가지고요. 그 면담 자료를 읽어본 지는 오래됐는데 제가 왜 여기 있는지, 왜 마음을 바꾸었는지 물으시는 작가님 질문에 답해야 한다면, 그 자료 때문이에요. 펄 아주머니의 거짓말이 그 마지막을 장식하도록 가만히 보고 있을 수가 없어요. 작가님이 책에 뭐라고 쓰시든 그건 중요하지 않다고 수백 번을 되뇌어 봐도, 펄 아주머니가 빈스를 대변하게 내버려 둘 순 없어요. 아주머니는 빈스를 몰라요. 하지만 저는 알아요.

사람들은 빈스에 관해 자기 편한 대로 판단했어요. 빈스는 범죄자다, 그러니 틀림없이 그가 그랬을 것이다, 하고요. 사람들은 그가 정확히 무슨 짓을 했는지 모르지만, 이미 누군가에게 뒤집어씌웠다면 나머지 시시콜콜한 문제에는 누가 신경이나 쓰겠어요? 그리고 다른 두 사람, 아서와 빌은 절대 잘못을 저지르지 않았다고, 트라이던트 사는 작가님이 그렇게 믿도록 만들었어요. 하지만 털어서 먼지 안 나는 사람 있나요. 빈스의 먼지는 눈에 아주 잘 띄는 곳에 있었고요. 그는 숨길 게 없었어요.

트라이던트 사는 작가님이 책을 쓰신다는 사실을 알고 있어요. 그들은 겉으로는 아주 친절하지만 내심 걱정하고 있을 거예요. 왜냐하면 나한테 연락해서 만약 내가 작가님과 이야기를 나누면 대가를 치르게 하겠다고 말하고 있거든요. 그들은 내가 받는 유족 보상금 지급을 중단할 거예요. 물론 빈스와 저는 결혼한 사이가 아니었기 때문에 애초부터 저는 보상금을 받을 생각도 하지 않았어요. 하지만 그들은 내 입을 막으려고 계속 보상금을 줬죠. 제 남편 로저는 그 돈을 좋아해요. 빈스 이름만 꺼내도 참지 못하면서도 그 돈을 가지는 건 괜찮대요. 헬렌과 제니도 분명 그런 편지를 받았을 거예요. 하지만 나이를 먹을 만큼 먹은 사람들이라면 겁을 준다고 겁을 먹지는 않겠죠.

트라이던트 사는 그 일이 자기네와는 아무 관련이 없다고 말하면서 계속 거리를 유지해왔어요. 그들은 직원들 중에 빈스에게 원한을 산 사람이 있었다는 사실이 알려지지 않기를 바라죠. 직원 명단에 범죄자 한 명이 있다는 것만으로도 충분히 나쁜 일이잖아요. 만약 빈스와 그 남자 사이의 관계가 사람들에게 알려지면 곧바로 다시 협회에서 조사가 들어올걸요.

무슨 일이 있었는지는 알 수 없어요. 하지만 그 일에 대한 내 생각을 말하는 건 다른 얘기죠.

문제는 마이크 세너가 그들에게 말했던 그 사람이에요. 그 정비공요. 저는 트라이던트 사가 어떻게 그걸 무시해버렸는지 용납이 되지 않아요. 심지어 헬렌도 마이크의 됨됨이 때문에, 그가 허풍쟁이라서 그 말을 쓰레기로 치부했죠. 네, 맞아요, 정말 그럴지도 모르죠. 하지만 설사 미친 사람이 그런 정보를 줬다고 해도, 저라면 그걸 추적하고 싶을 거예요. 그렇잖아요?

아닌 게 아니라 트라이던트 사가 마이크 세너가 한 말에 시간을 쓰는 것도 어울리는 일은 아니었죠. 그랬다가는 그들 사업이 조롱거리가 될 테니까요. 더욱이 타워 상륙에 관해 아는 사람이라면, 그건 불가능한 일이라 여기죠. 그 사람이 그들도 모르게 거기 갔다는 것 자체가요.

다만 분명 가능하긴 했던가 봐요. 정비공이라는 그 사람은 빈스에게 복수하고 싶었고 확실히 복수했겠죠. 그런데 내 얘기가 너무 앞서갔죠. 좀 앞을까요?

펄 아주머니는 처음부터 빈스에 대해서 마음을 정하셨어요. 제가 보기엔 빈스가 그렇게 됐기 때문에 동생분을 변호하고 계셨던 것 같아요. 하지만 어린아이한테 아무도 그를 원하지 않는다고 믿게 만든 건요? 너는 강간범인 아버지를 빼닮았다고 말하고, 그러고는 건방진 소리를 할 때마다 가둬놓고서는 매타작을 한 건요? 그러면 작가님은 빈스가 왜 감옥에 갔느냐고 물으시겠죠. 글쎄요, 빈스는 어떤 것에서도 의미를 찾지 못했거든요. 아무도 그에게 세상엔 다른 것이 있다는 걸 보여주지 않았어요. 사람들은 삶으로부터 무언가를 얻고 그것을 다른 누군가에게 되돌려주기도 하지만, 빈스한테는 삶이 엿 먹었다고밖에 말할 수가 없네요.

등대만큼은 예외였죠. 등대가 그에게 희망을 줬는데 그가 등대를 버렸다는 생각은 말도 안 돼요. 펄 아주머니가 이 자리에 계셨다면 이렇게 말씀하시겠죠. "지난번에 그 녀석이 어떻게 했는지 잊었어? 그런 짓을 하는 사람은 무슨 짓이든 할 수 있지." 하지만 아주머니가 틀렸을 거예요. 빈스가 어릴 때 파멜라 아주머니를 때리고 침을 뱉었다는 말이 틀렸던 것처럼요. 빈스는 엄마가 살아 계셨을 때 거의 엄마랑 지내지도 못했어요. 아기들이 다 그러듯이 빈스가 우연히 엄마를 쳤을 수는 있을 거예요. 우리 딸들도 유아용 의자에 앉는 법을 배울 때나 기저귀를 갈 때, 젖병을 잡을 때나 잠들려고 할 때 그랬거든요. 빈스가 일부러 그랬다는 건 말도 안 돼요. 파멜라 아주머니의 멍 자국은 주삿바늘 때문이었어요.

빈스가 야비한 데가 있다는 건 맞아요. 그가 한 일을 보면 분명 그랬을 거예요. 사람 마음을 아프게 하려고 못된 말을 하는 그런 사소한 야비함이 아니라, 제대로 된 야비함이죠. 누군가를 다치게 하고 싶으면 십중팔구 그 사람을 다치게 하는 그런 거요. 그래서 빈스의 성미를 건드리려는 사람이 없었던 거죠. 하지만 빈스는 충직하기도 했다는 점을 말씀드리고 싶어요. 빈스는 일단 누구를 좋아하면, 절대 그 사람을 의심하지 않았죠. 그래서 내가 알기로 빈스는 트라이던트 사에 마음을 다했어요. 그들이 그에게 성의를 보여줬기 때문에요.

혹시 하얀 떼까마귀, 화이트 루크라고, 아세요? 본명은 에디 에번스인데. 에리카가 자기네가 살았던 동네 얘기를 해줬어요. 에리카 말로는 그 주변을 쥐고 흔들었던 사람이 에디랑 빈스였요. 그들은 사사건건 서로 부딪치고 다른 한 명을 제거하려고 했대요. 누가 누구의 영역에 있는지, 누가 어떤 여자를 차지하는지, 누가 무엇을 가지고 혼냈는지 등등을 두고 싸웠는데, 기가 막히는 건 그런 싸움이 다 무엇 때문이었는지 기억하는 사람이 없었다는 거예요. 모든게 그야말로 무의미했으니까요. 그런데 에디가 빈스의 가장 친한 친구인 레그를 뒤쫓으면서, 상황이 바뀌었대요. 에리카 말로는 에디가 레그를 너무 심하게 팬 나머지 빈스가 그쪽으로 가서 손을 봐줘야 했대요. 그들은 그냥 에디한테 경고만 하려고 했어요. 그에게 어린 딸이 있는 줄은 몰랐죠. 그들이 어떻게 알았겠어요?

빈스는 트라이던트 사에 취직한 후에 에디가 거기서 일한다는 소식을 들었어요. 그 사건 이후 빈스는 에디를 본 적이 없었는데, 그때 에디가 그에게 한 마지막 말이 그들에게 반드시 복수하고 말겠다는 거였죠.

조사관들한테는 말했어요. 그리고 그들은 에디하고도 이야기했고요. 적어도 그들 말로는 그랬대요. 에디는 도와줄 수 없다고 했대요. 오랫동안 빈스의 코빼기도 못 봤다고 했다는데, 그게 최선이었겠죠. 에디는 어쨌거나 그건 자기 인생에서 오래전 일이고 그때쯤엔 새사람이 됐다고 했어요. 그리고 에디가 무슨 수로 그 등대까지

가서 사람들이 상상하는 그런 짓을 하고, 지금 우리가 앉아 있는 이 벤치보다 넓을까 말까 한 타워 안에서 세 명의 등대원 모두를 사라지게 했을까요? 하지만 당시 저는 그런 생각이 들었는데, 지금도 그 생각은 변함이 없어요. 에디가 자기 손을 더럽히지 않았다고 해서 다른 사람에게 그걸 시키지 않았다는 얘기는 아니라는 거죠.

트라이던트 사는 자기네는 결코 그 타워에 정비공을 보내지 않았다는 주장을 고수했죠. 그곳엔 그 세 사람 말고 다른 누구도 없었다고 말이죠. 그들은 그걸 증명하기 위해 무전 교신 내용을 재생했어요. 아서가 그들에게 정비공을 보내달라고 했다가 취소하면서 괜찮다, 요청을 취소한다, 어쨌든 고쳐졌다고 말하는 내용이에요. 하지만 아서는 누가 어떻게 그걸 고쳤는지 말하지 않았어요. 트라이던트 사는 다른 모든 걸 추정했던 것처럼, 그냥 그게 아서나 빌, 아니면 빈스라고 추정했을 뿐이에요. 이제 말씀드리지만, 빈스는 디젤 발전기는 고사하고 뭐든 고친다는 것에 대해선 아예 모르는 사람이었어요. 전구 하나도 제대로 갈지 못했는걸요.

문제는 다른 누구도 이 정비공을 보지 못했기 때문이에요. 트라이던트 사의 많은 이들이 그 정비공을 목격한 누군가가 있어야 한다고 생각해요. 이 남자의 생김새가 아주 특이한 것 같으니 더욱 그렇죠. 그 배를 몰았던 사람과 관련해서도 아무 흔적을 못 찾았고요.

하지만 에디의 수하들이 바로 그런 사람들이에요. 유령들이죠. 에디는 자기가 부리는 사람 중에 아무나 뽑을 수 있었지만, 그가 선택한 건 시드였죠. 시드가 그 세 사람을 모두 죽이고 시체들을 처리한 다음 잠적했다는 말이 있어요. 실제로 그가 한 일이 정확히 그거고요.

그런 것들은 많은 추측과 함께 잊혀졌어요. 당시엔 온갖 추측이 무성해서 어느 것에 의지해야 할지 알 수 없었어요. 소문은 도처에 퍼지고, 사람들은 말도 안 되는 소리를 하고, 얼마 후에는 무얼 믿어야 할지 몰랐죠. 창고에서 사라진 기다란 밧줄을 예로 들까요. 트라이던트 사는 부인했어요, 당연히 그랬지요. 회사 측 조사관 중 한 명이 몇 년 후 나와서 그게 사실이었다고 고백했는데도 말이죠. 밧줄이 사라졌다는 사실은 파도가 덮쳐 그들을 휩쓸어 갔다는 추측과 들어맞기는 해요. 헬렌도 그렇게 생각하죠. 그리고 밧줄은 구조하기 위해 던져졌고요……. 그럴지도 모르죠. 저는 시드라는 그 남자가 그 밧줄로 그들의 목을 조르지 않았을까 해요.

빈스가 한창때에 상황이 어땠고 그가 어땠는지는 아까 말씀드렸죠. 그리고 에디가 레그를 공격했던 때가 바로 그때였어요. 빈스는 악에 받쳐 있었어요. 에디에게 본때를 보여주기 위해서 여럿이서 돌아다니고 있었다고 하더군요. 그 개는 원래 그 현장에 끼어들면 안 됐어요. 공교롭게도 잘못된 장소, 잘못된 시간에 개가 있었던 거죠. 그들은 마지막 순간에 그걸 결정했어요. 순간적인 충동에서요. 그리고 그건 나쁜 짓이었죠. 그들은 그저 에디의 아파트에 쳐들어가려고 했을 뿐, 에디의 여섯 살 딸이 거기 있는 줄은 몰랐어요. 그런데 그때 그 아이가 파자마 차림으로 복도에 나왔다가 울기 시작했고, 그 소리에 에디가 잠에서 깼어요. 누군가 "아이 좀 조용히 시켜, 입 다물게 하라고" 비슷한 말을 했고, 다음 순간 딸을 발견한 에디가 최악의 상황을 상상하고 칼을 꺼내 들면서, 모든 게 틀어져버렸죠.

에디는 레그에게 칼을 꽂았죠. 레그는 빈스의 품에서 숨을 거뒀어요. 빈스는 제정신이 아니었을 거예요. 자기가 그 일을 제안했는데 상황이 이렇게 돼버렸으니까요. 그들은 그 어린 소녀에 관해서는 전혀 몰랐지만, 그것 역시 그의 잘못이었죠. 그는 완전히 넋이 나가버렸어요. 그들 모두가 그랬죠. 그런데 바깥에서 개 짖는 소리가 들렸어요. 개집에 묶여 있는 개요. 분명 에디는 그날 밤 그 개를 묶어둔 걸 후회했을 거예요. 저먼셰퍼드였거든요. 빈스 말로는 코가 뭉개지고 군데군데 털이 빠진 개였대요. 그 개한테 불을 붙이자는 건 빈스의 생각이 아니었어요. 다른 누군가의 생각이었죠. 하지만 누구도 이성적으로 생각하고 있지 않았고 사방에 피는 흥건하고 레그는 죽었고, 그래서 그렇게 한 거예요. 그들은 에디를 결박하고 그 딸한테는 개가 불에 타는 모습을 지켜보게 했어요. 에디는 개를 지켜보는 딸을 지켜봤고요.

그들이 그런 짓을 벌인 게 설사 빈스의 결정이 아니었다 해도, 거기 가기로 한 건 그의 결정이었고, 그도 많은 역할을 했겠죠. 빈스는 겁쟁이가 아니었어요. 그는 경찰에 자수했어요. 잃을 것도 없고, 돌봐야 할 가족이 있는 것도 아니었고, 이미 전과가 있었기에 감옥에 가도 그가 가는 게 나았을 거예요. 말씀드렸다시피 빈스는 한번 충성하면 끝까지 충성해요. 결국 그가 죽인 건 개 한 마리였어요. 그는 2년을 살다가 나왔어요. 하지만 그 불에는 뭔가 있어요, 그렇죠? 그 소녀가 지켜보게 만든 것도 그렇고. 그래요, 거기엔 뭔가 있어요.

사람들은 빈스에 대해 편한 대로 말할 수 있고, 빈스에게도 못된 구석이 있기는 할 거예요. 하지만 우리 누구나 그렇지 않나요? 만약 거센 압박을 받다가 구석에 몰리면, 만약 어떤 것 때문에 이성을 잃어버린다면, 실제로 다들 그렇지 않나요?

레그가 죽은 후로 빈스는 손을 떼고 싶어 했어요. 그 일이 마지막이었어요. 그는 더 나은 사람이 되고 싶었고 그럴 수 있다는 걸 알고 있었어요. 저도 그걸 알고 있었고요.

여기요. 빈스는 내게 보낸 마지막 편지에 이 시를 썼어요. 원하시는 대로 이용하셔도 돼요. 트라이던트 사가 그 시기 빈스에게서 받은 게 있냐고 물었을 때 저는 없다고 했어요. 그러지 않으면 다시는 그 편지를 못 본다는 걸 알고 있었으니까요. 하지만 시간이 흐를수록 빈스가 그걸 썼을까 하는 의심이 커지더군요. 그는 자기가 쓴 시에 빠져 있었어요. 단어를 사랑했고요. 시를 쓰면 자기가 온화해진다고 생각했죠. 하지만 아무 교육도 받지 못한 사람이 이런 시를 종이에 쓸 수 있다는 게 얼마나 좋은 일이에요?

문제는 이 시가 그가 쓸 만한 시가 아니라는 거예요. 도무지 설명이 안 돼요. 그를 아는 사람이라면 그냥 말이 안 돼요. 빈스가 이따금 저한테 연애시를 보내긴 했지만 작가님이 들고 계신 건 그게 아니예요. 이 시는 달라요. 그는 시에 관해 주임과 많은 이야기를 나눈다고 했어요. 제 생각엔 그 시를 쓴 사람은 아서이고 그걸 빈스에게 준 것 같은데, 모르겠어요. 그냥 제 생각일 뿐이에요.

빈스는 자신의 과거가 발목을 잡을 거라는 걸 늘 알고 있었어요. 자기가 무슨 일을 하든 아무리 빨리 해내든 과거가 항상 그를 기다리고 있을 거라고 생각했어요. 실제로 그렇게 되고 말았는데, 그게 무엇보다 슬퍼요. 과거는 그를 기다리고 있었어요. 그가 바다의 등대에서 그 시간을 보내면서 이제 곧 자유라고 생각하기만을 기다렸어요. 그게 마치 새장 안의 새 같지 않나요. 새장 안에 있는 동안은 괜찮지만, 풀려나자마자 자신이 놓치고 있던 것을 알게 되죠. 결국 새는 자신은 결코 그걸 누릴 운명이 아니었다는 걸 깨달아요. 어쨌거나 날개도 말을 듣지 않고요.

46

[주소 불명]

1992년 9월 10일

댄 샤프 귀하

보내주신 6월 12일 자 편지와 7월 30일 자 편지는 잘 받았습니다. 이렇게 늦게 답장을 드리게 된 점은 사과드립니다. 메이든 록 실종 사건 당시 트라이던트 사에서 일했던 경력 때문에 제 입장이 곤란한 점 양해 바랍니다. 그 문제가 오랫동안 제 양심을 짓누르고 있었고, 그로 인해 답장을 쓰지 못했지만, 한편으론 그로 인해 마침내 용기를 냈습니다. 내부 핵심 인사들끼리만 알고 있던 비밀이 영원히 비밀로 남을 수는 없겠죠.

그렇습니다. 협회는 그 등대원들에게 무슨 일이 있었는지 알고 있습니다. 그들 중 몇몇만 알고 있는 그 내용이 언젠가 널리 알려질 거라고는 생각지 않습니다. 귀하의 책이 어떻게 결론을 내든지 간에, 다른 모든 추론과 마찬가지로 확증도 없고 관계자들의 확인도 없는, 하나의 이론에 불과할 것입니다. 제가 귀하께 답해드릴 수는 있지만 엄중하게 비밀을 보장해주셔야 할 것입니다.

그 시절 우리는 그 실종 사건에 관한 이야기는 입에 올리지 않았습니다. 저는 원로 회원 중 한 사람에 의해 채용되었고, 제가 보고 듣는 모든 것에 대해서, 쉽게 말하면 못 본 척 못 들은 척해야 하는 분위기였습니다. 그런 사건은 결코 인정될 수 없었습니다. 심지어 트라이던트 하우스 일을 그만둔 후에도 저는 등대라면 눈길도 주기 싫습니다.

트라이던트 사는 증거를 토대로 그 사건을 설명하고 대중에게 공유할 한 가지 판본을 만들어두었습니다. 사실상 그들은 그 사건의 책임을 임시 부등대원에게 돌렸고, 그것이 지금까지도 기본 방침으로 남아 있죠. 그들은 절대 진실을 인정하지 않을 겁니다. 그 사건의 원인이 외부에 있는 것이 아니라 그 일 자체의 속성이라는 사실 말입니다.

유가족들이 알고 있는 내용 외에 다른 것이 더 있었습니다. 나중에 트라이던트 사는 은밀히 재조사를 벌여 지문을 채취하고, 심리를 평가하고, 결정적인 기상 일지를 검토했습니다. 그 단서들이 지목한 가해자는 다른 사람이었습니다. 한 등대원이 그 모든 물건을 마지막으로 만졌더군요. 그 등대원은 일지를 틀리게 작성했는데, 전문가들 의견으로는 외상 후 스트레스와 우울증에 따른 성격 장애로 판단된다고 합니다. 그들은 그 등대원이 홧김에 나머지 등 대원들을 살해했다고 믿고 있습니다.

트라이던트 사가 이 내용을 절대 밝히려 하지 않았던 이유는 아서 블랙을 높이 평가했기 때문입니다. 그는 모범적인 등대원이 었고, 협회가 등대원을 평생 어떻게 돌보았는지를 보여주는 일종 의 명예 훈장이었습니다. 주임 등대원이란 트라이던트 사 입장에 서는 매우 소중한 인재입니다. 이사회에서는 최고로 평가하지 않 는 사람을 주임 등대원으로 임명하지 않습니다. 만약 아서의 책임 을 인정한다면 오늘날 낭만적인 삶의 방식으로 여겨지는 직업의 이름에 먹칠을 하는 것과 같을 겁니다.

조사관들은 아서가 왜 그랬는지와 관련해 두 가지 가설을 세웠 습니다. 하나는 그 임시 등대원과 관련된 것입니다. 빈센트 본이 타워에 숨겨둔 돈을 아서가 발견해서 훔치려고 계획했고, 나머지 두 명을 제거한 다음 도주했다는 것이죠. 너무 멀리 나간 것 같나 요? 그럴 겁니다. 하지만 이는 그동안 무수히 제기되었던 나머지 추측들과 별반 다를 게 없습니다. 두 번째 가설은 빌 워커가 아서 의 아내, 헬렌과 연인 관계였다는 것입니다. 굳이 멀리 보지 않아 도 거기서 동기를 찾을 수 있을 겁니다.

하지만 저는 이 두 가설 중 어느 하나도 믿지 않았습니다. 저는 등대 생활이 그냥 아서를 굴복시켰다고 생각합니다. 저라면 등대원 일은 할 수 없을 겁니다. 귀하께서는 가능할까요?

위에 적은 내용들이 귀하의 조사에 도움이 되기를 바라며, 이 문제에서 저의 익명을 지켜주시리라 굳게 믿습니다.

그럼 안녕히 계십시오.

47

신호

바닷가에서 한 남자를 만났지,

바다를 살피던 그가 나에게 물었어,

저게 보이시오, 저게 진짜 같으시오?

나는 보았지, 파랗게 타오르는 검은 불을.

그가 말했지, 내 심장을 잃어버렸다오,

저기 바다에서 잃어버렸다오.

당신이 찾아주겠소, 그걸 가져다주겠소?

나에게 없는 것 때문에 나는 갈 수 없다오.

내가 헤엄쳐 갈수록, 그 빛은 더 강렬해졌고

불은 똑바로 일어서 더 커졌어.

하지만 내가 해안을 돌아보았을 때

내가 만났던 남자는 더 이상 보이지 않았지.

나는 그의 심장을 찾았고 그 안에서 미끄러졌어,
바닷물이 일어서고 있었고. 파도의 꼭대기는,
비스듬히 무너지며 나를 끌어들였어.

그 등대원의 영혼이 떠난 곳으로.
당신 거기 있었군요, 이글거리는 불꽃으로
처음부터 당신이었군요―당신 이름을 알아요.
빛, 빛, 빛은 우리를 위해 타오른다네,
먼지 속에 흩어져버린 그의 유령, 그리고 나의 유령을 위해.

11   **1972년**

먼바다에서 빛을 지키는
등대원들

48

그는 금요일이면 어김없이 해 뜨기 전에 새들을 보러 갔다. 어둠 속에서 언덕을 오르기는 힘들었지만, 그는 언덕을 올라가 문의 빗장을 풀었다. 빗장이 풀릴 때 문이 내는 소리—탁—는 성냥을 긋는 소리 같았고, 그 소리는 해가 나올 때가 됐음을 알리는 신호였다. 해는 그렇게 말할 것이다. 아서가 왔구나. 아서가 양초를 밝혔어. 이제 시간이 됐네.

그 길은 험해서 웬만큼 잘 아는 사람이 아니면 오르기 힘들었다. 구덩이와 파인 홈이 곳곳에 도사리고 있었다. 길고 뜨거운 여름 동안 허옇게 말라버린 풀 다발들은 맨살이 드러난 그의 다리에 생채기를 냈다. 곧 너도 긴바지를 입게 될 거야. 하지만 그건 시간과 동작의 문제야, 그의 아버지는 말했다. 학교에 가려면 옷을 갖춰 입어야 했다.

그가 학교에 갔을 때, 맥더못 부인은 그를 본보기로 벌을 주곤 했다. "네 상태를 보렴, 아서 블랙. 마치 산울타리 사이로 끌려다닌 사람처럼 꼴이 엉망이구나." 때로는 초등학교까지 급히 달려가다 보면 구두끈이 풀어져 고꾸라지는 바람에 무릎이 쓸리기도 했고, 나뭇가지가 그의 윗도리에 걸리기도 했다. 그의 구두에는 새똥이 묻어 있기도 했다. 아이들은 그를 새소년이라고 불렀다. 그는 상관하지 않았다. 바다 위 높은 곳에 있는 것, 서까래의 부드러운 그늘 밑에서 속삭이고 재잘거리는 갈매기들, 그것이 그가 바라는 전부였다. 문진처럼 손에 꼭 쥐어지는 만족감 같은 것.

점심시간에, 다른 소년들이 커스터드 과자 부스러기를 서로 튀기고 베이크드 빈을 코에 묻힐 때면 아서는 새들을 생각했다. 운동장에서 로드니 카버가 럭비공을 안고 그를 들이받고는 "어서 꺼져, 이 비쩍 마른 계집애 같은 녀석"이라며 씩씩거릴 때는 언덕 비탈에서 새들의 날개가 곤두박질치듯 내려오고, 로드니와 포악한 체육 교사에게 구름이 내려오는 환영을 보았다. 체육 교사의 다리, 창백하고 주근깨가 많고 털이 없는 그 다리는 어머니가 일요일에 구워주던, 먹다 남은 돼지고기 껍질처럼 아서의 꿈에 나타나곤 했다.

새들과 함께 있으면 외롭지 않았다. 때로 아서는 새들을 스케치하면서, 서로에게 어색하게 다가가는 그 몸뚱이들과 떨리는 날개, 목재 위로 튀는 작은 똥 알갱이들을 지켜보곤 했다. 그 냄새는 새로 산 깊은 찬장 냄새 같았고, 고기 반죽의 싸한 냄새가 희미하게 섞여 있었다.

아버지가 처음 그에게 새 둥지를 보여줬을 때—"자, 꼬마야, 기가 막힌 것 보여줄까?"—아서는 뒤뚱거리며 그를 따라 언덕을 올랐다. "다친 새들은 회복하고, 다 나으면 날아서 떠난단다." 아버지가 말했다. 그 새들이 왜 하늘에서 떨어졌는지는 아는 사람이 없었다. 아서는 현관문 밖에, 또는 마당의 주목 열매 사이에 떨어져 날개로 땅을 치고 있는 그 새들을 발견했다. 아버지가 밤에 그를 깨웠다. "이것 봐, 조용히 하고, 조심해서 보렴……." 그 어스름 새벽 오목하게 모은 아버지의 두 손과 그 안에서 떨고 있는 몸의 신비로움. 너무나도 연약하고 부드러운 그 심장의 고동.

외로움은 아서의 배 속에서 단단하게 굳어졌다. 집 안은 벽난로 선반 위의 시계만 째깍거릴 뿐, 방마다 침묵이 내려앉아 있었다. 그의 어머니는 반쯤 잠든 상태로 돌아다녔고 뒷방의 아버지는 어설프게 손목시계를 고치느라 근시가 서서히 심해져갔다. 아서는 아버지가 전쟁 전에는 어땠는지 기억나지 않았다. 그 어깨는 더 가볍고, 미소는 더 부드러웠을까. 지금 아버지는 늙은 손톱으로 몸을 긁으며 이부자리에 핏자국을 남겼다. 그 집은 새벽 4시면 잠에서 깨어나 식탁에 긁히는 의자처럼 날카로운 울음을 울었다.

그는 곧잘 자신의 외로움을 느낄 수 있었다. 그는 손가락으로 외로움의 위치를 짚을 수 있었고, 아주 세게 누르면 아프기도 했다. 급하게 음식을 먹어도 그것이 아팠다. 그는 그것을 씻어내려고 물을 많이 마셨지만 그것은 나오지 않았다. 그는 화장실에 가면 그것을 보게 될까 하는 기대를 늘 품고 있었다. 작고 파란 그것. 두려운 그것. 그는 그것을 가지고 무엇을 할지 알 수 없었다. 그것이 없으면 무엇을 할지도 알 수 없었다.

해는 제련소의 라인처럼, 바다 전체에 불쏘시개를 던지며 강렬한 오렌지색으로 떠올랐다. 아서는 여기서도 그 등대, 소리 없이 눈을 뜨는 노란 눈 같은 등대가 느껴졌다.

학교에서 그는 그 타워 등대에 관해 배웠다. 거기에 사람이 살고, 세 명이 한 가족처럼 산다니, 정말 놀라웠다. 그리고 그 등대는 그에게 다시는 외롭지 않을 거라고, 더욱이 거기서 떠날 수 없는 다른 두 명과 함께할 거라고 장담하는 것 같았다. 교실에서 소년들이 난파선과 공학자 스티븐슨 가문●에 관한 질문에 대답하려고 손을 들 때는 구슬픔이 그의 마음 한구석을 사포질해댔다. 그 등대는 형언할 수 없는 애절한 방식으로 그에게 와닿았다. 마치 내가 슬퍼서 네가 필요하다는 것처럼.

그는 날카로운 이빨 같은 암초에 빠져 죽은 선원들에 관해서, 수렵월狩獵月●●에 흔들리는 돛대와 조종의 금속성 울림에 관해서, 뿜어내는 토사물, 냄새나는 똥에 관해서, 주가가 곤두박질칠 때 상인들

● 로버트 스티븐슨Robert Stevenson(1771~1850)과 그의 세 아들과 손자들은 공학자로, 영국의 수많은 등대를 건설했다. 등대 공학자가 되지 않았던 손자 로버트 루이스 스티븐슨은 유명 작가가 되어 『보물섬』과 『지킬 박사와 하이드 씨』를 썼다.

이 내는 곡소리에 관해서, 그리고 뭍으로 떠밀려 올 재물을 기다리던 사람들에 관해서 배웠다. 그는 『보물섬』을 읽었고 그 작가와 등대 건설자가 같은 가문 출신일 수 있다는 것이 놀랍다고 생각했다. 그는 바다에 타워 등대를 세운 사람들에 관해 배웠고, 그들 중 많은 이가 어떻게 죽었는지, 육지에서 멀리 떨어진 채 바다에 반쯤은 가라앉은 슬래브 위에서 거센 옆바람에 비틀거리면서, 소금기에 트고 갈라진 손으로 어떻게 작업했는지, 블록들을 고정하려다가 그것이 씻겨 가는 것을 속수무책으로 지켜보고, 일단 블록을 고정한 후에도 수년간 고생한 결과가 거친 바다에 무너져 내리는 것을 속수무책으로 지켜볼 수밖에 없었다는 것도 알게 되었다. 아무도 거기에 가보지 않았으므로 아무도 그들의 업적을 칭송하지 않았다.

열한 살 생일에, 아서는 그 하얀 새를 보았다. 그것은 다른 새들보다 컸다. 바다에서 날아온 그것은 눈처럼 순수했고, 분홍빛 감도는 눈으로 그를 바라보았다.

나중에 아서는 아버지에게 물어보았다. 아버지가 말했다. 비둘기인가? 아서가 말했다. 아뇨, 비둘기가 아니었어요. 그럼 뭐였어? 모르겠어요. 아버지가 보러 갔다. 나중에 돌아온 아버지는 아서에게 말했다. 하얀 새는 없었어. 상상도 정도껏 해야지. 여기에 그런 새는

●● 추석 다음번의 보름달. 주로 10월에 뜨는데, 다른 때보다 조금 일찍 떠서 밤을 오래 밝히기 때문에 겨울을 대비해 사냥과 농사를 마무리하는 풍습이 있었다.

오지 않아. 하지만 난 봤어요. 물론 봤겠지. 어서 가서 아버지 성냥 좀 가져오너라, 착하지.

49

등대의 빛과, 빛이 어떻게 작동하는지는 전에 설명했었지. 그게 단지 빛과 어둠의 문제는 아니라는 것, 빛과 어둠 사이에는 많은 공간이 있다는 것, 그리고 그 공간과, 그 모양과 크기가 더 중요하다는 것도 설명했어. 네 엄마는 들으려 하지 않았어. 엄마는 싱크대에서 설거짓거리에 손을 담근 채 서 있었고, 머리를 까딱거리는 수선화처럼 고무장갑을 낀 손가락으로 그릇 표면을 더듬고 있었지.

밤이 내리자 우리는 밖으로 나갔어. 나는 네가 따뜻하도록 내 코트 안에 품고 있었지. 너의 정수리, 방금 감은 머리가 달빛에 빛났어. 나는 내 손바닥을 네 머리 위에 얹었는데, 그 두 형태가 맞춘 듯 꼭 들어맞더구나. 두 몸이 어울릴 때 그 몸의 부분들은 서로 꼭 끼운 듯 맞았지. 턱은 한 손에 아늑하게 얹혔고, 팔꿈치 안쪽은 작은 머리를 기대기에 더없이 좋았다.

우리는 파도 소리와 조약돌이 서로 밀치는 소리가 들리는 해변으로 갔어. 나는 너에게 회중전등을 건넸어. 내 코트는 너한테는 너무 커서, 소매가 손가락을 덮었지. 우리는 한쪽 소매를 말아 올렸는데, 비죽이 나온 네 손목은 흙에서 발견된 뼈처럼 충격적일 만큼 하얗더구나. 회중전등의 빛은 바다를 갈랐고, 해안 가까이서는 밝다가 얕은 바다 너머 멀리 밤을 쫓아가면서는 패배를 인정하는 것 같았어.

메이든 등대의 신호는 정해져 있어. 그것의 빛줄기는 일정하단다. 나는 너에게 회중전등을 흔들림 없이 가만히 들고서, 그 등대를 비추는 방법을 보여줬지. 메이든 등대가 바다의 배들을 위해 빛을 비추는 것처럼 말이야.

"등대원들이 네 불빛을 볼 수 있을 거야. 네가 그들의 불빛을 볼 수 있는 것처럼." 그 말을 듣고 너는 너의 빛을 몇 킬로미터 밖에서도 볼 수 있다니 재미있는 생각이라고 했지만, 나는 그게 빛의 속성이고, 굳이 많은 빛이 없어도 된다고 대답했어. 반대로, 햇빛 환한 정원에서 은빛 어둠 한 조각은 눈에 띄지 않아. 빛이 어둠보다 강하고 빠르고, 눈은 빛을 찾아가거든. 만약 세상을 그렇게 생각한다면, 세상이 그렇게 나쁜 곳으로 여겨지지는 않겠지.

우리가 회중전등 빛을 끄자 그와 함께 바다도 꺼졌어.

그러다 다시 바다는 되돌아왔지.

달은 볼록하게 이울어 반쯤 빨아 먹은 박하사탕 같았어. 그날 밤은 너와 나란히 있어서인지 나에게는 평온하게 느껴졌단다. 처음에 우리는 빛의 시간을 짧게 어둠의 시간을 길게 가져갔어. 3초 동안 켰다가 9초 동안 꺼서 플래싱을 만들었지. 그런 다음 그것을 거꾸로 해서 어둠보다 빛이 더 긴 오컬팅을 만들었고.

너는 그 오컬팅이라는 단어를 좋아해서 여러 번 반복했어. 나는 어떤 사람은 '오컬팅'에서 앞부분의 '오ㅋ'를 세게 발음하고 어떤 사람은 뒷부분의 '얼ㅌ'를 강조해서 발음한다고 말해줬어. 그리고 만약 내가 지금 저 타워에 있었다면 너의 빛을 볼 수 있을 거라고 말했어. 신호를 정지했다가 플래싱으로, 이어서 오컬팅했다가 다시 정지하며 육지에서 보내는 그 신호를.

나는 그 신호 하나하나를 보고 그게 너라는 걸 알 거야, 그게 너의 빛이라는 걸 그냥 알 거야, 그렇고말고. 네가 있어 뭍에 있는 게 좋았다. 네가 아니었다면 뭍의 생활은 별 의미가 없었어.

⌒⌒

검은 밤의 부근 어느 어간에 아서는 흠칫 놀라 잠을 깼다. 꿈의 여운이 소리 없이 두텁게 바닥 위에 떠 있었다. 다만 그때가 밤은 아니었다. 아침이었다. 8시 30분. 방 안을 어둡게 만든 건 커튼이었다. 그는 커튼을 열다가 맞은편 침대에 앉아 있는 빌을 보았다. 크리스마스 전날이었다.

그는 양손을 앞으로, 손바닥이 위를 향하게 내밀고 있었다. 마치 자기 목숨을 위해 빵 덩이만 한 무언가를, 신생아쯤 되는 걸 바치는 자세였다. 기억인가 상상인가, 그는 더 이상 그 둘을 분간할 수 없었다. 질끈 눈을 감으니 토미의 환영이 남아 있었다. 녹갈색 눈. 쭉 뻗은 한 손. 그사이의 시간에 그의 아들은 어디 갔을까?

혼자 있을 때면 자주, 소리가 들렸다. 탁탁 발자국 소리. 컴컴한 구석에서 부스럭거리는 소리. 나머지 두 명이 잠든 시간에 아래쪽 창고 깊은 곳을 긁는 소리, 그러나 아서가 내려갔을 때는, 어느 버스 정류장의 노인처럼, 혼란스러워 거기 서 있을 수밖에 없었다.

⌢⌢

빈스는 창가에서 해안을 바라보고 있었다.

"뭘 기다리는 거야?"

"아무것도 아니에요."

아서는 그 청년의 체구와 힘을 자신의 것과 비교해보았다. 긴 다리, 넓은 등. 그러나 놀랄 만한 점이 있다면, 어딘가 약점이 있는 것 같았다. 그는 TV를 켰다. 가파르 칸*에 관한 1시 뉴스의 꼭지가 나왔다. 아서가 움직일 때나 말할 때마다 마치 깊은 잠이 그를 죄어오

---

* Abdul Ghaffar Khan(1890~1988). 파키스탄과 아프가니스탄에 분포한 이슬람 민족인 파슈툰 족의 위대한 지도자. 인도 독립운동에서 마하트마 간디와 함께 비폭력저항 운동을 이끌었고 이후 파키스탄의 개혁을 위해 싸웠다.

는 느낌이었다. 몸이 천근만근 무겁고 가라앉는 것 같았다.

"집에 있다면 주임님은 뭐 하고 계셨을까요?" 빈스가 물었다.

"선물 포장하고 있겠지. 「킹스 칼리지 합창단의 캐럴」. 그것도 예전 같지 않아."

"그럼요. 물론 그렇겠죠. 미안해요. 잊고 있었어요."

"자네가 기억할 거라고는 기대하지 않는데."

"하지만 할 거예요."

"자네는 기억하지 않았으면 해. 다른 거 방송하는 거 없어?"

"데이비 크로킷 파일인가 뭔가 하는 거 나와요. 차 드실래요?"

"낚시나 갈래."

"낚시요?" 빈스가 되물었다. "굉장히 추워요."

"크리스마스 전통이야." 아서가 말했다. 사실 그건 전통도 아니었고 앞으로도 그럴 일은 없었다.

그 자리는 무얼 잡기 위한 자리가 아니었다. 그 자리는 앉아서 바라보기 위한 자리였다. 도그 스텝 아래 잔물결이 찰싹거렸다. 코트를 뚫고 매서운 한기가 들어왔다. 엷은 안개 속에 웅크린 형체들은 뒤틀리고 분리되어 있었다. 그는 지금 강렬하게, 보이지 않게 자신을 돌아보는 그것을 느낄 수 있었다. 바다를 건너오든, 하늘에서 내려오든, 그것은 어디에서든 그에게 다가올 수 있었다. 그는 그것이 언제가 될지는 알 수 없었다.

바다가 들끓었고 파도가 부서지면서 생긴 희끄무레한 조각들이 수면을 어지럽히고 있었다. 위를 쳐다보니 타워는 주방 근처에서 목이 잘린 듯했고, 구름 속에서 안개포의 포성이 울렸다.

뒤쪽에서 타다다닥 하는 소리가 들렸다. 숨바꼭질할 때처럼 가볍게 달리는 발소리.

타다다다다다닥.

아서는 몸을 돌렸다. 아무도 없었다.

그는 요즘 들어 상상을 너무 많이 하고 있었다.

다시 발자국 소리가 났다.

타다다다다다닥.

까르륵거리는 웃음소리. 어린아이다.

아서는 낚싯줄을 내려놓고 셋오프의 둥근 모서리를 따라갔다. 계속 가다 보니 출발했던 지점으로 돌아와 있었다. 웃음소리는 안개 속에서 띄엄띄엄 들렸다. 한순간 잠잠해졌다가 다음 순간 다시 들렸다. 깔깔거리는 소리.

기다려, 그는 약간의 어지러움을 느끼며 말했다. 빙빙 돌았다. 낚싯줄은 녹아버리고 문도 녹아버려 그 원의 끝이 어디인지 알려줄 것이 없었다. 문득 원은 시작점도 끝점도 없다는 생각이 들었다. 당연히 그랬다, 원은 그저 영원히 계속될 뿐이었다. 그는 한 손을 타워에 짚고, 금방이라도 그것을 만지게 되리라 생각하며 다른 손은 앞으로 뻗었다.

뭐지? 셔츠의 목깃. 팔꿈치. 피부.

기다려, 그가 말했다. 잠깐만.

그는 걸음을 멈추고 귀를 기울였다. 그 발걸음이 그를 따라잡을 수 있도록. 둘 중 어느 쪽이 찾으려고 달리고 있고 어느 쪽이 달아나고 있는지는 알 수 없었다. 그는 앞으로 나아갔다. 이제는 그 발걸음이 너무 빠른 것 같았다. 너무 빨라서 셋오프의 휘어진 구간에 있을 수 없을 것 같았다. 너무 빨라서 그의 앞에 나타나지도 않고 곧바로 지나쳐버릴 것 같았다. 그는 발이 걸려 넘어지면서 가까스로 고리 볼트 하나를 붙잡았다. 두 다리가 날아가 바다 위에서 대롱거렸다. 저 위 높이서 안개포가 굉음을 울렸다. 아무도 그의 소리를 듣지 못할 터였다.

그는 발에 안전선이 느껴지자 그것을 딛고 겨우 몸을 끌어 올렸다.

웃음소리가 터졌다, 감질나도록 가까이서.

어이!

마른기침 소리. 털 뭉치를 토하는 고양이.

어이!

아서는 눈을 깜박였다.

그는 셋오프 위로 기어올라 앉아서 낚싯대를 잡았다. 곧바로 당김이 느껴졌다. 어린아이가 머리카락 뭉치를 잡아당기는 느낌. 그것이 그를 잡아당기며 앞으로 홱 끌어냈다.

줄이 팽팽했다. 그는 끌려가지 않도록 몸무게를 실었다. 그것은 무거웠고 한 번 뒤틀 때마다 점점 더 무거워졌다. 낚싯줄은 금방이라도 끊어질 것처럼 팽팽해졌지만, 이제 그는 그것을 당기고 있었다. 한순간 그가 이기고 있는 것처럼 느껴졌다. 그것이 거기 나타났기 때문이다. 흐릿하고 안개 자욱한 해수면 위로 떠오른 형체, 그날 아침 그가 꾸었던 꿈에서처럼, 소름 끼칠 만큼 익숙하면서도 아직은 알 수 없는 형체가. 결국 그것은 상어였다. 그러나 그 무시무시함은 안개 때문에 왜곡된 것이었고 물론 그것은 상어가 아니었다. 그는 낚싯줄을 놓아버리고 싶었지만 어두운 충동이 그것을 불가능하게 만들었다. 애초에 그가 여기 나오면서 의도했던 대로 그저 앉아서 바라보기 위한 자리에 그를 붙박아두었고, 그의 눈은 그 광경에 움찔하면서도 사악한 호기심의 힘에 밀려 눈을 뗄 수 없었다.

나는 물고기가 아니라 내 아들을 낚았구나.

나는 아들의 뺨에 바늘을 걸었구나.

줄이 끊어졌다. 소년은 낚싯줄을 매단 채 내려가더니 흐린 안개 속으로 사라졌다. 해수면은 갈라졌다가 다시 모였고 남은 것이라고는 일그러지고 이상한 표정으로 밑을 내려다보는 얼굴, 아버지의 절망이 그대로 비친 광기뿐이었다.

50

보급선 '스피릿 오브 어니스' 호가 본토에서 칠면조 몸통 요리와 레드 와인 한 병을 가져왔고, 아울러 통조림 야채와 비스토 그레이비 소스 한 통까지 가져왔다. 크리스마스 푸딩은 없었지만, 대신 말린 과일 케이크가 있었다. 빌이 조리 담당이었다. 그는 불에 냄비들을 올려놓고 그 앞에서 줄담배를 피웠다.

아서는 자기 음식을 한쪽으로 밀어버렸다. 굽이치며 피어오르는 담배 연기 너머 빌을 지켜볼수록 그 소리도 점점 커졌다. 손톱으로 회반죽을 긁는 소리. 때로 그 소리는 아주 가까이, 마치 그의 몸이나 그의 안을 긁어대는 것처럼 아주 가까이서 들렸다.

"저 소리 들려?"

"무슨 소리요?" 빈스가 물었다.

나중에 거실에서, 빈스는 「올드 그레이 휘슬 테스트」라는 TV 프로그램을 찾아냈다. 네 남자로 구성된 포커스라는 밴드에서 키보드를 맡은 한 명이 카랑카랑한 목소리로 노래하고 있었다. 마지막에 그들은「메리 크리스마스 앤드 어 해피 뉴 이어」를 불렀다.

그들은 여왕의 연설을 지켜보았다. 필립 공과 결혼한 지 25년, 유럽경제공동체에 가입을 앞둔 영국, 북아일랜드 문제. 국가는 물론 가족 내에서도 그 어느 때보다 인내와 관용이 필요하다고 그녀는 말했다.

아서는 세 명이 사는 자신의 나라를 생각했다. 사적인 생각들이 그를 갉아먹었다. 그는 다른 사람들에게는 잘 느껴지지 않는 무언가로 가득 채워지는 것이 가능한 일인지 궁금했다.

⌒⌒

나머지 사람들은 일기예보가 틀렸다고 주장했다. 폭풍이 다가올 기미는 없었다. 빌은 구호선을 기대해도 괜찮을 것 같았다. 아서는 머리가 아팠다. 두통은 일주일째 계속되고 있었다. 자기가 했던 일들과 자기가 했던 말들을 기억하기도 힘들었다. 그렇다고 그것 때문에 걱정할 그가 아니었다.

안개는 걷혀 있었다. 그는 쌍안경으로 멀리 육지와 배들과, 얼룩덜룩한 집들을 보았다. 그의 아내가 이쪽을 바라보고 있을 수 있다는 생각이 들었다. 그들은 의식도 못 한 채 서로에게 신호하고 있을

지도 모르는 일이었다.

그는 헬렌이 행복하기를 바랐다. 그녀가 행복을 찾기를 바랐다.

그녀와 결혼한 건 정당하지 못한 일이었다. 그는 누구와도 결혼하지 말았어야 했다.

그는 주방으로 내려갔다. 그가 자리를 비우면 그것이 올 수 있었기 때문이다. 그것은 그가 등을 돌렸을 때, 안개 속에서 그랬던 것처럼, 그가 아들을 잃었던 그날에 주의를 기울이지 않았을 때처럼, 그가 주의하지 않을 때 찾아올지도 몰랐다.

아서는 컵 하나에 물을 채우고 침실로 올라갔다. 빌과 빈스는 자고 있었다. 그는 1분쯤, 어쩌면 그보다 오래 문간에 서 있었다. 물한 잔 가져다 달라는 부탁을 받았지만, 들어오라고 할 때까지 어쩔 줄 몰라 서성이는 사람처럼 물컵을 들고 서 있었다.

머릿속의 통증이 날카로웠다. 피아노 건반이 틀린 순서로 연주되었다.

어이!

발소리가 계단을 달려 올라갔다.

타다다다다다닥.

랜턴실에 올라가보니 새 한 마리뿐이었다. 유리 위에서 날개를 파닥거리는 슴새 한 마리. 열린 창문을 통해 들어온 녀석이었다. 그는 그 새가 잠시 랜턴실 안을 날아다니며 다치도록 내버려 두었다. 그런 다음 갤러리 쪽으로 난 문을 열어두고는 아래층으로 내려왔다.

4시가 지나자 어둠이 내렸다. 달이 얼마나 큰지 분화구가 다 보일 정도였다. 보름달, 불길한 징조. 달, 조수, 바람. 우주의 사물들 사이에는 어떤 연관성이 있었다. 하나의 방정식을 이루는 연관성, 가장 가까이 있는 사람은 신의 그 서명을 목격할 수 있었다. 아서는 인간이 달에 가보았다는 게 믿어지지 않았다. 물집과 무지외반증과 잘라줘야 할 발톱을 가진 인간의 발이 그 달의 표면을 느꼈다니, 그것은 사실이었다. 과학이 발달하기 전의 사람들은 별들이 천국의 바닥에 생긴 구멍이라고 믿었다.

바람이 일었다. 롱십스 등대에 있을 때 같이 일했던 한 등대원은 구호선을 믿을 수만 있다면 바다에 나와 지내는 것도 그리 나쁘지는 않을 거라고 말하곤 했었다. 예정된 때에 뭍에 도착할 수만 있다면 오히려 그게 더 나을 것이었다. 마지막 순간에 그 날짜가 옮겨져서 사람을 가지고 놀지 않는다면 그걸 기대할 수 있을 터였다.

아서가 그 날씨를 불러들인 거였다. 그가 날마다 일지를 쓰면서 기록해오던 그 폭풍, 순전한 의지의 힘으로 존재하도록 불러들인 그 폭풍.

나중에 그 일지를 발견한 사람들은 그가 정신이 나갔던 거라고 말할 것이었다. 그는 쇠약해지고 무능해지고 맛이 갔다고, 차라리 일을 그만두는 게 나았을 거라고. 그를 사랑하지 않는 아내와 함께 집에 있는 게 나았을 거라고. 아내를 볼 때마다 죽은 아들의 얼굴을 떠올리고, 그녀가 그를 배신하고 정을 줬던 남자의 얼굴을 떠올리면서.

아서는 30년 근무 경력을 자랑스럽게 여겨왔다. 가장 고귀한 포상인 주임 직위가 그에게 주어졌을 때 아서는 그 제복을 날마다 입기로 맹세했었다. 깨끗이 면도하고 광이 나게 구두를 닦는 것, 그것은 품위의 문제였고, 그의 장기근속을 나타내는 기장이었다. 사람들은 말했다. "아서, 그 일을 하는 건 자네한테 좋을 게 하나 없어, 토미가 죽은 후로는 그 일이 자네한테 전혀 안 좋아. 자네는 헬렌과 함께 있어야 해, 자네가 있을 곳은 집이야, 집. 헬렌과 함께 있으라고." 그러나 등대는 그에게 남은 유일한 장소였다. 여기 있는 것이 그의 영혼을 구해줬다. 그러나 그는 알고 있었다. 마치 열쇠걸이에 머리를 매달아 둔 채 집을 떠나온 것처럼, 그의 이성이 사라져버렸다는 것을.

⌃

놀리고 있던 밭을 걷던 날을 기억하니? 나는 네 부드럽고 축축한 손을 잡고 있었지. 우리는 제비들이 곤두박질치다가 솟아오르는 모습을 구경했어. 석양빛도 보았지. 나는 널 사랑했단다.

거울에 비친 그의 모습은 놀랄 만큼 걱정스러웠다. 눈 밑 주머니 살은 단단해져 있었다. 표정은 그의 표정이 아니었다. 어느새 수염은 가득 자라 있었고 머릿속의 소음은 시간이 갈수록 더 커져만 갔다.

바깥 어둠 속에서, 그는 바다를 자기에게로 끌어당겼다.

바람이 점점 거세지며 경고를 더욱 높여갔다. 아래쪽 바위에서 호시탐탐 기회만을 노리던 검고 뒤틀린 것은 이제 올라올 준비가 되어 있었다.

51

아서는 수영선수가 수면을 가르듯 깨끗하게 잠을 깼다. 바람 소리에 귀가 먹먹했다. 사방 모든 곳에서 바다가 몸부림치며 화강암 타워를 빨아들이고 때리면서, 물보라의 소용돌이를 날렸다. 굳게 닫힌 덧문 때문에 실내 공기는 답답하고 악취가 났고, 공기는 얼마나 차가운지 콧구멍이 얼얼했다. 그는 머리가 맑아지고 생각이 투명해진 것을 느꼈다.

크리스마스 다음 날이었다. 빌은 아무 데도 못 가고 있다.

아서는 다시 그 소리를 들었다. 그는 침대를 빠져나와 아래층으로 내려갔다. 물기 머금은 안쪽 벽을 따라서, 날씨 속으로, 바닷속으로 내려갔다.

그의 아내는 왜 그가 계속 바다를 견디고 받아들이는지 이해하지 못했다. 그러나 그는 아들이 떠났던 장소를 미워하는 건 아무 소용이 없다고 생각했다. 그녀는 바다가 토미를 죽였다고 생각했다. 아들의 시체를 바다에서 되가져오고 태워서 유골을 상자에 보관해야 했다. 아서는 한 소년을 상자 안에 두어선 안 된다고 생각했다. 평생 한시도 가만히 있어본 적 없는 다섯 살 소년을. 대신에 토미는 여기, 이 바다에 있었다. 거기서 북에서 남으로, 동에서 서로 쓸려 다닐 것이었다. 아침 햇살에 어른거리며 반짝이고 황혼 녘에는 원을 그리며 춤출 것이었다.

헬렌은 당신은 그걸 어떻게 견딜 수 있느냐고, 당신이 어떻게 그걸 *견디는지* 정말 모르겠다고 말했고, 그는 어떻게 대답해야 할지 알 수 없었다. 여기가 토미가 있는 곳이라고, 나는 여기서 토미를 느낀다고 대답하면 그녀의 마음이 아플 터였다. 그래서 그는 아무 말도 하지 않았다. 그러면 그녀는 침대에서 돌아누웠고, 아서는 당직 중에 보곤 했던 이웃집 불빛을 생각했다. 그들의 든든한 동료, 또 다른 남자가 그리 멀지 않은 어딘가에서 눈을 떴음을 상기시켜 주던 그 불빛.

만약 아서가 그렇게 말했다면. *내가 거기 있으면, 우리 아들은 외롭지 않아. 내가 뭍에 당신과 함께 있을 때면 토미가 날 기다려. 토미는 내가, 자기 아빠가 돌아오기를 바란다고.* 만약 그가 그렇게 말했다면, 그녀는 그를 때렸을 것이다. 토미는 그의 아들 이상으로 그녀의 아들이었기 때문이다. 그녀는 아서가 토미의 마지막 비명을 잊지 못한다는 걸 알지 못했다. 그 소리는 절대 그를 떠나지 않을 터였다. 그 비명은 별 표면에 딱딱하게 굳어져 있었고 물속에 녹아 있었다. 그것은 황혼 녘에, 그리고 그가 램프 심지를 집어 검게 끄는 새벽의 그 순간에 춤추는 불이었다.

아서는 난간에 한 손을 짚었다. 그가 손을 떼자 흐릿한 자국이 남았는가 싶더니 점점 작아지다 사라져버렸다.

아무것도 살아남지 못했다. 아무것도 영원하지 않았다. 모든 것은 심연 속에서 사라져버렸다.

출입문에 다다르고 보니, 문은 그의 돌들만큼이나 차가웠다. 그가 자국을 느끼고 그 자국의 원인을 알게 된 건 거의 동시의 일이었다. 빗장에 난 손톱자국. 나오려고 혹은 들어가려고 애쓰던 흔적.

52

폭풍은 더욱 심해졌다. 솟아오른 파도 꼭대기에는 하얀 비누 거품 같은 포말이 부글거렸다. 바람은 돌진하며 아우성을 쳤다. 우레는 번쩍거리는 하늘 전체에 울렸다.

아서는 랜턴실을 향해 계단을 올라갔다. 벽에서는 응결된 물방울이 떨어졌다. 그는 자기 피부에서도 물방울을 발견하기를 기대했다. 그의 몸과 그 몸이 있는 구조물 사이에 틈새 하나 없는 것처럼 물방울이 맺히기를 바랐지만, 뺨을 만져보니 건조하고 따뜻했다.

빈스는 당직이 끝났다. 그의 당직이 시작되었다. 그는 충전물을 장전했고, 기폭장치는 폭풍을 찢을 듯 굉음을 외쳤지만, 그 경고의 외침은 바람에 흩어져버렸다. 파도가 고꾸라졌고, 물마루가 부서졌고, 아수라장 같은 해수면에서 물보라가 날아올랐다. 번쩍거리는 빛이 꿈틀거리는 어둠을 갈랐다. 바다도 검은색, 하늘도 검은색이었

고, 먼바다가 거품을 내며 일어서고 있었다. 그의 타워는 그 습격에
몸을 떨었고, 기단부터 램프까지 거품이 폭발하고 있었다.

아서는 눈을 감고 앞으로 떨어지는 모습을 상상했다. 익사한다는
생각에도 겁이 나지 않았다.

번개의 화살 하나가 바닷속으로 내리꽂혔다.

한순간 파도가 빛을 냈다. 아서는 배를 본 것 같았다. 긴가민가하
고 있을 때 또 한 번 쾅 소리가 울리더니 그것이 또렷이 보였다. 배
한 척이 도리깨질을 하고 있었다.

작다. 목선이다. 찢어진 돛.

그는 갤러리로 난 문을 힘껏 밀어 열었다. 문은 비바람에 홱 젖혀
지며 그를 난간으로 동댕이쳤다. 그것은 소박한 배, 거대한 놀 위로
들어 올려져 물보라에 부서질 듯한 노 젓는 배였다.

"가까이 오지 마!"

그의 외침은 강풍에 쓸려 가버렸다. 한 차례 빛이 터지면서 그 배
가 다시 나타났다. 노 젓는 사람과, 지금 그가 알기 전부터 믿고 있
었던 것이 시야에 들어왔다.

난간을 붙잡고 계단을 내려가는 발걸음은 그 뱃사공과 대면해야
한다는 절박함에 비하면 너무 느린 것 같았다. 그러나 출입문에 채
도착하기도 전에 3층 아래에 있는 그 문이 쿵 하는 소리가 들렸다.

타다다다다닥.

그를 향해 위로, 위로 올라오는 어린아이의 웃음소리.

어이!

아서는 발길을 돌렸다. 거실을 지난 어디쯤에선가 그 발자국을
놓쳤던 것이다. 도로 내려가서 거기 남은 자국을 본 건 나중에, 한참
나중의 일이었다. 구두 발자국이 아닌 맨발의 자국, 작은 발바닥과
다섯 개의 점으로 남은 발가락 자국.

53

금요일쯤에 바람은 잠잠해졌다. 빗줄기는 가늘어졌을 뿐 그칠 줄을 몰랐다.

빌이 본토에 무전을 보냈다.

"사람을 보낼 수 있습니까?" 그의 입술은 거칠거칠했고, 손톱 주변의 피부는 찢어져 있었다. 타워에서 61일을 보낸 것이다.

"*불가능합니다, 빌. 여기 날씨가 좋지 않습니다.*"

아서는 빌의 뒤쪽, 문간에 서서 지켜보고 있었다.

빌이 돌아보았다. 날이 추운데도 그의 이마가 땀으로 번들거렸다.

"좋습니다. 그럼 내일 하죠." 빌이 말했다.

"*맞습니다, 빌. 내일 아침에 사람을 보내겠습니다.*"

아서는 생각했다. 빌은 내가 자기를 해칠 거라고 생각하는군.

그는 빌을 해칠 만한 온갖 이유를 댈 수 있었다. 그러나 다음 순간 그 노 젓는 배가 생각났다. 그것을 조종하던 그 작은 머리와 인사하기 위해 높이 든 손.

당신이 보입니다.

아서는 태생이 폭력적인 성격이 아니었고 결코 그런 적도 없었다. 그는 주먹을 쓸 수 있었지만, 아무리 그러고 싶다고 해도 그것을 사용할 수는 없었다.

빌이 교신을 잠시 멈췄다. 한 번의 낮. 한 번의 밤. 하루를 더 있어야 한다니.

"알겠습니다." 그가 말했다. 또 한 번의 멈춤. 이번의 멈춤은 더 길었고, 그사이에 그는 고개를 숙이고 눈을 감았다. 무전기가 삐 소리를 냈다. "통신 끝."

54

"아서, 일어나요. 일어나세요."

그는 눈을 떴다. 침실은 우주 공간 속의 웜홀, 별들이 흩어져 있는 연푸른 내부였다. 빌이 그의 침대 옆에 서 있었다. 침침한 어둠 속에서도, 아니 그 침침함 때문에 그는 동료의 걱정스러운 얼굴과 움푹 꺼진 눈과 반짝이는 홍채를 볼 수 있었다.

"일어나요." 빌이 다시 재촉했다.

"무슨 일이야?"

빌의 목소리가 쉬어 있었다. 거의 속삭이는 것 같았다.

"일이 생겼어요."

"뭐?"

"가버렸어요."

"빌."

"빈스요. 그가 갔어요. 방금. 가버렸어요."

아서는 그 엷은 잉크 같은 눈을 뚫어져라 쳐다보았다.

"빌, 자네 꿈꾸는 거야."

"아니에요."

"말도 안 되는 소리를 하잖아."

"그러는 아서는요?"

"빌……."

"잠 다 깼어요?"

"앉아봐. 자네 자면서 돌아다니는 거라고."

"그가 죽었어요." 빌이 말했다. "빈스가. 빈스가 쓸려 갔다고요. 방금."

"내가 가볼게."

"내가 봤어요."

"내가 빈스를 데려올게. 자네한테 보여주지."

"어쩔 수 없었어요." 빌이 말했다. "난 노력했어요."

"기다려봐."

"우린 밖에 있었어요. 그게 갑자기 나타났어요."

"앉아봐, 빌."

"정말 갑자기 나타났어요."

"앉으라니까."

"빈스가 소리치고 있었어요. 나는 어쩔 수……."

"내가 가볼 거야."

"난 노력했어요. 하지만 바다가."

"그럴 리가……."

"그가 갔어요. 바다. 가버렸어요."

아서의 귓가에 잔잔한 바람 소리와 부드러운 파도 소리가 들려왔다. 카세트 플레이어에서 나오는 음악 소리는 들리지 않았고, 담배 태우는 냄새도 나지 않았다.

그는 바닥으로 내려섰다. 바지와 스웨터를 입었다. 너무 늦었다는 건 알고 있었지만, 그건 중요한 일이었다. 그의 타워에서 생긴 일은 그가 져야 할 십자가였다.

그의 뒤쪽, 침실의 우묵한 공간, 빌이 선반에서 물건 하나를 들어올렸다. 찰나의 순간, 아서는 고개를 돌린 그 순간에 그것이 무엇인지 깨달았고, 일련의 생각들이 차례로 그의 머리를 스쳐갔다. 그는 풀이 듬성듬성 나 있던 언덕으로 그를 이끌어주던 아버지가 생각났다. 그의 맨발에 닿던 부드러운 양치류들과 서까래 밑에 있던 갈매기들의 움직임이 생각났다. 해가 뜰 때 노란색으로 빛나는 바다와, 분홍색이 감도는 엷은 구름이 생각났다. 그가 파견되었던 스타트 포인트의 첫 번째 등대와, 그보다 나이가 많던 그곳의 등대원들, 목이 쉰 듯한 웃음소리와 시큼한 냄새를 풍기던 파이프 담배와, 철계단을 오르고 굳은살 박인 엄지손가락으로 담뱃살을 갈던 그들이 생각났다. 결혼식 날의 헬렌, 그녀에게 키스하던 일, 아기가 생겼다고 말하던 그녀, 그녀가 아기를 가졌을 때 그가 느꼈던 기쁨이 생각났다. 그리고 토미, 언제나 그의 아이였던 토미와, 결코 저물지 않는 빛이 생각났다. 그가 바다 위에 양초를 꽂았던 수천 번의 시간과 그 빛나던 양초 덕분에 배를 돌렸던 수많은 선원들이 생각났다. 그리고 그들, 그의 아내에게, 그의 친구에게 과거와 지금 일어났던 일들에 대해 그가 얼마나 미안함을 느끼는지, 그리고 그녀에게 그 미안함을 보상해줄 길이 영영 없다는 데 얼마나 미안함을 느끼는지 생각했다.

그는 이런 식으로 끝내는 게, 이렇게 상실과 혼란으로 끝내는 게 얼마나 수치스러운 일인지 생각했다. 왜냐하면 그는 실수를 저질렀고 지금의 그는 과거의 그가 아니었기 때문이다. 아서는 외로움을 좋아했지만, 결국 외로움은 그를 좋아한 적이 없었다. 외로움은 그의 일부를 앗아 가버렸고, 어쨌거나 이 섬에 있는 것으로는 충분하지 않았다. 그 찰나의 순간에 그는 빌이 꺼내든 물건이 무엇이었는지, 빌이 그것으로 무엇을 하려는지 깨달았다. 그리고 그가 문을 열었고 그 퇴적암 덩어리가 그의 뒤통수에 와서 부딪혔다.

55

빌은 빈스를 물에 빠뜨릴 생각은 아니었다. 그러나 일단 빈스가 물에 빠지고 나자 나머지는 간단해 보였다.

제니는 늘 그더러 줏대가 없다고 했다. 그의 아버지도 똑같은 말을 했었다. 빌은 그의 아버지에게 대들고 싶었을 것이다. 그는 그 노친네의 목을 양손으로 잡고, 아니 그의 손이나 벨트, 그 노친네의 벨트로 그 목을 조여버리고 싶었을 것이다.

그는 침실에서 주임의 시체를 들어 아래층으로 끌고 내려갔다. 아서는 무거웠다. 그래서 자세를 바꿔 아서를 어깨 위로 둘러메고 그렇게, 참호의 병사가 다른 병사의 목숨을 구하듯 옮겨야 했다.

그는 아서의 맨발을 처음 보았다. 발톱은 짧게 깎여 있었고, 발가락에는 성기게 털이 나 있었다. 불쌍한 바보는 양말을 신을 시간도 없었던 것이다.

옛날 집 현관홀에, 어머니의 성소 위에는 '카르페 디엠Carpe Diem' 이라는 글이 찍힌 선박용 시계가 있었다. 빌은 어머니의 미소와 그 아름다운 눈을 생각했다.

헬렌의 미소. 헬렌의 눈.

그는 주방에 도착했다. 짐을 식탁 위로 내던졌다. 합판으로 된 식탁 상판에 피가 번졌다. 이제는 구분할 수 없는 부위들, 주임의 뭉개진 코, 찢어진 눈과 이마에서 피가 떨어지고 있었지만, 그 상처들은 피와 뼈의 반죽 속에 묻혀버렸다. 빌은 자신이 필요 이상으로 했다는 것을 알았지만, 확실히 해두어야 했다.

아드레날린이 그를 강하게 만들었다. 심장은 거칠게 고동쳤다. 숨결은 고르지 않았고, 신선한 산소에 자극되어 있었다. 그의 앞에 놓인 두 손은 요오드 색깔로 얼룩져 있었다. 그래서인지 그는 자기 머리가 굉장히 효율적으로 돌아가고 있고, 생각이 굉장히 예리해진 느낌을 받았다. 아침에 구호선이 올 것이다. 그는 설명할 것이다. 아무도 이 비극을 그의 탓으로 돌리지 못할 것이며, 아무도 나중에 가서 그가 한 일에 책임을 묻지 못할 것이다. 일단 제니가 진정되기만 한다면, 죽은 남자의 아내를 뒤쫓는 일이 용인할 만하다고 여겨진다면 말이다.

어떻게 그의 결혼 생활이 유지될 거라고 기대할 수 있단 말인가? 어떻게 그가 변하지 않고 돌아가기를 기대할 수 있단 말인가? 아무런 기대도 없을 것이다. 난생처음으로. 아무것도.

빌은 주임의 손을 닦은 다음 자기 손을 닦았다. 그는 장갑에 손가락을 넣은 다음 벽에 걸린 시계를 내려 시간을 앞으로 돌렸다. 8시 45분, 그의 아들이 사망한 시각으로. 헬렌은 '매스터스'의 긴 소파에서 그에게 그 이야기를 한 적이 있었다. 어느 날 그녀가 제니를 보러 왔을 때였다. 제니는 외출 중이었으므로 빌이 차를 대접했고 그녀가 이야기를 털어놓고 우는 동안 그녀의 이야기를 들어줬다. 그녀는 빌에게 모든 것을, 세세한 것까지 전부 말해줬다. 오전 8시 45분. 결국 그녀에게 키스한 것이 유일하게 친절한 행위였다.

아서가 그의 서명을 남기고 있었다. 사람들은 그것을 아서의 자백으로 해석할 것이다.

빌은 건전지를 빼서 거꾸로 끼워놓았다. 자신이 만졌던 장소들에는 아서의 지문을 찍었다. 그런 다음 두 층 위에 있는 거실로 올라가 거기 있던 시계도 바꿔버렸다. 시곗바늘을 똑같은 위치로 옮기고 제자리에 놓았다.

이제 그는 아서의 시신을 굽어보며 그것을 어떻게 할까 생각하며 서 있었다. 이것이 빌을 그토록 초라하게 느끼게 만든 남자라고는 믿기 힘들었다. 주임 등대장. 그가 나무처럼 쓰러져 있었다.

식탁을 닦다 보니 마음이 느긋해졌다. 빌은 식탁 상판, 옆쪽 모서리, 상판 아래쪽, 의자, 바닥의 자국들까지 깨끗이 닦았다. 그는 서두르지 않았다. 여유를 가지고 했다. 그는 핏물을 싱크대에서 헹군 뒤 싱크대를 깨끗이 닦았고, 그런 다음 걸레를 동그랗게 뭉쳐서 창문 너머 바다로 던져버렸다. 다음에는 주임의 시체 위를 넘어가서 찬장에서 접시 두 개를 꺼냈고 서랍에서 나이프와 포크 두 세트를 꺼냈다. 그는 다시 무릎을 꿇고 아서의 손으로 이 물건들을 쓸어낸 다음 그것들을 식탁 위에 놓았다. 컵 두 개와 소금 통과 후추 통, 그리고 거의 바닥난 겨자 소스 통까지 같이.

소시지 통은 기발한 생각이었다. 아서는 언젠가 소시지는 토미가 좋아하던 음식이라고 말한 적이 있었다. 세세한 것까지 꾸밀 필요는 없었지만, 그러는 게 왠지 부지런해 보여서 그렇게 했다. 꼼꼼함. 훌륭한 등대원이라면 갖춰야 할 모든 것.

주방 무대를 꾸미고 난 뒤, 그는 주임의 머그잔에 차를 만들어 거실로 가져갔고, 주임의 의자에 앉아서 주임의 아내를 생각했다.

헬렌은 행복할 자격이 있었다. 이제부터 그녀는 행복해질 것이다. 빌은 그녀의 행복을 좇아 남은 평생을 바치기로 맹세했다. 그녀의 행복을 찾으면, 매일 밤 그들이 사랑을 나누는 침대맡에 그 행복을 붙박아 놓고 절대 그녀를 놓아주지 않을 생각이었다.

지금쯤 빈스는 얼마나 깊이 있을까? 얼마나 멀리까지 내려갔을까? 빌은 그 임시 등대원의 시체가 물에 떠밀려 올라오지나 않을까 살짝 신경 쓰이긴 했지만, 설사 그렇더라도 그건 문제될 게 없었다. 이야기는 이미 구상해놓았다. 사람들은 그 말을 믿지 않을 이유가 없을 터였다. 아서는 정신이 나가서 그 임시 등대원을 살해했고, 빌까지 죽이려 했다. 빌은 스스로를 방어하는 것밖에 다른 방법이 없었다.

그 고참한테는 미안하다고, 정말 미안하다고 그는 사람들에게 말할 터였다. 그는 아서를 좋아했다고, 그래서 그가 어떻게 변했고, 어떻게 되었는지는 정말 충격이었다고.

56

빈센트 본은 이미 여러 번 죽었어야 할 운명이었다. 그가 태어났을 때, 탯줄이 목을 감고 있었고 그를 받은 산파는 그가 파랗게 질릴 때까지 그걸 알아채지 못했으므로 그때 죽었어야 했다. 그가 리처드슨 가문 사람들과 함께 살던 네 살 때, 그는 도로를 달리는 차 앞으로 걸어 나왔는데 마지막 순간에 차가 방향을 틀었다. 열다섯 살 때는 6미터가 넘는 담벼락에서 떨어져서 팔이 부러졌다.

그가 살면서 겪은 이 모든 사건이 쌓이다가 결국 최종적으로 갚을 때가 되어, 이 특정한 날 이 특정한 시각에 그의 번호가 불렸던 것이다.

그것이 그를 덮쳤을 때 그는 셋오프에서 담배를 피우고 있었다. 에디 에번스나 가명을 쓰던 정비공이 탄 배는 오지 않았다. 그동안 그가 확신해왔던 어떤 것도 없었다.

공기는 쌀쌀했다. 바다는 몸을 날리며 바위와 암석을 헹궈내고 있었다. 오늘, 세상은 괜찮게 느껴졌다.

그는 그것이 끝났다고 믿기로 했다. 그것, 어쩌면 그를 잡으러 나올 사람은 없었다. 이제 두려울 것은 없었다. 미래가 앞에 놓여 있었다. 미셸은 그의 과거사를 신경 쓰지 않을 터였다. 그녀는 그가 어떤 사람인지 알고 있었다. 그녀는 아무 데도 가지 않을 터였다. 안도감과 밝음이 그의 영혼을 어루만졌다. 행복인가, 그는 생각했다.

빌이 멀미하는 표정으로 내려왔다. 빈스는 담배 한 개비를 내밀었지만, 그 부등대원은 거절했다.

"난 포기해야겠어." 빌이 말했다.

빈스는 눈썹을 들어올렸다. "설마요."

사건의 내막은 간단했다. 한 사람의 목숨을 앗아 간 순간치고는 모욕적일 만큼 간단했다. 빈스는 담배꽁초를 튀겼고 그것이 바닷물이 아닌 셋오프 위에 떨어졌다. 그는 셋오프 가장자리로 가서 발로 꽁초를 끌어내려 했는데, 때마침 바다가 거품을 물고 일어섰다. 냄비 속에서 우유가 끓듯 갑작스러웠다. 한순간 타워는 물에 빠진 비스킷처럼 가라앉는 것 같았다. 그러더니 다시 타워가 모습을 드러냈고 바다는 밑으로 꺼졌다. 빈스는 물살과 함께 넘어지면서 팔꿈치를 부딪쳤고, 이어서 머리를 부딪쳤다. 제기랄, 하는 생각이 들었고 뭐라도 잡으려고 했지만 붙잡을 게 없었다. 머리에서 피가 흘러내려 앞이 잘 보이지 않았고 집중하기가 힘들었다. 바다는 그를 콘크리트 너머로 빨아들였고, 콘크리트가 사라지고 나니 파도뿐이었다.

근육이 말을 듣지 않았다. 귀는 윙윙 울렸다. 타워는 사라졌다. 방금 전만 해도 거기 서 있었는데, 지금은 타워가 닿지 않는 곳에 있다니 어떻게 그런 일이 있을 수 있을까?

그가 생각할 수 있는 건 미셸뿐이었다. 그녀의 입술, 그녀의 팔, 그 품에 안길 때의 느낌, 그리고 그녀 목의 우묵한 부분, 그 부드럽고 달콤한 곳에 얼굴을 누일 때의 그 느낌.

그는 다리가 풀려버렸고 바다는 계속 그를 멀리 밀어내고 있었다.

빌이 소리치고 있었다. 빈스도 소리쳤지만 자기가 뭐라고 소리치는지 알 수 없었다. 그 외침이 자기가 쓰는 단어였는지 아니면 지금껏 내보지 않았던 다른 소음인지는.

57

빌은 주임의 의자에 앉아 차를 마셨다. 아까 일은 그가 빈스를 싫어해서가 아니었다. 좋아하고 싫어하는 건 그 일과는 아무 상관이 없었다. 단지 포기하기에는 그것이 너무 좋은 기회여서 포기하지 않았을 뿐이다. 빈스의 죽음은 하나의 출구유도등이었다. 탈출구. 급강하에서의 낙하산.

그가 아서에게 했던 말은 진실이었다. 그는 *실제로* 노력했다. 파도 속에서 빈스를 보았을 때 바다 위로 밧줄을 던졌다. 그러나 솔직히 세게 던지지는 않았다. 밧줄이 떨어진 곳은 임시 등대원이 잡을 수 없는 거리였다. 다음 순간 그 생각이 또렷해졌다. 밧줄을 아주 잘 던질 필요는 없다는 생각. 던지기 싫었다면 애초에 던지지도 않았을 것이다.

빈스는 한동안 허우적거렸는데, 빌이 결심한 건 바로 그때였다.

조개껍데기 조각 하나를 없애버리기로 결심할 때처럼 침착하고 차분하게. 그것이 그에게 없어도 괜찮은 하나라는 걸 알았을 때처럼. 그는 밧줄을 바다에 떨어뜨리고는 물에 빠진 동료를 지켜보며 무덤덤하게 서 있었다.

⌒

내일 올 사람들은 이렇게 말할 것이다. 네, 이제 알겠습니다. 저런, 참으로 불운한 일이군요. 그러나 트라이던트 사는 그 일을 떠들지 않는 편을 택할 것이다. 그들은 재빨리 그를 승진시켜 다른 등대로 보냄으로써 빌의 용맹함에 상을 줄 것이다.

몇 달이 지나면 그는 등대 일을 그만두고 헬렌을 데려가리라. 그는 그녀와 결혼할 것이다. 그들은 바다로부터 멀리 떨어진 곳으로 이사할 것이다.

어쩌면 언젠가 그녀에게 진실을 말할 수도 있을 것이다. 어쩌면 말하지 않을 수도 있었다. 그것은 그녀가 얼마나 상심하느냐에 달려 있었다. 그가 살아 나온 한 명이라는 사실에 그녀가 얼마나 기뻐하는가에 달려 있었다.

58

아래층에서 들리는 소음에 그는 화들짝 놀랐다.

빌은 잘못 들었나 의심했지만, 이윽고 그 소리가 다시 들렸다.

타다다다다다닥.

저 아래, 훨씬 아래서 나는 소리였다.

그는 거실 서가에서 양장 책을 한 권 꺼냈다. J. 오거스타와 이름이 희미해진 또 한 명의 저자가 같이 쓴 『선사시대 인간』이었다. 주임은 혼란스러울 것이다. 당연히 그래야 했다.

이 바보 같은 녀석, 아버지가 꾸짖는 소리가 들렸다. *확인하라고, 어림짐작하지 말고. 네가 일을 망칠 줄 진즉에 알았다.*

빌은 침실로 내려갔다. 등을 벽에 붙이고 둥근 벽을 따라 내려갔지만, 주방에 도착하고 보니 아서는 정확히 아까 그 자리에 누워 있었다.

어이!

그는 몸을 돌렸다. "거기 누구야?"

그의 목소리가 나선을 따라 메아리쳤다.

"거기 누구야?"

타다다다다닥.

그는 책을 높이 쳐든 채, 바람일 거라고 혼잣말하며 내려갔다. 출입구가 있는 층에 다다르자 안도감이 느껴졌다. 문은 아까 그대로 닫혀 있었다.

이 타워 안에 있는 사람은 그뿐이었다.

그래도 그는 두꺼운 포금 출입문을 확인하고 빗장을 흔들면서 최대한 깊이 밀어 넣은 후 잠금봉을 걸었다. 그러고는 문 저쪽에 산 사람이 올 때까지 그 문을 다시 열지 않으리라 다짐했다.

겨우 4시가 넘은 시각인데 저녁 어둠이 내렸다. 낮은 수평선 너머로 들어가고 있었다.

그간의 일이 있었음에도 등대 불빛은 언제나처럼 밝혀졌다.

빌은 살아 있는 마지막 등대원이었다. 당직을 서면서 가끔 그는 이런 상상이 현실인 척할 것이다. 지구상의 모든 사람이 죽었다고. 그는 무전기를 꺼서 배들이 서로 주고받는 말이 들리지 않도록 하고 해안의 등대들에 등을 돌리고 앉아 있을 것이다.

메이든 등대는 변함없이 빛을 비추는 신비로운 동굴 속의 헤드 랜턴이었다. 빌은 학교 다닐 때 한 번 동굴에 간 적이 있었는데, 그 비좁은 통로와 폐소공포증이 떠올랐다. 학생들은 서로의 허리를 밧줄로 연결하고 이제 막 태어나려는 아기들처럼, 번들번들하고 좁은 굴을 미끄러지며 나아갔다. 동굴은 무슨 유기체, 내장 같았다. 그들 중 한 명이 몹시 허둥대던 것으로 사건이 시작되었다. 그는 어깨를 세게 부딪치자 두려움이 밀려오면서 숨이 안 쉬어지고 움직일 수가 없다는 생각이 들었고, 그러다가 뒤에서 누가 힘껏 떠미는 바람에 메아리도 없는 동굴 방으로 들어가게 되었다. 무엇보다 최악이었던 건 거기서 유일한 탈출구는 왔던 길을 돌아가는 것밖에 없음을 알았을 때였다.

⌒⌒

사후경직이 시작되자 아서의 시체가 뻣뻣해졌다. 그것을 끌어 네 개 층을 올라가고 나니 빌은 거의 나가떨어졌다.

랜턴실 안 빌의 옆쪽에 있는 주임 등대원의 시체는 큼직한 그림자, 겨울 황혼의 산맥이었다. 해야 할 일을 하기 전, 이 마지막 시간 동안 동료 곁을 지키는 것이 적절할 것 같았다. 내일 아침이 될 때쯤이면 빌은 매우 동요하면서도 조리 있게 말할 것이다. 그는 결코

창의적인 적이 없었지만—상상력도 없는 녀석—이 일에는 그다지
많은 정교함이 필요하지는 않을 것이다.

우선은 그들에게 멈춘 시계들을 보여줄 것이다. 죽은 아들을 위
한 식사도. 그런 다음 그들에게 일지를 보여줄 것이다. 여러 해 동
안, 아서는 이 바위 위에서 살면서 또 죽어가면서, 서서히 제정신을
잃어가고 있었어요. 어쨌거나 한 놈이 당하게 되어 있었어요. 그것
을 참을 수 없었던 거죠. 그것에 지치고 지긋지긋해진 거예요. 죽도
록 지겨워진 거예요. 등대가, 그 망할 등대가.

뭍에서는 빌이 어떻게 살아남았는지 놀라면서 감탄할 것이었다.

얼마나 근사한 이야기인가. 그리고 빌 워커는 주인공일 터였다.
그 이야기는 스폴스 등대의 등대원 이야기처럼 대대손손 전해질 것
이었다.

그는 밤이 새도록, 타워를 매장할 준비라도 하듯, 모든 표면을 닦
아 광을 냈다. 주방과 랜턴실 사이의 계단 하나하나, 아서의 시체가
스쳤던 길을 전부 다 박박 닦고 부드럽게 문질렀다. 등대원의 일이
유일하게 그에게 가르쳐줬던 그 꼼꼼함으로 어떤 흔적이나 얼룩도
놓치지 않았다. 빌은 아무런 흔적도 남기지 않았다.

아래층에서는 신속하게 움직였다. 그는 타워의 그 아랫배 속, 부

드러운 그림자가 드리워지고 소형 보트와 밧줄의 불가사의한 형태가 도사리는 곳에 오래 머물고 싶지 않았다. 그가 들었던 소음인지 웃음소리인지를 생각하는 것도 내키지 않았다. 자꾸만 맴도는 소곤거림, 상상의 소곤거림, 그냥 상상이었다. 처리해야 할 일과 혼자 있기 때문에 생기는 상상의 산물. 저 문을 열 수는 없었다.

그는 아서의 캐비닛에서 돌들을 꺼냈다. 그는 주임이 그 돌들을 애지중지 살피는 모습을 여러 번 보았었다. 이제 그 돌들의 무게로 그를 가라앉히는 게 어울릴 것 같았다.

빌은 열두 개의 돌을 꺼내고 나머지는 남겼다. 그가 고른 돌들 사이에 고이 자리 잡은 것은 헬렌의 닻 목걸이였다. 그래, 여기 있었네. 아서는 그것을 직접 되찾아 간 거야. 빌은 아서의 목에 그 목걸이를 감아 조이며 미소를 지었다.

59

오늘 밤, 불빛은 아름답게 타올랐다. 메이든 등대의 랜턴이 바다 건너로 빛줄기를 보내 배들이 두려움 없이 지나다닐 수 있도록 매끈하게 길을 닦아줬다.

아서에게 외투를 입히기는 쉽지 않았다. 팔이 뻣뻣하고 관절 마디가 두꺼워서 마음대로 움직여지지 않았다. 빌은 주임을 갤러리 난간 위에 올려놓았다. 그리고 외투의 네 주머니를 돌로 채웠다.

한번 밀기만 하면 끝이었다. 빌은 집에 있을 헬렌을 생각했다. 내일 아침이면 그녀의 삶이 새로 시작된다는 것도 모르고 잠자리에 들겠지.

그는 가로대 위의 남자에게 몸을 기대고 최대한 몸무게를 실었다.

어이!

달려가는 발소리, 어린아이의 웃음소리.

타다다다다닥.

뒤에서 덜컥 충격이 왔다. 빌은 끄응 소리를 내며 균형을 잃었다. 사방에서 발소리가 다가왔다. 속삭임들. 휘파람 소리. 그러더니 그를 앞으로 밀치는 또 한 번의 타격.

빌은 화들짝 놀라서 아서의 시체를 붙잡았다. 공포감에 숨이 멎었지만, 그들을 합쳐버린 것이 단지 공포감이었는지 또는 그가 이름 붙일 수 없는 어떤 것인지는 생각할 겨를이 없었다. 다음 순간 죽은 남자의 무게가 떨어지면서, 그를 난간 위로 끌어당겼기 때문이다.

하얀 벽이 빠르게 지나갔다. 유령처럼, 영원히 끝이 없을 것처럼. 아서의 시체가 그의 몸과 하나가 되었고, 둘은 함께 차갑고 어두운 물을 때렸다.

빌은 잠시 정신을 잃었다. 그는 다리를 베이고 머리를 부딪쳤다. 귀에서는 피와 공포와 물이 넘쳤다. 거듭거듭 그는 생각했다. 아니야, 이건 아니야. 무의미하게 거듭해서. 아서의 몸이 그를 아래로 잡아당기는 동안, 빌은 과도한 두려움에 사로잡혀 몸을 굴렀고, 두 발을 허우적거리며 기를 썼지만, 허우적거리고 기를 쓸수록 바다는 그를 더 깊이 집어삼켰다. 피가 코와 입을 채웠다. 머리까지 채운 것 같았다.

그는 자포자기해서, 충격과 후회에 싸여, 자신을 지켜주는 그 등대원을 붙잡았다. 아서는 빌의 수호자였고, 그가 항상 되고 싶어 하던 사람이었다.

어둠 속, 흐릿한 어둠 속 멀리서, 가마우지 떼가 물고기 내장을 놓고 다투는 듯한 난투극이 벌어졌다. 해수면이 소란스러웠고 몇 번의 숨죽인 비명이 울렸다. 바다표범들이 서로를 슬프게 부르는 소리밖에 들리지 않았다.

빌이 빠져버린 바다의 안개를 가르고 배 한 척이 다가왔다. 그 배의 선장이 뱃전 위로 몸을 기울이고 한 손을 뻗었다.

붉은 빛 속에서 그것이 도착했다. 램프를 들고 기나긴 터널을 내려온 방랑자. 바람 한 점 받지 않는 그 배의 돛은 찢어져 있었다. 그들에게 다가온 손은 자그마했다.

아서의 몸이 빌을 떠나자 추위는 그를 사과처럼 깨물었다. 그 배가 아서를 받아들였다. 따뜻한 집처럼. 빌은 손으로 마구 할퀴며 그 배를 잡으려 했지만 그 배는 그를 위한 것이 아니었다.

30미터 위쪽, 등대 갤러리에서 금속 문이 바람에 밀려 닫혔다. 하얀 새 한 마리가 타워 꼭대기 위를 맴돌다가 바다로 날아갔다.

12

엔드 포인트

60

헬렌, 1992

크리스마스가 지난 후, 그녀는 추도일을 맞아 콘월로 내려갔다.

전형적인 잉글랜드의 오후, 하늘은 허여멀건 터퍼웨어 색이었고 바다는 회색과 갈색을 섞어놓은 듯했다. 추적추적 내리는 비가 곰팡이 슨 잎과 검게 썩은 나무가 두껍게 쌓인 채 겨울로 접어드는 더러운 도랑을 적셨다. 올해는 개를 데려왔다. 개는 여우굴을 찾아 부지런히 킁킁대고 있었다. 물방울들이 그녀의 우산 위로 후두둑 떨어졌다. 숲속에는 버려진 비둘기 둥지들이 떨어져 있었고, 이끼 사이에서 알 껍질 조각들이 유령처럼 어른거렸다.

헬렌은 요즘 몸속의 뼈들을 새삼 느끼곤 했는데, 모트헤이븐 묘지를 향해 언덕을 오르기 시작하면서 그것들의 움직임을 의식했다. 맞물린 푸르스름한 흰색의 뼈들, 약간 선사시대 느낌이 나는 흉곽. 개는 그녀에게 길벗이 필요함을 느끼고 그녀 옆에 붙어 있었다.

이 여행을 얼마나 더 오래 지속할 수 있을까? 이번이 마지막일 수도 있었다. 20년은 어쨌거나 임의의 이정표였다. 이제 충분히 오래됐어. 20은 괜찮은 어림수야. 난 집에 가야겠어. 남편이 그렇게 결정할 것 같지는 않았다.

하지만 그녀는 만약을 위해서, 여전히 왔다.

무엇을 위해서일까?

매년 12월 30일이면 그녀는 메이든 록, 이 특별한 생일의 파트너를 두 눈으로 보아야 했다. 어쩌면 그것은 거실에 가둬둔 야생동물에게 그녀가 여전히 거기 있음을 확실히 알리기 위해서 날마다 거실의 문을 열어놓는 일과 비슷했다. 그 동물을 버려둔다는 건 그것의 투지만 부채질하고 그것이 원래 가져야 할 것보다 더 큰 힘을 줄 뿐이었다.

그녀는 제니가 올지 궁금했다. 10주년 추도일에, 아이들과 함께 바다를 바라보며 서 있던 제니를 먼발치에서 보았었다. 그녀는 제니에게 다가갈까 했지만, 결국 용기를 내지 못했다. 미셸은 10주년 추도일이든 언제든 나타난 적이 없었다. 그녀는 그 엔드 포인트를 보지 않았고 오늘도 보지 않을 것이다. 미셸은 다음 주에 헬렌에게 전화를 걸어 남편이 싫어해서 못 갔다고 변명할 것이다.

묘지에 도착한 순간 바람이 그녀의 우산을 가득 부풀렸다. 담치가 붙어 있는 바위 절벽에 대서양이 부딪혀 포말을 일으키고, 소금기 묻은 돌풍을 토해내는 소리가 멀리서 들려왔다.

헬렌은 자신이 향하는 곳을 알고 있었다. 남편의 기념 벤치 근처에 있는 한 묘비였다. 묘비명에 이끼가 점점이 껴 있었다.

조리 프레더릭 마틴, 1921년생

1990년에 황천길을 가다. 편히 잠드소서.

몇 분 동안 서 있다 보니 곧 비가 그쳤다.

구름에 노란 멍이 들었고, 햇빛은 약해도 단호했다. 그녀는 우산을 접었다. 그렇다면 2년 전에 조리가 죽은 것이다. 헬렌은 몰랐다. 그 실종 사건 이후로, 그 구호선 선장 생각이 그녀의 머릿속을 들락날락거렸다. 그들은 비록 비슷한 나이 또래였지만, 그녀는 항상 그에게 고맙고도 대견한 마음을 가지고 있었다. 그녀는 그게 그 현장에 처음 간 사람이 조리였기 때문이라고 짐작했다. 그는 사라진 등대원들을 소리쳐 불렀다. 나중에는 그들을 애도했다. 조리는 간절히 기다리던 구호선이었고, 구조 작업을 할 수 없었던 구조원, 대답 없는 바람 속의 외침이었다.

개가 묘비 사이의 어떤 냄새를 쫓아 자리를 떴다. 그녀는 뒤에서 누군가 다가오는 걸 느꼈다. 이 사람이 누구인지 너무도 확신했으므로 돌아보지 않고도 인사할 수 있었지만, 그의 얼굴을 보고 싶었다.

"안녕하세요." 그녀가 말했다. 다른 사람이 같이 있다는 것이 갑자기 반갑게 느껴졌다.

그 작가는 빨간 아노락과 청바지를 입고 있었고, 비에 흠뻑 젖은 구두를 신고 있었다. 어깨에는 캔버스 가방을 둘러메고 있었다. 그는 그녀가 알고 있었음을 눈치채서인지 약간은 불안한, 꾸지람을 들은 듯한 표정이었다. 그가 왜 정장을 입은 세련된 차림이 아니었는지 그녀는 이제 이해가 갔다. 그는 그 구호선 선장의 아들, 어망 속에 엉킨 채 자란 아들이었다.

"왜 나한테 말하지 않았어요?" 그녀가 물었다.

댄 마틴은 한 손에 돌을 들고 있었다. 매끄럽고 진주처럼 뽀얗고, 하얀 줄이 있고, 면사처럼 고운 돌이었다. 그가 아버지의 무덤 위에 그 돌을 놓았다.

"아버지는 오랫동안 그게 당신 탓이라고 자책하셨어요. 그들을 위해 더 애써야 했다고 하시면서요. 더 빨리 갔어야 했다고. 날씨를 무시했어야 했다고요. 그럴 순 없으셨겠지만, 그래도 해야 했다고요."

"나한테 말을 했어야죠."

"아주머니도 아버지를 탓하실 거라고 생각했거든요."

"난 한 번도 그렇게 생각한 적 없어요."

그는 주머니에 손을 넣었다. "죄송해요, 헬렌 아주머니. 저는 아주머니가 저의 정체를 모르는 상태에서 말씀해주시기를 바랐어요. 저한테 들려주실 이야기나 그걸 전하는 방식을 바꾸지 않은 채로요. 마치 내가 그 일과 아무 관계가 없는 사람인 것처럼요. 아주머니

476

입장에서는 그 편이 훨씬 더 쉬울 거라 생각했어요."

잠시 둘 사이에 따뜻하고 친밀한 감정이 흘렀고, 그녀는 자신에 대해 다른 누구도 모르고 그만이 아는 것들이 떠올라 눈길을 돌려야 했다.

"제가 솔직히 말씀드려야 했어요." 그가 인정했다. "그런데 어떻게 아셨어요?"

"진실에 관심을 가진 사람이 작가님만은 아니거든요."

그는 그녀를 따라 미소 지었다.

"아버지가 살아 계신 동안에는 그 이야기를 추적할 수가 없었어요. 대신에 총포와 구축함에 관한 책들로 즐겁게 해드렸지요. 그래도 아버지는 기뻐하실 겁니다. 아버지는 아주머니에게 직접 말하고 싶어 하셨거든요."

헬렌은 메이든 록을 찾아 수평선을 살폈다. 그 등대는 안개로 위장하고 있었지만, 간헐적으로 수줍은 빛줄기를 반사하고 있었다.

"20년이라." 헬렌이 말했다. "이번에는 좀 다르게 느껴지네요."

"어떻게요?"

"잘 모르겠어요. 다르게 느끼는 게 나일 수도 있겠죠. 이 모든 이야기가, 그게 말해져서 기뻐요. 제니나 미셸도 똑같이 느끼는지는 모르겠어요. 미셸은 결국 작가님을 만나기로 결심했다고 하더라고요. 하지만 참 신기한 일이에요. 그게 그 시간을 되살려내기도 하지만 더 멀리 밀어내기도 하니까요. 덕분에 난 얼마나 많은 세월이 지났는지, 내 삶에서 무엇이 바뀌었는지 보게 됐죠. 난 옛날의 그 여자가 아니에요. 사람들은 내가 슬픔에 젖어 과거를 돌아보고 있을 거라고 생각하죠. 실제로 나한테는 슬픔이 있고 앞으로도 그럴 거예요. 하지만 그건 오래전 일이에요. 지금은 그 일이 옛날만큼 아프지 않아요."

댄은 머뭇거리다 입을 열었다. "전 항상 아버지에게 그 얘기를 해달라고 졸랐어요. 하지만 아버지는 절대 말씀하지 않으셨어요. 그게 한 가지 이유였어요. 아무도 무슨 단어를 사용해야 할지 모른다는 거요."

"어떤 말이든 없는 것보다 낫죠."

"맞습니다."

"그리고 작가님은 알고 있고요."

"네?"

"사용할 단어를 알고 있잖아요."

그는 그녀를 마주 보았다. 그의 낮고 반듯한 이마, 뱃사람의 눈. 그는 아버지를 빼닮았다.

"제 마음속에 아서 아저씨와 나머지 분들의 이야기를 쓰겠다는 생각이 늘 있었어요. 그분들이 사라졌던 그날은 제 삶이 바뀐 날이었죠. 우리 가족도 바뀌었어요. 아버지는 그 일을 영영 극복하지 못하셨어요. 저도 마찬가지였고요. 어른이 되고 나서는 바다 이야기를 쓰면서 바다를 이해해보려고 애썼어요. 하지만 그러지를 못했던 게, 말해져야 한다고 계속 나를 채근하던 게 바로 이 이야기였기 때문이죠. 그분들이 사라지고 난 후 모트헤이븐은 예전과 달라졌어요. 예전의 우리 마을을 기억하는 사람은 아무도 없었죠. 우리를 그 상실 또는 잊을 수 없는 기억과 연관 짓는 사람도 없었고요. 아이들은 행복한 어린 시절을 보냈고, 그러다가 성장해서 떠났고, 휴일이면 아이들을 데리고 돌아와서 배들과 메이든 록을 구경하고, 부두에서 게를 잡죠. 나중에는 그것도 하지 않게 됐지만요."

"그 문제에 답이 없다는 걸 받아들일 수가 없었군요." 헬렌이 말했다.

"네. 그럴 수 없었습니다."

"하지만 하나의 답은 없어요."

그는 가방의 지퍼를 열었다. "그렇다고 해서 조사를 그만둔 건 아니었어요. 지난 몇 년 동안 귀를 기울여줄 사람이면 누구한테든 묻고 다녔어요. 저는 이런 수수께끼를 냈죠. 등대를 지키던 세 명의 등대원이 사라졌다. 당신은 그들에게 무슨 일이 일어났다고 생각하는가?"

"*작가님은* 그들에게 무슨 일이 일어났다고 생각하는데요?"

그는 비닐 재킷에 싸서 고무 밴드를 열십자로 교차해 두 번 묶은 종잇장 뭉치를 꺼냈다.

"이게 그 대답이에요." 그가 말했다. "아주머니 책이요."

"내 거라뇨?"

"사실 아주머니 말씀이 맞았어요. 그건 결국 제가 예상했던 프로젝트가 되지는 않았죠."

"실망했나 보군요."

"아닙니다. 그 반대예요."

그는 밴드를 벗겨냈다.

"저기 아무도 없다고 생각하면 이상해요." 그는 돌 위를 걸어서 그 곳의 끝까지 갔다. "전부 다 자동화됐죠. 더 이상 등대원은 없어요. 구호선도, 연장 근무도 없죠. 얼마 전에 저 타워 근처에 다시 갔었어요. 마침 날씨가 좋아서 이런 생각이 들더군요. 아버지, 아버지를 위한 날씨예요, 하는. 요즘은 저 타워에 대해 이상한 감정이 들어요. 모든 등대 주변이 그럴 텐데, 저 타워에서는 유독 그게 강하죠. 자기들이 버려졌다는 걸 알고 있다는 그런 느낌이랄까. 안에 아무도 없이 그렇게 멀리 떨어져 있는 그 모든 석조물. 그 분위기가 으스스해요. 아주머니는 저 타워가 무언가를 붙들고 있다고 생각하시겠죠? 제가 가보니 실제로 그런 것 같더라고요. 아마도요."

"아서가 거기 셋오프에 있었을지도 모르죠." 헬렌이 말했다. "작가님한테 손을 흔들면서."

"아직도 그분들이 돌아올 거라고 생각하는 사람들이 있어요."

"작가님이 그중 한 명은 아니었으면 좋겠네요."

"왜요?"

"비현실적이에요."

"그 주제 자체가 비현실적인데요."

"그렇더라도."

"그분들이 살아 있다고 생각하는 거요?"

"그렇게 많은 시간이 흘렀는데 그들이 나타날 거라고 생각하는 거." 헬렌은 그의 옆에 다가섰다. "아서는 떠났어요. 그이는 돌아오지 않아요. 작가님은 답이 필요하다고 하지만, 난 아니에요. 나에게 답이 필요한 적이 있었나 모르겠네요. 내게 필요한 건 받아들이는 거예요. 평화. 희망. 20년이 걸리긴 했지만, 난 거의 받아들였어요."

그가 그녀에게 책을 건넸다. "받으세요."

그것은 묵직했다. "정말 고생이 많았겠어요."

"네." 댄이 대답했다. "고생 좀 했죠. 다 썼어요. 이제 전보다는 더 많이 알게 됐어요. 하지만 저 타워에서 무슨 일이 있었는지 알게 됐나 하면, 솔직히 앞으로도 확실히 알 수 없겠죠. 그걸 알게 될 거라고 생각할 만큼 바보는 아니에요. 거기엔 백 가지 결말이 있죠. 아니 그 이상일걸요."

헬렌은 흠뻑 젖은 그의 구두와 빗물이 튄 원고를 내려다보았다. 고맙다는 말이 혀끝에서 맴돌았다. 그녀는 아서에게 미안하다고, 그를 사랑한다고 말해왔다. 최악의 상황을 겪어도, 끝까지 항상 그렇게 말해왔다. 설사 그가 그 말을 듣지 못하더라도, 그 등대는 지금 저기에 있었고, 그 사실이 무엇보다도 중요한 것 같았다.

"진실은 그분들의 것이죠." 댄이 말했다. "그리고 아주머니 것이고요. 저나 다른 누구의 것도 아닙니다."

대양의 공기가 그녀의 가슴에 날것의 깨끗함으로 다가왔고, 이른 아침만큼이나 새로웠다.

"우린 진실을 확실히 알지 못하잖아요." 그녀가 말했다. "그게 요점 아닌가요? 알려지기 위한 것이 아닌 미스터리들도 있는 법이죠. 물론 나는 아서와 그 두 명의 얘기를 하는 거예요. 하지만 그 나머지에 관해서도 얘기하고 있죠. 알잖아요. 나머지들. 우리가 왜 그 일을 하는지. 우리가 왜 성냥불을 붙이는지. 우리가 왜 애초에 등대를 만들었고 운이 좋으면 한 생명을 구할 수 있다고 생각하는 그 밖의 모든 것을 만들었는지까지도. 우리가 그걸 결정하는 사람들은 아니지만, 그런 시도들을 하지 않는다면 우리는 인간이 아닐 거예요. 할 수 있는 만큼 많은 등대를 세워야죠, 우리가 여기 있는 동안에는. 등대들이 밝게 빛나게 해야죠. 어둠이 내려올 때 계속 등대들을 밝혀야죠."

그가 그녀를 바라보았다.

"그럼 계속하세요." 그가 말했다.

"네?"

"아주머니가 결말을 쓰시는 거예요."

그는 원고에서 한 다발을 빼더니 공중으로 던져버렸다.

"뭐 하는 거예요?"

종이들이 바람을 거슬러 어지럽게 솟구쳤다. 그 가운데 수십 장은 하늘과 바다를 배경으로 눈부신 하얀 날개를 펼치며 날아가, 떠돌고 흩어지고 춤을 추며 바다를 향해 내려갔다.

헬렌은 놀라움에 들뜬 웃음을 지으며 그를 따라 하면서, 지폐로 꽃가루 세례를 받는 복권 당첨자처럼 한 장 한 장 마음껏 내던졌다.

그녀는 사방의 파도 위에 흩어져 부드럽게 까딱이는 종이들을 지켜보았다.

"고맙습니다, 아주머니."

개가 그녀에게 돌아왔다. 댄은 가방을 접고 길을 떠났다.

그가 묘지 정문에 다다를 때쯤, 헬렌은 몸을 돌려 주목나무 아래 서 있는 두 그림자를 바라보았다. 그녀는 어디서나, 마치 그녀의 식구들처럼 그들을 알아볼 수 있었다.

작가는 걸음을 멈추고 그녀가 그들을 보았는지 확인했다.

그녀는 용기를 내어 다가가면서도, 다가가면 그 여자들이 사라질까 걱정되었다.

그러나 가까이 갈수록 형체는 더욱 분명해졌다. 미셸은 제니의 팔짱을 끼고, 부드럽고 낙천적인 표정을 짓고 있었다. 제니는 예전과 똑같은 모습이었다. 늙은 것 같지 않았다. 곁에서 함께 늙어가는 사람들은 늙지 않는다.

잠시 후, 제니가 한 손을 올려 인사했다.

헬렌도 똑같이 인사했다.

헬렌은 그들을 만나러 가기 전, 마지막으로 메이든 등대를 돌아보았다. 여기서 보면 그 등대는 아주 희미한 선, 뽀얀 초록 바다 위에 솟은 회색 대못에 지나지 않았다. 바람이 불어왔다. 어쩌면 바람은 먼저 소금기에 젖은 그 타워의 얼굴을 어루만지며, 막 고개를 내민 햇살에 그것을 말려줬을 것이다. 헬렌은 그 타워가 비어 있다는 것을 알고 있었지만, 마음속으로는 다르게 느껴졌다. 앞으로도 늘 그럴 것이다. 그녀는 마치 자기가 그 등대에 있는 것처럼, 주임 등대원의 모습이 선명하게 그려졌다. 그는 빛을 향해 얼굴을 든 채 계단을 오르고 있었다. 난간을 잡지도 않고서 위쪽 랜턴실로 향하고 있었다. 자신이 떨어졌던 그 어둠의 지점으로부터 멀리, 위로 더 위로. 마침내 그가 올라간 곳에 남은 것, 빛으로 그를 채워준 것은 제 반짝임을 거의 다한 별 하나였다.

작가의 말

　우선 구술역사가 토니 파커의 책『등대』에 감사와 존경을 표합니다. 등대원들 및 그 가족들과 진행한 파커의 인터뷰는 제가 바라던 이 소설의 시작과 스토리텔링의 방식에 빛을 밝혀줬습니다. 지금은 사라진 삶의 방식을 그린 파커의 초상은 등대지기라는 직업은 물론 그 일에 삶을 바쳤던 사람들의 지혜와 인간애까지 이해하게 해줬습니다.

　타워 등대에서의 삶의 일화와 경험 가운데 일부는 실제 등대원들의 회상을 토대로 하고 있습니다. 그 공동체의 마음과 정신에 대한 이런 통찰에 대해서는 다음의 회상록과 앤솔러지에 공을 돌립니다. 윌리엄 존 루이스의『끊임없는 철야Cealess Vigil』, A. J. 레인의『지속되는 동안은 재미있었다It Was Fun While It Lasted』, 피터 힐의『점성학Stargazing』, 그리고 리처드 우드먼과 제인 윌슨의『트리니티 하우스의 등대들The Lighthouses of Trinity House』에 나오는 등대원들의 목소리가 그것입니다. 벨라 배서스트의『등대 스티븐슨 가문The Lighthouse Stevensons』과 토머스 스트븐슨의『등대 건설과 조명Lighthouse Construction and Illumination』, 애덤 하트-

데이비스의 『헨리 윈스탠리와 에디스톤 등대Henry Winstanley and the Eddystone Lighthouse』, 마이크 파머의 『빛의 손가락The Finger of Light』, 애런 만케의 지식 팟캐스트 에피소드 「로프와 난간Rope and Railing」, 윌프리드 윌슨 깁슨의 시 「플래넌 섬Flannan Isle」 등입니다.

훌륭한 통찰과 직관으로 저의 원고를 다듬어주신 편집자 프랜체스카 마인, 안드레아 슐츠, 아이리스 터폴름에게 감사를 드립니다. 그리고 매우 능숙하게 원고의 방향을 잡아주시고 영리함과 친절함으로 바다로 데리고 가주신 소피 조너선에게도 감사드립니다. 영국의 피카도 출판사, 미국의 바이킹 출판사, 캐나다의 하퍼콜린스 출판사 팀이 보여주신 열정과 전문성에 감사를 드립니다. 특히 제러미 트레버션, 커밀라 엘워시, 케이티 보덴, 케이티 투크, 로라 카, 로샤니 무랴니, 클레어 개천, 니컬러스 블레이크, 린지 내시, 캐럴라인 콜번, 몰리 퍼셴던, 린지 프리벳, 케이트 스타크, 니디 푸갈리아, 소나 보걸, 벨 반타, 어맨다 인먼, 미언 캐버너, 클레어 바카로, 트리샤 컨리, 새런 곤살레스, 네이언 초, 제이슨 라미레스, 줄리아 맥더웰에게 감사드립니다.

저의 에이전트인 매들린 밀번, 그리고 MMLA의 모두에게, 특히 애나 호가티, 리앤-루이즈 스미스, 조지나 시먼즈, 자일스 밀번에게 감사드립니다. 매디, 당신은 우리가 서로를 알게 된 것만큼이나 오래 이 이야기를 알고 있었지요. 스티븐슨의 눈 속에서 깜박이던 때의 등대들처럼 많은 원고가 지어졌다 무너졌지만 우리는 끝내 우리의 랜턴을 밝혔습니다.

미미 에더링턴, 로지 월시, 그리고 케이트 리어던, 감사합니다. 여러분이 그 이유를 아셨으면 합니다. 케이트 와일드, 버네사 노일링, 캐럴라인 호그, 클로에 세터, 멜리사 르사지, 제니퍼 헤이즈, 조애나 크루트, 에밀리 플로스커, 샘 젠킨스, 키오마 오카이라카이, 로라 밸푸어, 새라 토머스, 조 로바친스키, 그리고 루시 클라크의 우정과 지지에 감사드립니다. 제 동생 빅토리아, 조카 잭에게 사랑을 보내며, 부모님 이언과 캐서린에게 사랑과 이 책을 바칩니다.

감사합니다, 마크. 현실의 삶과 상상 속에서 나의 사랑하는 등대를 향하도록 용기를 북돋아주셨지요. 그러나 무엇보다도 언제까지나 나의 가장 밝은 빛인 샬럿과 엘리너에게 감사합니다.

이 책의 맨 앞 일러두기에서 저자 에마 스토넥스는 1900년 스코 틀랜드 앞바다의 엘런모어 섬의 등대에서 세 명의 등대지기가 흔 적도 없이 사라졌던 사건을 언급한다. 지금까지도 미스터리로 남 은 이 사건은 그 등대가 속한 섬 군락의 이름을 따서 '플래넌 제도 의 미스터리', 또는 '플래넌 섬의 미스터리'로도 알려져 있다. 이 사 건은 당시에 굉장히 떠들썩한 반향을 일으켰고, 그 등대원들의 행 방과 사건의 실체에 관한 수많은 추측과 이론이 쏟아지면서 끊임없 이 부풀려지고 재생산되었다. 그로부터 십여 년이 지난 후 시인 월 프리드 월슨 깁슨은 당시 구조대가 현장에서 느꼈을 감정을 생생히 표현한 시 「플래넌 섬Flannan Isle」을 썼는데, 그 시의 일부가 이 책의 제사題詞에 소개되어 있다. 이후로도 이 사건은 TV 드라마와 실내 오페라, 록 음악, 소설 등에서 다루어짐으로써 대중문화 속으로 파 고들었다. 백여 년의 세월 동안 여전히 사람들의 상상력을 자극하 던 이 미스터리는 2018년에도 크리스토퍼 니홀름 감독의 영화 〈키 퍼스Keepers〉(다른 제목은 〈배니싱The Vanishing〉)로 제작되었다(영화 내용 은 어디까지나 그 의문의 사건에 대한 한 가지 해석일 뿐이다). 에마 스토넥스 역시 이 사건에서 영감을 얻었다고 말한다.

　그러나 저자는 알려진 사실에 그저 자신의 이론을 덧붙여 재구성한 미스터리 스릴러를 의도하지는 않는다. 그녀는 오래전부터 이 사건을 다룬 등대 이야기를 구상했고 그것이 하나의 온전한 소설로 영글기를 기다렸다. 그리고 그사이에 필명으로 상업적 소설을 쓰면서 필력을 키워나갔다. 세 개의 필명으로 9종의 책을 낸 후에 에마 스토넥스가 처음 본명을 밝히고 자신이 하고 싶은 이야기를 써낸 책이 바로 이 소설이다.

　그렇게 나온 『등대지기들』은 우선 배경이 되는 등대부터 다르다. 실제 사건은 섬의 등대에서 일어났지만(영화 〈키퍼스〉는 이 배경을 충실히 살려냈다), 이 소설에서 배경이 되는 건 타워 등대다. 낯선 만큼 독특하고 기이하게 다가오는 타워 등대는 우리의 호기심을 자극하는 한편, 범죄 스릴러의 기본 문법과도 같은 밀실 공간을 제공함으로써 소설의 긴장감을 높여준다. 그 등대 안에서 지내는 등대원들에게나, 남편이 있는 그 등대를 멀리서 바라보며 외롭게 지냈던 그 아내들에게, 바다 한가운데 서 있는 이 타워 등대는 막강한 심리적 영향력을 행사하면서 이 책 전반에 그림자를 드리운다. 처녀를 뜻하는 '메이든'이라는 이름을 가진 이 등대는 비록 말은 없지만, 중요한 한 주체로서 비중을 차지한다.

이 타워 등대를 둘러싼 이야기의 구성 또한 흥미롭다. 1972년과 1992년이라는 두 시간대를 두 개의 중심축으로, 세 명의 등대원과 그 아내들과 연인의 이야기가 각각 배치되어 있다. 여기서 등대원들이 사라진 미스터리와 그 사건에 감춰진 진실을 추적하는 과정의 상당 부분이 등장인물 각각의 1인칭 시점으로 서술되고 있다는 점은 주목할 만하다. 과거의 시간대에서는 타워 등대라는 닫힌 공간 안의 남자들이 저마다 등대에 대한 생각과 자신의 과거, 동료에 대한 감정을 내밀하게 털어놓으며 서서히 긴장과 갈등을 쌓아간다. 그런 한편 소설 속 현재의 시간대에서는 과거의 상실을 아직 극복하지 못한 여자들이 그동안 꺼내지 못했던 이야기를 털어놓으며 사건의 진실에 다가가는 길을 하나씩 열려고 시도한다. 이들 각각의 화자는 주로 편지나 일기, 인터뷰 등을 통해 자신의 이야기를 직접 전달하는데, 이 책에서 매우 중요한 단서로 작용하는 심리적 변화 과정을 더욱 생생한 목소리로 들려줄 수 있다는 건 이런 형식의 강점으로 보인다. 이렇게 여러 화자를 번갈아 사용하는 형식은, 어떤 일에는 다양한 측면이 존재한다는, 어쩌면 이 책에서 중요한 또 하나의 주제를 직접적으로 구현하는 방식이기도 하다. 아울러 저자는 3인칭 시점의 서술까지 요소요소에 적절하게 사용해 솜씨 좋게 속도를 조절함으로써 긴장의 고삐를 풀었다 쥐었다 한다. 물론 화자가 빈번히 바뀌는 탓에 독자는 손에 쥐고 있던 추적의 실마리를 계속 바꿔 쥐어야 하지만, 그 과정에서 자꾸만 미뤄지는 퍼즐 맞추기는 오히려 독자를 더욱 감질나게 만들고, 거꾸로 독자는 사건을 다른 관점에서 새롭게 조명해볼 기회를 갖게 된다. 치밀하게 의도했든 아니든 이런 효과는 책 읽기의 즐거움을 배가해주는 것 같다.

등대라는 공간을 공유하는 과거의 남자들 이야기, 트라우마의 시간을 공유하는 현재의 여자들 이야기가 여러 번 교차되는 사이 서서히 사건의 퍼즐이 맞춰질 듯하지만, 진실은 쉽게 모습을 드러내지 않는다. 우리가 상상하는 진실은, 그 단서를 어떻게 맞추느냐에 따라 이야기가 끝날 때까지 계속 그 모습이 바뀐다. 온전한 진실을 보는 것, 그것은 거짓을 드러내고, 마음 가장 깊은 곳에 감춰둔 어두운 심리를 꺼내 보여야만 비로소 가능해 보인다. 그리고 그런 다음에야 과거를 받아들이고 서로 상처를 주었던 사람들끼리 화해할 길이, 어두운 바다 위 등대의 빛처럼 보이는 것 같다.

으스스한 타워 등대, 등대 안 남자들 사이의 무거운 분위기, 상실을 경험한 여자들의 슬픔과 원망까지. 어쩌면 한없이 무거울 수도 있는 이야기인데, 이 소설에서 그 무게를 덜어주는 것이 판타지 요소다. 동시에 미스터리를 더욱 신비롭게 해주는데, 어딘가 아름다우면서도 잔혹한 우화 같은 장면들은 이 소설에 독특한 색깔을 부여한다. 그리고 사랑하는 이들을 떠나보낸 사람들이 과거를 받아들이고 화해하고, 어두웠던 삶에 앞으로 따뜻한 빛을 밝힐 거라는 희망의 단초는 이 소설을 단순한 미스터리 이상으로 만들어준다. 무심한 듯 섬세하면서도 속도감 있는 에마 스토넥스의 묘사 속에서 복선을 찾고, 태연한 듯 아무렇게나 놓인 단서를 뒤늦게 알아보고, 예기치 않았던 새로운 반전을 맞닥뜨릴 때마다 독자들은 무릎을 치고 머리를 끄덕이는 경험을 하게 되리라 본다.

　처음에 말한 일러두기로 돌아가자면, 이 소설은 세 등대원의 실종 사건에서 영감을 얻었을 뿐, 모든 것이 허구다. 물론 메이든 등대도, 트라이던트 하우스도 마찬가지다. 영국에서 등대 및 해사 관리 업무를 하는 트리니티 하우스라는 기관이 있기는 한데, 소설 속 등대 관리소는 그저 하나의 상징일 뿐이다. 메이든 등대와 관련해서는 소설 중에 언급된 실제의 타워 등대들을 검색해보면 좋을 것이다(메이든이 나머지 타워들보다 더 크다). 벨 록 등대가 폭풍 속에서 자기 머리보다 높이 솟구치는 파도를 온몸으로 맞으면서 버티는 영상을 보면, 아서를 조금은 더 이해할 수 있을 것 같은 생각이 든다.

2021년 11월

오숙은

옮긴이 **오숙은**

한국 브리태니커 회사에서 일한 뒤 전문번역가로 활동하고 있다. 옮긴 책으로『세상과 나 사이』,『먼저 먹이라』,『위작의 기술』,『문명과 전쟁』(공역),『식물의 힘』,『정치철학』,『공감 연습』,『게으름 예찬』,『우리가 간직한 비밀』,『리커버링』등이 있다.

등대지기들

초판 1쇄 인쇄 2021년 11월 2일
초판 1쇄 발행 2021년 11월 9일

지은이 에마 스토넥스
옮긴이 오숙은
펴낸이 김선식

경영총괄 김은영
책임편집 박하빈 **디자인** 이은혜 **크로스교정** 조세현 **책임마케터** 이미진
콘텐츠사업2팀장 김보람 **콘텐츠사업2팀** 이은혜, 박하빈, 이상화
마케팅본부장 이주화 **마케팅3팀** 이미진, 박태준, 배한진
미디어홍보본부장 정명찬 **홍보팀** 안지혜, 김민정, 이소영, 김은지, 박재연, 오수미, 이예주
뉴미디어팀 허지호, 임유나, 송희진
리드카펫팀 김선욱, 염아라, 김혜원, 이수인, 석찬미, 백지은
저작권팀 한승빈, 김재원 **편집관리팀** 조세현, 백설희
경영관리본부 허대우, 하미선, 박상민, 김민아, 윤이경, 김소영, 이소희, 이우철, 김재경, 최완규,
이지우, 김혜진, 오지영

펴낸곳 다산북스 **출판등록** 2005년 12월 23일 제313-2005-00277호
주소 경기도 파주시 회동길 490
대표전화 02-704-1724 **팩스** 02-703-2219 **이메일** dasanbooks@dasanbooks.com
홈페이지 www.dasanbooks.com **블로그** blog.naver.com/dasan_books
종이 IPP **인쇄·제본** 갑우문화사 **코팅·후가공** 평창피앤지
ISBN 979-11-306-7799-6 (03840)